支持单位

成都市文学艺术界联合会

出品单位

四川师范大学文学院

成都市李劼人研究学会

四川新文学大系

小说编　·第五卷·

总　编　　王嘉陵　刘　敏

副总编　　张义奇　曾智中

本编主编　　谭光辉

四川文艺出版社

图书在版编目（CIP）数据

四川新文学大系. 小说编：共七卷 / 王嘉陵，刘敏总编；张义奇，曾智中副总编；谭光辉主编. — 成都：四川文艺出版社，2024.8
ISBN 978-7-5411-6547-4

Ⅰ. ①四… Ⅱ. ①王… ②刘… ③张… ④曾… ⑤谭… Ⅲ. ①中国文学—现代文学—作品综合集—四川②小说集—中国—现代 Ⅳ. ①I218.71

中国国家版本馆 CIP 数据核字（2023）第 216296 号

SICHUAN XINWENXUE DAXI·XIAOSHUOBIAN (DIWUJUAN)

四川新文学大系·小说编（第五卷）

总编　王嘉陵　刘　敏　副总编　张义奇　曾智中
本编主编　谭光辉

出 品 人　冯　静
策划组稿　张庆宁
书稿统筹　宋　玥　罗月婷
责任编辑　谢雨环　卫丹梅
封面设计　魏晓舸
版式设计　史小燕
责任校对　段　敏　张雁飞
责任印制　桑　蓉　崔　娜

出版发行　四川文艺出版社（成都市锦江区三色路 238 号）
网　　址　www.scwys.com
电　　话　028-86361802（发行部）　　028-86361781（编辑部）

邮购地址　成都市锦江区三色路 238 号四川文艺出版社邮购部　610023
排　　版　四川胜翔数码印务设计有限公司
印　　刷　成都东江印务有限公司
成品尺寸　148mm×210mm　　　　开　　本　32 开
印　　张　89.25　　　　　　　　字　　数　2360 千
版　　次　2024 年 8 月第一版　　印　　次　2024 年 8 月第一次印刷
书　　号　ISBN 978-7-5411-6547-4
定　　价　486.00 元（共七卷）

编选凡例

一、本编收录小说以全面性、代表性、稀缺性、本土性为主要编选原则。全面性是指尽量涵盖 20 世纪上半叶巴蜀小说家；代表性是指在考虑其他各点的前提下尽量选择小说家有代表性的作品；稀缺性是指尽量选择曾经发表但未再版或未收入全集的作品；本土性是指尽量选取籍贯或出生地为巴蜀地区的小说家，侨寓作家不收录。

二、本编的小说以收录和存目两种方式呈现。收录作品尽量考虑稀缺性；存目作品尽量考虑重要性和代表性。

三、本编收录的小说，尽量以最初的版本为依据，呈现小说发表或出版之初的原始面貌。个别无法找到原始版本的作品，以再版时间更早的版本为依据。

四、本编分为"长、中篇小说"和"中、短篇小说"两大部分。为查询方便起见，每一部分的编排以作家姓名拼音字母排序。同一个作家的作品，以发表或出版的时间先后为序。

五、为控制篇幅，部分长篇小说采取了节选的方式。

六、为保持作品原貌，字词的旧用法不做更改。比如"的、地、得、底""哪里、那里""想像、想象""甚么、什么"之类，或因作家习惯等造成的不同写法，不影响理解的都依原稿版本，不按现行标准修改。

目录

中、短篇小说

金满成

|作者简介| 　金满成（1900—1971），四川峨眉（今四川峨眉山）人，现代作家、翻译家，笔名有秋羊、东林等。代表作品有中篇小说《爱与血》；短篇小说集《我的女朋友们》《友人之妻》《林娟娟》；杂文集《鬼的谈话》；译著《友人之书》《红百合》《女性的风格》等。

爱与血

一

自从他的爱人不爱他以后，秦林是怎样地失望，悲观，以至于想用手枪往自己的头上打去。这些疯狂的行为。现在都完全消灭得干干净净了。

他先前有一个很知己的女朋友，也许就是她罢，使他把那些痛苦的生活改变了不少。然而这位女朋友——菱妹——是有爱人的，是同她爱人已然订了婚的，是对于他没有根本的性爱的，是不能安慰他的……他对于她有甚么希望？一切幻梦，现在也都完全消灭得干干净净了。

在灵魂深处还与他遗留下的，那并不是过去的影子，乃是一种精神病，是一种报复狂；他无原无故地仇视女人，仇视一切人；他觉得一切人对他都是残酷，冷淡，薄情，寡恩，误会，隔膜……

也许就是这种变态心理罢，一下使他堕入革命党了。上前杀敌，这不是一件最痛快的事么？把一切压迫人类的人类杀尽灭绝，这不是人生最得意的事么？因此，他脱下长袍，抛却笔墨的生涯，一变而为一个革命军人了。

事情都如愿了，不到一年，他由排长而升到第一营的营长了。家庭希望他成大功立大业。朋友们又都对他表示好感；然而他的心情始终不畅快。

记得是有一天罢，这时候正是盛夏的天气，他同两个朋友带着手枪在福州的小山上去游玩。前面忽然出现一男一女的影子在树林中活动；女的穿的是一件月白色的长衣，伸出两只纤手来攀着短枝的态度，实在是妩媚得令人魂消。于是他——第一营的营长秦林——立刻就动了感情，立刻掏出手枪来；保险机关已然放开了，后面一只硬手一下把他紧拉着：

"秦同志，你开玩笑么？"

"玩笑？你看我立刻去打死她！"他红着脸这样回答了。

他恨女人，尤其恨女人的媚态；他认为在女人的媚态中，的确含了可怕的阴谋。刚才树林中的女人，虽然与他毫无过历史上的关系，然而他莫明其妙地恨她，想让她立刻死在他的面前乃为痛快！事情不能如愿，那女子已经转过山那边去了，而朋友的硬手还拉着他的手枪在。

秦林回了营中以后，总觉得有些不快活。恰巧邮差送来两封信，他看了一看，一封是菱妹寄来的；一封就是家信；他才把意象转变过来了。他先拆开菱妹的信：

林哥：

　　怎么你现在又换了一个新名字了！明字不比林字更好么？……

　　来信说。你从此不愿意再见北京了；这是为甚么？是因为有我在北京么？那末，你对于一个不幸的女子，似乎未免太残酷了罢！他对于我的爱情已经减少了一大半，我现在成了一个最痛苦的女子。这事外人还不知道。我只有告诉你一人，我想。只有你一人能替我表同情罢！

　　你现在的情形怎样？行军还快乐么？你为甚么总不与我写信呢？

　　……

菱上

　　他看完这信。没有甚么特别的感动，他只微微笑了一下；这一笑，似乎是说："你从前不是不爱我么？现在你的未婚夫也不爱你了！痛快！循环报复啊！"其次，他拆开第二封信，他大笑了。这是他大嫂与他写来的信。大嫂向这位七年在外的兄弟说："三弟，快回来，回来结婚。"同谁结婚呢？哈哈；就同大嫂自己的亲妹妹。大嫂郑重替他们作合。她的意见是秦林在外面既然失恋，被女人舍弃，而自己的小妹又正当择婿的年纪。这不是大好的机会么？论年纪，论学问，论品德，论活泼的天性，他们俩无一不相称。虽然不曾见过面，然而小妹早已佩服过秦林了。在秦林写回去的家信，已于不知不觉间，暗暗地取得了这少女的灵魂。现在只差大嫂大哥的介绍和秦林的允许，事情就完全可以妥贴了。末了，在信尾，秦林的大嫂还加上说她的小妹餐英实在与现在的时髦女子完全不同，"虽然她也在男女合校的中学念书；她不是薄情的，她不是忘恩负义的，她不是随便爱男子而又随便舍弃他的；她性情很活泼，然而并不轻佻；她说话很多，然而并不庞杂；……"

他读完了信以后，还是没有甚么感动，只把信放在一边完了。

大概是过了一个月以后罢，他才写了一封简短的回信，又过了一个月，餐英小妹便变成他未识面的未婚妻了。

二

"唉，秦林？怎么独自一人坐在屋子里纳闷，还是去罢。她在等你呢。"

——请坐，我不去了。秦林慢慢地回答。在秦林的意思，这地方一定是不能去了。每天晚上打牌到天亮，叫妓女来陪他们坐坐；钱是化了不少，趣味是没有得到一点。然而他的朋友，——侯深的意见却不然。他以为人生不过是一剧戏，演到哪里本来可以完到哪里；不过正在演的时候，总不能随便拆台。现在秦林与他的相知月红的关系，正是拆不了台的时候，一定要去才可以完事，虽然挟妓不是军人应有的行为。

秦林有些活动的意思了，然而口头还反对说：

"我不去，那里到底有甚么趣味？旅馆里面人又多……"

——上她家里去好不好呢？

——家里？

——去是很可以的，打牌，又不另外化钱。招待比旅馆还好些。

马车已经放在门口了，这证明秦林是早妥协了。秦林一面换上西装一面随着他的朋友上了马车；不消说是出小东门望南市场去。隔雏儿的家，已经是只有一百步远近了，秦林曾经想过一次临阵脱逃；然而他还不曾开口叫马车停止，妓馆的门口已经现在眼帘了。

虽然秦林是主位，但照例侯深走前面，进门时候；因为这地方，侯君是比较熟悉得多。上了楼以后，月红瓦的一声喊了出来：

"老秦。你来了！"

——是的，他来了。你的情人来了，你的爱人来了，你的宝贝来了，你的心肝来了，连朋友也不在眼中了！老侯抢着说话。

"嗳呀！老侯，你说哪里话，我们当姑娘的人，敢把哪一个朋友不放在眼里？"

——别理他，他是惯说笑的。秦林拉着而且细摸着月红的雪白手腕说。

月红这时候穿的是一件印度提花绿色大绸旗袍。因为天气有一些热，鼻尖上时时有一粒细汗；汗似乎是香的，在秦林的鼻中；因为他不迟疑地靠着她的鼻尖就与她亲了一个嘴。

"你觉得热么？——姨姑，把电扇开开。"

姨姑的头上插了三把刀的装饰，秦林一见着她又想起许多故事来；三把刀，是代表贞洁的古风遗传，现在这妓馆中的用婆，差不多个个都插了三把刀；这，这就是打破"万恶淫为首"的旧观念的表征罢！

姨姑把电扇打开，罗纹的帐子忽然动了起来；坐在床沿上的秦林和月红，居然有些才子佳人的风流意味；可惜月红并不认识字，不知道咏诗；给这个颇有文学天才的营长作相知，到底有许多缺憾。坐不到十分钟，果然秦林又觉得无聊了。末了，还是老侯说："打电话约人来打牌罢。"

只是这一句，早则把妓馆中全人掀动了；拿笔墨来写电话的号数和姓名，拿着这号数和姓名去打电话；把桌子拉开，把白布铺上，把麻雀牌哗地一声倒出来。把四个位子安放整齐，把电灯拉在桌子当心去，……三把刀如穿花似的忙了半天，结果是朋友也来了，牌毕竟打上了。

李君张君自然都是老手，打上牌不到十分钟，又写条子去别的妓馆叫了两个姑娘来；一间小屋子中，立刻热闹起来；南腔北调地说话，已然很可笑；南腔北调地唱戏，更别饶一番趣味。月红坐在秦林的身边不断地伸手去替他摸牌；秦林觉得在妓女们的万分虚假之中，她希望他赢钱，这一点，似乎是不能否认的诚意。他于是觉得妓女也是有一点儿可爱的。

三把刀与月红说了几句土话，大致的意思，不知道说甚么；可是不久另一张桌子已然摆满了杯筷，这一下大家才明白了。

夜间一点钟的时候，牌算是完场了，外面忽然下起大雨来；桌上的酒菜已经预备齐了，三个姑娘四个客人，满满地坐了一桌。豁拳是姑娘们的本领，四个客人三个都醉了；只有老侯还能说说笑笑。

老侯是一个滑头，他自己绝对不叫姑娘，但他却惯于怂恿人叫姑娘；现在有姑娘的三个客人都醉了，他便乘时活动起来，摸摸月红，又摸摸小钗，又甚至于把李君的相知金花抱在怀中，逗得她咯咯咯地笑。

“你爱老李，今晚上你就同他去睡觉。不好么？”

——呸不要瞎说八道！

——昨天晚上早已睡过了！小钗的声音。

“……还合式么？”老侯攀着金花的耳朵低低地笑问，金花一个不重的耳光打过来，老侯乘势拉着她的手，又得便给了她一个亲嘴。

“揩油不要太过分了罢！”秦林大声说。

月红走到床上去按着他的嘴。

“你少说些话，老秦，你酒醉了，好好休息一会儿。”

——你来同我睡。我就休息了！

——好意思么？这样多的人！

——好了，好了，我们就走了，让你们两人去甜蜜蜜地睡罢！老侯的声音。说完。他居然不迟疑地出门下楼去了。秦林听见老侯要走，立刻站了起来，要回去。无奈月红死也不肯放他走；他于是转变说：

"你让我同老侯说两句话，不可以么？——老侯；老侯！"

老侯转来了，秦林代醉后问他今夜假设在这里睡觉，有些甚么规矩。

"不要紧，你在这里睡觉就是了。——刚才的打牌的彩有多少，你看过没有？"

——看过了。

——有多少？

——三十八块。

——我看你再垫二十二块。一共六十块给她，就算不少了。

他们低低地把计划定了，秦林忽然增加了无限的勇气；转上楼去把李君张君及其相知送走了以后，不客气地先自脱衣上床了。

月红把电灯闭了一盏，剩下的那一盏，光线十分不充足；然而在这暗淡光色中。她的乳房更格外动人了。她把周身的衣服都脱了，只剩下一条短裤和一件极薄的汗衣；透过这汗衣，所有的肌肤，一条一条的曲线都露出来了。

上床后，秦林两只手紧紧捏着她的乳房，拼命的乱动；一种极端纵欲，极淫荡的行为，开始了。

"……别闹！……"

"……唉！不对！……"

"……哥哥。哥哥……"

"……该够了罢？别再来了；睡觉了，你看已经六点半钟了。"

"快开门。快开门！十一点了，你们还没有起来吗？好快活呀！

快开门!"老侯的声音。

"真讨厌!"月红在半醒状态中说。把秦林也惊醒了。

月红穿上汗衣套上短裤,就去开门去了。老侯进门就说他昨夜的苦处。因为他一人半夜不敢回城里去,他在旅馆中去住了一夜;然而旅馆却因住客满了号的原故,他住的房间,非常之坏;虽然钱是化了五元,却弄到周身不舒服。末了他加上说:

"哪里比得上你们在温柔乡作甜梦呢?"

秦林慢慢地起来,穿好衣服,看了一下表,忽然大惊;原来是营部中作纪念周的时候到了,他是主席,五百名兵士等着他呢。他拉着老侯的手,匆匆下了楼梯;可是月红的声音还在说:

"你今晚上早些来罢,老秦!"

三

秦林独自地跑到月红的妓楼来睡觉,今天已经是第三次了。他每次来,每次都有同样的感想,就是"又来错了!"他为甚么要来呢?这简直是一件不可思议,不可解释的事情。求爱么?在妓女的身上求爱不是笑话么?求满足性欲罢?然而性欲是早已发泄了。他只隐隐然觉得他假如不来,就仿佛有一笔债未还似的;其实来了,又完全感觉不到甚么趣味。月红的嘴,月红的肌肤,以至于月红的乳房,用他的手摸起来,得不到丝毫的快感。的确,正如他自己想到的。他现在的嫖娼,只是"填一种空虚,还一种债;而不是求一种快乐了。"说句更深一点的话,他是为报仇,为向女界报仇而嫖娼啊!另外,三把刀的说话,姑娘的欺骗言语,都使他感受到一种乏味。另外,没有一个朋友同他来,他觉得是无限的凄凉。集合这种种的扫兴,所以他这时见到月红,每每说不出甚么话来。

"老秦,你为甚不说话呢?"

——我困了。他简单地回答她。在这一种回答声中似乎含有无限悲哀的样子。

这一天，夜深一点钟的时候，他同月红睡在床上；后面屋子忽然有着声音来；三把刀不知在门外说了些甚么，月红就起来了。她重新穿好衣服低低向他说：

"我去就来。"

秦林等了半天。（其实不过是十分钟罢，）月红还不见转来；于是他偷偷地起来，穿好衣服，戴正帽子，就下楼去了；下楼后，他又觉得这样太对不起月红，脚步停了一刹那；但一转念间，他仍然鼓着勇气出门去了。走不到二十步，一只手把他抓着；月红喘不过气地向他说：

"老秦，老秦！你疯了么？"

三把刀的大力，把他推拥回楼上去了。想必是后屋的客人已经被这位浪漫的先生惊走了，月红得以自由地来伴着秦林。而且说：

"假如你今天不转来。我只有去死了！"

原来她——浙江的月红——并不是自由的身体；她是被她叔父把她卖了的，卖价只是八百元；然而因为她作生意两年以来，每年都要折一千元的本，据老板说；这折的本钱，也是要从她身上取的，因此她的身价现刻是二千八百元了。假如有人要买她，恐怕还须要出三千五百元或四千元呢。因为这原故，所以就没有人买她；而同时生意又不好，老板就常常骂她；得罪了一个客，那更非挨打不可了。

"我是同你开玩笑的，哪里就会不转来了呢？"

——开玩笑？同我们姑娘开玩笑有甚么好处！

说完，她眼泪流下来了。秦林受了这种意外感动，顿然说不出话来；转念之间，他想设法弄四千元来买她出去，解除她的痛苦。

他开始计算他的收入了：少校阶级，每月一百二十八元；除了伙食而外。每月只有一百十多元；发六成薪，每月七十元；六成薪又分作两次发，每十五天只有三十五元；除了必须购买衣物等件而外，每十五天至多剩二十元；没有意外的应酬，一月可存四十元；十个月四百元，一百个月四千元；啊，一百个月，八年以后的事了！

买她是不可能的；即使这样来住宿，已经应付不来了；前天还借了老侯的五十元；虽然他不曾说话，这钱早晚是要还的；端午节快要到，付月红的节钱一百二十元从甚么地方去筹措呢？

"老秦你想些甚么？"

——我想我怎样设法把你买出去。

——真的么？你们男子，哪一个是有良心的！

——好，我没有良心……

——唉，不，哥哥。你要买我出去。我跟你去死都可以！

——你为甚么这样爱我？

——哼，老秦，你不要说了。

这时候秦林是十分疲倦了，然而月红不但不疲倦，而且还十分有精神；她要秦林说话。他，他甚么话也说不出来了。末了，他想了一段妓女的故事来讲给她听，她听得十分高兴，同时也作出十分的淫态来。头发拖在席子上，一手抱着秦林的颈子；在暗淡的光线中，她的一只又白又嫩的腿曲伸的状态，实在引起秦林一种不可抵抗的性欲；他又兴奋起来了，他把一切危险，一切不幸都忘了，这可怜虫！

四

秦林也并非不知道他这样的行为是不应当的；只是这正如吃鸦片烟或者打吗啡针是一样的；起初是好奇的尝试，及至上了瘾的时候，自己未尝不想戒绝它；然而已经太晚了，戒绝是不容易的了！

前一礼拜。他已经得到菱妹的来信了，她说她因为感到北京生活的太烦闷，想来秦林这里游历一个月；但她并没有充分的旅费，一切要秦林招待；她在信末并且不客气的说：

"……在我和你的朋友关系说来，你有钱用的时候，该不会看着我穷困罢！……"

是的，秦林怎能看见菱妹穷困而不顾她呢？即使把这生命牺牲在她的身上，他也曾，仅仅一年以前罢，这样想过；现在这心情虽然不比往昔那样热烈，然而那爱的火焰是不容易熄灭的，这又是真理中一点真理啊！何况目前菱妹是有意倾向他了呢？至少，虽然他是有未婚妻而她是有未婚夫，菱妹是他一个密秘而且亲蜜的朋友。这一次，她公然舍了她的未婚夫而来这不著名的省会游历，这原因假如不是秦林请问是谁呢？"啊，她爱我！"他差不多这样喊出口来了，当其他看完了那信以后。

然而，变态的心理终于是不可思议的，在这种爱情的复活中，他反不注意地轻轻放过了；他对于这信还是没有甚么感动；两点钟后，他又上月红家去了。路上，他这样想："我的行为是对不起菱妹的，对不起我的餐英的；然而人类，谁对得起谁，有过尺度来测量么？"他又自己原谅自己了。

是的，世界上所缺少的，就是这测量恩仇的尺度。把爱情寄托在一个不忠实的情人身上，是与寄托在一个妓女身上，毫无区别的。在秦林，还有比这更深的意思，就是任性，故意要这样作，故意堕落给他的爱的朋友看；这种任性，是含了报复的意味的。"你不爱我么？你看我对妓女的爱情都这样好！……"这是普通失恋者例有的心情；秦林失恋已经一年多了，这心情还保持着。

菱妹对于他永远保持着一种深刻的朋友的爱，然而他总是觉得这种爱是有缺憾的，是不能满足的；而且有时，他还甚至于把仇视，报复，这种心理，移去对着无罪过的她；所以这一次关于她要来这里游历的事，他不但没有预备，而且简直不放在心上。当其菱妹已经很孟浪的，独自地抵了省城以后，他还在月红处打牌。因为是钱输完了，因为回宿舍来向朋友借钱；于是才看见已经坐在房中四点钟了的菱妹。

"唉，你来了，玉菱！"

——我已经等你半天了！现在已经十点钟了，你在哪里去来？

秦林一句话也寻不出来回答的。良心的责备，使他脸红了。才从妓女处回来，见着这样一个纯洁可爱的女朋友！

"党部里开会。我还要去呢！"

——还要去？五千里来的一个朋友，不肯招待她；开会这样要紧么？菱妹含讥刺的说。

他又说不出话来了。三个朋友坐在牌桌上等他，月红在那里希望他，筵席还要他去才能收场；这些印象，明明白白地呈在他的脑中，他似乎又无论如何非去一趟不可的样子。洋车还停在宿舍的门外在，于是他决计抛别这远来的朋友独自去了。临行他说：

"半点钟就来，无论如何，玉菱，请你忍耐等一下。"

菱妹在这间小屋子中走了一百个圈子，心中如乱麻似的。旅馆也没有找着，房子也没有住的，行李还堆在秦林的床边，宿舍中间或一两个头从窗上望进来……这无不使她非常伤心难堪。

在秦林的杂乱室中，没有一样不使她生气的，这时候，只是有一件，在乱书的旁边，她看见她自己的像片，很恭敬地挂在那里，这使她生出一种骄傲的微笑。忽然，无意之间，她翻开一本英文书，里面有两三封仿佛还很新的信；一封是她自己写给秦林的；一封是日本来的信；最后一封是秦林的未婚妻来的信。好奇性和忌妒心趋使她不道德地拆开了这一封远道的来信；劈面她就看见：

"……我们是决计下月动身了。我的哥哥，和你的哥哥，他们是要出外游历；我呢，我出外来作甚么？来见我朝日思念而不曾见过面的人啊！

"这消息使你高兴罢，不，会使你忧愁的；因为我来了以后，你的哥哥的资格就立刻要取消了；那时侯，你再要喊我作小妹妹，我非打你不可了！注意啊！……"

"你偷看我的信呀！哈哈！"秦林果然在半点钟内回来了。而且，在路上，他已经把旅馆找好了。只等菱妹搬去就是。

在三层楼上，菱妹的房间是临着民江的；南市的灯光，印在这许多篷船的江水中，顿显出一种森严的景象。秦林与菱妹，靠在窗栏上，彼此没有一句话可说。

夜已深了，当其秦林要回去的时候。菱妹才慢慢地说：

"我看你现在实在变了。"

——为甚么？

——我知道是为甚么？

——你不知道，那末，就证明我并没有变：一样的自由，一样的活泼，一样的用忠诚的心来对待朋友。

——那么，你知道我这次来这里的原因么？菱妹索性说了。

"不是如你信上所说来游历么？"

菱妹用眼泪来表示秦林的误会了。他，深深地受了感动而后，慢步移去坐在含泪的她的身旁。这时候她除了哭而外，甚么意见也不能表示了。还有比这更其伤心的事么？被人舍弃而后，从数千里外去找一个朋友安慰她，替她计划今后的生活；而这朋友对她乃是一种隔膜，一种不关心的态度。啊，人类的残酷啊！

菱妹自从同鲁愚订了婚而后，似乎是山到了顶处，必然要往下行一样，他们的爱情一天一天地减少了。直到前月，这爱的程度一直于减少到零点了。有什么原因，说不出原因来！一种神秘的乏味，横插在他们的中间；不知不觉中，渐渐地成了他们爱的障碍物。彼此怀疑，猜忌，甚至于怨恨……于是她决计离开北京了。他们虽然不曾解除婚约，然而这一次离开后。婚约的寿命大概是不能继续了。

回家去么？菱妹的家庭，秦林是知道的：经济是不充裕，思想是腐败：例如订了婚的女儿是不准毁约，那是必然的结果。因此种种复杂的原因，她才决计单独出外来谋生活，永远当一个独身主义者。秦林是她拒绝过性爱而保存着友爱的朋友，现在作了营长了；投奔他去，想来是不至于受窘困的。

"谁知道你才是这样冷淡啊！"最后她这样说了。

秦林有无限感动，只是这时候实在没有法子把这种情绪表示出来；一种深刻的忏悔，弄得他，反乎常态地，结结呐呐地说：

"我们随后看罢……但是我……"

他又说不出来了，说到这里。他自己也不知道这"但是我"后该加些甚么字句，因此他只好说到半句就停止了。多疑的菱妹于是强问他说：

"但是我怎么样？"

——我们多少事情，不能专从理论上去说话。我们只说现在我应当如何作，你应当如何作就够了……第一步，我给你介绍几个女朋友，然后……

——然后怎样？

——然后再说罢！我们谁知我们将来的命运！菱妹，请你不要再说了罢。我支持不住了！

他的确支持不住了，假如菱妹还要往前多责备几句。好在是她先停止了这谈话，而平心静气地请秦林先回去再说；因此他得以离开那困难的地方了。

到了宿舍，他才恢复了他正确的感觉。两个不能挥去的概念：如何断绝月红，如何安置菱妹。这端午节应缴的一百二十元，怎样也拿不出来；外面的债已经贷得不少了，薪水已经领过了定额。索性从此不去"撒一次乱污"么？他良心上无论如何是下不去的；再去么？菱妹知道了，将如何的轻视他！而且……至于菱妹，叫她在此地谋位置么？她的"鲁愚"知道是会生出意外来的；打发她回去么？钱呢？唉！人类的性生活，情形是这样复杂啊！

这时候，已经夜深三点钟了，他很直觉地把电灯取去挂在床头，手中顺便拿了一本小说；他翻阅了很多的页数而并不知书中说的是些甚么。只是最后，有两句话却印入他的眼帘了：

"我们且活下去罢，

将来自然会明白的。"

他快要睡着的时候，已经是第二天八点钟了；勤务兵很不知礼地进来说：

"侯副官打电话来，请营长说话。"

——你对他说，我一清早就出去了；有甚么话好说！他差不多讨厌而且仇视起老侯来了，虽然是昨夜还同着在月红处高兴地嬉笑过。

"是。"勤务兵畏惧而退的表情。

五

着实费了大力，秦林算是把这笔旅行的费用筹措到手了；这里借五元，那里借十元，会计处支了十元；合共有三十元在秦林的口袋时，他非常高兴地约了四个男女朋友陪着菱妹上石山去游历。

这是一座很古的名山，半山中有一所极其庄严的古庙；从山脚起到古庙止，大概有十余里的路径；这十余里的路径，都是弯弯曲曲的坡路；坡是平宽的石级；在坡的两旁，栽满了古松古柏。

隔二三里路远近的所在，总有一所驻足的地方；不过这些地方的名目，都是万分的平俗；如：半山亭，龙王庙，月桂庵，朱公祠等。

但无论是朱公祠，或者龙王庙，都有一个卖茶的老和尚；站在门外，都望得见美丽的民江和江口的苍海。浮城虽然在烟雾中失去了它的清晰，然而瓦屋石塔却隐隐然表示出它们的存在。至于夜间，南市的灯火，尤历历如在目前一样。

从南市沿着民江的顺流，坐船到石山的脚下是需要一点半钟的时候；在这时间里，秦林都不曾说过一句话，虽然今天完全是他的主人。可是一到了山脚开始上坡的时候，不知道是有甚么神力的引诱，他与机器开了火门一样，大大地活动起来了。第一是伸手去接菱妹上一个堆上的坎子的时候，他的少年的活力，情人般的目光，男性固有的温柔，都一齐表现出来了。

他邀来的四个朋友中，只有一个是女的；其余三个，似乎都是追逐这位女性的单恋者；好在因为彼此进行的程度都还很浅，所以可以相安无事。

"你看他！刘姐！"菱妹拉着在浮城新认识的女友说。

原来走到半山亭的时候，秦林独自地先去坐在那山门上，打着盘脚，正在模仿一个参禅的老僧的样子。菱妹走上前来向他作了一个揖，六个青年朋友，大家都笑了。

刘姐着实走累了，他们三个朋友——张和，胜柳，孟抑君，——都愿意陪着她多多地休息一会；惟有秦林与菱妹不能忍耐，先上坡去了。

刘姐是浮城的人。曾经留学过北京；虽然是一朵摧残了的花，但是一朵摧残了的玫瑰花；她的色和香虽是失去了许多，而她的姿态，她的丰彩，还是照样存在的：这就是值得三个男子以上竞争的原因了。

她现在不曾同任何人订过婚，她曾经非正式地宣言过她要抱独身主义以至于死；但据许多朋友的观察，这誓言大概是不会实践的，因为她近来已经不肯说这一类的话了。

在三个逐鹿者中，比较胜利的是孟抑君；抑君是秦林的少年同学，而且在这浮城的政治地位，占了很重要的位置。

这一天刘姐更明白露出她的倾向来了，在半山亭休息的时候；她这样说："抑君，你带了照相机来了，给我拍一张小照……你带得有小说书来没有？……前天公园里你怎么那样早就回去了？……"当孟抑君用简单的词语回答这些话的时候，张和与胜柳，的确起了无限的酸意。然而爱情是不灰心的，他们三个还是紧紧地把刘姐围着，一直到了石山中的古庙。

和尚招待着他们吃过素餐以后，已经是黄昏时节了，一片一片的晚霞，很艺术地横铺在蓝色的天空；夕阳挂在苍翠的山巅；初夏的新蝉，高唱着它们的调子；透过树林去，在枝与枝的中间，远远地望见一片段的蔚蓝色，分不出是天还是海来；啊，石山的黄昏啊！自然的伟大啊！

六个朋友在观自在台瞭望了一回，因为是刘姐觉到这山间的晚寒，要回庙的客堂中去加衣服；于是他们彼此沿着旧道转来。

有一条水沟，横穿这石路过去。沿着一条小道下了充满树木的斜坡。菱妹一定要去玩赏这奇异的风景；秦林自然是该同着她去了。

他们两人越走越远；回头已经看不见原来的大道了，菱妹还想往前去；仿佛这水沟没有休止的时候，她是不会休止是一样的。沟旁的小道已经没绝了，这时候假如再要寻这小溪的归路，必然要从可怕的松林中穿过去。

他们俩都是好奇者，他们从松林中穿过去了。果然，不到几十步，这小沟就完了；在两山的夹道中，现出一条山涧来，沟水流动的声音，比音乐还好听。秦林寻了一块大石块坐下，菱妹也同时坐下了。

明月的光线，虽然透过很深的树林，毕竟还能射在他们两人的身上；只是稀疏疏的；被水草和细枝的影子，占去了许多了。

在这神秘幽静的境界中呼息的人们，是格外有幸福的；秦林觉得他自己幸福了；于是唱起来：

"明月松间照，

清泉石上流！"

这真是好景致呀！菱妹。秦林，你们怎样去享受它呢？

"玉凌，我记得我在北京的时候！你最喜欢不说话地，独自地望着天上的星儿；现在还有这嗜好么？"

——还有的。

——可惜今夜是月色，不是星光，不然，我要让你一人在这里享受了。

——月色也同样是可爱的。

——那么，我先去了！秦林玩笑说。菱妹差不多认真地怕了，一手拉着他的衣襟。记得，菱妹这样放肆地对于秦林，大概还是第一次呢。

"玉菱，……"秦林说。

"甚么？"

——你记得起前年么？

——记得起唉。怎么样？

——……

——有甚么话你说呀！在这样清静的地方。

——那时候……

——怎样？

——现在甚么都不同了！一切都变迁了！在北京的那般少年朋友，现在分散得成甚么样子了！才两年的工夫！——人生有甚么趣味？恋爱，结婚，生小孩，老，死，看啦，这便是人生！

——林哥，你怎么说到这上面去了？你怎么说到结婚，生小孩，老，死，上面来了呢？

——唉！秦林长叹一口气。

明月有一部分被乌云遮了；松林中顿显出可怕的黑暗来。菱妹越坐近秦林的身旁了。她看见月影越更黑暗的时候，她催促他同着她回庙上去。然而他安她的心说，他们还带有一个小小的电筒，而且这石山的路道他又是熟悉的。于是，过了一分钟后，他们的谈话又开始了，常常是秦林先说：

"菱妹，（我这时候，忽然想叫你作菱味，你愿意么？）现在我已经是有了未婚妻的人了，我的未婚妻听说不久就要出来了，我们就要实行结婚，生小孩，老，死……看啦，人生！"

——……菱妹想说些甚么。

"现在，菱妹，我想向你说一句话，你允许么？"

——无论如何是会允许的。

——前年……

——说呀！

——前年我不是很爱你么？

秦林虽然很爱过菱妹，但向她宣布出来，无论用甚么方式罢，这才是第一次。她的确感动了；前年的生活，现在她只能看作是一场梦一样了；甚么爱，甚么拒绝人的爱，她觉得那时候是太任性了：没有判断，没有选择；只因为贪图外观的美，就决定了她不幸的命运。这时候，秦林的爱火，重复烧到了她的心中；她渐愧而且失悔的哭了！这个太弱的女子啊！

秦林一下抱着她，把她的头安放在自己的怀中替她揩眼泪；但是在哭声才止一点的时候，秦林禁不住他已然打破了的苦闷，还非常暴虐地，专制地，继续往前说：

"菱妹，你知道，我为达不到爱你的目的，我曾经向你流过多少次眼泪！在中央公园，在金牛花枝下，我哭到半夜才回来的事，你该不曾忘记罢？在上海的黄浦滩，坐在外国人的公园中，曾经两天不吃饭；你该也有听见说罢？"

菱妹是知道的；他所以对于她的一切的伟大的爱，她是非常感激的。那时候她不爱他，只是一种解释不出的理由；然而现在，啊，现在已经变迁了，他们即或再有相爱的热情，也没有相爱的可能了。另外，他们这种社会上所谓不正当的爱，彼此又羞于表示出来；最后，大家想到个人的不幸的命运，于是在这夜深人静处，混杂着流水的声音，他扪彼此哭了。

在菱妹的心房跳动上，在她的哭声中，在她一切的表情，秦林觉得这时候她是动了爱他的情操了；于是紧紧地抱着她，与她接了一个深深热狂的吻。

"你还在爱我么？"菱妹还靠在她的怀中，仰头寻求秦林眼中的爱火而且说。

"我早失去了爱你的资格，但现在还没变更爱你的心情。"

——这样，我是很感激你的：一个无人要的女子，你还永远对她保存着热情。但是我们将来怎么办呢？你的未婚妻就要来了！

——将来？谁料得定将来是怎样的。十天以前。我曾料到今天我会得到三年来得不到的爱么？

——哦，十天以后，大概你会把我从你怀中推开了！菱妹半笑半真的说。

"啊，菱妹！你说出这样的话来了！不错，我是会把你从我的怀中推开的。爱她或者恨她，我觉得是一样的热情。我对于你就只是这两种情感。我爱过你，不用说；但是我恨过你，我曾经想杀过你；你不会惊诧么？看啦，这就是艺术家的爱！你以为我是武人了么？你以为穿上这二尺五长的衣服，就把我的个性，我的嗜好完全改变了么？你以为人类可以因为他外形的改变，年纪的增长，而熄灭其固有火焰么？'形可使如槁木，心是不能变作死灰的。'——你想爱得痛快，尝尽爱的甜蜜，你去寻求艺术家；但假如你怕爱的深刻的痛苦，你就去找你的鲁愚……"

——林哥，你为甚么这样酸辣呢？菱妹含着眼泪说了。"现在我因为他受的痛苦还少了么？"

——这痛苦是浅薄的。不，甚至于没有痛苦；他现在还在爱你，我知道；他永远是爱你的！他会比一条忠实的狗还要忠实，他会服侍你，满足你的庸俗的嗜好；这是他取得爱唯一的原因。至于我，我是不忠实的，任性的，骗欺女子；除了我埋伏着的爱情，是比任何人的爱情还要热狂而外，我一无长处。我不会把我的面貌修饰得来与一朵莲花一样，我不会拿着熨斗自己熨平我衣服的褶绉，我不会打扮成一个翩翩少年。我爱你，我就是欺骗你来满足我一种精神上的欲望。我紧紧地，抱着你，吻你，亲你，与其说是一种爱的表示，不如说是一种恨的表示。好久以来，我就想报复了；我亲你，吻你，就是报复我的仇人，就是报复那抢我爱人的仇人啊！

——……

——菱妹，大概机会只有这一次了，索性把我要说的话一齐说出来罢。我是一个绝对值不得人爱的人了；这并不是因为我有一个不曾识面的未婚妻，是因为我近来堕落了。命运要催促我犯罪，我已经作出犯罪的行为来了！

接着他叙述他怎样转变了他的思想，怎样养成了一种报仇的心理，怎样到月红处去；当其菱妹初到浮城的一天，他是怎样地作出假面具来欺骗她。以至于月红的关系还没有断绝，他的身体是怎样虚弱而有肺病与花柳病；他都一一向菱妹说了。他说他的灵魂没有寄托处，以致于才堕落了。假如他有人爱，有人收存他纯洁的灵魂，那何至于如此呢？这仿佛是一个犯了罪的罪人，在上帝面前忏悔他罪过是一样的；所差的，就是他还靠往菱妹的怀中，但不曾跪下罢了。

流水虽然照样的流着，山石老松虽然不曾变更他们的位置；然而月儿却由暗而明，由明而暗，已经变过十多次了。虽然是前途有无穷的障碍和危险，然而靠在爱人怀中的人们，是不会预料到的。在这长时间的静默中，由彼此心房的跳动，秦林与菱妹，似乎是正在交换这样的语意：

"你原谅我么？菱妹你原谅我么？"

——林哥。请你摸我这心的跳动罢！你还不相信我会原谅你么？

他们现在的问题，就是建立一种新的希望了；这是非常容易的：菱妹可以找工作做，在浮城；无论是他的未婚妻来，或者她的未婚夫知道，都不会有意外的危险的：因为他们可以为一对最秘密而圣洁的朋友。就用这种秘密的，圣洁的，然而很深刻的友情，来赏酬他们的过去的一切缺憾啊！

时候实在已经不早了，秦林与菱妹简直忘了他们的归意。谨慎而活泼的抑君带着那两个朋友，他们决计沿着那小沟去找秦林与菱妹。刘姐因为是身体太细弱的原故，早睡了。秦林的这三位朋友如酒醉般的一面走一面说笑：

"你说秦林爱玉菱么？"

——那还有问题？

——你不是看见秦林的壁上永远挂着她的像片么？

——哦，恐怕就是他的未婚妻啦！

——不是，他的未婚妻还在贵州；这个菱妹是从北京来的。

——秦林吗，著名浪漫的人物，无论哪个女子和他多少总有些关系。

——是的，前天我还看见他从堂子里出来呢？

——他一个少校阶级，怎么会有钱来逛堂子呢？

——借债吗！

——哼！

——唉！

——……

——你看，你看，那一对白影子，大石块上，不是他们么？

——轻一点！

——等我一个人先去！

——我去，我去！

菱妹早听见脚步声了。当其她推开了秦林的头站起来整理衣服的时候，抑君已站在他们的后面了。

"真吓死我了，你们怎么会找到这里来的？"

——我们侦探你们已经两点钟了。

——刘姐呢？

——她老早睡了。你们也回去罢，夜深了，恐着了凉！

秦林慢慢地起来，很不愿意地离开了那福地。至于菱妹，曳着她的裙子走这样的山路，表示出十分柔弱的态度来。胜柳伸手搀她，她拒绝说：

"不要，我自己可以走。"

秦林从树缝望见这种处女的风韵，得到无穷的甜蜜。菱妹这一次来，容颜虽然是略略憔悴了一点，但前年的那种温柔，那种媚态，那种沉静，在秦林的目光中，尤其是在这月色里，是一丝也没有变的。秦林自己呢？那是一种精神的美，他的使菱妹还爱的地方，是在他热烈的情感，丰满的说话，含诗意的表情，……啊，他们要能永远相爱，是何等的幸福呀！

六

秦林从石山下来，这简直与从天堂堕入地狱是一样的：他的精神上的活泼，少年的美，革命者的勇气，到了山脚的时候，就变作一种忧郁，沉闷，愁苦，无聊了；虽然才一天，他的面容仿佛是由老而少过，复由少而老了二十年一样！

这是第二天的大清早，他独自地在一条小巷子里面徘徊着，研究一桩事情："我到底还是去向他借钱好呢？还是去求他替菱妹找事好呢？"经过了大概有半点钟的考虑后，他还没有整理出一个结论。结果，他是决计不要结论，走去看看风头再说。

"赵主任在家么？"

——甚么事，要会主任，请拿出一张片子，我去替你看看。

——我忘了带片子；我是他的熟人，你去说秦营长他是知道的。秦林无力的说。

赵主任的护兵看了他一眼，似乎不信任他是营长的样子。因为，的确，秦林的样子是使人怀疑的：第一，他的制服太破旧而且是布制的；其次他又没有助威风的皮裹腿和随身的护兵；再其次他的精神的颓废，更是一种不可救药的失败。

"主任在洗脸，请你等一下。"

等一下大概等于四十分钟，秦林感到的又比一天还长。结果赵主任是出来了，短短的胡须，很有一些滑稽的神情。虽然他同秦林是在北京见过面，然而他向来是讨厌文学家这类的人的。而且，底子里说，是秦林在北京的时候，恃才傲物；很不曾把赵某放在眼里。不过这些过去，秦林是忘了的，即赵主任也只有模糊的印象。可是今天一见面，这种不快，这种格格不入的情态，自然而然地又如两年前一样地发生起来了。这使得秦林再三想退回去；虽然除了赵主任而外，几乎绝对没有其他一人可以解除他的窘困。结果他是含羞说了：

"赵主任……"

他的脸红了！这弱者啊。

"赵主任我有一个朋友……"

赵主任抢着说：

"这几天真没有办法，外面介绍来的人太多，本部给编制表限定了，只能容纳一定的人数。但是这些介绍人的朋友又都是好朋友，真没有办法啊！他们动辄说：'你一个师政治部难道连一个人都安置不下么？'天啦，一个朋友介绍一个人，十个朋友就介绍十个人，一百个朋友就介绍一百个人……本部充其量只能用二十多个人……唉，实在不容易；你看我桌上的履历表！"

的确，桌上是有很多找事者的姓名。但是赵主任的话还是有几分假的：因为编制表是略有活动的；假如主任一定要位置一个姨太太的兄弟的时候，那表的名额即刻就当改换了；换句话说，除了原定的三位科员而外，立刻就有一个服务员的名义出现了。

秦林再也不敢开口了；这一张会谈哲学，文学，爱情的嘴，现在被一种神秘的胶质粘着了。末了他只有向主任说叫他有空位置的时候，代他留心；其实他早明白这话也是无效的；不过为结束这一场不幸的谈话。这也是必要的。

"是的，那一定，我们好朋友，这点事还不能帮忙？一定，一定。"

只是这几句话就把秦林送出门外来了。

秦林今天起得太早，受了一点风凉；这时候更格外觉得了；在路上他的鼻子就不通起来，头也有些重了；他回宿舍去就躺下；他唯一的勤务兵看见他脸红红的，知道他病了：

"营长，要吃甚么药？"

——你在军医处去对郭处长说，我伤了风；叫他给你一点普通治伤风的药就够了！没有甚么要紧的病。

药是吃过了，病还没有好一点。到了晚上，发烧得更厉害；他很想买一点水果来吃；然而自从石山下来后，他把最后剩下的几毫钱都用完了。不知趣的，然而聪明的勤务兵却向他说：

"营长，你要水果么？拿钱我去买。"

——我……我不要。他慢慢说了；面掉去对着里面，他哭了。

第二天大清早，还躺在床上的时候；勤务兵送进来两封信，一封公事；他即忙拆开公事一看，他惊疯了。

"查○○○师○○○○团第一营营长秦林行为荒谬，语言不谨；且在外狂嫖，数日不归，殊属有碍风纪。着即免职……"

他手只是打战，心房只是跳动，免职令掉在地下了，眼前一切的景物，在他脑经中就只有不清楚的印象。恍惚是一片红光过去，又一片黑暗过来……"这是地狱中的景象！"他差不多喊了出来了。他的身子，似乎又是从高山上在往下坠一样，他远远地仿佛又听见已死了的母亲的声音，隐隐然又看见他已经死了的两个抚爱过他的姐姐。但是，他总不能去同她们说话，去跪在她们的面前忏悔说：

"妈，妈啊。你的失去的儿子在这里！"

他醒了，太阳已经很高了，这时候，他周身出了许多汗，他的声音，仅仅能说出："勤务兵，你给我打一条手巾来"这一句话，然而他已经疲困了。

下午四点钟的时候，菱妹一下走到他的屋子来了。她看见他躺下了，她着实惊了一下：

"唉，林哥？你病了！怎么两天不见就瘦得来成这个样子。在石山时候还是很有精神的……"

——唉，菱妹，你来了吗？

菱妹走去坐在他的床边，手摸着他的额部说：

"你吃的甚么药?"

——昨天······

他又说不出话来了。后来才勉强说他昨天吃了一些治伤风的"哈四比灵"。她于是大惊说:

"你发烧得这样厉害,怎么会吃治伤风的药呢?"

她羞答答地出门去叫勤务兵替他去找医生来。医生说这是可治的病,只要多吃一些水果,尤其是香焦,一方面再买一些水来放在床边;热得很难受的时候,可以冰一冰。秦林一一地点头答应了。但一件也没有钱办。菱妹把自己还有的几块钱拿了出来,才勉强买了一些病人的必需品。

晚上他的病果然好了一点,菱妹又陪着他说许多使他开心的话。他们谈到上海的生活,他们又谈到北京的生活。

"你记得么?"秦林先说了。"你记得那一次你同你哥哥在我住的山上来的时候吗?就是那天晚上,我开始向你暗示爱了。那时候天气非常之冷,但是那月亮却如白日一样的光明。你一定要把风琴拿在松林去按,我一定要叫你多穿衣服;你对我的那种微笑!"

——你又记得么?就是这次的第二天早上,我还睡在床上的时候,你就来叫门。我是不想起来给你开门的;无奈你在门外说:"快开门,我才穿一件衣服;冻死我了,我的头发上的洗发水都结成冰了。"我怕真冻着你,披一件夹衣就起来与你开门。原来你是穿上大衣的,天空又出了很大的太阳,你的头发是还干干的。"真会骗人!"那时候我这样说了。

——后来怎么样呢?

——你记不得了么?后来就同去游八大岭吗!就是你把手弄伤了的那一次了。

——哦。

秦林用这一个"哦"字把话切断了。室中静默了许久。过去的生活在这两个不幸者的脑海中展开了。大概是先秦林想到了那最伤心的一段罢，所以他这样说：

"那时候你为什么不爱我而愿意同鲁愚订婚呢？"

——因为我实在还不了解你，那时候；你写来的信，我有许多不明白的地方。……现在……但是现在……

室中又静默了。病人口渴想要茶；菱妹立刻去替他倒茶，并且端到床边来拿在手中让他喝。秦林忽然有一种感觉；他觉得菱妹就是他理想中的妻子一样；这种温存，这种怜爱……是他梦想三年而不曾得到的，现在实现了！他似乎忘了他病和他的一切不幸了；他一时如小孩子般的唱起来，把菱妹都逗笑了。

"哦，我想起了一件事，今天早上我叫人送一封信，你收到了么？"

秦林这时候才想起他早上还有两封信没有拆，于是从床角里摸出来：

"是这封么？"

——是！菱妹说完后要用手去抢这信，然而秦林眼快，一下收起来藏在怀中去了。其余一封是秦林教过的一个女学生寄他的。中间除了一张像片而外，甚么都没有。可是像上却写了几个含有很多意义的字："我把我送给你，望你笑纳。"他略略笑了一笑。笑纳啊！

"林哥，我不希望你看我写给你的那封信，至少在病中。"

但是说这话的时候，秦林早看清楚了。这是一封短信，中有旅馆中二十五元的账单；秦林也没有说甚么；但是他把眼睛闭着，又大显其病态了。

菱妹大大地失悔了，她不该这样急的就把旅馆的账单寄给他；既然旅馆的账又并不是不可推脱的。秦林这时候睡着了，呼吸又非常短促；菱妹已经决计不再回旅馆了。但他一下突然醒来说：

"唉，你还没有走？几点钟了？"

已经夜里一点了。菱妹向他说她决计不走了，服侍他到天亮。

"在宿舍里怎么好！"

——我还有什么顾忌！菱妹说完，眼眶中已经含着眼泪了。

七

这天正是端午节。昨天晚上菱妹也没有回去。她守着病人足足有了三天三夜了，因此疲倦得不堪，她斜靠在秦林睡着的枕上就睡着了。

在宿舍的门外，忽然停下一辆马车；两个三十岁年纪的男子，引着一个青年的女子从车门下来。

"第二十团的宿舍就是这里吗？"

——是的，先生，你找谁？

——我们找秦营长。

——等一等，我去看他醒了没有？他病了呢？

——不要紧。我们自己一直进去看他；我是他的哥哥唉。

秦林的哥哥同着秦林的未婚妻餐英和她的大哥庸心，跟着看门的直走到秦营长的屋子。啊，一个女人陪着他睡在床上，真好印象呀！

"三弟，三弟！"莲兄这样叫。

秦林还没有醒的时候，菱妹先醒了；她张皇失措地说：

"唉，唉，你们是谁？"

——我是他的亲哥哥，她是他的未婚妻，他是她的大哥！莲兄含怒视菱妹的态度说了。菱妹一切都明白了；他们要来这里，她也早想到的，只是想不到这样快罢了。她坐在桌旁，脸儿红胀着，仿佛是坐在针毡上一样。

秦林才醒了。他看见室中有这样多的人，他完全以为在作梦；因此他把晕眩的眼睛重复闭了，去寻求那梦境；然而那"三弟！三弟！"的声音却清清楚楚击着他的耳鼓，他于是再睁开眼来看：果然是他的哥哥啊！那不相识的女子，自然一定是他的未婚妻了。

这样新奇的境遇，他仍然不惊诧；因为他在梦中早经历过同样的景象了。差不多每天晚上，他都梦见他的老兄，他的未婚妻和他的岳母来了。来就是他的哥哥骂他，他的岳母哭泣，他的未婚妻同菱妹打架。这现实的印象所不同的，是菱妹和餐英都没有说话，而岳母却当作他的十岁时的同学去了罢了。

"你们怎么这样快的就到了，我真想不到。"秦林慢慢地说。

"想不到吧！"莲兄含讥刺的说了。

菱妹再也不能多待一刻了；她临行时只对秦林说了四个字"我回去了"。其余的人，她一个也没告别。菱妹刚一去后，莲哥更生气的向秦林说：

"这女人是谁？大白天同男子一床睡着好不害羞！你已经是订了婚的人，你为什么还勾搭这样下流的女子！你八年不回家，读书又没有成效；现在稍稍作了一点事，你就这样糊闹起来。你不想想，我们的父亲死得很早，母亲已经去世十五年了。——你的两个哥哥，你的大嫂二嫂，你的侄儿侄女，希望你是怎样地热心；听说你在外面失恋，才设法与你定婚；听说你在外面寂寞，就赶快把餐英给你送出来；现在我们来了，你才在那里抱着女人睡觉！……自从同你订了婚后，餐英无时无刻不在想念你，希望你；你这样，怎样对得起她啊！"

是的，对不起她，莲哥说的话很有理；你看餐英已经哭起来了。然而个人的思想，终于是奇特的。她这时忽然感觉到秦林的可怜；她不独不嫉妒刚才走了的这位女子，她甚至于还感激她；因为她——菱妹——救了她的丈夫，她想。他是一个孤独者怎么不求人来安慰呢？无父无母的儿子，无哥无嫂的兄弟，无妻子的丈夫，这是怎样的可怜；这可怜，只有她——餐英——自己负了重大责任的。她就是恨她的家庭不许她早些出来；不然，秦林或者不至于这样堕落了。她至死是相信他的；原谅他的，虽然她看见他同另一个女人同一床睡啊！所以，当其莲兄愤怒责备秦林的时候，她屡次想阻止他；然而这心情却被那多情的眼泪掩着了。

病人流了几滴眼泪，身体的热度渐渐又高起来；一种不可遏阻的情感袭击了餐英，她愿意，甚至于说强烈地要求上去抱着这病了的秦林，向他说："你不要哭，好好地养病；莲哥说你的话是不要紧的。"然而两家的哥哥都在这里监视着……

室中的三个人，秦林一个也不敢看；虽然餐英热烈地希望他看她一眼。虽然这三个人都是他时时相见的。他自己觉得是地狱中的罪人了。他想到了他同月红妓女往来的事，比起这爱他，希望他的少女来；他心一丝一丝的疼痛；他的汗一颗一颗地往下掉了。唉，这可怜虫！

万念俱灰了，他于是说：

"请你们先到旅馆去休息一会，……让，……让我……把感情平息一下。请你们晚上再来。"

被庸心强迫了而后；他们决计暂时去了；然而餐英是哭着不愿意离开这地方：五千里来寻见自己的未婚夫，当其他病了，谁愿意离开他！当其他们彼此一句话都不曾交换过以后，谁愿意即刻分别！莲哥于是说：

"餐英可以留在这地方么？"

——可以让她留在这里。庸心哥的回答。

房门重新掩了以后，秦林从床上一下如死人复生般地跳起来，两个眼睛对直定着餐英，一跃上前去紧紧地，胸对胸地把她抱着而且含哭声的，很柔和地说：

"英妹……"

——林哥……

四只眼睛相对着掉下无限的热泪。

当其勤务兵把菱英小姐送到旅馆去的时候，已经是夜间十点钟了。秦林这时候清醒了许多，精神也比较好了。他看见他室中的混杂情态，他很想整理它一番。首先他就在床脚下发现了那免职令，这使他又不能安定了一下；随后在乱书堆中又清出几封讨债的信来；张干事给他的报告也在里面；这报告说，他从到差日起至离职日止，薪水总共是一千七百六十五元四角；但他已经支取过了一千八百九十元；扣除合共长支一百二十四元六角。这是秦林不曾料到的账目。在病中，他清醒的时候，也曾计算过，虽然撤差，薪水还可有一百余元；然而现在看张干事的账，仿佛一笔一笔地都是精确的。他想起五十元一装就在口袋里，即刻叫马车到月红家的情态，他完全不诧异这笔大款的用途了。

现在甚么希望也绝了。合计起来要四百多元才能还清他的债，而且菱妹的旅馆费，未婚妻的将来用度，月红的必缴债一百二十元，……这些都是不可避免的不幸。她们，都是把希望寄托在他身上的人；然而他现在实在无法了：营长已经解职，社会还能容他么？

"我负了你们的希望了！我负了你们的希望了！"他自己说。但是即刻恶劣的印象，又来攻打他了。月红今天一定是等着他的，因为今天已经是端阳节了：一百二十元，是作还债用的，是她拿去缴房费的，是她要拿去还裁缝工钱的；他现在没有法子拿着这一笔大款子去，月红定然是挨骂了，受鞭打了；他想起他前次摸到的，月红背上的鞭伤，他心痛得来不能忍耐。

菱妹呢，不告而别了；她现在定然坐在那间小屋子中哭了；受他的欺骗，受人的凌辱；啊，从来纯洁，且因为纯洁而骄傲的女子，今天莲哥用妓女的眼光来待她；人类的隔膜和残酷，是什么时候才能完结呢？

他再三思维，他没有活着的必要了。周身生了梅毒，是已然有确凿的现象；肺病是早经医生证明过到了第二期的了。良心的谴责，身体的痛苦，种种都足以证明这世界是不许他存在的。他于是把他的破手枪取出来……然而这是太不谨慎的事。宿舍中，多么讨厌呀！他跨步出门去……不一会，他又转来；他觉他还有一些事没有作完。他把那免职令拿来烧了，讨债的信也烧了。末了他提笔写了十几封信；意思大致都是相同的：

第一，"英妹，我不能再见你了！

　　——你愿意见的人。"

第二，"菱妹，我不能再见你了！

　　——你的不忠实的朋友。"

第三，"莲哥，我不能再见你了！

　　——你的不好的兄弟。"

第四，"庸心，……

　　——你的少年同学。"

第五，"新野……

　　……"

第六，"素和……

　　……"

第七，"……

　　……"

他的确是神经失了知觉了，所以他虽然发热而完全不知道。外面下了雨，他也没有听见；他一味的把信封好，还烧了许多秘密的信件；这信件大概是关于爱情上会起的纠纷的；然而菱妹给他的信，他却放在身上带起走了。

他出了门以后，一直跑出了东门。门外隔几百步，就是小山脚；他一交跌在地下了。

"就在这里罢！"他自己极有勇气地说。

手枪是举来对着自己了；然而许久没有用过的子弹，无论如何也不发响。他于是躺在地下，让黑夜的大雨淋着，他哭了。造物这样地不仁慈么？自杀都不允许他么？留着他作甚么？在大地上享受人间苦罢！

是的，他自己似乎又有勇气生活着了；他忽然觉得自杀的可耻，他忽然想起月红，菱妹，餐英三人给他的安慰来。灵魂的，肉体的，各人所给与他的满足虽有不同，但她们都是他的爱者；多量或者少量，物质或者精神；他所酬赏她们的或者隐然有别，但他对她们都用过充分的爱底热力。现在他在这要死不死的情绪中。他把她们放在脑经中循环地想了。

暴雨一下停止了他的疯狂，星光点点地闪动了。十分钟前还黑暗得不堪的道路，现在隐隐然露出它的明晰来了。隐在青深的稻田那面，有一座小小的坟山；透过那荒草深处，两三间破败的房舍内，露出几星可怖的火光来。是人住的，还是鬼住的？假如不是秦林从那里经过时，突然有两三声犬吠的话，人们差不多不能断定了。

秦林打了一个寒噤，似乎有几只鬼手抓着了他的颈子的样子；他想用力的喊，然而一声也喊不出来……他吓得来竖着头发，气喘吁吁地奔跑回来了。

八

阳光射在被上，勤务兵把洗脸水已经放在床前了，秦林才慢慢地起来。脸上的血色虽然失去了不少，而脑经却比昨天清楚得多。

只是东门外的一切经过，他似乎都在梦中一样；他还记得的，就是昨晚他是出外跑了来，所以他问勤务兵说：

"昨天我走了的时候，有人来找过我没有？"

没有；他写的遗书一封一封地还在桌子上；自杀的志愿还没有第二个人知道。他于是如疯子一样大笑起来。勤务兵看见他的脸一下绯红，一下雪白，知道他的病还没有好，劝他再躺上床去休养。他骂了勤务兵一顿，他跨步又跑出门去了。

"死是解决一切问题的。"突然，这个概念又来打击了他。他于是仿佛入了死乡一样，他只听见菱妹，餐英和月红的哭声。"多情的女人，你们还要哭我吗？你们还舍不得让我死么？你们同我死去罢！是的，死是解决一切问题的；解决不了的，就是那因你死而哭的人。把希望寄托在这人的身上。这人死了，这是何等悲哀的事。"这凄惨的印象，第一浮在秦林眼前的，就是餐英。她是载着希望，甚至于说全付的生命力来寻求她的末婚夫的；假如他死了，她的生命力也会没有了，活着有什么用呢？

"杀了她罢！不，杀了她们罢！"秦林差不多喊出口来了，一面虽然还在街上东倒西歪地走着。他脑筋中又开始这样想了："……即使菱妹，即使月红，她们的生活又有何意义呢？不是造孽吗？……杀了她们罢！替她们解除痛苦罢！"

他慢步走到了南街，他忽然想他手指还有一个金戒指，他于是走到金店里去卖了十二元。他不知不觉地走进了一间日本人开的药房。

"先生，买什么？"

——Arsenic.

——甚么？会说中国话的老日本人听不懂英国话。

秦林于是用笔写了两个中国字：

"砒霜。"

"先生，要多少？

—— 一百格兰姆。

—— 一百格兰姆？先生拿去作甚么？先生，这是毒药，我们不卖这样多的！

秦林故意笑了。低低地向那日本老头子说，他自己已是学过医的，可是他不幸得了慢性的花柳病，每天要吃一小杯稀砒霜，他现在又要出发到前方去，所以买这样多。老头子半信半疑地取了那毒药出来，交与秦林的时候，口边还说：

"二百倍水记着，先生。"

——二百倍水，我知道！秦林疯狂地跑开了。

他把这毒物装入了口袋以后，他一径跑到月红家去。方起床不久的她，一下抱着他大声的说：

"老秦，老秦，端午节日你怎么不来我家里请客，也替我争口气。"

说完，她失了神般地哭了。秦林拍着她的背说：

"我既然来了，你又哭！节钱我回头就把你们。我要请客，就在今天晚上，可是不在你家里，在一只舢板船上。"

随后秦林加上说他有事暂时还要走，晚上七点钟来约她。

果然是晚上七点钟，秦林秘密地约了菱妹和餐英，说要引她们到一个极快乐的所在去。她们两个彼此都觉得有相互认识和了解的必要，因此都听了秦林的支配。

到了舢板船上不久，由电话约来的月红果然也到了。菱妹一见月红那种妓女的装束，立刻表示万分的不高兴。但秦林不让她有意见发表时，先就说：

"今天晚上，有许多问题，要她才能解决……请你不要不高兴吧。"

餐英与菱妹都一句话不说。只是快要把船放入江心的时候，月红跟来的姨姑才问秦林说：

"没有别的客了么？"

——别的客在别的船上。秦林很随便的回答。

船解了缆以后，一线的明月已经浮在江头了。两岸的灯火，断续的印入水中，显出许多奇异的花彩。隔南市不远的地方，沿着河岸的小山脚下有数十株大榕树，这时候一株一株地都采取了它的奇异的姿势。捉弄着月影，反见得格外生趣了。

"先生，船就停在这里吧？"

——再往前面一点。秦林平静地说。

民江再往前走，江面就格外宽而且大了。坐在船中的人们，尤其在夜里，是望不见两岸的。很远的，似乎浮在水上一般样的，就是有名的石山了。石山脚下，隐隐而望得见两三星光。

"船就停在这里吧，秦先生，再走潮也退完了更费力了。"

秦林毫无意识地答应了一声"可以"以后，一把手拉着餐英说：

"我对不起你！"

月红坐在船的最前头桅杆底下，同她的姨姑谈起土话来了。菱妹还与两年前一样躺在一张躺椅上静静地望着天空。只是这一次，心底子有些悲哀，面色格外凄凉啊！当其秦林叫船夫摆出酒菜的时候，月红才大大地叫了起来；她问秦林请的客在哪里，她说她有事；她要早知道这样的场面，她何必来呢！秦林一句话也不回答，只是惨然地笑。

酒菜摆上了桌子以后，秦林用力拉拢了那三位都不愿意入席的女人。这时候，江上的明月，已经不见了，天上忽然显出一种凄惨的黑暗来。舢板船上的煤油灯，用了它死人一般样的光射在这四位不幸者的身上，真是一幅悲哀图啊！

"用不着悲哀。痛快些享乐罢！"秦林忽提起精神说。"生命是太短促的，我们早或晚总要到坟墓里去。想到这里，谁不觉得可怕？然而正唯其人们能知道这死的可怕，所以在这幸而还生的时光中，应当尽量地享乐，应当痛快地生活！你们信我的话。你们喝了这一杯酒罢。"

月红先喝了她的酒，随后秦林、餐英都喝了。只有菱妹是不会饮酒的，可是秦林不客气他灌了她一大口。然后他继续说：

"月红，你觉悟得早，我为你向上帝祝福……我索性把要说的话都向你们说了罢，时间已经不早了。——你们三位都是我的爱人，随便哪一位，我都愿意抱着她同她一起死去。随便哪一位，在我的生命中都占了重要的位置，我都永远忘不了她。可是人类的不幸，是不能幸免的。随便哪一位，我都不能痛快的爱她，抱着她死去！菱妹你是世界上最高傲的一个女子，你轻视过其他一切女子。但是我现在要告诉你：人类是有阶级的，然而爱是没有阶级；能使我心发热的，那就是我的爱人。月红是妓女，是下流人物；然而她，即使在短时间也罢，使我沉醉过，使我尝到过，即使是虚假地也罢，人生的真味。菱妹，请你不要看轻人类！到了死的国度时，一切都平等了。"

三个女子，学问的程度高低虽然不同，但都听不懂秦林的话，不过她们看见他含着双红的眼睛，带着颤动的声音说话的神情，大家也没有一句反驳或阻止的言行发表出来。秦林休息了一会，自己又喝了一杯酒，他说话的声音格外有力量，然而格外不规则了：

"你们知道爱的价值么？它是能使死了的人活转来；能使活着的人不迟疑地死去的。因为它的价值有这样高，所以人们为它牺牲了一切的也如此其多。我爱你们，或者至少可以说，我爱过你们；所以我要为你们牺牲了！……但是你们，说一句最平庸的客气话罢；我对不起你们，请你们原谅我，我今天晚上在这酒里面放了毒药，在两点钟之内，我们要在天堂上见面了。你们对于这世界，也许还有狠大的希望罢？我不顾你们的希望，我把你们毒死了啊！——月红。你想来是比她们两个高兴求死一点，我祝福你!"

说到这里，他上前去抱着月红深深的接了一个吻；末了他向着水上的天空说：

"请了，请了！永不死的世界，我们从此别了！希望你不要因为我们四个人的死，而改变你的行程罢！希望你，还是照样的把青春，给我们的后辈青年男女送去吧！……别了，再见……再见！我的爱……人们！……别了……"

毒酒是秦林自己喝得多，所以他也比较倒得早，还不曾说完，他的口中已吐出许多可怕的死沫来了。他倒在船舱内，身子直直地，眼睛反着，鼻孔流了乌血了。他是溘然长逝了！

餐英吓得来哭不成声，眼泪一滴一滴地往外流，口齿不停止的打战。她看见秦林倒在地下以后；直觉地走去倒在他的身上哭了出来。这时候，已经是夜深了；舱外的船夫和姨姑这类的，大家都静悄悄地打起盹来。忽然听见里面哭声，大家都跑了进来。

"甚么事？甚么事？"

月红十分镇静地回答说：

"他吃醉了。"

说完，在人声的嘈杂声中，利用大家不注意的机会，她还斟了一杯毒酒倒在口中去了；不一会她也倒下了。姨姑哭得死去活来，船夫们目瞪口呆地望着那三条死尸。

菱妹似乎还不会死的样子，她的意识里还想到许多过去的事情。虽然死神已站在她的当前，然而她还在那里很安静地推理，她并不觉得死的可怕，她只觉得这时候有一种为她素不相识的深刻的悲哀。她很想去抱着秦林的尸身，然而船夫们已经围得水穴不通了。

"啊，死原来是这样啊，我认识你的面孔了。"

她哭了。她心之深处觉到无限的空虚。她似乎有很多的话要向人们说；然而一句话也说不出来了。她想到这世界立刻就要忘了她，就要去装载别人的欢笑，她如失恋后一样的凄凉痛苦。不忠实的世界与不忠实的情人一样，到了我们要离别了你的时候，你不会给一两点能安慰我们的印象吗？太残酷了罢！她要报复，她紧紧地捏着那船舱内的两把椅子，她恨不得把木头也咬两片下来雪她不平之气啊！不幸啊，在这最后和宇宙挣扎的生命力中，她终于还是失败了！她的手不知在什么地方受了伤，流出鲜红的血来；她也和他们三位一样，早晚究竟解决了她永远解决不了的大问题："人生到底是为什么？"现在假如有人要问她这一句，她一定在安静的长睡中发出声音来说："人是为死而生的！生的目的就是死！"她死了！

滔滔的江水，顺的那若急若徐的晚潮，向着东方滚滚地照样流着。天上一朵一朵的乌云遮着那欲出不出的星儿，别有一番令人寻味的情趣。月红的姨姑还在哭，船夫们带着无限的愁惨摇着桨；夏夜的凉风吹着他们的身子，使他们觉到船舱四条死尸的鬼影；他们直觉地怕起来了，虽然口中还在议论这大不幸事的前因后果。

一只一只的帆船从异方向过去，三五个得意的舟子还在那里唱他们欢乐的歌儿；只是这一只演惨剧的舢板却听见一个主要的，然而完全悲哀的声音说：

"已经到了南市了，你们大家说，到底怎么办？"

选自金满城：《爱与血》，现代书局，1929 年

我的女朋友们

序

致我的女朋友们

亲爱的女朋友们啊，我谢谢你们：供给了我这本小小的东西许多材料。我更谢谢上帝，我不知道他怎样支配我的命运，使我在这茫茫的生命的途中，能够和你们有一刹那的遇合。至于说认识便是痛苦，那是过于悲观者的谈话。我呢，我是不甚觉得到这类的痛苦的。自然，我们曾经因为认识而产生过许多的不幸，但我却尝到了这不幸的甜蜜：因为它使我深深地觉醒，深深地认识了人生。

你们，在我的生的过程中，占的时间长或短；你们赐与我的或者是快乐，或者是痛苦，或者是"无关系"（Indifference），或者是一种酸涩的味道，我都感激你们。这一片断的生命，要是没有你们，那将是如何的单调呀！

因此，为要纪念你们，为要描写出你们在我的脑经中所起的印象，我才不怕以我这笨拙的笔尖，来写这一本小小的册子。是作品么？是天才的表现么？我作梦也不敢这样想啊！

至于我描写你们，有的形容得太美，有的形容得太丑，有的形容得过甚的平凡，有的……这恐怕是你们要骂我的；但是朋友，忍着你们的狂怒，止着你们的訾骂罢，——然而同时停着你们的赞赏，假如你们还要赞赏的话。——你们先听你们这位有病的朋友在这里的告罪。

我自己非常骄傲地相信，你们所发现的面孔，和这些面孔的行为，一方面自然非常偏畸，非常不真实；但另一方面，却有极真实的存在：在我们的内心中，在我们的下意识里，有许多不能言说，忘了言说，或者是不敢言说因而隐藏着的事物，现在因为我一种苦闷的冲突，破口直觉地把它说出来了。

"为什么我要爱他呢？""为甚么我不爱他呢？"这不是你们在爱情方面，常常发生的问题么？有时你们自己还莫名其妙；但是旁观的我，在这里努力替你们解释了。解释得对么？我不敢相信；然而是你，——田妹——有一天，读了田妹的爱后，这样向我说：

"大部分解释得还对。"

啊！这是使我何等的自足呀！所以我敢于把它发表了。

但是那小部分呢？这正如我上面说过的：这是我的主观的想像。你们现在应当放开你自己，来看我的想像中的你。像你呢，那或者还是偶然的事，不像你呢，请你原谅罢。我是一个拙劣的观察者，我的五官都是有毛病的。要与自然派诸君子一样，有异常精确的 Observation，有"由长期忍耐得来的才能"，于我是完全不行的。我的人生观，（因而艺术观）是幻象的。我觉得宇宙和人生的真实，除了自己主观的想像而外，就没有存在的可能性。能够信托自己的想像，即便在这幻形中沉醉下去，那便是人间的幸福者。我的恋爱观，亦即以此为出发点。

第一恋爱要不顾一切地在神秘的，幻形的美中沉醉。因为我们知道酒醒时的痛苦，因为我们知道 Desillusion 的悲哀，所以为要取得自我的享乐，不能不让一切的美在幻形和神秘中存在。希伯来的神话中说有一人见着云中有一女子；手中拿着一个金杯，在杯中装满了的污秽；额上刻了一个字："神秘"。希伯来人是把女子当作

"万恶之源"的，他们说一切恶德比起女子的恶德来简直就等于零。所以她的金杯中充满了的是"污秽"。这一种耶教的思想，我们且不必管它；但是"神秘"一词，却含有至理存在，正是我现在要说的。

啊，我的女朋友们啊！假如你们不含半神性，假如你们的头额上没有"神秘"二字，那么，你们还值得我们颠倒梦想么？还值得许多人为你们而病而死么？还值得诗人们的歌咏叹息么？的确，你们是以云霞为衣的天使，那透过云霞所给与我们的美形，忽隐忽现，使我们在白昼里作过许多异样的梦；只这梦，也便是恋爱的最高意义了。

一个人若想用纯科学的方法，来分析你们的美，把你们的嫩皮肤用千倍的显微镜放大与粗麻布一样，把你们的细胞弄成与猪的细胞一样没有区别，这人就不免有些傻气：他不知道美原来是一副幻法的组织，一分析就坏了。这样，不但违背了审美的原则，而且把生命也弄得来毫无意趣了。

由这种欺骗的沉醉，幻形的沉醉中去图享乐，好久以来，我都是如此的；我亲爱的朋友们，这一点想来你们也是知道的罢。所以我无论在甚么地方，无论对着甚么人，我都肯把 A. France 的主张代为宣传说：

"欺骗人是可以的，只要能安慰人。"

所以我对于田妹能欺骗若干男子以图安慰他们的深意有深厚的同情，虽然这安慰并不曾分给一点与我过。不过这又是匀妹或者柳妹绝不赞成的。你们以为恋爱是要完全的真实，欺骗还有价值么？其实你们错了。第一是你们把欺骗的意义看得太狭，其次你们是忘了主要的条件："安慰人"。欺骗了他，不至于使他失望，而且使他安慰；这为甚么不可以呢？甚么怪物般的礼教，甚么社会的名誉道德，那不是同样的，欺骗人的名词么？你们为甚么要尊重它而不尊重你自己内心的要求？两个男子都可爱，你就两个一齐爱，用不着有甚么顾忌。现在的问题，就是为何欺骗他们，为何使他们不发生冲突，为何使他们不要知道对手方便是他的情敌。天赋智巧的女性，对于这工作，是特别不易败露的；你们为甚么怕呢？……

——但是我相信，而且我确实知道，你们，——匀妹与柳妹——还是很承认这学说的。虽然在事实上你们不曾同时爱过两个男子，但在另一方面，你们确也曾欺骗过你们的未婚夫。为要不使他吃无谓之醋，你们与别的男朋友写信时，不也曾暗自地送在邮筒里去过么？在公园中，见着一个可爱的男子，你不是也暗自藏在心中，不向他发表么？……这些这些，无一不是欺骗；但这些欺骗，就正是忠实了：因为你爱你的未婚夫，你不愿意使他有一丝儿痛苦，你失了自由地，委曲求全地去安慰他；你怜惜他，你终这样作；欺骗么？恋爱的伟大和甜美都全靠它呢！

不幸的，是看穿了这欺骗的内容，因而产生出怀疑，猜忌，嫉妒，怨恨，失望的种种痛苦。不过这些还都出于被欺者自寻的苦恼。除此而外，还有更不幸的呢。

更不幸的，是你们欺骗了我们一个极短时期而后，你们又不愿意继续你们的工作了。春妹对于梦萍，就是如此。这使他在幻形沉醉中，忽然得到一种破了幻形的悲哀，这是多么残忍的事呀！不比田妹，一方面能使远在广东的他，长久，由想像上，得着爱情的安慰；一方面又能使近在北京的他，永远，在物质方面，得着一种温柔的甜蜜。这是何等伟大的爱呀！

……

自从别了你们以后，我的生活是那样的苦闷，以致于我若干次想离去这世界了。在渤海中，有一天黄昏的时候，落日戴在浪头，围绕着这红顶冠的天空，有一种不可形容的美的云彩。苍海发出金黄色的波光，使人不得不见之而沉醉。我斜椅在栏杆上，独自地梦想着那幻异的世界，我便朦然睡去了。

在这极短时间的睡觉里，我看见好些可爱的面孔；这些面孔，引我到了极乐的，忘了一切的国度里去了。这时候，我不知道有宇宙，更不知道有我自己；我只隐隐然觉得，如此沉醉，是有一种不可言说的甜蜜。

及至醒来，明月已斜倚在浪头上了。一阵晚风，吹得我周身冰冷；围绕着我的一切，忽然都变惨淡了：无论是风声水声，无论是星光月光，无论是烟影云影，无不是助我的凄凉……啊，醒来的滋味是如此其难堪的啊！无怪乎但丁甘愿坠地狱去梦想他的伯颓司，以求暂时的沉醉啊！这位伟大的诗人，想是早感觉到没有幻梦的世界的悲哀了！

我呢？在这茫茫的海中，在这些仇视我的眼光监督之下，在这没有爱的苦痛里，我独自地掩面而哭，不敢对人有半点的骄气。这不是地狱中的生活了么？但是……但是我并不失望：因为仁慈的上帝，在剥夺了我一切幸福之后，还与我留下最后一点幸福：梦想。不认识的，我梦想她来认识我；认识了的，我梦想她来爱我；爱我的，我梦想她永不舍弃我。于是，我很兴奋地用铅笔来记我这时候的思感：

> "我的姊妹们，
> 我们梦想你们，
> 我们为你们而堕了地狱。"
> 法郎士曾这样说过。
> 至于我啊！
> 我亲爱的姊妹们，
> 已堕入地狱中了，
> 我还要梦想你们！

姊妹们，认识的和不认识的姊妹们，二千年来的耶稣教徒对你们的恐惧，和我对于你们的敬仰，这就是你们的骄傲啊。我希望你们把组织成骄傲的"残酷"这原素收藏起来，而用你们的宽宏啊！你们负的使命是从空中，架着神异的翅膀，飞去安慰一切不幸的人们，你们就开始去罢！

……

船到了这繁华的码头，矮小的我，走入这人丛中去，正如一粒沙子抛入了沧海一样地不为人注意。"有你不多，无你不少！"我觉得隐隐然有声音在我背后这样说，我于是自以为渺小到了不可思议的地步。然而我走着……我一面默想，人类如何才可以表现自我的伟大呢？如何才可以打破这重重的压迫和包围而使自我成为宇宙的中心呢？啊，人类毕竟是弱的，是可怜的！……

住在这里，谁也不知有我住在这里，住在这里五天以后的一晚上，我搜括我的皮包，总共只剩下二十五枚铜板了。然而从清早起直到现在，已然经过了十七个钟头了，我还没有吃过饭呢！我饿极了；但是二十五枚怎么才可以使我一饱呢？我想不出主意，我只有走出旅馆去，随便支配它。眼前就是卖香蕉的，我立时以为这是最好的粮食；我用了二十四枚买了六支。我正想寻一个光线不甚强的地方去吃的时候，劈头来了一个乞丐；不得已把我最后一个铜板给他，把他支开了，我才继续我的进行。

一家大银行，因为晚上没有营业，柜房上完全没有点灯；但光亮的街道，反映在玻璃上却使人靠在铜阑干上还隐然可以窥见内中的陈列。壁上的大时钟，指着十点三刻了。在时钟下，似乎放的是一个保险柜；遥想那里面花绿的钞票，引诱人起一种不洁的思想。然而我肚子饿了：在高大的巡捕眼光监视之下，连偷东西的想像，都没有勇气去想像了。现在急迫的问题，便是如何才能把这些香蕉吃下去充饥，而不使人注意到我是吃香蕉以充饥的。因为，怎样，一个穿着绸西服的人，身上连一个铜子也没有了，吃水果以代替吃饭，这不是一件奇耻大辱么？所以我的名誉心一定要我背着马路上的游人，向着这暗光的玻璃，一支一支地吃那甜美的香蕉。

啊，不幸啊！奇耻大辱啊！我刚吃完两支香蕉的时候，一个打扮得如花似玉然而面目极丑恶的老女郎，很温柔地拉着我的手腕说：

"家里拜相去哉！"

"喀打咕打呀！"我作驱逐声。

我不知道"喀打咕打呀"是否压迫我们的民族的那一个东亚强国的语言，但是前天晚上用来驱逐这类的人还曾经有效过；然而今夜不行了。她多番请求我满足她的欲望，——假如是七年前的我，或者是同她去了，或者是打发她一些钱让她离开我；但是现在……——我不得已只好夹着剩余的四支香蕉，向光线最多的地方走去；经过一番极大的恐慌，算是脱离了她的关系。我用手巾揩了额上的汗以后，独自地还在马路上徘徊。我正如莫泊三小说中的主人翁一样暗暗想道："女人，女人，这不也是女人么？……"我又开始怀疑起人生来了。

甚么神秘啦，美妙啦，爱情啦，甜蜜啦，……这些不是几个文人，几个修词学家臆造出来的名词么？即我这封信的前半段还如此其神视女性，写到此地便立刻变了笔调；这自然是我思想的笨拙，以至于影响到行文的笨拙；但是我的女朋友们啊，这样正是我。行为是矛盾的，语言是矛盾的，心理是矛盾的，以至于一切一切都是矛盾的，不可知的，两可的，值得怀疑的，这不明明透出了神秘的生命的消息么？

我，除了极短时间的沉醉而升，永远是在这样两难的道上走着的。世界无涯，东西南北任来去；然而可怜啊，东西南北，都不是我的来去处！我于是沿着马路，走了不知许久，才走到了那凄凉的旅舍。夜深的寂静，使我易于回想到过去的一切景象来。第一我先看见你们……这便是养成我捉笔写此的环境……

十五年七月，上海

匀妹的爱

匀妹没有幸福过：她第一次尝着爱的滋味，她第一次感受的便是痛苦。一个素不相识的青年坐在洋车上，从对面过来，略含爱意地向她笑了一笑，这便决定了她初期爱的痛苦的命运：她被这一笑扰动了。她一夜不能安眠，她热烈地想再见那青年，她觉得那一笑的甜蜜，值得用很大的牺牲去兑换，她决定了，假如再遇见他啊！她便要很胆大地上前去问他的姓名住址。但这不是妄想么？坐在洋车上一溜过去了的，在这茫茫的人海中何处寻觅得！她失望了。

这是第二天早上，当其她如平常一样坐车上学校去，经过昨天不能忘的地方的时候，她真十分诧异了：原来她举头望时，那青年又如昨天一样给她一笑过去了。她出神地望着那洋车飞跑的影子，她脑经中充满了那美妙的印象！一直到了学校，她的幻觉还不曾停止。一切她平常喜欢听的功课，今天对于她毫无意味了。她不知道这时候她是甚么情绪，但她失悔她今天对于他仍没有相当的表示。还他一笑总是可以的罢？然而她没有作，这是多么寡情呀！她自己还责备自己。

从此他们几乎每天要见一次面。虽然她每天晚上都有一种新决定；向他将作一种热情的表示；然而当面的时候，总是彼此默默无言地过去了。她恨他生成男子而没有勇气先招呼人，但她尤其恨的是她自己，生在现代，还不会表情向人宣示爱。独坐在房中如火一般样的心情，一见了面甚么也没有了。因此她每次想：既然如此，不如不见他。不见他又是不可能的事。只要有一天他们不相会，她便要发生种种怀疑和惴测！这痛苦比相见时低头过去还要加倍啊！

好了，——这已然经过了半年的相思痛苦了——在群众运动中，公共聚会的地方，她突然出乎意外地遇着他。不幸啊！当其他们彼此相望着已经走得很接近，快可以说话的时候，一个同学忽然走来向她说：

"纤匀，他们都要排队回学校去了，就只等你一个人呢！"

从此他们没有再见过了。

啊！这初期的过去的爱啊！这是何等纯洁的呀！这是何等伟大的呀！一笑扰乱了她的心曲，与一个石子抛在最平静的湖中所震起的波纹一样：她全灵魂寄托在上面去了。她忘了一切，她愿意忘了一切把注意力全集中在她理想中假定的爱人的身上。他的喜，怒，哀，乐，……他的装饰，与及围绕着他的一切，她都注意到了。她为他的笑颜欢色，尝着过若干的甜蜜；她为他的愁容病态，流过若干的眼泪。啊！这是何等的神异呀！使她心理上，灵魂上颠倒震荡到了这步地位，到底是哪一种力呢？现在——经过了长期的失望后——震荡渐渐过去了，石子渐渐沉下湖底了：然而那留下的印象还是那般样的活跃啊！所以当其新认识的朋友宜江才一谈到她的过时去的时候，她立刻又望见了那一去不再来的可爱的微笑，她不知不觉地哭了。

宜江由她大哥介绍认识她还不到三天，但他对于她已经有了一种深刻的观察，甚至于了解。这天早上，她，她的三妹，她的大哥，大哥的爱人，宜江，宜江的另外一个朋友影存，他们一块儿去游这雨后的春山，当其众人都四散了的时候，她独自一人坐在松下石块上发愁。这一点宜江一个人注意到了，立即走过来问她说：

"你为甚么不高兴？"

"我不过走的太疲乏了，并没有不高兴。"她欺骗他说。

然而她非常诧异宜江的观察力。现在，在宜江住的很雅洁而又不少浪漫气的斗室中，他们——这一群可爱的青年——谈论了许多喜欢的故事。这宜乎是一幅快乐的图画了！谁料到宜江在无意识之间突然说：

"我觉得纤匀是一个没有幸福的女子，孟天，你说对不对？"

"你说的是她的过去呢，还是她的将来呢？"她的大哥这样反问。

"过去也是如此吗，将来也是如此。"宜江如预言家一样的说。

这自然使她哭了。大哥的爱人说：

"纤匀又想起心事来了！何必想他呢？"

这使她悲哀中又加上羞愧，她于是不能久留在这屋子里，独自地走出去了。夜深的春寒，在这西山格外触觉得到；但是她并不觉得。她坐在一块大石上，眼泪滔滔地往衣衫上流。宜江受了众人的使命来劝他说：

"你原谅我，我才认识你三天，我实在不该说这样的话。你进去罢，外面的天气太冷了。假如你不进去，他们全体要攻击我了。"

她听了宜江的劝，进屋子里去了，但也并不曾完全停止哭泣。她明知道这是使人扫兴的，但她实在无法遏止她已暴发的泪泉。结果，兄弟姊妹朋友们都散去了以后，她一人还在室外徘徊一阵，才进去睡了。

第二天，宜江伴着他们回了北京。下午，他们结队去游公园。当其众人都要回去了的时候，独有宜江喜欢看荷池中反映的明月，坚不肯匆匆归去。于是孟天对匀妹说：

"你陪他在这里多待一会儿罢，我们先回去了。"

"也好。"她随便答应了。

银色的月光从柏树中透过来，反映在新绿的池水中；和风细细吹来，使微皱的波面，显出黄金的彩色。她同宜江坐在铁栏杆畔一张长椅上望着这景物，彼此出神了好久。她把头低下，的确是深忧塞满了肺腑的态度。不一会，她的呼吸也短促了，情思也紊乱了，啊，可怜的女子！她将要哭了。

"你有甚么痛苦，可以向我说么？"同情心极大而自己还充满了悲哀的宜江这样问她。

她向他说了，她没有痛苦；但是她不时有哭的欲望。她曾经独自的在枕边哭过；她曾经在稠人广集之中，低头向着暗壁哭过；她曾经从梦里醒来，望了月儿照着的纱窗哭过；她曾经在柏树林中或丁香花下掩面哭过；……为甚么哭？连她自己也不知道。但是她将哭而未哭的情绪，却是每次似乎都相同的。她在欢笑的时候，每每预感到了一种悲哀。她把"将来安在！"放在一切欢娱的后面，她把人类认为痛苦的下场。因此她自己笑或见着人笑的次数愈多，她悲哀的次数也同样的增加；她于是哭了。

她看见人类可怜，但她觉得她自己更可怜。她设法去安慰一切人，但是结果她失败了。因为她想安慰人的心情太热，以至于内在里起了燃烧。要把这些火焰一齐发放出来么？她怕。她怕燃烧后灰尽的凄凉。她宁肯让她的热情在心之深处潜伏着；潜伏到了不可忍的时候，她只有使她化为血泪从眼腔中流出来。这时候她所要安慰的人，结果还是不曾得着她的安慰。她悲哀，她失望，她深深地觉到生的苦痛了。

自然，的确，她也并不是完全不了解快乐的人，她高兴的时候也曾与别人一般样的欢笑过，她也尽量地发挥过她的情感。但是……"不幸"总站在她的后面，向她说："欢娱么？这有甚么！人生总是悲哀的下场。哭罢，哭罢！时间是这样流过，人类是这样生存过。"是的，她又要哭了。

一片树叶的落地，可以使她发生无限的同情；一个青年的微笑，可以使她掀起深刻的波动。这是为什么？啊！她在用爱了！她爱。但她对于爱的表示只有一滴眼泪。她到了感受到围绕着她的一切她都在爱的时候，她到了觉着她周围的一切都美好，都融和，都有一种甜蜜的时候，她不知不觉地会流泪。这样便是她。

啊！今夜的月，池上的水，四围的寂静，一个富有同情的青年的同伴；这一切一切，无不是挑动她感情的媒介。所以她不能不低下头来深思，不能不想发挥她久伏着的情感……

"唉，你真的没有甚么隐藏着的痛苦了么？"无聊的宜江又问。

最后，她把她初期的，由一笑而发生的，直到现在还有深刻的伤痕的爱，详详细细地向她说了。但这是含神秘性的，宜江也解释不出她何以有这样热烈的心情；因此也寻不出安慰的话来安慰她。他们只有彼此保守着缄默，他们彼此都有哭的情绪了。虽然他们个人有个人的过去的不同的悲哀，但这悲哀一变为现在的哭素，就相同了。所以他们相互间的同情，于是陡然增加了。

这时候，宜江突然站起来，靠在栏杆上望着池水，许久不说话。于是匀妹叫他说：

"唉……你怎么样了！"

宜江回过头来。枝头微动处，一阵阵风在吹着，他们彼此都感到夜深的春寒。于是宜江极无聊地说：

"我们回去罢。"

分别后，过了两天，匀妹便收到宜江与她的第一封信：

匀妹：

你允许我将我的苦闷向你发表么？……

只这一句如火山爆发一样的，热狂的开头话，已使她怕了。后面还要说些甚么，她几乎不敢再往下看了。宜江在表面上这样平易乐天的一个青年，而发出来的情感，如此卤莽冒昧；这是她不能了解的事。也许是他故作惊人之笔罢，也许是他所谓的苦闷是一件玩笑的事吧，姑且念下去：

……假如你允许我向你发表我的苦闷，假如你愿意接收我的友谊，假如你觉得这样一个青年还值得给他的同情，假如，总之，你还不讨厌读我的信，我便要向你说：我是一个孤独，悲哀，比你还要不幸的一个青年。

父亲呢，我生后才八个月就死了；母亲呢，永别我已经十一年了！剩下我独自一人漂流在处，没有一个地方寻得出一丝儿安慰来。每到夜深人静，明月当窗之际，我不禁要流下许多眼泪，但是有谁知道啊？——这悲哀的情绪！

这次从北京归来的时候，路旁千条杨柳，春风过处，落絮扑面吹来，使我生出无穷的感慨。思乡的心，还加上新来的愁恨；充塞了我脆弱的灵魂，我不知不觉地哭了。

归来时，一进我的斗室，又想起你们在这里的时候热烈的谈话，快乐的游戏……这些这些，现在已成陈迹了。空剩下单独的我，怅望着远隔三十里的你们的居处，这是多么凄凉啊！

你有父亲，母亲，哥哥，弟弟，姐姐，妹妹，一群可爱的人围绕着你；你无论如何痛苦，他们会使你得着安慰。至于我……唉，不说也罢。

半夜的狂风，砰的一声把窗门吹开；我从梦里醒来，看见月亮透过窗栏照着我的床头，心内一阵酸辛，不觉泪下。在哭声中，我向我的母亲的幽灵说：

"母亲啊！你的不肖的儿子，游荡在六千里外七年未归。他尝尽了人世间的悲哀，他到处遇见不幸。你的英灵怎么不来安稳他漂浮不定的心呢？至少你在梦中该给他一点安慰和保障，使恶魔不来侵犯他……妈妈你的亲爱的儿子，从前在你的怀中，在你的乳旁啼哭过的，现在在这里独自的哭了。妈妈，你在安乐的坟墓中听见了没有？"

　　匀妹，这便是我精神上的生活。不写了也罢，我的笔实在没有力了。敬祝幸福！

宜江

　　她读完信后，呆了半天，结果还是惊讶。认识还不到十天，见面也不过两三次；虽然他们曾经很亲热地同游过；但这样狂热地把内心的感触都在第一次写给他的女朋友，宜江真是一个有神经病的人啊！她疑心他在爱她，但这信却比一般爱情的信，其深刻的程度，恐怕超过一百倍还不止。认真说，假如宜江要直捷与她写信第一句便说："我爱你，我想和你结为永久的伴侣。你愿意么？"这倒使她惊异。因为一个新式的女子，这类的信早或晚总收到一些的。然而宜江在这一次信中所表示的，意思不这样简单。是爱她或者不是爱她，谁也不能决定。

　　她反覆又读了一遍。这一次所得的印象，是她隐隐然觉到宜江的埋伏太久的情感，太热烈的情感，现在突如其来的，极端盲目地暴发出来了。

　　这一种过甚的热情，不但她——今年才二十岁——不曾见到过；即便她的朋友，遇见这样的男子的事，她也不曾听说过。有的，便是她从前看过的小说上，似乎有过这样的男子。但那也不过小说罢了。岂料这世界上，在她的眼前，居然就遇到小说中的人物了啊！她由格式想到修词，由修词想到文义，由文义想到了这封还在桌上放下的信的书写者；她把宜江弄成半神怪性的人去了。

　　为要回覆这位半神怪性的人一封信，说明她自己对他的态度，而同时要使他悲哀的心情不至于过甚的失望，这使她为难了。她想："即使我爱他，我也寻不出话来向他说，何况我还不爱他……他难道误会了我有爱他的意思么？……"她于是想起宜江对她的一切表情来了。在三个新结识的女性朋友之中，他独喜欢同她说话。在西山的咖啡馆中，当其众人正在高兴吃点心的时候，他独注意到她暗地里的悲哀。公园中他每每设法和她并行……这些虽不能为肯定的证明，但也可以作为一种证明。她现在的思想找着线索了。假如宜江的心是因她而扰动了，她设法使他平静。然而终为难啊！不爱他而同时要使他不失望。因此她最后还是把宜江的信拿去给她大哥看了，让他替她出主意。

"随便你。"这是孟天冷淡的回答。

她窘困了好久。从下午研究到半夜，她才提笔写了。她详细地叙述她自己的学问思想，她极端表示她自己的短处，她暗示宜江说她不能了解他，因此更无从爱他，末了她加上说："我希望你对我如对自家的小妹妹一般，指导她，教诲她，使她完成一个高尚的人格……"

虽然信上语言说得十分委婉，但她的意象，仍以为宜江接此信后终不免有些失望，但是她错了。当其宜江第二次同她见面的时候，向她表示的，不但不是失望，而且是一种高兴。他说，当其他的苦闷一发泄后，不管别人对他的是甚么态度，他总是可以得着快乐的。这使匀妹快意了：因为她虽然——由一种解释不出来的原因——不爱他，但她不愿意他因为她而失望，甚至于说她还愿意保存着一个最高尚的友谊和崇拜来对他。所以她还喜欢在星光下，或者石榴树旁同他谈心，谈个人的所恨和所爱。

不知不觉地，她渐渐不奇怪宜江的为人了，她渐渐以对同性知己的态度来对他了。她渐渐向他泄漏她暗地里所爱的男子了。

"他姓甚么？"宜江很平静地问。

"姓秦。"她答。

"名字呢？"

"叫碧梧，碧玉的碧，梧桐的梧。"

末了她还加上说，碧梧现在一个中学校念书，但不久就要毕业来北京考大学了。随后，她把碧梧的像片给宜江看，她要他替她严守秘密，她说："我们其实也不知道甚么叫作爱情，不过他喜欢我，我喜欢他罢了。因为你是我的好朋友，所以我才向你说，请你千万不要告诉别人。"

宜江是谨守她的嘱咐的：虽然现在他已住在家里了，虽然他同她的母亲，父亲，大哥，三妹，等常有不羁的谈话，但对于她的事老是谨守缄默的。他不但自己绝不提到碧梧，即别人偶尔因为他种原故，而说到这位被人爱的中学生身上去了的时候，他都要用言语支吾开。最初，匀妹由一种错误的感觉，以为这是他友谊上极端的忠实，但是后来，她开始诧异了：怎么提到碧梧他便不说话了呢？由怀疑一进而为考察，她于是发现宜江——这个神经过敏的可怜虫——对于碧梧的确有些嫉妒的意思。不过是很小的，除了她而外，别人完全注意不到的。只要她能够略为留心一点，不向他常说碧梧的情态，他也就可以同样地，很快乐地生活了。可是终于使她感受着同情的痛苦的，是宜江能够在很快乐的场所，由一句不相干的话哭了出来。由一件细事的延误，她失约不曾同他去游公园，他独自地同大哥及大哥的爱人去了。归来的时候，匀妹听见大哥说宜江大哭后，现在还独自地在公园中呢。

这时候，夜已深了。宜江还不见回来，这使她有一种私下的恐怖，她对他至多是朋友，不错，她良心有确切的保障，但是宜江的孤独的悲哀，灵魂上的痛苦，一切的不幸的压迫，她都深深地注意得到。一种极端同情心的发现，总逼她设法安慰他。但是又有何法呢？除了哭而外！她斜倚在枕上哭了。

宜江昨天晚上两点钟才回来，大清早她的小兄弟便来她的内室里告诉了她。她想立即到客厅里去向他说几句话，然而她不知不觉地又退了转来，结果她写了最简短的一封信，叫小兄弟与他送去，问他哭的是为什么？

匀妹：

　　我哭是毫没有原因的，自从我母亲死后，十余年来常常如此。

　　这是宜江立刻的短短的回简。他说的的确是实情：你看，吃午饭的时候，他的态度又一如往昔了。

　　碧梧来京了。匀妹和他，他们游遍了京中的名胜，享尽了爱情的幸福，尝饱了人生的至乐。这一对谁不羡慕的情人，他们无思无虑地把生活放在梦境中去了。但是，纵然这时候，在心的深处无论是意识的或者非意识的，匀妹忘不了的，还有一个宜江。只要可能，她多少还留心到他的行动。唯一地使她诧异的，宜江比平时还要达观了。他认识了碧梧，他与碧梧成了好朋友，他看见碧梧同匀妹甜蜜的往来，一点也不表示失望和羡慕。只是他说，为要完成他文学上的伟大，他有过极端孤独生活的需要。因此他寻了一个僻静的寓所，他离开匀妹的家了。他虽然不时也常来，但他对于匀妹的家里的一切，似乎都持着一种无区别的态度。这并不是他的悲观，这正是他极端可爱的地方。不但匀妹觉到了，就是碧梧也深知道的。他读书的时候，假如发现了一篇美好的文章，他不惜很远的走来念与匀妹听，要求共鸣共赏，这好像是他特强的兴趣。匀妹呢，现在也渐渐地，比较反常地，喜欢同他说话了。他们一种深刻的友谊，因为爱情的原故而略为中断过后，现在又坚固地继续了。也许是恋爱中常有的疲倦罢？匀妹把不能告诉碧梧的，各方面得来的苦闷告诉宜江了。宜江和她表同情，她得到一种泛泛的安慰。但是这种安慰因为是唯一的，因为是她从爱人处还取不到的，虽然泛泛，也就伟大了。当其她病了，躺在床上时，宜江笑盈盈地进来的时候，她有一种极大的快乐。

　　"你不是爱读童话么？"宜江说。

"……"

"我因为你爱读童话的原故，我勉力学作童话。昨天我作了一篇比较还美的，就以你院子中被猫吃了的鱼儿作题材的童话，现在我拿来了，念给你听，你喜欢么？"

"喜欢之至！"她高兴地说。

宜江搬了一张椅子去坐在她床前，慢慢地念他自己得意的作品。她很快意的听着，他兴奋极了。

它它的敲门声，扰乱了他们最高的快乐。宜江很不自在地去开门，原来是碧梧来了。只那一只含怒意的眼光射在宜江的身上，早使这位太弱的青年战栗了。他说了一句不知甚么话，转身，用力地把门一开，关，出去。突然寂静的室中，只剩下吓怔了的宜江和匀妹。过了一会，宜江颤声说：

"他真发急了么？"

"大概是真急了。"匀妹胆小地答。

过了一会，宜江靠在墙上哭了。在哭声中，他说：

"请你把我所给你的信，都退还我罢；我从此不能再见你了！纤匀……"

"难道我连保存信的自由都没有了么？宜江，你说的甚么话！"

"我希望你失去自由地来爱他。"宜江几乎不成声地说。

"我不能失去我的自由。难道爱了人之后连朋友都不许我交了么？宜江，你放心，他也管不着我……"

宜江哭得更伤心了。她又说：

"宜江，你别哭了，一切事情都全怪我。请你原谅我罢。"宜江一下抬起头来极端兴奋地说了：

"纤匀，我不能原谅你。要我能原谅你，除非你过去和将来都对我毫没有感情，甚至于毫无关系。但是——将来的事不用说了！——我们既然认识了，既然彼此成了朋友，既然你给过同情于我，既然你使我得着过安慰，我就不能原谅你。我要能原谅你，除非我不认识你！纤匀，我不愿意发泄的苦闷，现在逼迫我不能不说了。我是极端自私的，自大的，贪图自己的快乐的。我对于一切人，我都要他注意我，同情我，崇拜我。当其有一个人，无论男的，女的，他对我冷淡的时候，我感受到的痛苦，是无论哪一国的语言文字都表示不出来的。在人众中，当其你们去注意别的事情，而忘了我的时候，我还是保持着快乐的样子，你以为这是我的真面目么？我底子里尽管充满了无限的悲哀，而面子上绝不显露出来，这是我在这社会上混了二十余年学来的恶习。我会戴假面具，但是今天我把它在你们面前揭穿了。我不能原谅你的，便是你为甚么要对我表示好感？使我不能不把内心的苦痛向你发泄，使我见着你便有一种乞怜的态度。——乞怜于人的人是多么不幸呀！——假如你也与别的人一样虐待我，我倒痛快地可以永不揭开我的假面具，我可以对于宇宙，对于人类，抱澈底的悲观了。但是还有你在，我不能……我知道你的地位，我更明白我的地位，我知道在你们的幸福的恋爱中有了我，至少会给你们一些不幸。我每次想和你断绝关系，但是每次我都无力，不能不到你这里来。我有时又想侥幸免去这必然的灾祸，所以因循到了现在，但是现在，这不可免的灾祸毕竟到了。

匀妹哭了。

宜江还作最后一次要求匀妹还他信件的时候，碧梧又进来了。他莫名其妙他们哭的是为甚么。及至他知道原来这场悲剧他是间接的主人翁的时候，他才十分温和地向宜江说：

"这完全是你误会了。我向你发誓我这次的行为实在是出于无心的。你原谅我么？"

宜江点头表示十分了解以后，拉着碧梧的手哭得格外厉害了。结果，经过了匀妹全家人的劝解，经过了三点钟的长期的哭诉，宜江算是平静地睡下了，但是匀妹……

匀妹一夜不能安睡。她回忆起许多的过去。她想到初见宜江时的情态，她重复的看见了他的乐天的面容。现在才一年，他苍老得不堪了。但是，不幸的，他的感情还是与从前一样的天真而且丰富！因此，寻不到寄托的地方，产生出无限的悲哀和苦痛。今天的哭，不是这一种痛苦的总发泄么？想到这里，她的确同情于他。但是她有甚么法子安慰他呢？这是始终未能解决的问题。她唯一的希望，便是他，由一种不可思议的意外，寻到一个深刻了解他的爱人。然而这又是何等艰难的事呀！他的思想这样怪僻，行为这样浪漫，感情这样冲动，有谁够得上爱他！匀妹深深觉到他的不幸，她流了几滴眼泪……由一种绝对友谊的温存，匀妹自己或者比较可以安慰他；然而在这点上的困难更多了。旁人的无价值的惴测，姑且任便它；便碧梧的狭小的胸怀却如何处置！好几次宜江给她的信，已引起他怀疑和不满了。她是何等为难地，然而巧妙地，才不让碧梧看见他们的通信，而其实这些通信，又毫没有关于爱情的事。今天，发生过这件事后，她要使他们两个谐和下去：永远为一个朋友，一个情人，这似乎是不可能了。然而深思而又自大的她，不肯随便失去自由的她，毕竟还要作最后的努力。只等明天碧梧再来的时候，她便要实行她的决定了。

"昨天你为甚么发气？"她向刚进门的碧梧说。

"我并没有发气，唉！"碧梧回答。

"你不应当嫉妒他，我和他的关系完全是朋友，难道这一点你还看不出来么？再说，他是一个可怜的人，我们不应当虐待他。他希求于人的，无非是一种同情的安慰，他有甚么过分的要求！"

"匀妹，你还不相信我……"

不曾说完，碧梧几乎要哭了。他向她作极诚恳的盟誓：他说他昨天早知道要产生这一件不幸的事，他不如不来倒还好了。现在他们良心上留下的是永远的失悔；假如她还不原谅他，他几乎无法生存了。最后，他坚誓允许匀妹极端的自由，这才使她平息下去了。

适巧，这时候宜江又来了。或者是为要行使她的权威，或者是为要医治这位病青年的创伤……匀妹无顾忌的向宜江说：

"我们请你同我们一块儿去照像，愿意么？"

"很愿意。"宜江高兴地说。

立刻，匀妹注意到碧梧的不愿意了，但是话已经说出了，三个人还是勉强到了照像馆。

像片取出来的一天，正值他三人都在一个客厅里表演新剧的一天。不幸是像片只印了两张，这是使匀妹拿在手中极为难的事。要把这两张给他们而自己不要么？结果他们都会不要，以致于惹起无谓的谦让。要给一张与碧梧而牺牲宜江么？这失却了请宜江照像的本意。要牺牲碧梧么？啊！她的情人，她的未婚夫，恐怕未必能忍受这样的处置！她的确踌躇了。结果也许还是过于自私一点，她向宜江说：

"这两张我跟碧梧要了，请你自己加印去罢。"

她立刻觉到她的话坏了：看啦，宜江的脸一下沉下去，又快要哭了。过了一会，他站起来，拿着帽子便要出门。经剧员们不知原因地，用武力地阻住他了。然而这已经是最后的寄留。演完剧后，他无声响地去了。

第二天，匀妹便收到他最后的来信：

匀妹：

一件细事，哪值得生气呢？但是人物配适当了的时候，小事也变成大事了。这一次的行为，假如出于别人，我决不关心，便可以随便过去，但出于你，我痛苦了。同样的行为，假如你用以对别人，那人也一定不会生气，但对于我，我就是例外！我不能原谅你，正是我对你最天真，最忠诚的地方：这一层请你仔细想想。

你们还愿意请我去照像，我真是五体投地感激你们，但照了像而不给我，这不但失去了你们原来的美意，而且太残酷了一点罢！

你和他是情人，是爱人，是未婚夫妇，是永远的伴侣，你们若要照一万次像也都有机会。你们何以这样不肯牺牲来安慰安慰一个不幸的人？"爱情是一个绝不怜惜任何人的暴君。"这不是诗人的理想么？这一句话成了天经地义了么？唉！我何苦来！

"你也不可过于自私，你要明白你的地位。"你可以这样责备我。匀妹，不但你，连我自己也常常这样想；但是我的如火一般样的感情，与及人类给我的重重压迫，却使我不能有一刻的安静：我怀疑，恐怖，怨恨，嫉妒，悲伤，忧怨，……看啦，我便是这样生活着。

世界上对于我怀恶意的人，我自然不能原谅；但对我怀善心的人，我尤其不能原谅。因为我要求于人的，常常超过了人的能力范围。因此，我失望，我悔恨……匀妹，你知道我不能原谅你的原因了么？这是我的渺小，而同时正是我的伟大：这就是我的生命力。

我不能原谅你，但是我希望你能原谅我这"不能原谅你"的心情。这心情是热的，纯洁的，真的，美的……啊，我太自夸了！

前次大哭而后，我该就此不再来见你的，不料我自己不能自主，我又来了。啊，我错了！但是你更错了！你为甚么不用冷静的态度来对我呢？你为甚么要故意宽慰我说："他对你没有坏意的"呢？这些过去，你使我微弱的生命，还发生了最后的热力；但是现在……不说了也罢。用语言文字来表示我今天的痛苦，是太笨了的事。……

宜江

读完后，她呆了半天，她慢慢地哭起来了。现在她的脚病还没有全愈，她的心上又来这样一个打击了。她真痛苦极了。

她费了无限的苦心，像片才那样支配。结果连宜江都不能原谅她……唉，人类除了残酷和自私而外还有甚么呢？碧梧，她爱他，始终没有变过，但是他们爱情中的幸福早失掉了。从前的碧梧，是何等样的承顺她呢！可是自从订婚以后，自从他觉得他的获得品有了社会道德、宗教仪礼为保障以后，甚么自私啦，任性啦，嫉妒啦，都发现出来了。匀妹现在才觉得爱情的乏味，匀妹现在才觉得理想恋爱时的心情可贵：那时候，把爱情放在神秘的境界里的时候，虽然有痛苦，但那痛苦是甜蜜的，她曾经在星河下，静默里，深深地尝过那滋味。现在，甚么也没有了。酸涩的痛苦，无意识的愁烦，非志愿的欺诈，充满了她的生活。她的家庭中人，无论母亲，兄弟，姊妹，都以为她是已经有了未婚夫的，对她都持一种不关心的态度，有时这种不关心，甚至于还是出于恶意的。自然，别人可以说，她可以在爱人的怀中痛快哭一场，便一切苦闷都没有了。唉！谁知道呢！她的爱人，正是不准她向他发表苦闷的人啊！这是爱她，她也相信，但这种空洞而无深刻的甜蜜的内容的爱，有何意味呢？逛公园，划船，然而心中埋伏着深刻的悲哀不能发泄；这不是苦痛么？

她是一个深思，静默，而且富有同情心的女子。她的爱情的定义是"绝对的同情"。但自从她爱上碧梧以后，尤其是订过婚以后，她一切的行为，都被压迫了。在新月下躺在一张椅上静观的乐趣没有了，在床头痛快地哭泣不敢了，日记本上发表苦闷的事都被禁止了，和朋友通信也不自由了。爱情原来如此！他强迫她在他的面前时常表示出一付欢容，这是多么不自然的事！凡此种种，都是压迫她喜欢同宜江谈话、通信的一个根源。这并不是不忠实于碧梧，这无非满足她在爱情中不曾取得的一种快意。但是现在，一切都完了！宜江都不能原谅她，这人生真值得悲观啊！

虽然有父母，兄弟，姊妹，虽然有朋友，虽然有爱人，但她现在，的确成了一个孤单可怜的人了。她在这里受苦，谁知道！谁同情于她！她想起宜江在西山夜间说的话来了：

"我觉得纤匀是一个没有幸福的女子。"

这是怎样深刻的预言呀！不料就是位预言家自己还要来增加她的不幸啊！

这时候，她真想抱独身主义，离开人群而到深山去了。但是她的宗教意识不但不允许她与碧梧断绝关系，即从此不和宜江往来，她也觉得是不应当的。信仰要一致，感情要不变迁，这就是她的伦理标准。不过现在的情势是不同了，种种方面的压迫，要使她连自己的感情都不信任，因此她又决意暂时离弃了宜江，等将来……啊，将来有谁知道啊！

她于是一跃身起来，在窗前望了一望，满庭的月儿，使她顿起了一种神秘的感觉。娇艳的石榴花和夹竹桃的静的微笑，还表示出这宇宙的残酷。她未能捉笔和宜江写决绝的书信，倒先流泪了。

"宜江：你不能原谅我……"

她仅仅写了这几个字，她又把它撕了。她觉得他究竟是一个不幸的人，她不应当过甚的责备他，虽然她决意离开他。实则说，她这种决定，还是含有十分惋惜的。只是她的地位，她的名誉，她预感到的将来的更大的不幸，使她有一种不得不然的苦哀。她是弱小的，她只能过如湖水一般样平静的生活，现在略有些波荡，她怕了。所以结果，她经过了长久的准备后，才战战兢兢地向宜江写了几个字：

"请你从此不要来见我了。"

大致是十天以后的事了。碧梧向匀妹说：

"宜江的下落，他的朋友们没有一个知道的。但是今天我却看见这张报上有他新发表的一首诗。你看：

海上孤飞的燕儿

宜江

献给这燕儿的同情者

一只带伤的燕儿，

孤飞在这苍海里；

乌云遮蔽了天空，

烟雾弥漫了大地。

燕儿，你要向何处飞去？

白茫茫尽是波涛，

何处能容你！

一霎时云散烟消，

星月皎皎；

茫茫的海中，

竖起了可爱的小岛。

悲哀的燕儿，

在珠泪里露出欢笑：

'啊，上帝啊！

谢谢你的仁慈'

我得救了！

我得救了!"
仁慈的是上帝,
但是他不愿意
他的小儿女们
有了太快的安息。
他再叫狂风乱吹,
他再把光明收起;
他要让孤单的燕儿,
离开这小岛为止。
燕儿的力已竭了,
大风还在呼号:
"啊,仁慈的主啊!"
燕儿悲惨的叫:
"这是我的命运,
现在我才知道;
但是宽宏的主啊,
听我最后的祷告:
'我的创伤太深,
'灵魂过于弱小;
'我不能忍受,
'再望见那可爱的小岛。
'我要归去,主啊,
'我归去了。
'海的深处,
'便是我的坟墓。'

这茫茫的黑夜,

这深深的海水，

原为的是把你淹死。

知道了么？

——可怜的燕子！

　　　　……年五月写于孤岛上

　这一首小诗，只有她才深深地了解得！

十五年六月无锡

田妹的爱
献给 D. F.

　　田妹爱上了他同时又爱上了他。在她的意思，一个女子不但可以爱两个男子，就是爱十个男子，或者甚至于一切男子都是可以的。她没有传统的思想，她没有伦理的观念。无论新道德，旧道德都不能拘束她自由解放的精神。她本着直觉以引导她的行为，她否认一切人为的规律。宇宙间她还信任的只有一样，就是她自己的感情。

　　"一个女子只能爱一个男子，至少在时间上是如此；一个女子爱了这个男子，在另一方面又同时爱着别一个男子，这是多么可耻的事啊！"这类的话，她也时时听见她的朋友说。这些说话，或者甚至于是专意隐射着她说的也未可知；但是她却漫不经意的都过去了。所以结果她的行为还是不曾改变过一点。

　　"一个女子为甚么不能同时爱上两个男子？"她每这样想。"假使汝梅是一个可爱的男子，体格生得那样魁伟；韵雪又是一个动人的青年，举止有那样的温雅；为甚么我不都爱上他们？假使汝梅爱我的程度以至使我不忍抛却他，韵雪爱我的地方，到了我无法拒绝的时候；我为甚么不一齐爱？爱绝对是偏私的，只能对于一人用的么？但假使我的良心上从来不曾偏私过，难道还是不行么？……"

她——这个怀疑思想极大而图自我享乐的精神极强的女子到了无事的时候，便追思这个问题。但是从三月起，一直追思到了现在，已经经过了八个月的功夫，在她的心中，还没有一点儿肯定的结论。有的，便是，社会上的人说的话都是与我自己所见不同的：例如同学们都说男子是欺骗人的！但事实上却是她欺骗了男子！

是的，社会上的说话全是虚伪的。本直觉说，一个人除了设法取得自己的快乐而外，还有甚么呢？道德啦，公理啦，那无非是弱者的求救声。所以强者为图自己的快乐，不妨杀人流血。她无非有一个以上的爱人罢了。无论她是否便欺骗了这些男子，但她图自我享乐的方法已比较别人温和得多。何况她良心上赐与任何人的，还是纯洁的爱呢？

因此她对将到广东去的汝梅说：

"你别疑心我对于你不忠实。虽然我随时结交了些新朋友，但对于你的感情是始终如一的。"

这些话的意思，底子里是说：别的男子虽然而且自然能取得我的爱，但不能分取我给你的爱：我的爱是广大的。

汝梅并没有听出这话的意思，但是他早看出了这话的结果。就是：在他上火车之后一点钟，她或者又在另一个男子的怀中了。他想着了这印象，他头晕了，他恨不得立即用刀杀了她。然而他想到她给予他的爱又是真的，而别的男子所取得于她的并不会多于他自己所取得的，他略有些平息了。他拉着她的手说：

"我并不怪你。况且我现在要走了……你的青春……"

"我的青春了……你怎么不说我的青春的悲哀了？你看，这样好的朋友要远别我去了！"

"我的确不是你的好朋友。"他略含醋意的说。

"你别说这个也罢。你相信我还有比你更好的朋友么？我所有的朋友都是平常的。"

她说的是实情。对于她，要说友的好坏，全看他对于她自己尽的义务之多寡，使她快乐的程度之高低。若然，汝梅在她的心中，总居了很高的位置。一件事，唯一的一件事使居于最高位的汝梅仍不能满意的，便是他无论如何热心对于她，无论他到了无钱吃饭的时候，还是借钱来陪她去看电影以满足她的游戏欲，到了这样的程度，他总不能阻止她见了一个新奇可爱的男子便立即去同他往来。一切新的，都是美的；她的意见以为如此。但是爱似乎是例外，她就不了解这一点。她对于旧的感情，只保存着一种不忍舍的态度，这便是助成她同时对于一个以上的男子要好的原因。所以她继续说：

"我人就是好奇性太甚一点……"

门帘动处，进来一个十九岁的青年；这便是田妹爱过汝梅而同时还爱的韵雪。只那隔着眼镜透过来的含妒意的目光，阻止了他们的谈话。末了还是她先说：

"啊！你也来了，这样巧！"

"我听说汝梅要到广东去，你们家里替他饯行；所以我也来凑热闹。"

其实，就是平常他哪一天不来这书房走一趟呢？不过今天是他的同学，是他的朋友，是他的情敌要在此喝饯行酒，他落得说一句空情话罢了。汝梅早明白这个意思，于是含讥剌的说：

"谢谢你来送行，今后我便不能在这里再见你们了。"

韵雪听了这句话，觉得在这室内久留是不自在的，于是走向客厅去了。田妹也不问他刚来又要走出去的原故。门帘仅一落下的时候，她便继续着她的谈话，然而不巧的开席的时间，把他们从甜梦中引到了麻烦的群众里。

她的大哥，她的二姐，她的二姐的爱人，她的大哥的另外一个朋友梦萍，以及汝梅韵雪等都同一席坐下。干过了一杯酒的时候，大哥开始说了：

"汝梅是我的学生而同时又是我的朋友，今天他要到广东去，我们替他饯行。我希望我们在座的全体向他祝福一句："一路平安!""

全体说了"一路平安"以后，室中突然寂静起来，因为各人有个人的心事，各人有个人的保守缄默的理由；这一点只要一观察席上交流着的目光的表情，一切的真实便显露了。尤其是汝梅与韵雪啊！

他们俩互相猜忌着，无论在任何一动作上都看得出来。自然，这在别人，或者漫不经心地便过去了；然而心情最热烈的田妹，对于这印象，是一丝儿也不会放过了的。因为在他们的互相猜忌之间，她得着了一种无可言说的快乐。这正如十二岁的小孩子，手持钓竿在自家庭院的水缸中钓金鱼，看见两条鱼来争饵所得的乐趣一样。要他们不争，她立时会感到被人舍弃的情绪。因此她让他们这样暗斗着；他们暗斗着，这位自我满足的欲望太强的姑娘，幸福了。

"汝梅有些醉意了！"众人都这样说。于是田妹忽然起了一种十分怜悯他的心情。她觉得这位买美丽的墨水瓶和画片来送她的朋友，将要到数千里外去过孤独的生活，有一种特别的凄凉。尤其是他半醉的态度，越引得她无限的同情。这时候她的确想设法安慰他，使他从此别后，灵魂上还可保存着一种美的印象，使他在回忆之中还能尝得她给予他温柔的甜蜜的滋味。虽然她今后不必是一定再爱他了，然而这最后的一点情感，她还是尽力要发泄的。于是她低低在汝梅耳边说："你到书房来，我还有话向你说。"

他同她双双走到书房中去了。他故意装作醉了躺在床上，她问他要茶喝么？他点头表示了要以后，她亲手递给了他一杯茶。他慢慢地喝了。她开始说：

"我希望你一天给我一封信，你去了以后！"

他说了可以。其实她，与大部分的女子的思想一样，所希图的是官感的现世的享乐。至于通信，——这一种灵感的交流——她并不似男子般有强烈的要求。说女子想象力不及男子强，过去的印象在女子的脑海中比男子格外容易消灭；这理论在她的身上特别可以证明。她不是真的爱汝梅么？然而为甚么在这别离的刹那她不甚伤感呢？就是因为：过去的呢？已属模糊。未来的呢？一团黑漆。换句话说，她既不留恋他，又不希望他，有甚么难舍？假使汝梅真能践约一天给她一封信，她甚至懒得拆开它了。所以她为防自己的败露的原故，不能不说：

"不过你知道我是不长于写信的，就不能一天回你一封信了。"

"没有什么，你不回信也罢！"

说完，他眼泪一滴一滴往下流。她劝他不因此次离别而伤感，她用手绢替他揩了眼泪。其实她不曾想到他哭的原因，完全不是伤离啊！

她陪他洒了几滴眼泪，上车站的时间到了。

火车将开行前的两分钟，送行的人各自下了车。男的，女的，老的，幼的，呆立在月台上饱尝那别离的滋味，无抵抗地等着这不幸的时刻的到来。因此五分钟以前还是人声嘈哗的车站，这时候反成了一座寂静而含悲哀的场所。钉铛钉铛的铃声，使得离人的柔肠一寸一寸地断了。

汝梅在这凄凉万端的情态中，想取一点最后的安慰。于是从车窗中伸手出来拉着她。在汽笛的长啸中，车轮已开始移动的一刹那，他们的唇边轻轻地接触了。

田妹刚一回头，看见韵雪苍白色的面容，她心跳得不能克止；她知道方才间的事，被他看见了。走了的不能挽回，难道现在的她肯让他离弃她么？她不！她决计设法解释他的疑团，但在火车站上，不是作这样工作的地方。于是她只叫他同他们送汝梅的一些人一块儿回她家里去。末了，她还用颤动的声音加上说：

　　"这样大的风，你不觉得冷么？"

　　韵雪早失去了感觉了！他灵魂的空虚毁灭了宇宙。她说话的声音，他早已不听见了。但是他还能机械地走；不然，将使人相信这太冷的天空，把他冻成冰块了。他机械地走去，他机械地坐上了洋车。她由一程错觉以为他既然不肯离开她而愿意再上她家里去，一切还有挽救。殊不知……

　　车停在红门前的时候，众人见韵雪老不下车，或以为他睡着了。她的二哥用手拉他，一下便吓怔了：原来韵雪已经死过去了，二哥拉着的是一只冰冷而且坚硬的手啊！

　　这一群无经验的人众，围绕着这个暴死的青年，都无所措手足了。最后还是田妹的母亲在房中出来说：

　　"你们不要急，不会就死的。"

　　随后，她吩咐怎样弄病人去躺下，怎样治疗，怎样行人工呼吸。一切都依照母亲的话作了。韵雪果然出了一声。直等大家都说："好了！"以后，她——对于这件事负重大责任的她——恐怖的心房，才渐渐地松了下来。服侍病人的人说了一声："要水！"她立时亲身到厨下去拿开壶；说了一声："棉花！"她立时亲身去开衣柜。她现在的身心，只放在救韵雪一件事上了。

　　韵雪果然醒转来了，但是他的神经还是昏乱的，因为他睁开眼的第一句话便说：

　　"我要回家去呀！"

　　"这就是你的家了。"众人说。

"你们……"他说不完成一句话。

众人与他端姜糖水来要他喝，他两只眼轮动着，显出一种可怕的样子怒视着众人说：

"你们还不遂心，还要拿毒药来毒我呀！"

说完，他手一撑，把一杯水打翻了。他突然哭了。在他们哭声中，他夹着说话：

"你们快不要这样了，你们……你们呀！你们……你们杀死我也罢。"

一句话中用了这些个"你们"，这并不是神经昏乱，这是他偏狂症之一种：他脑海中充满了唯一的，可怖的，残酷的印象，就是田妹与汝梅在火车窗上所演的一短幕；然而只这一短幕，一刹那便过去了的一种幻象，杀了他了。这根节她自然是知道的了；所以这"你们"的声音，一丝丝震动了她的耳鼓，正如钢针一个个的刺在她的心上一样。她并不悔恨她的行为，她并不怨汝梅临别的要求；不过一种责任心使她觉得自己对不住朋友，现在韵雪的生命虽没有危险，但保不定他从此便种下一种神经病。唉，作人竟是这样的难啊！

病人不说话了，大家都以为该让他安静，于是退出去了。只存她借口说要趁此安静的时间在这书房内写一封信，不会出去。

这时候已是夜里一点钟了，室内室外都静得像死了一般；只有病人的微弱的呼吸，还破了这夜深的沉寂。田妹坐在韵雪床边的椅子上出神了一阵，醒过来看见他双脚是露在外面的，于是她轻轻地移动了被窝给他盖上。

病人正在熟睡的时候，马路上忽然汽车过的声音传入室内，把他惊醒了。他发出张惶的样子说：

"唉！唉！我在甚么地方？"

他睁眼望见了她坐在旁边，于是更惊异的说：

"唉！田妹？你？你！"

"是我，韵雪。"她很温柔地答说。

他四顾茫然，望了一阵，他看见这书室果然是他两月以来每日必到的书室，这"田妹"还是三天前同着游公园的田妹，他才明白了他不是在梦中。但是他想起三点钟前火车站上的景象，茫茫然已如十年前之事。他隐隐地记得他是同他们一块儿送汝梅上车，至于到了车站是怎样的情形，他如何回来，他完全记不清楚了。可是一个印象使他即使十年而不能忘灭的，就是他所爱的和他所不爱的，在车窗上，当着众人的耳目接吻啊！这吻不仅是表示他们的亲爱，尤其是表示他们的骄傲。他越思越远了。他想到他们在无人处，不知还接过多少次吻，不知还作过怎样不堪意像的举动啊！他想到这里，他看见田妹满身装载的是丑恶。他实不愿意她在他旁边坐下，他叫她出去。后来他想到他的身子还在她的书室里，他于是一露起来便想夺门而出。田妹双手把他拉着跪在地下大哭起来。她在哭声中夹杂着说：

"你真不怜悯我了么？你真不怜悯我了！"

这时候他的痛苦还要求人怜悯呢，他还能怜悯人么？他还是坚持着要走。她再三哀告说假如他果真要离弃了她，至少该听她把自己的心迹表显明白。不然，她死了也是不能使人相信她是一个感情最纯正的女子。

疲倦的精神和同情的发动使他重复的躺下了。她于是含着眼泪一五一十地说：

"你不要疑心我对于汝梅有甚么，我和他只是一个普通朋友的关系。一个朋友要别离我，我送他到车站也是应当的，正如你送他到车站一样。至于……不过是他一时的冲动。我在那时候实在不好拒绝使他太难乎为情。其实要是在平常，他这样的要求，我早就鄙弃他了。韵雪你不要嫉妒，他现在已经走了。他是一个孤独者，我们要同情他……"

后来她说汝梅的生活怎样困苦，怎样是她家里招待他才渡过了一个暑假。她说这些话的时候，她看见韵雪已然平息了；于是更高兴地继续说：

"说到汝梅，真有许多有趣味的故事。有一次他买了一个墨水盒来送我。我问他这东西值多少钱，他说一块钱。后来我的'女'同学也想去买一套，原来这东西的价值是六元啊！我探听他的六元钱哪里来的呢，原来是他朋友借与他还公寓里的账的呀！"

她只客观地叙此事，她不提起当时她感谢他的情形；她是何等巧诈呀，虽然到了这样的环境。

韵雪慢慢地说：

"他是十分爱你的了！"

"但是我不爱他！"她急迫地说。

"你爱谁呢？"

"爱……爱你。"

"为甚么？"

"因为你太爱我了，使我不能不爱你。"

"我并不爱你。"他含笑说。

"你不爱我，何以要吃醋？何以见着我同别人稍为……一点，你便晕死过去了？你……你……还要撒诳么？"

她的两只手按着韵雪的肩，正和他作第一次的，最甜蜜的，最长久的接吻的时候，她的母亲宛然进来在她后面厉声说：

"两点半钟了，还不进去，田儿！"

说完，母亲掉身便进内室去了。进去后就哭呀，哭呀，以至于把全家人都惊动了。大哥，二哥，二姐，小丫头，都不知道老太太哭的原因，齐来问候。和善的母亲也发怒说了：

"大东西，大蠢才，就是你讲甚么自由，甚么解放，你把我们这家风弄得成甚么样子！你父亲要是在家，知道这些事，他不会气死么？唉，你们逼死我完事！"

大哥莫名其妙地说：

"娘，到底为甚么？家里的事，近来我一点也不知道。我只知道四个字：努力革命。娘，到底是甚么事？"

母亲不说话仍是哭。聪明的小丫头，注意到三小姐还在书房里，立时跑去向她说：

"三小姐，太太发急哭了，你还不进去！"

这一下田妹才张皇失措了，放声大哭起来；同着小丫头进去，即便跑在母亲的脚下：

"娘，我错了。现在我希望娘让我死，免得说我坏了家庭的名誉。娘呀，我实在不能再活了。娘，让我死去！算你的女儿是一个不孝的女儿。"

说完，她立时要寻刀自杀。二哥把她拉出坐在另一屋子内劝她。这时候母亲不哭了。大哥也知道原因了；于是出外室去责备田妹说：

"我不是教过你们么？说像你们这样的年纪，除了读书而外，甚么事也不要管。现在弄到这个样子。你如何对你的父亲，你的母亲，你的大哥，二哥，二姐与及你的好朋友？你自己想想……"

"大哥，我实在对不起你们。你别说了，我的心痛得很。你让我死了也罢。"

其实在夜里三点钟还要继续作一篇："N.党对时局宣言"的大哥，到满不在乎她果真能否实行死去，他说了这几句教训的话以后，早回他的书案旁边去了。

这时候，母亲的外室中只留下她与她二哥。二哥百般劝解她，叫她莫哭了而且不要坚持说死的话，使母亲格外伤心。经过了一番长期的哭泣而后，她才向二哥说：

"假如你今夜一定要守着我，不让我死，我有一件要求你的事情。让我再去和韵雪说一句话。"

二哥答应了她可以以后，她秘密地又独自到书房去了。她见着韵雪第一句便说：

"我们家里的事，与你毫无关系，请你放心。——今后，你在短时期内，不能再见我了。"

说完以后，她立即退了出来，去找着她的二哥，她开始便说：

"二哥，除了你与我表同情之外，没有别人了。二哥，我处的地位，你替我设法。"

"无论甚么，田妹，只要作得到的，我便替你作去。"

"我想暂时离开家庭，离开一切人类去过孤独的生活。"

"好极了。"

"我想第一步先到西山去。"

"好极了。"

"你赞成我这种行为么？你帮助我么？"

"我赞成你这种行为，我并且帮助你。"

"明天清早便不使人知道，走，行么？"

"但为要不使人知道，你得要早一点起来，你得要早一点睡。睡去罢，田妹，现在已经三点半钟了。"

她在床上翻天覆地的计划着到西山去的事。她想着那里孤独生活的可爱。她想到那山头的明月，那松间的流泉，那些乡人的愚蠢的面孔，她的心已飞向其间去了。她将离去一切爱她的人而去享受那林木的幽美，她将成一个女文学家。她将把她所经过的痛苦，用很美的文体写出来，博得多数人的同情，她将是多么快活的人呀！

窗外一阵狂风使她顿起了一种恐怖的心情；她忽然如小孩子一样的怕起来了。她睁眼望见室中的陈设，这陈设便显出要抓她的样子：她怕。她一转念间想着西山的古庙中，独居一室的可怖情形，于是她的幽美生活的梦，一变而为怪物相来袭击她了。梦迅速地设法退去这怪物相而去回想她过去的，甜蜜的生活。

记得有一次，她才认识汝梅不久的时候，在她家中的客厅里有许多人在那里会谈。她同汝梅坐在邻近的椅子上；汝梅在众人不注意的时候，递一片摺了十几摺的小纸条与她。她拆开，细细的几个铅笔字，代表的意思是请她同他去逛公园。她答应了他，他们从人众中抽开身子走了。那时节他们并不曾宣布爱，也没有爱情上的任何的表示。简单的看池水，荷叶，游鱼，使得她有何等的快乐啊！归来的时候，众人还聚在客厅里，他们于是咯咯的笑。

是的，那时候她算是初期和男朋友往来，第一次得着异性的乐趣；所以即使平淡无奇的事物，也会使它美化的。心的纯洁，便是物的纯洁，在她初期天真的爱中，她的确觉到如此。

谁知道呢，谁知道后来要遇见留伦呢？只因他，感受过选择舍取的困难；只因他，她才留心去区别男子的美丑：她发现了汝梅的丑点，她曾经一度想舍弃过他。不料留伦竟被她二姐爱上了，使她失望了好久。

谁知道呢，谁知道后来还要遇见，刘，赵，余……弄得感情一日三变，无所适从。结果她认为男子都有美丑的地方，都可爱或者都不可爱。一个男子，未被她发现丑以前，所谓"新"的，自然可爱啦；但既被她发现丑以后，又使她失望了。不是她的知己，说她滥交，说她爱情变迁，说她爱人不专一。其实她何尝如此。她对于谁都要好，她对于谁也不曾宣布过爱。她并不曾用普通人所谓情人式的爱来爱过任何男子。她相信这样，长此这样，用不着甚么："山盟海誓"之类而同时可以取得一个青年女子所要取得的乐趣。她自己知道这样恐终不能长久；但她自从失去了初期爱的心情而后，她接触的男性一天一天的多，她过于容易发现男子的丑点，一个男子，便想取得她整个的心，实在是不可能的事。因此她爱了他还要爱他，同时也可以说她不爱他也不爱他。

"真的啊！"她仰着头低低自语说，"真的啊！预防要到的不幸之事果然到了！末了果然要使我遇见韵雪。他的嫉妒心是何等的重呀！

我要爱他，就从此不能再爱别的男子。我能么？我能么？……"

　　的确，她能不能，直到现在还没有决定。她也许把韵雪舍了而继续她平昔的行为；也许从此不再爱别的男子了。也许在她这样犹豫的心情中，她忽然得了一个肯定的概念，就是："哦，原来爱情只容许加在一个人的身上的。"同学们的谈话，实在有些道理。一个人要离开了经验行事，少有不失败的。这时候她十分惋惜她没有经验，不然，为何可以发生这场大事呢？不过过去的已经过去了。横躺在目前的，不是与从前一样"我应不应当爱人？"的问题了，那问题是过于幼稚的。现在该进一步讨论："我应当爱谁？"了。她现在才知道爱谁也不好，爱了谁原来应当把全付的自由交与他。原来嫉妒性男子所有的比女子强。这是男子可恨的地方，但男子的爱情的伟大也全在此：他爱了一样物件，便想终身独自占据着这样物件。她想即此便爱上韵雪，即此便把身心完全许他，然而她一转念失却自由的悲哀，她哭了，这是她第一次为爱情而流的眼泪！

　　流泪而后，她的格外清醒的脑经，忽又想到孤独者的快乐；但是躺在书房中的床上不知如何痛苦的韵雪的印象，忽来袭击了她。她想她今后无论是否要牺牲了自由地爱他，但这时候她总应当负安慰他的责任。于是她忘了两点钟前母亲的痛哭，大哥的教训，二哥的劝解，她本着她热情的火，披衣起床，又到书房去了。

　　这正是黎明时候，窗上发出了微微的白色，她静悄悄地走去坐在韵雪的床边。直等到韵雪无意识地睁开眼以后，她才笑了。韵雪还迟疑地说：

　　"你怎么样了？"

　　"莫有甚么。"她很平静地说。

　　"昨天晚上，到底是怎么样？他们怎样对待你？"

　　"没有关系。"

　　韵雪看见她这种十分安静的态度，也无可追问的。后来他说他还要早起来上学校去，于是她亲自去与他打脸水。她不愿意叫佣人们去服侍他，减少她的同情的义务。一直服侍到九点钟的时候，她替他穿上大氅，围上围巾，如情人式的送他出了大门。

刚一回到书室的时候，她竞争过而未曾得到手的她的二姐的爱人留伦随后也进来了。留伦一把手拉着她说：

"我要你给我……"

"甚么？"

"一个接吻！"

他的唇边刚接触到她的面庞的时候，门帘开处，她的二姐进来了。二姐轮动着眼睛说：

"留伦，你在这里做甚么！"

他们俩都吓怔了。

D. F.：

我把这篇小说写来献给你，为的是使你明白在某种情形下的女子对于男子的心理。D. F.，你记得么？新月一钩挂在西山巅上的时候，我们在碧云寺下马路上谈论着一个女子可否爱若干个男子的问题，我不知道当时我们的意见有没有冲突，我也忘了谁主张的是正面或者反面。现在可以告诉你的，便是我相信一个女子可以爱若干男子，困难的就是要她的秘密不泄漏。

一切的美——连恋爱也在内——无非是一副幻形，我们只要能够在这幻形中沉醉，便是人生宽慰。何必问这幻形是否欺骗了我！

这篇小说的主人翁，是一个十八岁的女孩子，但是她却早知道了"欺骗人是可以的，只要能安慰人"的学说。所以我十分同情于她，不知不觉地把她写成了我的同情人物（Personnage sympathique）。你若要责备她的行为对于新道德，旧道德都不合的话，那你便是一个蠢才。

一个女子只限定有一个男子为爱人，诚然；但是一个女子，有了爱人以后，便扳起面孔，鄙夷一切其他的男子，尤其是孤独的男子，这是多么残酷呀！人类间的同情，被这类的女子弄得完了！我这篇小说中的主人翁，在十二钟点之内，和三个男子接三次吻，安慰了两个孤独者；我一点儿也不觉得她的行为卑下，我实在赞美她的行为呀！她是天使，她是人间的安慰者！

爱是广大的，我现在还是相信。无论在爱者方面或是被爱者方面，一定要把恋爱之爱与非恋爱之爱弄出区别来，这是傻子国的人作的事。韵雪见着田妹与汝梅接吻而昏死过去，但是脑海中装了一个恋爱的定形，以为爱他的女子，必不会和别的男子往来。其实他很得意的，自以为取得了圆满的爱。出门去了以后，他自谓的爱人又和另一个男子接吻了。雨果（V. Hugo）要把人类叫作可怜虫，真是不错呀！不过这些可怜虫有时也还值得羡慕的，便是他们不知道他自己的可怜。认真说，我现在之所以痛苦的原因，便是我不断地发现我自己的可怜处。D. F. 你牢牢记着我的话。但同时请你不要误会我在鼓吹一妻多夫制。你知道凡牵涉到社会制度的问题，我是向来不敢说话的。

十五年一月十八夜北京

娟妹的爱

娟妹只知道爱她的丈夫，除此而外：宇宙和生命对于她都没有关系。她不惜把一切牺牲了来取得她丈夫一刹那的欢心。这是何等热烈而且伟大的情感呀！她甚么时候发生了这种情感，连她自己也忘了。她现在隐然还记得的是她大哥念给她听的几句信：

"……我的灵魂是受了伤的：我被人爱过而又被人舍弃过。现在我要求的是热烈的爱和甜蜜的安慰。不但爱我的美点，而且要爱我的疯狂；——啊，疯狂啊，这便是我的天才——不但要安慰我的将来，而且要安慰我的过去。我不知道林家小姐，（想到这里，她笑了：那时候她还是他的'林家小姐'啊！）她有没有这样好的性情……"

这便是江平，这便是她现在的丈夫，在一年前写给他家兄云平的信中之一节。云平是她的亲姐夫，她的大哥又是江平的知己朋友，因此这信转折到了她的耳鼓了。读完信后，大哥说：

"这样一个青年，我平时也向你讲过他的天才和他的疯狂的，现在他这信描写得他自己更清楚了；你能爱他么？"

她的脸红涨了，心房十分跳动了，甚么话也说不出来了！大哥再强问说：

"到底怎样？不用害羞，快说罢！一个现代的女子！……决定了你的话，我好给云平写回信。"

她爱江平似乎是很早的事了。虽然她只见过他一面，而且是八年前的见面；但由她二姐的口中，由她姐夫的口中，由她大哥的口中描写出的江平，却使她对他有一种不可遏止的热情。在他们未提议婚约以前，她倒很想暗示她大哥这种羞于言说的情感；现在一经明白宣布，她反有些难为情了。然而燃烧着的爱火终于不可克制，她终于羞答答地说了：

"随便你跟二姐的意思就是了。"

不号淘大哭而用这样的词语，这是半新式女子表示允许婚约的惯用的方法；大哥自然明白了，立刻写了回信。

从此以后，她的灵魂有了寄托了，她的感情再也不动摇了，她的生活有了欢喜了，她的生命有了意义了！无论甚么地方，她都觉得他在；因此都可以使她起一种美感作用，都可以使她得到一种甜蜜的沉醉。望见明月，她便想到江平是一个耽美的人，是一个文学家，他必然这时候也在那里玩月；她便觉到她不孤独，觉到她是一个人间的幸福者。她充满了美的想象，她发生过许多含诗意的情绪，她在梦境里生活着。她睡在半夜里，似梦非梦地问自己说：

"我不久就是他的妻子了，我是多么爱他呀！我将要甜蜜地安慰他，温存他，抱在我的怀中亲昵他；他将要对我微笑，使人沉醉的微笑，比像片上还要美的微笑啊！……"

她于是起来，把桌上放的像片取来抱在怀中，用极兴奋的肉感吻了它一吻；然后昏沉沉地睡了。

这样的生活，半年过去了，他们的婚期如飞箭似地到了。大哥和二姐，当着云平的面前向她说：

"你不可忘记，你的使命是去安慰他……有甚么不遂心的地方，你总要忍受着才好！"

她的心底子里笑了。这类的话还用第三者来说么？然而第三者永远是多事的。云平还加上说：

"我这个奇怪的兄弟，假如你能使他少流几次眼泪，我们都该当感谢你啊！"

那时候她有一种自信：她自信有了她以后，江平再不会感受一丝儿的痛苦。这并不是理想，的确。看啦，他们现在已经结过婚了，他们不但相互间没有痛苦，即在别方面得来的痛苦，由他们相互的安慰也把它消去了。江平有些奇异的，疯狂的行为，不错；但这不过是一般人的认定罢了。至于她，她以为江平的伟大，正在这不同于流俗的行为上和思想上。她是一个高雅的女子，她能够用特异的眼光，鉴别出江平的美来。所以她不但爱他的微笑，而且爱他的痛哭：因为他的眼泪是能安慰自己而又可以安慰他人的。正如江平自己说的，由他来的一切都是美化的，这话只有她才深深地体会得，只有她才尝到了其中的甜蜜。"啊！假如离开了江平，她……"

"太太，下雨了！窗门关上点罢！"小丫头洪福的声音。

她一下离开了她想象中的生活，无意识地关了窗门。室内的光线，忽然比较地更暗了。妆台旁边两盆白玫瑰，顿显出一些阴暗的色彩，然而还是很美丽的。对着妆台是一张新式的铁床；淡蓝色的绸帐，略含有些贵族的意味，然而床头不合仪式的放了一张风琴，这又有不少的浪漫气息。衣柜边放的两口皮箱上，堆了许多乱七八糟的书，这显然是睡时还常用着的书。

从娟妹的室中走出去，便是他们的客厅；但除了一张饭桌几把椅子而外，别无长物。隔着幔帐，便是江平的工作室。长长的书案上，堆满了的书籍文具。中间仅剩下一小方块空地，这就是他伏在案头写字看书的处所。几张世界著名的文学家的像片，东倒西歪地挂在墙上，已经上了一些灰尘了。三架书毫没有秩序的在那里静静地安置着。书架上放了些箫笛一类的乐器。乐器旁边或者后面，这里那里，散漫着几张旧了的然而宝贵的像片。娟妹怕下雨打湿了江平的书籍，走过来看看他窗门关了没有。一揭开幔帐，她看见这种杂乱的样子，她很想替他整理一下；但是，当其她一想到，这样杂乱实足以代表他的情性的时候，她立刻停止了。她只坐在他的座位上，拿着他的钢笔，乱画了几笔，出去了。

窗外的雨越下越大了，她有一点小小的忧心：她知道江平是爱看雨中荷池的，他常说："在北边来没有芭蕉，下雨的时候，实在没有可听的；只有荷叶在雨中，还勉强可以引起人同样的快感。"他一定又在公园中听荷声去了。他穿的衣服这样单薄，他又爱在雨中步行，回来的时候，一定又要冷病了。

窗外的雨越下越大了，娟妹的爱心越来越深了。小丫头忽然跑进来说：

"隔壁刘家的打发人来说，先生在石马胡同林家打电话回来，说有事，要请太太去一趟，要请即刻去！"

甚么事呢？下这样大的雨要她去！娟妹的确踌躇了。林家她是去过的，他们一家人都是江平的好朋友。他在那里会发生甚么事呢？不过是要她去玩玩罢了。然而这样大雨……娟妹的确有些怀疑而怕了。正惟其这样大雨，她更不敢不去了。她于是披上雨衣，穿上高底鞋。她转身在镜中照了一照，她微微笑了。因为她剪短了头发，还加上这样装饰，她的确成了半西洋式的妇人了。"我打扮得这样去，他一定喜欢我，我是多么快乐呀！"存了这样的意见以后，她对于她的装束，还加了一些修正，她才出门去了。

"娟嫂，快到后面去，你的亲爱的'他'在我三弟房中哭了：因为他等你老不来啊！"

娟妹一进门便遇见江平的好朋友楚南这样半玩笑似地向她说。她不甚注意他的滑稽趣味，她即忙到后院去了。

一间小小的屋子，坐满了的人。除了楚南外，林家的母亲，大姐，二姐，三姐，三嫂，三哥，二嫂，四兄弟；另外还有两个朋友都在座。江平躺在床上，林伯母坐在床沿上替他理衣服，一方面说些泛泛的话安慰她。

众人看见娟妹来了的时候，都直觉地说了一声：

"好了，江平不哭了罢？她来了。"

林伯母立刻走开，让娟妹去坐到床沿上。娟妹脱了外衣不客气地坐下。一只手拉着江平的手，一只手放在他的散乱了的头发中说：

"甚么事，你又发小孩子脾气了？"

这一种如母亲对儿子，长姐对小兄弟一般样温柔的存问，使江平更大声哭了。这不是怨声，这是痛快的诉苦；这与五分钟前还哭的意味大不相同。娟妹深深地感觉得到，因此她低低的，不使众人听见地在他耳边说：

"江平，我亲爱的小乖乖，你的冤屈我都知道了，不要哭了也罢！莫哭了，起来我们回去。今晚上我作家乡的菜给你吃，我唱美丽的歌儿给你听……"

江平已然平息了。但他的眼光往四周望了一望而一个人也不曾看见的态度，显然有一种自大和恨一切人的表示。这时候他更忘了一切地把头放在娟妹的怀中了。娟妹的羞涩是难以言说的；但她一想到她既然担负安慰江平之责，既然能尽贤妻的职务使得她丈夫不哭了，既然她的丈夫能在人众中把头放在她的怀中，……她立刻又有一种骄傲：

"这样多的人，害羞不害羞！"

江平是不害羞的：因为第一他哭的时间太久，感情过于兴奋，神经有些昏乱了；第二，他哭的时间太久，四肢有些麻木，肉体已然困倦了。他昏昏沉沉地睡去了，当其娟妹还在说话的时候。

娟妹看见江平已经睡着了的时候，极细心地，极轻巧的把他慢慢移到枕上，把薄被与他盖上；然后立起来整理了一下被他丈夫揉皱了的衣服，又重新坐下了。她向众人说：

"到底他今天为甚么哭了？"

三嫂指着三哥娇媚而又很深刻地说：

"就是他把他得罪了。"

至于得罪的原因，在三嫂的口中说起来是很简单而且细小的。就是江平要按风琴，三哥说小孩子要睡觉不准他按；于是他坐在风琴旁边想了一阵，不觉哭了。娟妹说：

"这对于他倒是一件很平常的事。比这更小的原因，他还可以哭呢。你们或者少有看见，但是我……"

"怎么没有见过！前年他在北京的时候，我们不敢向他提到他的死了的母亲：只要一说到母亲两个字，他就哭了。"林伯母抢着说。

娟妹继续说：

"前次我同他到公园去，我们从开谢了的丁香花树旁经过，我随便向他说：'前次你在北京的时候也常来这里么？你也同她常来这里么？'好！只这一个'她'字，引得他哭了一点钟。后来好容易才把他劝转不哭了！我问他说：'你有过爱人，在我们未订婚以前我已知道了的，难道我说这话还有甚么恶意么？'他说他哭的与我完全没有关系，你们说这不奇怪么？"

三哥乘着机会立刻说：

"可不是么！刚才我问他能不能解开他对于我的误会，他发誓说他的误会早已解释了；他现在还在哭的，是另外的事件了。他立刻想起他早死了的父母，他立刻回忆到欺负过他的爱人……"

这时候江平在床上忽然一翻身。娟妹立刻去把着他的臂膀如哄孩子们似地让他不醒；一方面摇手请众人暂勿说话。及至十分有把握地看出江平已然又酣睡了的时候，娟妹的谈话又活跃起来了。

"对付他真是一件不容易的事情，至少对于我说。今天我要是和他一同出来，或者不会有这件事；但是我的事情又多，又想借他外出的机会，作一点针线的工作。——你们想……他在家的时候，我真没有闲功夫：他看书的时候，无论谈到新诗，旧诗；古体小说，今体小说；外国文，中国文；只要好的，他便要拿来念给你听。实在说，我的学问哪里及他！好些文章他称赞极了，但我还完全不懂！不过你又不敢说不懂。要说不懂，他便说你是蠢才。至于他自己要是作出一篇文章，或者今天报上登了他一篇文章，那更不得完了！他一定要你称赞他的天才，说他思想高尚。我这样无知的女子，哪里能够十分了解他的思想！但是为要使他快乐，我常常照他的要求夸讲他。对付他真是一件困难的事啊！"

娟妹在众人之前，把自己描写得这样卑小以抬高她丈夫的人格；这正是她的胜利。因为，怎样？一个女子，有了这样一个丈夫还值不得骄傲么？一个女子，能够爱一个别人不知道爱的男子还值不得骄傲么？她丈夫时常对她讲到欧洲浪漫派，颓废派，恶魔派等文学家的轶事：他们那种绝顶聪明的青年，不为人了解，孤独的悲哀，竟与江平过去的生活同属一辙。她用极端的同情来爱江平，她不知不觉地超过了一切过于庸俗的，好虚荣的，卑贱的女子；这不是值得骄傲的另一个理由么？

"不过娟嫂，江平的确是一个有趣的人。他那种永远不改的天真的孩子气，总使人喜欢他。"

深知江平的，五年来如一日地莫逆的楚南这样谈话，使得娟妹越更快意地微笑了。

窗外的雨早已停息了。久被云雾遮蔽了的太阳，在山头还放射他的末光。玻璃窗上一片微红，映着数枝怱茂的槐影，越显得这是初夏的黄昏。娟妹看见天色已晚，于是呼醒江平，要他同她一道回家去。江平这时候清醒了，立刻羞涩地起来，在众面前脸儿一红；大家拍掌笑了。娟妹为要使他脱去这不容易应付的玩笑，第二次催促他出门。他们于是别了众人回去了。

从公园的后门经过，江平一定要独自去赏雨后的荷花，请娟妹先回去一点钟作好菜等他。娟妹知道要不许他去，或者自己要同他去，都是无效的，于是先回家去了。

一点钟后，江平果然回来了，一进门他便向娟妹说：

"我今天在公园中看见那皎洁的新荷，忽然有感，作了一首五年来已不作了的旧体诗。可惜我当时没有带笔，现在恐怕忘了不少了。娟妹，你来，我抄给你看。"

他拿着铅笔便写：

> 倚栏望绿池，
>
> 新荷皎且洁；
>
> 雨后颜倍清，
>
> 风来香益习。

何必美乘舟？

远观亦自得！

寄言采莲人，

慎重莫轻折！

今日荷花开，

明日荷花谢。

花开花谢间，

何劳暂相悦！

去年采莲人，

池底空陈迹；

今年采莲人，

睹物倍伤恻；

明年知是谁？

明年采莲日！

看完，娟妹微笑说：

"新诗我不敢妄加批评，但旧诗我还勉强敢说话：你这诗无论体材，无论词语，都是摹仿气太重，甚至于可以说抄袭……"

"你说的话很对！不过旧诗要不摹仿和抄袭简直不可能：因为形式把你限定了，已经是第一步不得已的摹仿；但词语你要不用古人用过的，你的诗便要受'生''硬'的批评；所以第二步还得要摹仿，甚至于如你说的：'抄袭'。比如：昨日今日，去年今年，……这一样的双用，在古诗中可以寻一万句相同的来。旧诗到了现在作出来便无价值，原因便在此；我之所以不作旧诗的原因也正在此！"

"那么，今天你为甚么又作了呢？"

"这是极偶然的事。——不过你不要看它的形式，你要看它所象征的事物……"

"象征些甚么？我不懂得象征，请你讲给我听罢。"娟妹娇媚地说。

"你知道我今天为甚么哭么？就是'羡人乘舟'，就是不肯'远观自得'……"

"哦，原来如此呀！我道你怎么会突然哭起来，原来是醋海生波了！原来你爱她啊！怪不得你要'寄言采莲人，慎重莫轻折，'你不是失悔同我结婚了么？……"

洪福来请太太去作菜，才打断了娟妹含妒意的，鸣不平的谈话。但是娟妹毕竟相信江平是爱她的，所以作完菜后，她完全平息了。在桌间，她看见江平不能吃下饭，于是很懊悔地说：

"平哥，我刚才不过说说玩笑罢了！你便认真了么？亲爱的，吃饭罢。"

说完，很温柔地拈了一块肉送到江平的饭碗中去。这一来他更吃不下了。他放下碗筷，拉着娟妹的手向她说：

"娟妹，亲爱的娟妹，这不是你向我陪不是的时候，这正是该我忏悔的时候。我的确单面地爱过她。你知道我失恋以后，是多么痛苦呀！有一个人能够来安慰我，表同情于我，我怎么不把灵魂往她身上放呢？但是我知道她是林三哥正式的妻子，我于是极端约束我的情感。我怕堕入维特式的烦恼，因此我急于同你结婚。这事情已过去了！不料今天，因为一点残余的爱的火焰，又引我走到了他们的室中去了。"

"今天，三哥对你到底怎样？"娟妹十分同情地问。

"我不是编了一首新的歌曲么？风琴就在旁边，她——三嫂——一定要我按风琴，她学唱。正是这时候，三哥进来了。他不但怒视着我们，而且还说了一句最难听的话：'你们的胡闹，总该有些止境才好罢！……'娟妹，你想我神经这样灵敏的人，如何受得了这样的说话！因此……"

"因此你就哭了！真是弱者呀！"

室中静默了一会。洪福来收碗筷。娟妹于是挽着江平的手进了她的内室。他们坐在床沿上，彼此好久不说话。末了还是娟妹破了这夜里的沉寂：

"别的事，平哥，我总成全你的意旨；但是这件事，我却想管事你了。我爱你，正如你所主张的学说，我多少总有些吃醋：你所要求于女性的，我总想由我一个人来满足你的欲望。别的女子只要占据了你一点，我便要吃醋。这不但是本能，而且我有一种观念：我觉得别的女子实在够不上爱你，她要爱你了，便凌辱了你；你要爱了她，便凌辱了我。所以这一点我实在不能让你自由，因为这妨害了我们的爱；妨害了我们的爱的，便是我的仇敌！我要你同林家三嫂断绝往来，你允许我么？快说！快说！"

"娟妹，我怎么不允许你呢？实则说，我到她那里去，我自己也是非常痛苦；不过，我刚才向你说了，这是一些残余的爱火……"

"我要你把这点残余的爱火也扑灭了爱我啊！"

"我发誓允许你。"江平极诚恳，极天真地说。

"那么，保证呢？"娟妹紧紧抱着江平极端妩媚地，极动人情狂地问说。

"……"这是不能听见的江平的回答。

七分钟至乐的，甜蜜蜜的，忘怀一切的沉醉，他们把人间所有的痛苦都洗净了。

十五年六月上海

春妹的爱

　　春妹舍去了那样可爱的一个青年男子，而志愿地给一个四十岁的、丑恶相的男子作姨太太——姨太太！八个月以前对于她，这还是多么难听的名词！——谁曾料到呢？一切的事，都是料不到的；横当在我们当前的，全是意外。虽然她只有二十年的经验，这一点真理，似乎早已发现了。啊，是的，她早已发现了。她近几年来的生活，无论是哪一片段，无不可以用这一点真理去解释。"遇到吴工程师已经是意外了，遇到梦萍也是意外；梦萍强烈地爱我已经是意外了，秉申暗地里爱了我更是意外……啊，意外，意外！都是意外！……"她这样如记账似的在她弱小的脑经中类列她过去的意外的遭遇，她微笑而又忧伤了。

　　在她走过的生命的崎岖道上，她曾遇见过仙花异草，但她也曾为这些花草受过重大的创伤。这伤痕成了永远的伤痕，只要在一定的时候，它要发出深刻的痛苦；然而她并不因此失悔，甚至于她还因此得着了一种自大的满足：这是她生命中的伟大；假如她不曾走过这样的行程，连她自己还要鄙视自己。现在已经是人的姨太太了，一切的名誉和最纯洁的爱的乐趣完全没有了；她所得以维持她生命的，说不定还是这一点伤痕所引起的回忆啊！她爱她的伤痕，就等于爱她的生命。

　　现在，她唯一的乐趣，就是回忆她一去不再来的青春的梦；因此，她把母亲的室中的窗帘拉来遮着过于光亮了的玻璃，室门紧紧的关上。这时候室中顿呈出一种似明而暗的光线，她斜靠在睡枕上，把过去的生活，一片片地呈了出来。

　　记得还是九个月以前，她在西山中学内；一天黄昏的时候，忽然收到一封信；这是她熟识的梦萍字体，她急忙往衣袋里装进。

"谁给你的？不，这封信我非看不可！"她的同学朋友小章这样专横地而又玩笑地说。

她回答她说这是她兄弟给她的信；但在说话之间，她故意露出使她朋友格外可以不相信的样子。因为有爱人是一种骄傲，使人怀疑她有爱人，是一种最高的乐趣。认真说，这时候假如小章便不疑心她而直认这信果然是一封毫不关系于爱情的信，她一定意兴索然了。所以她还继续说：

"总之，书信自由。我一定不给你看。"

其实她愿意给小章看，愿意使她羡慕他们的爱情；然而十分使她失望的，是梦萍这一次给她的信中，简直没有关于爱情的话。他向她说的，不过是一种泛泛的友谊。他非常留心她的学业，而不留心她的情感。她看完信后，表示出一种深忧的态度；聪明而又自私的小章，明知道是关于爱的痛苦；不安慰她而托词离开了她。

"唉！梦萍变了！去年他对我，虽然也不曾宣布过爱，然而表情上却是多么热烈殷勤呢！现在，他也许有了新的爱人了；也许是因为我来学校后不曾与他去信，他灰心了。"

想到这里，她决意与他回一信去陪不是；说明她的忠心，解释她入学校还不曾与他去信的理由。末了，她还加上说：

"你别疑心我，我是时时刻刻不曾忘了你的。你假如知道我接到你的信后，高兴的程度，你一定会原谅我了……"

她亲自在黑夜里到校园中摘了一朵春雨后的海棠，很下细地把它附装在信中，然后送往邮筒去了。

果然，她的信生了很大效力。三天后，她又得着梦萍的复信。这一次梦萍，在信内的字里行间，都表示了他的可爱的微笑。她，虽然在这远隔三十里之外，却看见了他充满热情的双眼。她沉醉了，她快乐得来一夜不能安睡。一种想见梦萍的强烈的欲望占据了她。使她在睡梦中似乎已起身去了北京。不幸寄宿舍中起床的铃声惊觉了她这一场甜蜜的幻境！她起了床，看见淡红色的信笺还在书桌上，她温柔地看了这一眼：活泼泼的梦萍，似乎含着笑从那里出来了。

自此以后，他们一星期之内至少要往来一次信。梦萍约好在四月十八的那一天，定要随着朝山的群众在她们学校中去见她，她于是很快乐的等着这幸福的日子的到来。啊！光阴是那样快的，预望要到的果然到了。

这天早上，她换上新鲜的衣服，梳上格外美丽的头，穿上最时好的皮鞋。当其同学们诧异她这种态度的时候，她托词说今天是西山的庙会，说不定北京有女朋友要来找她。谁知道她等的是一个青年男子啊！

梦萍下午一点钟才到了，手中挟了一包赠送她的法文和中文的小说。他们在客厅中谈话。三两个同学在窗外作怀疑的窥视，这使她分外快乐。因为，怎样，一个中学生，有了梦萍这样的男子作爱人，这值不得骄傲吗？因此她望了窗上一眼，反格外温柔地向梦萍说：

"你见着我母亲没有？你还是与从前一样，常到我家里去吃饭么？"

"伯母我是见到的。不过因为你不在的原故，我也就少有上你家去吃饭了。"

"那么，你常肯到甚么地方去呢？"

"甚么地方也不去，我整天在屋子里关着门念书。"

"你不要太用功了，身体也要保重……"

还没有说完，她的脸微微发赤了。机警的梦萍忽转方向和她谈到中国新近死的一伟大人物，要她说出她对于这事的感想。她说她因为手边关系他的著作太少，所以不敢有切实的批评。梦萍于是很快地说：

"这一次我回北京去，我定与你寄几本关于他的与及他自己的著作来。你喜欢研究他么？"

"研究不研究，看着总是好的。"

窗外的同学，已然换了人了；他们的谈话还不曾中止。然而不幸梦萍的同伴来催促，他们很难舍的分离了。

这是暑假的事了：她来了北京。

明月挂在天空，杨柳一条条地在银色的光下飘舞；地上的影子变换出若干美丽的姿态。在荷池中，月光射在鲜艳的花叶上；风过处，远远飘来一阵清香，这景致已足以使人沉醉了。何况她还手牵手地同着梦萍在池边游玩啊！这一幅理想的图画，她成了其中的主人翁；这到底是梦或是现实，她实在是沉醉到了不可区别了。只是这时候，她还听见梦萍的柔媚的声音：

"这时候，我真想我的朋友编的一个歌儿来了。"

"甚么样的歌儿？"她问

梦萍唱了：

明月何皎皎！

青光碧海一轮高。

今夜人间应照变，

难逢如此良宵。

草上萤光小，

拂面微风到，

墙外扶树柳影摇；

人静后，幽情难写，低唱吹箫；

倚阑干看轻盈花影最魂消，

但愿千里共婵娟，人常好！

"好听极了，你教我唱。"她说。

"其实这还是你和春姐教我的调子，我教了他，他便填了这一首歌儿。"

说完，梦萍就教她一直唱会了才止。他们随后沿着池边走上了公园中的小山。蒙上了月光的黄瓦故宫，顿呈出一种金色来。旁边几颗大树，越显得森严的样子。然而当年的皇族已经逃去了很久，遗下的寥落压迫了它，格外凄凉了。他们远望见这景象，怆然一阵，彼此作了一片刻同情的叹息；随后转身向另一方向去了。

小山坡上一丛矮小的柏树，与伞盖一般样把草地遮了。他们被一种任性的好奇心的趋使，彼此都愿意去坐在这暗黑的树荫下。看啦，他们就去坐下了。月儿仅能在两树的交界处，透进来一些微光；梦萍望见这微光，他不说话了。寂静和美景引起他的深忧，他一阵阵酸辛，无原无故地哭了。

"唉？梦萍！你哭了！"

他哭了，这是她不了解的事。一个男子同着他的好朋友在这样美好的风景里坐着哭，这是她认为不会有的现象。然而毕竟他真是哭了，这如何解释呢？她猜不透他的心理，她寻不出这悲哀的元素；因此，她说不出一句安慰他的言语啊！她看见他哭不停止，她怕了。末了才说：

"梦萍，你为甚么哭呢？你不说，我也要哭了。"

梦萍止住眼泪，慢慢地，然而呼吸还是很短促地，说了：

"我哭的原因，不是一个时间可以说完的；不过要简单说呢，就是我……就是我太爱你了！我爱你，我为甚么要哭呢？我不妨痛快地说了罢：我是一个过于自私的人。我想占有宇宙里的一切；不，我所爱的一切。一个人，只要我爱了她，我便尽我的全力去设法据有她。我尽力而还是无效的时候，我便感受到一种最深刻的痛苦。这痛苦使我若干次想抛了生命去换得一种无欲的安宁。然而结果我还是不曾自杀。与你说了，我是一个自私者，我认为自杀以成全甚么都算是失败。我的自私的定义是：第一步设法延长生命，第二步设法变美生活。为要达到这两个目的，我不惜牺牲了一切以成全我自己。我爱你，我就想占据你……你懂了我痛苦的原因了么？我想占据你，我作不到啊！"

她明白了，但是她怕了。这般样温柔，这般样多情的梦萍，原来内心里所有的是这般样的强暴啊！这时候她成了绵羊，他是猛虎；他那一双含火焰的目光射在她的身上，使她脆弱的心灵把不住颤动了。

"不要怕，"梦萍继续说了。"这是我的强暴，我知道；但这就是我的热情，你知道么？热情在我的心中，正如日本或意大利的火山一样，现在它爆发了。触到它的，便要把她的心与她烧伤，便要与她种下爱的根苗，留下爱的痕迹。你懂了没有？你知道我的热情了么？眠春，春妹，我太爱你了！就是因为我有这刚才爆发出来的，使你恐怕的，爱的火焰啊！"

他说的是实情，他把他自己的性情刻绘得那样的清楚，使她发生了一种不可抵抗的情感。她的早被他的爱燃烧过的心，现在更燃烧得厉害了。她颤动着声音说：

"我爱你，我愿意你占据住我，我愿意牺牲一切来爱你。"

说完，她的周身已经完全软了。他很热烈地抱着他一年来工作上获得的牺牲品；他在她的唇上，额上，面庞上，作了许多最长久，最甜蜜的，纪念第一次的爱的，热情的接吻。

他们彼此都疲倦了，休息的欲望非常之强，于是他们坐在这黑影中，彼此很久不说话。林木外最稀少的公园中游人，时而有一些脚步声传入他的耳鼓。经过了半点钟的时候，他们已然觉到了夜深的寒气，于是才懒洋洋地从甜梦中起来，绕过池畔，穿过红墙，经过画栏出门各自分路回家了。

两礼拜之内，他们每天早上必到公园聚会，每次聚会必要到矮柏树荫下去坐一会以纪念他们交换过心的处所。这时候他们是多么快乐呀！梦萍是一个绝对自由的人；她呢，能管束她的人都到热河她母亲的朋友吴工程师家去了。北京的梅院胡同，只剩下她和她的一个十岁的小兄弟；此外无非是一些佣人。当其她喜欢到梦萍的住所去的时候，她便，无论早迟，可以自由地去；当其梦萍高兴来她家吃饭的时候，他便可以无所畏惧的来。

　　吃过饭后，她照例地躺在沙发上；梦萍坐在她身旁，很接近的，一只手拉着她的一只手，另一只手拿一本他选的最美的小说和诗歌念给她听。念到感动人的地方，他们彼此或者酸辛，或者微笑；他们是何等的幸福呀！

　　有一次，她拉着梦萍的手睡着了。两点钟醒来，梦萍的手还在她的手中。为要不惊觉她的酣睡，梦萍是何等的忍耐呀！他爱她，他说："这一点算甚么呢？更大的牺牲也是值得的，只要能换得你一分钟的快乐。"啊，这是何等热烈的爱呀！在未遇见梦萍以前，她真不相信世界上有热情的人，她曾想抱过独身主义；现在她知道她完全错了。她不能离开梦萍而生活；至少，离开了梦萍，她就没有快乐的生活。

　　谁知道呢？一封自热河来的快信，把她的一切的梦都打破了。吴工程师和她的母亲都要她到热河去。他们说她一个人和一个小兄弟在北京未免过于孤单，他们怕她有甚么恐怖。他们在热河与她备好了一切，只等她去了。专为来接她的佣人明天就可以到京了。她读完信后，只有哭。梦萍劝解她说：

　　"反正只在那里过这一个暑假，暑假后，我们还可以见面；我又不离开北京。——你别哭了。"

　　梦萍虽然热烈地不忍此次的分离，但他知道这恶势力的势力。他知道这势力是无法抵抗的：一抵抗他们的爱便要受很大的打击；

所以他说：

"不如暂时别离，将来的日子还长呢！"

她停止哭了，斜倚在沙发上，令人伤心的信放在衣袋里。梦萍说了许多甜蜜而又宽慰的话，这使她忘了一切地沉醉了。她睡着了！梦萍从衣袋中轻轻地偷出那封致命伤的信在客厅中独自念：

"……闻汝在京与梦萍之往来甚密，余甚忧心。现今大学生辈极不可靠，望汝慎之，勿贻后悔也……"

梦萍在激怒中微笑了，又轻轻地想把原信放回衣袋中去；不料这一次却把她惊醒了。她看见梦萍手中的信，很娇嗔的说：

"我不让你看这信，你怎么偷看了呢？"

梦萍陪了不是，故意表示出对于信中所说满不在乎的样子；于是她也就平息了。

不幸的时刻自然很快地就到了。看啦，她已经到了热河了。她已经坐在吴工程师，吴太太，吴姨太太，与及她的亲生母亲的中间了。她的母亲先说：

"我听见说你在京中同梦萍往来，我几乎气死了。你想想我们家庭的名誉……好了，现在你已经到了这里，我不责备你了。吴先生已经与你们请了一个教员，教你们的数学和法文。你现在就同吴弟弟，吴妹妹们在这里念书。从此也不必再到北京去了。将来你的学问好一点，吴先生还预备送你们到法国呢。至于梦萍那边，你快快写信去同他断绝关系！"

这是何等重大的打击呢，啊！她哭了。眼前一片黑暗。她不知道这时候她是在梦中或者已然死了，她的手脚都麻木了。她说她要死；但这不过是在哭声中说说而已。在环境上，受了这样一群人的监视，死是如何可能呢？她躺在床上，一天不吃饭。然而精神既受了这样大创伤，生理又受如此的痛苦，她实在忍受不了。于是，已经是第三天，她开始进饮食了。渐渐地，渐渐地，她开始安静；然而她开始悲观了。她想到梦萍感情太热烈，神经过灵敏，思想过怪癖；结果，他们终于不会成幸福的情人。

她一个月不见梦萍来信了。她于是渐渐地，渐渐地怀疑起他来。她想道："他是一个这样热情的男子，围绕着他的女子要不爱他，这是一件很困难的事。身远了，心也就远了，这话真不错啊！你看他一封信都不给我！"她旋即又想到梦萍桌上放的一张女子的全身像，她的疑团更大了。

正当这时候，她母亲要来强迫她和梦萍写一封断绝关系的信，于是她慨然允诺。在她意思，以为梦萍假若果真爱我，这一封含怀疑而且试探口气断绝关系信，他，热情的他，决不会因此而便决绝。

五天后，梦萍的回信到了。果然同她决绝了啊！她失望，因为这是她的意外；但她不久又平息了，因为她想到从此可以成全她母亲的欢喜，而保存她家庭的名誉。再说，她一年后，假如果然能赴法留学，比梦萍尤适意的男子未必没有。梦萍虽然可爱，但是他浪漫得可怕。何况现在，……他一定又爱上别的女子了！

渐渐地，渐渐地她也把梦萍忘了。吴工程师，——现在她认作义父了——如父亲般地爱她，极端满足她物质上的生活，这使她软化了。她由感激而发生了父女的爱；所以有一天，在无人的地方，这位四十岁的老大东西，忽要抱着吻她，她也就无抵抗地承受了。因为，她觉得，——在电影上也曾看见过——父亲和女儿接吻，是可以的，而且是自然的。但是使她感受到略为有些拘束的，她义父要求她接吻的次数越来越多，而形迹上也越来越过分了。她心里怕，但是她不敢向人说；而且也无人可向他说。她委曲求全地忍受着。

重阳时节的一天晚上，这时候热河的天气已然很冷了，她独自坐在屋子中看书。窗外的秋风，怒号得令人可怕。她正想早睡的时候，她的义父一下进来了。他抱着她，吻她，他推她在床上去躺下。她现在如羔羊似的任他——自然比作虎了——随便捉弄。她恐怖的心情，使她失去了抵抗的能力。直到他满足兽欲而后，她才醒过来知道哭了。

"伯父，你为甚么要这样对待我呢？"

"你不要叫我这个名字，我现在是你的丈夫了。"他紧紧抱着流泪的她说。

"他们要是知道了，我还能活么？"

"谁知道也不要紧，这家中我作的事谁说一个不是！"他极自夸的说。

"我母亲呢？"

他下流地笑了。其实她母亲早知道而且早默许了。怎样！一个一贫如洗的人家的女儿，能够与每月收入六百元的工程师作姨太太，不是幸福么？她现在才知道她投入了陷阱，她失悔她不曾听梦萍的计划早脱离吴家的关系。现在，完了！一切都完了。她只有死之一法了。但是她如何能够自杀呢，他仅仅地抱着她睡了一夜！

第二天，他一面离不开她，一面吩咐请客。佣人们来与"新姨太太"贺喜，这使她头晕了。她的确如在梦中。这时候她不知道她有痛苦，她的神经实在失了知觉了。

宾客们坐满了客厅，都争来夸讲新姨太太的美。大堂前点了一对龙凤喜烛，五百元的聘礼是用红纸封上的。在两点钟之内，新房已经布置得来像仙人宫阙一样了。最新式的钢丝床，铺的是猩红毡子，嫩绿色的纹帐，令人发生一种纯肉的情感。西洋式的妆台上，却列满了中国人的装饰品。这个陈设，虽然华丽；但因为秩序不甚整齐，已足见是匆促凑成的。她正在这屋子里的确没有忧愁的思想。这正如从最高的岩上掉下来还未落地以前的情态一样：虽然恐怖，而结果究竟还不知道。直到宾客们散完，吴工程师进来以后，她才感觉到她不幸的命运是无法转变的了。

唉，完了！一切都完了。她的身子昨天晚上已被他弄脏了，今天保留着清白有甚么用！索性牺牲于他了也罢。她不想死，因为现在死了她还是不清洁的。她想活着，尝尝这意外生活的滋味。一种极端肉欲的冲动和放任，由这些陈设与及吴老头子的下流姿态与引起的色情狂热，使她终于解衣上床睡了。

一个月后，她安然屈服了。从前入耳极不堪的姨太太的名词，现在听之已很自然了；从前怕人提起吴工程师与她的关系，现在反以为能得他的宠爱为荣幸了。她把学校中时一切的理想和行为，同学们的清高的谈话，梦萍的纯洁的人格，放在另一世界中去了。这世界是她曾经游历过的国度，是她夸讲的国度，但也是她因为远离了而忘了的国度。只有她现在不但没有再旅行那国度的能力，而且没有再旅行那国度的兴趣。现在她懒，她不愿有所作为；她觉得要自己去努力独立生活，——这是她半年前同梦萍梦想过的——这是一种太不经济的事。曾经入过动物园的狮子，上山去会饿死，这就是她近来为惰性束缚的情态。

不过随性的生活伴着的就是单调，尤其是如她这样的女子格外感觉得到。自从她破身以后，自从她尝过了肉的至乐以后，她渐渐明白人类的无聊。她丈夫爱她的，原本在这一片肉上；舍了这一点，他们彼此间几乎没有联络。她的心渐渐地有些明悟了。她于是不知不觉地，改了常态地，不畏人言地，现在喜欢同教她法文的先生往来了。

她并不是想爱李先生，——虽然李先生也是一个青年，——她并不是想和他犯一桩罪恶；她无非喜欢同他谈谈以消遣消遣她的积闷。所以一到她丈夫不在家而家中人稍加她白眼的时候，她便去李先生书房了。李先生是她的知己，因为只有他才替她解释苦闷；李先生是她的好朋友，因为只有他才为她不幸的命运表同情。因此她在枕头上与她丈夫说她喜欢念法文，让他还留住这位李先生。

"宝贝，你说了就是了。"吴工程师紧紧抱着她接了吻说。

声名越来越坏了。新姨太太和李先生发生了恋爱的消息传遍了吴府。久已敢怒而不敢言的失宠的两位太太，更捏造出许多事实。她和她的母亲于是不能安居了。一天晚上，她对吴工程师哭：

"我再也不能住在这热河了。不然我就死。"

她丈夫问她愿意怎样作他便依她的意思作。她说她愿意同她母亲回北京去，在那里另外组织一个家庭。反正他一个月之内，至少要在北京住十天，这岂不是两得其便么？她丈夫急忙说：

"乖乖，这又何必哭呢？这是一件很小的事，而且是我很早都想这样办的事。我有的是钱，难道还会使你们母女为难么？"

事情都如愿了。你看，他们回了北京已经一个月了。……

它，它，它的敲门声，使她把脑海中的一刹那所演的长幅的过去立即收了起来，她开门去。这使她几乎吓怔了：原来站在门口的是她两星期前已然写信去和他断绝了关系的，在热河教过她法文的李秉申先生啊。她无法抵抗地让他进来了。他很安静地坐下，很平和地向她说：

"眠春，我有话向你说。"

"李先生，（她还称呼他作李先生）我请你快出去，我母亲就要回来了。"她恐吓他说。

"你的母亲这时候还不会就来，我已经打听过了。我向你说的话，不会使你为难的，你听我说罢。自从我接到你正月初六日那封信后，我今天才来见你，你知道我是经过很多的痛苦和审慎的。我读了你的信，我觉得你说的话很真确。你劝我抛下我的单相思去寻我的更美的生活。你说你是不值得再被人爱的人了。是的，我是青年，我实在不应该爱这种环境下的一个女子；而且这个女子还不爱我，我自然更用不着过甚的留恋。我的理智告诉我快忘了你。但是，眠春，谁知道呢，经过了十几天理智的压迫，我的感情不但不曾减少，而且一天一天的增加了。我多一次设法忘了你，你的影像在我的脑经中格外鲜明一次；我越想抛却你，越是抛却不下。我现在才明白我的灵魂已经受伤了。我于是自己说：我要是没有她，我的受伤的灵魂是无法医治了。所以我不畏危险来了。”

“我实在是不能爱你，秉申。”她不知不觉地称呼起他的名字来了。他继续说：

“为甚么？假如你良心上是爱我，你为甚么不敢说？”

这的确被他问住了。她的底子里，的确有些爱他。不过在她的环境之下再要和甚么男子讲甚么自由恋爱之类，她早已根本铲除了这个妄念了。再说——她孤寂的时候也曾这样玄想过，——现在还有谁来爱她！当其第一次她发现了秉申有爱她的意思的时候，她绝对相信他是没有诚意的。一个姨太太，一个青年学生，在恋爱合理的原则上，这两个概念是不相关连的。不然就是同他作一种不名誉的事；然而她安分而怕危险的心理却令她不敢妄想。可是现在秉申热烈的谈话和表情，终于使她的意志动摇了。不过在最后的努力上，她还是说：

“你知道我处的困难地位……”

还不曾说完，她哭了。

秉申看一看表，知道她母亲快回来了。于是很匆忙地而又很难舍地安慰她而且作别说：

“你也不必哭了。甚么事情，你下细想想，你也不必立即回答我。假如你决定了……明天晚上，八点钟，北海公园琳光殿前面。”

说完，他不由人分说便很快地出去了。

这是一件何等重大问题啊！赴约，与不赴约的两个概念在脑海中旋转了一整夜，直到现在，已经是第二天下午六点钟了，她还没有相当的决定。她丈夫是回热河去了，我母亲又让我自由，我如何该不违悖他？难道姨太太便该永远如狗一样忠实于她的丈夫么？不！他是回热河去了，不久还要来的；他知道这事我如何了得！她实在是两难了。

她决定不了。虽然时间是很快要到了，但她想等到了时再作主意。她希望八点钟快到，她要求时间来帮助她解决这问题。她催促用人早开晚饭，她仿佛时间之流行得这样慢，是这一顿平淡无奇的晚餐阻止了似的。然而她错了，吃过晚饭后，差八点还很远啊。她在屋子中徘徊了一会，又徘徊了一会，慢步的时间，才渐渐地走到了。

她出门去，一阵寒风，使她觉到她出来忘了穿大氅。她回去拿大氅，但她又不想出门了。徘徊了一会，她终于还是穿上了大氅出门了。已然上了车了，她还想转去；但是不听命的车夫只顾往前奔。突然，她觉得她的命运便是寄托在这车上的：车行的道路，便可以决定她前途的幸福和不幸福啊！

秉申早已很不能忍耐地在那里等着她了。他一见她便用热情的口气说：

"眠春，你来了！"

他让她同他坐在冰冷的公共椅上继续向她说：

"你既然来了，我现在要求你的就是请你明白地向我宣布；你永久爱我；可以么？"

她来，她不知道是为甚么而来的。现在她才如梦初醒了。她才明白她来是有重大意义的，她怕了。经了无限的热烈的请求以后，她才开始说：

"我自从不幸降而为人的姨太太以后，我甚么也不敢想了。不料你一定要爱我……我是污浊的人了，你原谅我么？……"

"我当然原谅你，只要你现在爱我。"

热烈的接吻。

随后，他们手挽手地围绕着这小山走了一周。他们彼此互相说了许多甜蜜的安慰。他们想永久这样偷情，他们想在这暴君的国度里，新建筑一小片避难所啊！严寒的天气和太晚的时间催促他们各自分手回去了。

两星期很甜蜜的生活，如飞箭似的过去了。

一天，时节已是初春了，温暖的太阳，透过玻璃窗而射到了她的妆台，她对镜轻匀了胭脂正要预备去邀秉申同去北海的时候，她收到了一封好久不曾收到过的信。她即忙拆开：

春妹：（啊，错了！我不该这样称呼你了！）

眠春女士：

我本来是没法把你忘掉的，但我的朋友们天天要来向我报告你的消息。他们说："今天我又在北海见着你从前的爱人了，穿得如姨太太似的，同一个很漂亮的男子……"他们不但说话时带一种轻视你的态度，说完后每每加上一种酸刻的讥笑。你想，眠春，曾经热烈地爱过你的人听见这类的话，他的心理是何等的难为情啦！

不过，眠春，一方面我仍然非常高兴的，就是你舍了我后居然爱上了一个比我漂亮的男子；我十分为你祝福。你痛快的享乐罢；青春该这样过，整个的生命也该这样过。

生命要是没有爱情，这生命是个甚么东西？但是爱情中要是没有任性的享乐，这爱情的意义又在哪里？所以你舍了我而爱他以满足你的任性，（好听一点的名词，便是个人自由。）这一点也不责备你。

但是有一件事，你是该当十分注意的，便是吴老头儿是个好色之徒，已经取过两个姨太太而舍弃过一个了；假如他一旦一定要你与她作姨太太，你母亲既然与他打成一片去了，你有甚么办法啊！

我虽然绝对不爱你了，但是你被四十岁的老头儿抱在怀中的印象是使我难堪的。你千万早早预防啊，眠春！这就是一年前曾经爱过你的梦萍，因为可怜你，怕你堕入了深渊，而对你下的最后的忠告。

唉，不写了，最近才和我订婚的秦女士已在公园中等我；对不起，我要赴约去了。祝你快乐！

梦萍

梦萍这疯子怎么突然给她来这封信！她这时候没有功夫去想它，她一直抛下梦萍，而只去研究信中的文义。"啊！是的，生命要是没有爱情，生命是个甚么东西？痛快的享乐罢！……吴老头儿是个好色之徒，的确……梦萍还不知道我已经与他作了姨太太了，他便这样说；假如他知道，我是多么不名誉啊！……"

门一开，吴老头进来了。他说：

"你说要出去，不去了？正好，你替我算一算账。这一次来北京一共用去了多少钱；你说，昨天晚上我又输了；两个三翻没有合出来！"

在此种心情之下的她，这样的说话，的确使她讨厌极了。她对于他忽然起了一种憎恶。在无意识之间，她几乎向他动怒了。过了许久，她才平息下来，然而是毫无情地回答他说：

"我今天人不甚舒服，账放两天再算它，可不可以？"

"可以，宝贝。"他很下流地说了。

现在已经晚了，北海是没有心情去了。她等吴工程师自己去了以后，她晚饭也无心吃地躺在床上。梦萍的影子，公园中携手同行的印象，在她的灵魂中又活跃起来了。这美妙的生活，与姨太太下贱的生活；为甚么她舍去了前者而取后者呢？她是无法，她可以说；但无法就是没有勇气，她现在用良心判断自己了。假使当日她能以死力争，事情未必没有转机？但是终于屈服了，她的意志是何等的薄弱啊！她这时候失悔。但是过去的，就是不可挽回的，失悔又为之奈何！梦萍已经有了另外的爱人，我呢，终于是老虎的羔羊！秉申爱我，不错；但这是多么可怜呀，寄人篱下的爱啊！

突然，一下，如骤来的风雨一般，极其兴奋地，她自己说：

"为甚么？为甚么我不能打破这牢笼而取得我的自己啊！过去的失去了的自由收不回来了，难道现在还要继续失去自由么？母亲，你既然无情于我，五百元钱就卖了我，我也就顾不得你了。"

她明悟了。她想起从前她自己的愚蠢，这时，她自己也恨。这般样容易取得自由的方法，她早为甚么不采取？唉，现在她的志向坚定了。明天早上！只等明天早上。

天是不容易明的，尤其是对于等它快明的人。她看一看表，这时候才十二点半。于是她想睡一觉休息休息。但她无论如何勉力，总睡不着。思想越来越复杂了，使她感受一种难以应付的痛苦。她于是，极反常态地起来到院子去了。蓝色的天空上，布满了星儿。天河的南岸，久受束缚的牛郎织女，也与这位人间的姑娘一样，似乎想脱去监禁而偷渡相会。是的，她感动了。她思及她的命运，她哭了。

她转去睡了一忽，连她自己也不知道是睡着了没有，天亮了。她不等人知道起来出了门去。马路上除了几个睡犹未醒的巡警之外，富人的门下还躺着一些乞丐呢。她非常有气力的一直走到了秉申的寓所。她把秉申惊醒了向他说：

"你现在要救我。"

"甚么事？"秉申十分惊讶的问。

及至她把她心理的转变和一夜的决定说完了以后秉申笑了。他说：

"只要你愿意，再没有比这更容易的事了。我不是向你说过若干次么？我愿意同你偷走。那时候你每每不忍抛撇你的母亲。现在既然如此，当然好了。你回去收拾点东西，等明天……"

"不能，我不能等到明天了。东西我不要了。我怕，我怕回去了，现在。"

秉申这一下倒反为难了。他立即起来，踌躇一会，他安她的心说了：

"不要紧，我先找一个地方把你藏起来。——但是他们要找着我怎么好呢？"

"这样好了：我不是爱过梦萍么？他们要找着你，你就往梦萍身上指。他们去追究了梦萍就不追究你了。"

"不追究我，过一个月后，我们就可以往天津走了。"

事情一一如他们的理想前进了。所以有一天秉申得以指着一小方块报向眠春说：

"现在他们真受了我们的欺骗找梦萍打麻烦去了。你看梦萍的启事！"

她接过报来看：

眠春女士鉴：

　　你与我继绝了关系，有你的来信可以证明。现在你走了，他们还疑心到我。请你快快出来偿还我的清白啊！不露面于你更有妨伤的，请注意！

梦萍启

看完后，他们彼此都得意地笑了。

十五年五月国耻纪念日写

福妹的爱

福妹独自坐在炕上，对着破纸窗望了一阵，回过头来还是做她的衣服。这已经是深秋时候了，室外一阵阵风过，顿使她觉得她自己身上的衣单。然而她知道，生在这样一个家庭，在重阳时节便说要添衣服的话，这是简直毫无意义的。因此她只有低头叹了一口气。父亲呢，吸大烟，已足够他的窘困了。在这种窘困之中，他居然还逼走了他正配的妻子——福妹的亲生母亲——而去勾搭上一个淫妇人。现在，这淫妇已经进门了。干么？坐吃山崩啊！

福妹的年纪越来越大，她们的家事一天坏似一天了。父亲近来懒得来连大门都不想出；二妈呢，就担任当东西的责任；一个小妹妹和她，她们每天只吃两顿窝头，还吃不饱啊！但是福妹却是一个十分安分的女子，对于这样的生活，她也并不十分抱怨。她替人做衣服，多少得一点钱，使他们家不至于发生要饭的危险，这就是她最高目的。她愿意为一个孝子，无论她父亲怎样的妄诞，她愿意承受他的意旨。所以这天当她父亲进来请求她放下工作，出去陪他邀来的几个大学生打牌的时候，她完全答应了。

五个大学生，有三个——余才子，何有，田之南——是前次来过的，她还认得。所以田之南自己认为很熟悉的替他们新相见者说：

"这位是密司吴，这位是吉伟成，吉先生，这位是孟平，孟先生。"

他们彼此都不客气地坐下了。牌摆上了桌，田之南再三不愿意加入战局，借口说今天他的头晕；而其实呢，自从他们四位赌者开始输赢以后，他便拉着福妹的手进炕室去了。

"你今年多大年纪了？"他问。

"十八了。"她还不曾脱乡气地回答。

田之南看见她过于拘束了，于是放了她的手。一会儿外面又叫密司吴和田之南来了。他们又重复出外室去。吉伟成要请密司吴替他打几盘，她回答说是前一星期才学会的，绝不能替他打。但是这位比多情男子还要多情的吉先生，非要她坐下不可。加以众人的请求，她也勉强答应了。不过她还是很怕地说：

"请你别走，在我旁边看着；免得我打错了。"

吉先生当然是最高兴了。

打了四圈以后，座位全换了。大家都要邀她去代行职务。她不知道到底是答应哪一个好。因为她对于这五个人没有选择；简直说，她对于他们都没有甚么情感。于是，到了这种情况，她为难了。末了还是田之南说：

"你们都不准请人代替，这不就完了。"

完了，的确是；面子上的纷争是完了。但是底子里谁也不满意田之南这种专享权利而不尽义务的行为，于是一定要拉他入赌局。他没有法子，也只好加入了。然而田之南加入毕竟又是胜利，因为他赢了。局终的时候，他给了两块钱的牌钱。福妹一声娇柔的天真的"谢谢！"留在他的脑中，甜蜜得来使他失悔给的牌钱似乎还太少了。

福妹收了牌送学生们出去以后，把两块钱拿去交与她贪得的父亲。这位无赖高兴地打量了她一眼，这使她直觉地有些羞愧了。回到自己的炕房中，她的羞愧还不曾完全停止。她是天真的，她想不出父亲用奇异的眼光看她的原因。她自信她自己甚么错处也没有。父亲命令她作的她才作，难道这还有错么？虽然她并不是绝对没有性的欲望和结婚之类的观念，但是她对于大学生们决不曾起过一丝儿妄念。她认为他们是高贵的人，是神；只要他们不鄙视这样贫寒的一个女儿，还给她什么"密司"，甚么"小姐"这样使人醉心的名称；这不已然是她的好运气了么？

北风吹的越来越紧了。在西山这般样难生产的地方，她的一家，除了靠聚赌抽头而外，就没有生活的方法。但这方法是何等的下贱难堪啊！新近她才发现了大学生们来她家里不是为打牌的，是为看她的！她真不了解他们为甚么赏识她，她因怀疑而有些怕了。近来他们的行为越来越不像样了。打牌每每要她陪到天亮。然而一到天亮的时候，东一个，西一个地躺在她的炕上便睡。她和她的小妹妹都没有地方睡了。这样的行为，父亲不惟不干涉，而且还说他们是应当。

"福儿，你忍耐一点陪着他们，你陪他们打到天亮，这样冷的天气怎好回学校去呢？"

她听她父亲的话，所以她自己牺牲了睡觉。可是使她极难堪的是：或者有一个起来小便的人，从外室经过，看见她困靠在牌桌上，便拉着她的手要求和她甚么 Kiss。第一次她很严厉的拒绝的。后来她看见四无救兵，她只得无法忍受了。

境况对于她越来越艰难了。她发现学生们为争"她"的原故而弄得彼此间的感情异常恶劣了。她一方面可怜她的命运，她一方面更可怜这学生们的命运：这样贫家小户出身的一个女子，他们还要争啊！

学生们终于破裂了，现在他们忽然三天都不来她家里打牌了。父亲责备她不会招待人，因此得罪了来客。的确她不会招待人，但是她的姿色却是使人留恋不忍去的。现在学生们不来打牌，她实在毫无罪过。无赖父亲的无赖的责备，她实在无法申辩；她只有哭了。

忽然门前皮鞋踏地的声音，使她立刻不知不觉地停止了哭泣；原来田之南单独地来了。他同她对坐着的父亲行过礼后，很快便说：

"那天打牌，我不小心把茶倒在来福小姐的身上去了。今天特地里买了一套新的衣料来赔她。"

他放在炕沿上的是一套值十元钱的新衣料。只消再加上二十两棉花，便可以作成一件厚厚的棉袍了。这价值与他"不小心"打脏了的衣服比起来，甚至于不止大十倍。福妹和她的父亲，二妈，小妹妹都诧异了。田先生那种诚恳的态度，使他们不敢推却。福妹说了"谢谢!"以后，她的父亲问说：

"怎么就你一个人来呢? 何先生，吉先生，余先生他们都不来么?"

"这几天他们都有事。"田之南回答说。

"哦，我想起来了：有一次来过的那个很规矩的孟平，怎么后来就老不来了呢?"

"他么，他在我们学校中是著名的用功学生。而且现在他在城中还代教了几点钟的功课；他一个星期只有四天在西山住。"

"那个人看他样子倒不错。"

"真不错! ——福妹，（他忽然称她作福妹了!）你近几天作些甚么事?"

"甚么事也没有作。"说完，她天真地笑了。

她的父亲一定要留田之南在这里吃饭，叫福妹去作菜。福妹也作了一样木稚肉，一样川丸子；此外还有两样素菜，两样咸菜。端上桌子的时候，福妹很诧异田先生居然也喜欢吃这些菜。所以她说：

"你们大学生吃惯了好的，不觉得我们这些菜难吃么?"

他笑了，他说他们好的是吃过，但顶坏的菜也吃过；不过这样家常的便饭，却另有一种风味；无论菜的好坏，吃着总是快意的。这使福妹更诧异了。她想不到大学生们的性情是这样温和的，思想是这样平等的。在三天以前她还讨厌他们，但是现在她觉得她错了。一种爱慕的心情，忽然在她朴素的灵魂中起了作用。她很想和田之南说话，但她寻了半天，也寻不出一句适当的话来。直到田之南要回去的时候，她才勉强而且很羞涩地说了一句：

"有功夫的时候，你请来罢。"

他的"功夫"是随时"有"的，而且福妹开始用的媚力更足以增加他的勇气，于是他来的次数格外多了，尤其是不同着伴侣的时候。

看啦，天下着这样的大雪，马路上连狗都没有一条。天空中那种昏冥的景象，使人一见便要起一种愁惨的情绪。福妹紧紧闭着纸糊的门，围着一个煤球炉子在那里补旧衣服。捧，捧，捧的敲门声，使她怕了：爸爸和二妈还没有起床，天下着这样的大雪，这时候谁会来了，她迟疑一阵，她几乎不敢开门了，好在门外继续的敲门声和夹杂在敲门声中的："是我，快开门罢！"使她认出这是田之南来，这一下她才平息了。开门后，她看见田之南满身的雪花，使她感受到一种莫明其妙的情绪。她引他去坐在炕沿上，一面替他烘他已浸湿透了的毡帽和皮鞋，一面说：

"这样的天气，你为什么来呢？"

"因为我想独自的在雪地里走来看你，一定是很有趣的。"

他说话的时候，在他目光中露出来的爱意，使她心房震荡了。她怕，她自己计算她自己的地位，她觉得她自己与田先生太不相称。她虽然是乡村的女子，她虽然才十八岁；但怀疑男子没有诚意这却是本能的。她也想得到他恐怕是来引诱她的；及至到了得手的时候，他舍了她去找富贵人家的小姐去了。这类的事，她也曾听见人家的故事里说过。田之南的心，未必是故事中的"薄幸郎"的心，但他处的地位，的确是令人怀疑的地位。所以天真的福妹破口露出了她的怀疑说：

"来看我有甚么趣味？我这样一个女子！"

田之南刚要回答的时候，她爸爸走进来了。他们彼此还互相让了一回，然后才坐下了。末了还是田之南先说：

"今天天气很冷，我想同吴先生喝一杯酒；吴先生愿意么？我请客！"

说完，他不让吴先生有回答的余地，便掏出了两块钱来。吴先生于是也就不客气地命令二妈去办菜，自己和女儿还陪伴田先生闲谈着。

田之南今天很高兴而又很感慨了，端着酒杯便不肯放手；一杯一杯地不知喝了多少，他陶然大醉了。吴先生也醉来回到自己的屋中走了。这时候室中仅留下福妹伴着这位悲哀的青年。他躺了一点多钟后，醒来看见福妹一人坐在炕沿上；他于是一把手拉着她的手，不知不觉地哭了。她惊惶得过于厉害以至于寻不出一句安慰的话来安慰他。她只有两眼望着他，他在哭声中喊说：

"福妹，福妹！……"

"甚么？之南……"她很柔媚地说。

"我在外面五年孤独的悲哀，现在遇见了你，才安慰了一点。福妹，我真的爱你，难道你还不知道么？"

甚么"孤独"，什么"悲哀"，这一类的话，她是不甚懂的；但他真爱她，这倒是不用说她也明白的。这样一个有学问，有人品的青年爱她，为她流泪，这是何等的甜蜜啊！她在这种至乐的情态中，深深地望了他一眼。她看见他果然有一种凄凉的态度，于是她也不知不觉地哭了。

这时候她才知道人类除了衣食住而外，另外还有一种不可解释的力在身中，现在，她就被这种力趋使了。她的心已整个地给田之南了。她看见他痛苦，这痛苦便立即传到她的心的深处。原来她在爱他了。

她服侍她安静地睡下，她不让他独自一人再从雪地里回去，她劝他下一次，在另外一个地方不可这样地饮酒。她说：

"之南，你听我的话么？"

他自然是听她的话的，所以在这种贫寒的炕上，他独自地睡下，盖一些污而且破的被窝，居然还很舒服地过了一宵。

自此以后，田之南几乎每天都要到福妹家里一次，他来教她的国文和数学。他秘密问她说：

"你把这两样学好了，寒假以后，我送你到北京女子学校去念书。"

"我父亲要是不答应我去呢？"她高兴而又疑惧地说。

"你父亲图的反正是钱，我给他的钱就得了。我实在向你说，我很不高兴你父亲邀许多人在这里来打牌，而且要你去陪他们……我有时为你的原故，我哭了。"

这些话，这些热情的言调，使得她愿意牺牲一切来服从他。要他离开了她，她就没有生路了。但是不曾死的人就是有生路的，他毕竟还不曾离开他。他不管她的地位和身分，一味地爱她，至于她呢，她不问他的疯性和妄举，一味地服从他。于是他们在两个月之内，都是幸福的生活着。

她是幸福的。看啦，她已经穿上朴素然而很时好的学生装上学校了。谁想得到，一个乡村的女子会漂亮得来到人人羡慕的地位？她住的学校，是北京有名的 N. K. 女子职业学校；学校的教职员非常谈论她的聪明和勤谨。她的功课居然比同学们的更得嘉奖。她是何等的快乐呀！她想到她的西山的生活，她觉得那简直是地狱中的生活：甚么也不自由，甚么也不知道！自从她在城中来后，她发现了许多在西山梦也不曾想到的事物。一次同田之南去游公园，已足以使她说：

"在这里来走了一趟后，死也就值得了。"

然而死的价值，究竟比游公园大一点；她虽然不甚明白这个真理，但环境终于不曾让她即此便实行自杀，这也是隐然暗示她说："生的意义还多着呢！"

是的，可不是么？在她的生的欢喜到了沸点的时候，她的境遇突然转变了：田之南要回四川去了！临行的前一夜，他才这样告诉她的：

"福妹，我报告你一件使你最惊讶，最难堪的消息：我要回四川去了。我要回去，本是很早的计划了；但我为要救你的原故，我迟到今天才走成功了。你父亲是一个无赖之人，他想用你来卖钱；我千方百计哄了他把你弄了出来。现在你读书已经上了路，我也用不着再在这里了。我并不是不爱你，忍心抛弃你；但是我家有老父，老母和我的结发妻，——我已经娶过亲了，我一直没有告诉你。——他们都在那里望我，我实在不能不回去。你是一个有用的女子，你不要舍不得我，我终久是够不上爱你的；所以……所以我和你这样亲热地同住过，我都不敢和你发生肉体上的关系。我想保存你的清白，使你将来能够得到一个美满的丈夫。"

她哭了。她无论如何不让他离开。他于是又说：

"你不要舍不得我。我是你的一个有益的朋友，并不能作你幸福的情人。"

她不懂得甚么是爱情，甚么是友谊，朋友与情人的区别在那里，她就不知道。她只知道"要好"。这样要好的一个人要离开她，她便宁死也不愿意的。她仍然拉着他哭，他又说：

"福妹，我刚才不是对你说过么？我已经是结过婚的人……"

她寻出话来了，但她最初还是害羞不说，及至到了她无方法挽留他的时候，她才破口说：

"只要你不舍弃我，我给你作妾都愿意。"

他立刻迟疑了，似乎大有转机的样子；但末了他仍然说：

"不能，不能……"

那么，她就要死在他的当前。田之南怕了，于是含安慰的向她说：

"一年后我一定再来北京。假如那时候你还没有爱人，假如那时候你还愿意给我……不过我究竟希望你努力读书，学问好了；比我高明的男子多着呢！——至于你这一年内的读书费用，我已经嘱托于何有去了。他是很好的人，一定不肯使你为难的。在西山，你不是同他见过若干次面么？"

她仍然哭。但她立时想到以她这样一个人假如一定要阻止田之南快乐的回家，她觉得似乎有些越分；于是她停止哭了。她是生来不幸的人，她是该失望的人，她是该过困苦生活的人；她把一切都放在命运上去解释，她渐渐地有些平息了。她准备着今而后去受痛苦，她反而有勇气了。她于是似乎很有理性的向田之南说：

"去罢，我等着你。"

但是这一来反使田之南不安了。于是，既然这次别离的不幸成了肯定的时候，他也痛哭起来了。

自从离别了田之南后，福妹的生活还是很幸福的。她同她的亲生的母亲——所谓大妈——和一个六十岁的外祖母在一所小房舍中居住；甚么人也不能来扰乱她们的安静。早上起来，福妹无思无欲地夹着书包上学校，大妈穿着工衣去上工，祖母留在家里看家。田之南嘱托的朋友何有每月虽只给她十元的生活费，但每星期却能来看她们两次。她们招待他吃饭。虽然仅吃一些粗面或者烙饼，但他们却有一种友谊的欢欣。两个月的生活，便这样的单调而且和谐的过去了。

记得有一天初夏的黄昏时候，何有照例地来看她们。适巧，这天大妈有事不能回来，于是福妹和外祖母招待着他。这也不过是照例地吃些面和饼，照例地讲讲学校中的课程罢了；在福妹是一点也不惊异的。但是老天却有些惊异了；它把它保存了好还不曾下过的雨点点滴滴地放下来了。室内室外方才还很热的空气，一下变凉了；这使人有一种特别的快感。只这快感催得何有在福妹的床上便躺下睡着了。

"快去罢，快去罢，现在已经十一点钟了。"福妹摇醒他说。

他听见窗外的雨声还不曾中止，于是他更表示今夜不走了。福妹怕了说：

"这怎么使得！大妈又不在家！"

何有说了很多可以不必去的理由，他让她在她自己的床上睡，他甘愿睡在外室的靠椅上去。福妹看见他说话的诚恳，又听见外面雨声的增大，于是起了一种怜悯之心，让他在外室中睡下。再说，他还是她的保护人，难道连留住一宿的情感都没有么？不幸的是她生成女子去了，要避甚么嫌疑。

可是福妹毕竟错了，嫌疑能避还是要避；人类的言语，代表的不必一定是他真正的思想，福妹就不知道这一点。所以，在快要天亮的时候，田之南经过半年犹不忍破的处女之美，竟然不幸被何有弄坏了。

福妹是信命运的，她对于这事只认为是一种不可避免的灾祸，她并不悔恨她自己的意志不坚决；只是她一想到田之南，她良心上略有些微痛罢了。但是，这又有甚么要紧！田之南自从去了以后，三个月不曾与她来一封信。何有假如有一点良心，决不抛弃她；她现在只要得他奉侍终身，也未始不是她的好命运；而且这还是田之南赞成的，甚至可说田之南还暗示她要她给何有的。不过现在的问题，是何有是否有诚意取她为妻罢了。

哪里有甚么诚意呢！福妹越来越发现了。何有现在甚至于来也不来了。学校放了暑假，福妹的家事越难支持。于是福妹不得不破面到公寓中去找何有，可怜他给了她三块钱便毫无情感地把她打发走了。

福妹略有忧愤，回来就病了。这病是她从来不曾经历过的：脸上老是发红，口渴而想吃酸凉的东西，肚中随时有一些动的疼痛。大妈坐在床边上，伸手替她按肚腹，一下吓怔了。

"福儿，福儿，你简直要逼死我了！"她哭着说。

福妹还莫名其妙。大妈又说了：

"福儿，你怎么会作出这样的坏事！要你爸爸和你二妈知道，不会把我们逼死么？福儿，你作了这样的事，你怎么不告诉我……"

福妹明白了。她知道她被人欺负是无法补救的，于是她也哭了。经她母亲再三的逼迫，她才把事情的经过一一地说了出来。现在已经很晚了，肚子里的小东西已经快三个月了。请医生么？她们哪里有钱！这只好让福妹暂时忍受着痛苦还再到公寓里去找何有设法。

"何先生搬走了！"一个听差的声音。

"知道搬在甚么地方去了？"她问。

"他没有告诉我们。"听差冷淡的回答。

她极端失望的出了公寓门，眼前的世界立刻昏暗了。假如这时候有方便的利器，她也就毫不迟疑地自杀了。她四顾茫然，不知道要往哪一方走去才是。

"密司吴，你在这里作甚么？"一个青年男子含着笑声向她问。

她勉力注意才能看清楚了这说话的是几乎一年不见了的孟平。孟平，——这一个永远不露愁容的青年——继续笑向她说：

"我们好久不见了。你现在住在甚么地方？很久我都想见见你，可是不知道你的住址；你高兴告诉我么？"

"现在我就要回去了，你同我一块去罢。"她无心无意的说。

孟平很高兴的居然同她去了。大妈望着孟平十分诚实的样子，虽然是初见，便想把她们母女的困苦告诉他；但孟平还不等她们先说话以前，自己先又说了：

"我想起了：前次同田之南回四川的吉伟成，密司吴不是也很认识么？现在他又来北京了。他很想见你。明天我叫他来好了。"

这几句话，略为安慰了她们这两个不幸的母女。好久不通音问的田之南的消息，或者由吉伟成可以报告一点，这是值得庆幸的。她们母女现在没有他法，她们只有等命运来支配他们；只要有一些儿新消息，她们便觉得还有一线的新希望。因此他们急于要孟平去引吉伟成来。但孟平是一个疏懒的人，回去后，过了三天后才告诉了吉伟成这一段消息。

吉伟成——早有心钓吴小姐而不曾得手的——听见这消息，立刻热狂起来；他去买了许多礼物，让孟平伴着他，即夜坐马车来到福妹家里。福妹一见他，引起了旧日的情感，不知不觉地哭了出来。吉伟成把赠送她的礼物都放在桌上以后，然后十分殷勤地劝解了她一番。福妹忽然有一种感动，她觉得吉伟成是她唯一的救星；现在他来了，她似乎一切痛苦都散开了一样。所以当其孟平要先走而吉伟成不动身的时候，她反得着一种忘了危险的快乐。

她是怎样轻易委身于吉伟成啊！她自己也解释不出来。她只觉得她的身子现在是毫无价值的了：她随便可以把它牺牲于人，只要这人能够救他们母女的生命。她想："他是有钱的，他又是多情的青年；假如他的心不变，我是何等的幸福呀！"他的心是不变的，这有许多保证：第一，他许她从此便同她一块儿住。这也就够取得她的心了。何况他还同她计划搬在另一所较宽阔的房舍去，正式成家；好与她无赖的父亲绝对脱离关系！目前的问题，就只有，为要保全名誉起见，如何设法消灭这身上四个月的胎儿。

"乖乖，那有甚么要紧呢！请医生就得了。"

医生告诉他们说，消灭这东西是可以的；但因为过于成熟了的原故，对于大人的危险是不能担保的。

"既然这样，就只好让它罢。"吉伟成很达观地说。说完，他同着她坐着原来的马车上公园去了。

"去年去西山的时候，你还很怕我，是不是，福妹？"

"我哪里怕你呢，不过才认识，不能就表示亲爱罢了。"福妹很灵巧地说。

"那时候，你不是很爱田之南么？"

"呸！"她发娇嗔了。

马车已到了公园门口，他们双双地下了车进去。这是幸福中何等的不幸呀！他们刚从小山走去，一转湾的时候，福妹就望见了何有从前面来了。她于是迅速地，恐怖地拉着伟成的手说：

"我们从这边去罢。"

不幸的相遇是避躲开了，但那难堪的印象是永远留在脑经中的。于是这一次预计很快乐的游玩，反弄得他们彼此意兴索然归去了。

从此以后，福妹不甚喜欢到公园之类的地方去。于是伟成引她到各公寓里去找朋友。第一次福妹还是很羞涩的，但后来渐渐的也习惯了。渐渐的，她的说活和举动都很时髦了。一般初见她的朋友，不但不以她为乡村的女子，反以她为城中最开通的女子了。

"的确，"她自己也这样想。"你看密司章罢，她不还在甚么公司当办事员么？但她见着男子还那样不自然啊！"

是的，福妹近来无论见着谁，态度都是很自然的，因为她的思想根本就天真。她不甚了解男女多方面的区别；除了伟成是她的唯一的爱人而外，她觉得其他一切男子都是相同的。所以伟成的朋友，都变作了她的朋友，这在她以为是十分合理而且自然的事。于是密司章的爱人，伟成的朋友周爱莲和她很亲昵了。

在这样的生活中，福妹从不曾想到会有甚么意外发生；然而注定的不幸之事终于到了。伟成向她说：

"我本来是预备到法国去的，但我遇见了你，我就不愿意去了。可是昨天家里来信说要我非去法国不可。我二哥已经把我的留学费托人带到上海去了。假如我再留在北京，家里从此便要与我断绝关系。我想了半天，还是到法国去的好。"

这是怎样的打击啊！她出神了。他又继续说：

"你不要过于忧心，我对于你是永久如一的。我至多三年就回来。你好好读三年书……"

她哭了。但是她终于还是天真的，她不拿爱情为理由阻挡伟成不走。她隐然承认伟成是她的丈夫；那么，丈夫要出门求学，妻子是不应当阻止的。她只是哭，只是伤感着太快的别离而已。

"我到上海之后，先与你寄一些钱来。以后每月我都设法给你寄钱来。——每月十块钱够不够用？"

她略为停止哭泣了。他把她抱在怀中深深地吻了她一吻，然后领着她到周爱莲处吃践行酒去了。

不幸的到来，是比较甚么还要快的；看啦，这天就是伟成出发的日子。

这是寒冬的早上，屋瓦上起了一层薄霜，太阳还睡在大海里头；微风凄凄的马路上，早使人有一种不快的情感；何况还是别离的滋味啊！福妹坐在洋车上，悲哀塞满了胸怀，使她已经说不出话来了。

月台上载满了的行人，火车如怪物般的躺在他们的前面；眼见得这怪物到了一定的时候，便要把他们的亲爱的载往另一地方去；这凄凉的景象，谁能忍受得！何况助人肠断的铃声，又钉铛钉铛地叫了。

福妹望见她在这世界上唯一的依靠者含着愁容在车窗上望着她，然而渐渐地远开她的情景，她不禁大哭起来了。当其孟平，密司章和周爱莲走过来劝解，她才仰头一望的时候，"他"已经不知在哪里了。

福妹别离的伤感，渐渐地平息了。她同大妈商量想过最节俭的生活。因此她请她外祖母回去，自己同大妈搬在一间小房子中去住。每月两块钱的房费，屋子里除了一张炕而外，剩下的就只能放一个白炉。她每天上学回来，除了烙饼充饥而外，就盘坐在炕上做活。大妈呢，出外去帮人，要晚上九十点钟才能回来。这生活是何等的凄凉困苦呀！

一阵阵北风吹破了她的纸窗，将灭未灭的煤油灯，照着她的孤影；她想想离人，想到她繁华的过去，想到她将来的命运，她不知不觉地掉下泪来了。啊，亲爱的，你在哪里去了？你忍心抛下孤零零的她，在这样寒冬的夜里！

好了，母亲回来了！但今夜使福妹格外疑惧的，甚么？她母亲后面跟随的影子。假如不是这影子先说话，她几乎疑是鬼怪了。啊，原来她无赖的爸爸来了！他很恶毒地说：

"你们在北京作的好事！你们以为我不知道么？早有人告诉我了！"

福妹哭了，这位无赖又说：

"吉伟成走的时候，给你们的是多少钱？快说！你们把这些钱都给我呢，完事。假如不给我的话……"

大妈有勇气说：

"他走的时候，连他自己还不得了，哪里给我们甚么钱！要有钱，还不搬在这小房子中来住呢！"

末了加以百般的解说和哀求才使他平息了；然而结果还是把她们母女所余的最后的三块钱取去了。

过了两天，他又来了。福妹答应她说实在没有一个钱了。吉伟成说过在上海要寄钱来，但现在他走了已经二十天了，连信息还没有，钱自然不可靠了。

"那么，你把你穿的衣服给我拿去当。"无赖子说。

这样的寒冬，福妹连围巾都没有一条，穿的已算很单薄了。箱中还存了几件夏秋穿过的衣服，但已经不甚值钱了。然而他非要不可，福妹也就让他取去了。

第三次来要钱，适逢大妈得了工资回来，给了他一大半，算是和平解决了一场太无聊的纷争。但四次，五次……就坏了！当其她们母女实在无法给他的钱的时候，他甚至于把碗和锅都跟她们摔破了。

福妹想不出头路，只是哭，结果还是大妈出主意说：

"去找孟平让他替我们出个主意怎么样呢？"

福妹也想起孟平来了。伟成临行的时候，还托过他的。现在有事急了去求他，想来不至于受拒绝罢。但纵使是失望罢，福妹这时候也只有这条路可走。因此她决定星夜奔去。

这时候，孟平是住在一个学校里的。福妹去的时候，他正在替朋友教夜班。福妹只得很难堪地在学校会客室里待了几乎一点钟功夫。孟平才出讲室了。学生们望见一个可怜的女子坐在华丽的客厅里，都不免含了一种轻视的冷笑。福妹把前后的事都向孟平说了以后，孟平，这一个两袖清风的孩子，很慷慨地答应帮助她。的确，孟平是不轻诺的：第二天早上，他便把他唯一的御寒的鹅绒被窝拿去当了五块钱，立刻到福妹处去。一近门他便说：

"现在我替你们找了一个僻静的公寓，你父亲一定不会知道这地方；现在立刻就搬去好不好？"

说完，他不等福妹回答，他便替她收拾东西了。他费了五点钟的功夫，用了一块钱的来回去的车资，才算完了。福妹平安地迁入了新屋。大妈因为她的主人隔新居太远的原故，暂时让福妹独自一人住下。

这公寓是很清静的；在另外的房舍里面，也住得有家眷。福妹听了孟平的忠告，暂时不去上学。他向她说：

"你不必愁，暂时住下温习你的旧功课。我过三两天总可以来看你一次。至于房饭钱，我已替你付掉了。"

其实，孟平才给了公寓主人四块钱啊！孟平去了。

福妹检点了她的东西，把屋子略为布置一下；随后，她觉得十分疲倦了，她倒在床上昏昏睡去了。她作了许多异样的梦，她梦见吉伟成从上海忽然转来了。她正要上前招呼他的时候，忽听见有人叫她：

"吴小姐，吴小姐！"原来是公寓里的听差的声音。

她在半醒状态中说：

"甚么事？"

"这面区里来人说，不许公寓里面单留一个女眷。"

"孟先生不是向你们说过么？有甚么事去和他交涉。我不知道……"

正说话间，区里派来查号的两个巡警来了。他们把听差撇开很自高地走上前来向福妹问说：

"吴女士是甚么地方的人？"

"本京人。"福妹机械式地答。

"甚么学校念书的？"

"女子职业学校。"

这时候看热闹的已经堆满福妹的门口了。福妹只有红着脸把头低下。巡警还高声继续他的问题：

"为甚么不住家里要住公寓呢？"

"我家在西山。"福妹不成回答的回答。

"在北京有亲眷么？"

"没有。"

这一种如背熟了的讲义一样的问题，极无谓地问了半天后，他才正式说了出他们是奉命前来的目的：

"这是上头的命令，单独一个女子，如没有男丁同居时，不准住公寓。请吴女士从速设法搬出去。"

看客们这时候都用怀疑的眼光望着福妹，这使她羞得连一句话也说不出来了。末了还是听差插嘴说：

"她是××专修学校的教员孟先生送来的，要她搬出去还得要去和他交涉。"

巡警先生们有些怒意了，说：

"甚么孟先生！那么，至迟明天非要她搬出去不可。这是我们上头的命令，你知道……"

还没有说完，他们便骄傲地去了。

福妹关上门，才哭了。这公寓里不能容她，何处还有安身之地！再回学校去么？一个私偷怀孕已经满七个月的女子，要万一在学校寄宿舍中生了……即前一个月上学，她已经很难遮掩她的耻辱了，何况现在！今天公寓里的看客，想来他们亦已看出了这一点羞事；不然，他们的冷笑，为甚么那样难堪呢？她捶了一阵胸膛而后，她想自缢而死。不知是没有勇气，或者没有能力，更或者有了甚么新希望，使她终于不曾自杀忍受了这一夜的痛苦。

东方仅仅有了一线白色，她便开门出了公寓。马路上绝没有一个行人。她独自地，绝不畏寒地向孟平住的学校里去。校役开门让她进去的时候，孟平还在呼呼地睡。孟平一睁开眼看见是她，绝对地以为还在梦中，于是闭上眼又昏昏地睡去了。福妹不管孟平听见了没有，她一五一十地把昨夜公寓的经过向他说了。及至说到她今天非离开公寓不可的话上来，孟平才渐渐地完全醒了。他在床上按了电铃，吩咐听差生火以后，他才正式同福妹谈话起来。他让福妹暂时仍回公寓去，因为不久学生们来了，看见不很方便。至于再搬家的事，他总当竭力设法……福妹有些失望回去了。

但是，这一次的奔走并不是没有成效的，看啦，福妹刚回公寓不到一点钟，周爱莲来了。他说：

"孟平给我打电话来借钱，才知道你困到这步地位了。你怎么不早向我说呢？不要紧！这公寓的钱，孟平是设法与你给过了。现在你可以搬在我住的公寓去。你是认识密司章的，你可以同她一块儿住，好不好？"

福妹是毫无主意的；她只要能离开这公寓，便是她现在的幸福。她不顾更大的危险搬去了。

最初的确是同密司章一间屋子住。不过住了四五天后，密司章在灯下忽然向她说了：

"我不妨向你实说，平常我都是同爱莲住的，这间屋子原来是空的，因为你来的原故，我才来陪你，今天我实在忍不住了，我要去……你一个人住在这里，可不可以？"

"当然可以。"福妹不异危险地答应了。

又过了四五天，密司章忽然又来同福妹住了。一天晚上十二点半钟了，密司章用了最普通的"拔赵易汉"的方法，说要出门去寻东西，她让福妹一人睡在床上。爱莲入门上床便把她紧紧抱着；这时候，密司章立刻进来了。她非惊动全公寓不可，福妹吓得来不敢声张了。结果经周爱莲百般的要求后，才把事情平静下去。但条件是要从此三人永远一床睡，爱莲对于她们俩不得有所厚薄。及至到了条件都实行了的时候，福妹还没明其妙。但她的地位，终于使她屈服让他们随便摆布了。

福妹仅仅住在这样华丽的公寓里面，已足够使人怀疑了，何况还同周爱莲发生这样奇特的关系，于是谈论更多了。周爱莲也觉得他自己难以应付朋友，而密司章也失悔自己的愚蠢；于是他们三人不能相安下去。最后，周爱莲毅然说：

"福妹，我还是替你介绍一位新朋友罢。"

说完，不等福妹的同意，他和密司章两个把她推在好色的，见女人就要的，小刘的房中去了。

两个月后，福妹几乎结识了全公寓中的男子；物质上的生活是极端满足了。但是精神上……

十五年五月写于北京

选自金满成：《我的女朋友们》，光华书局，1927年

林娟娟

一

娟娟看了一看桌上放的手表，已经是十一点钟了。这是他约定要来的时候，因此她很快的叫娘姨来替她梳头。床上的被盖还没有折，地下铺满了的是瓜子皮，这使她感受到稍稍的不舒服，然而娘姨的敏捷手腕，在五分钟内就能把杂乱的屋子整理成有秩序的屋子，使她立刻又把这"不惬意"放开了。

娘姨替她梳完了头，然后打开了百叶窗；马路上些少的行人声，不断地从窗中进来，使这晏起的人们尤觉得晨气还在的样子。娟娟戴上手表，穿上印度绸的上衣，单提花缎的大裤，在镜中还看了自己一眼，于是她微笑了；这笑的意思，仿佛是说："够了，可以勾着他了。"

实则说，不用她今天早上的装饰，她已早把他勾着了。前天晚

上大世界中的情态，已够人寻味了。夜深一点钟的时候，他还不愿意离开她，他紧紧握着她的手，要求她允许……她终于拒绝了他，借口说她家里还有一般朋友在那里打牌，太不方便，他很失望地离开了她。

果然不出她之所料，昨天他就与她写了一封信来说今天十一点钟他要来请她去游半淞园。现在已是十一点半钟了，他怎么还不来呢？她略略有些不能忍耐，于是走到窗前去望了一望，又无意识地转来了。

楼梯上有脚步声：啊，他来了，他来了。

"你说十一点钟就来，这时候已经十二点了；怎么说！"

"受罚好不好？"他很轻狂地说了。

"就罚你跪在我面前！"

"还不到这样程度吧？"

一月之内，至少要抱着五个新认识的男子睡觉的她，也不免脸上有些发红了。因此她含娇嗔地说道："呸！"

"娟娟……"他又说。

"什么？"

"他在家不在？"

"谁？你问的是谁？"

"你那个懒虫二哥。"

"细声一点，他还没有起来呢！看把他弄醒了。他又要发气了。他一天到晚没有职业，也没有快乐，睡觉就是他的职业，就是他的快乐。"

仿佛果然是他们的声音把懒虫惊醒了。他在间壁的床上发出一声咳嗽声；但不久又很安静了；在娟娟的房中，还隐隐可以听见他的呼吸。

懒虫，这是娟娟从前的顾客给她这位可怜的二哥取的绰号。现在他们——娟娟和她的新顾客冯新野——就把这名字拿来作为谈话的资料了。新野的意思，以为在懒字下面还要加一个吃字；但娟娟则以为一个懒字，对于她这位无用的胞兄已可以形容尽致了。

他们谈论了一阵，已经是娘姨送上饭来的时间了。新野惊讶的说：

"这样快？我们不是要到半淞园去么？"

"现刻已经两点钟，吃饭再去了。"

"他呢，叫他起来同我们一起吃么？"

"管他作甚？"

间壁的床上，又有一些声响，但是幸福充满了这两位新知交的心灵，他们是听不见，甚至于看不见围绕着他们的一切的。他的目中只有她，她的目中只有他啊！

饭和汤是娘姨自己作的，只有菜是外面叫来的。这是一类的私娼人家普通的办法：有客的时候，在外面叫菜；没客的时候，姑娘们自己就只喝一碗汤和一碟咸菜就够了。她们有时在外面去寻生意，一直到半夜才回来，连汤都不得吃的时候，她们就用开水泡饭。她们的生活，大多数都是这样节省的：因为她们究竟没有许多钱，有点余款就拿来制衣服去了。娟娟是自由的身体，面貌又生得十分秀美，她的生活，本来是可以充裕的；但她又不愿意同伴们指责她浪费，又想存一点钱替懒虫成立家室；因此她不但在饮食方面，十分澹泊，连娘姨她还不愿意多用一个。她同她二哥搬在这新辟的常春路来住已经五个月了，但她从来没有随便用过一块钱；这我们可以知道她是怎样一个娼妓了。

这天是她新近勾搭上不到一个月的顾客初来吃饭的第一天，因此她才暗暗叫娘姨在馆子里叫了两样菜：一样是烧肉，一样是鱼。

新野略略地笑了。

"菜太少了，你笑菜太少了吧？"

"不是，不是！我笑你头上的插针掉下来了。"

"讨厌的东西，早不给我说。"

她对镜整理了一回头发，转过小桌子上来同新野吃饭。虽然是初秋天气，但上海还不曾减少他的热度；一吃饭的时候，格外热得难堪。新野早把西装上身脱去了，他同时劝娟娟解去她的裙子般的大裤。她一面解，一面望着窗外的天空说：

"你看天上布满了的乌云，快要下雨了。"

果然，在他们饭刚吃完的时候，一阵阵狂雨下起来了。最初新野还站在窗前看街上乱跑的行人；不久，雨从窗上斜打进来，使得他不能不把窗子关上退回来了。

他一掉头看见娟娟很美地在那里作饭后的休息：粉红色的里裤，淡绿色的上衣而隐露着的两个低低的乳头十分引诱了他。他一跃上前去：

"娟娟……"

"什么？"

他几乎没有等她说完的忍耐，双手就抱着她，在她搓了粉的脸上接了一个响吻，她解开了他的两手，照了一照镜，脸上还有湿痕，于是羞涩涩地向他说：

"白日青光，不难为情么？"

"不要紧，只这一回。"

娘姨进来收碗了。娟娟对他说：

"你去看看二爷起来没有？给他送饭去吃。"

"起来了，但是我刚见他下楼出去了。"

"这样大的雨出去了？不会吧！"娟娟惊讶说。

"的确是出去了！"娘姨坚决地说。

娟娟也并不十分失望；因为好几天来，他的行为渐渐变坏了。早出晚归很没有一定的时间，又不欢喜同她们吃饭。给了他的钱，又不知怎样快就用去了。这一天冒着雨出门，想必是他的大烟瘾发了，有甚么值得忧虑的呢？因此，她还是继续她的生活，继续引诱着顾客冯新野。

这时候的雨是越下越大了。他们去游半淞园的计划，完全不能实行。天气很快地就黑下来，而大雨还不曾完全中止。打开窗子一看。马路上的沙子都被雨冲白了。远远的路灯下，站着的是一个穿油布雨衣的巡警。这时候的上海，可以说是另外一个上海了。远远地，远远地，虽然还可以听见一些断续的电车声，然而那不过是远远的声音罢了。至于围绕着娟娟和新野的四周，的确是像死一般的寂静了，假如不是他们的谈话，破了这过甚的沉默。

"宜昌我也去过。"娟娟的声音。

"我们家现在已经搬到汉口去了。"

"我顶不欢喜汉口啦，什么东西都贵得要命。"

"上海不是一样的贵么？"

"上海吗……"

"上海吗？可以……"

"可以什么？"娟娟发急的问。

"可以吃好的，穿好的。"新野胡乱回答了。

这时候雨已住了，只是屋檐上还有雨滴的声音。天气忽然凉了下来。新野同娟娟吃过那顿澹泊的晚饭后，他们大家都觉得身上有些冷意。于是他向她说他要回去加衣服，明天再见了。

"你不会坐一会再去么？"

"已经晚上十一点半了，还坐什么？"

"今晚上下雨，总是没有人会来的……"

他当然是明白了。他于是借口说他冷，因此就躺在床上去了。她也去坐在床边。间壁的床上，忽然发出来一些呻吟声。娟娟立刻高声说：

"二哥，你病了么?"

"并没有病!"二哥抑制着他的呻吟勉强回答;过了一会,果然没有声音了。

娟娟继续靠在新野的手腕上睡了。

"今晚上我在你这里住,你高兴么?"

"呸,不害羞么?"媚人的声音。新野把她抱得格外紧了。

"你让我关了门来好不好?"

新野放了手,她就下床去了。她下床去就把娘姨喊来,低低地和她不知说了几句甚么话,娘姨就在楼下拿了一些东西上来;但她把这些工作作完此后,立刻又下楼去了。娟娟关了门,更脱了淡绿色上衣,只剩下一件粉色的里衣,裹着那两个细嫩的乳房。

"已经一点钟了,脱衣睡了吧!"她向着半眠的新野说。

他们都脱衣睡了;电灯上笼上了深蓝色罩子,全屋子也立刻暗淡了。娟娟上床后照例是先放下蚊帐,然后才揭开那不甚需要的被盖,然后才睡在那男子的外面。她的头几乎还不曾落在枕上,新野已经双臂把她紧紧抱着了;抱着第一件工作,就是在她各部嫩肉的地方接吻;而且一面解开她里衣的钮扣。

"娟娟……"他又用淫荡的声音叫了。

"甚么?"娟娟较低声的反问。

"哼……"

"呸,不要太难为情了!才认识我好久?羞不羞!"

藤网的床,动的很厉害,想必是他压在她的身上去了。然而她还要故意地不肯,故意地挣扎,故意地摆弄他;他的心越急,她的举动越迟缓;这终于使他说了。

"娟娟,我求你……"

"你要什么?快说呀!"

"我要……"他用手摸下。

"得，讨厌的东西，等一等。"说完，她从他的身下伸一只手去把她自己的裤子脱了。半分钟后，就不听见新野的声音了。

大致是事情完了。娟娟下床来弄得水响，盆响。这些声音，在夜里两点钟，格外使人听得清楚。可是新野是睡着了；在这层楼上，还能预闻这些响动的，就只有隔壁的那位呻吟者啊！

娟娟拿着一条湿手巾，进蚊帐去揩那些弄脏了的草席。她看见新野赤着大腿就睡着了。她拉了她薄薄棉被与他盖上，自己也在旁边睡了。刚要闭眼的时候，间壁的失眠声，甚至于说痛苦声又达到了她的耳鼓。

"二哥，你还没有睡着么？"

二哥没有回答她。她究竟不相信他睡着了。他向来都有一种固执而不理人的态度的，今天他一定又是和她生气了；因此她把声音放得更温和一点叫说：

"二哥你是病了么？"

间壁这时候连呼吸的声音似乎都没有了。新野突然睁开那两只梦里的圆眼，大声说道：

"你们在闹什么？"

"没有，宝贝，你好好地睡吧。"说完，又是一个有响声的接吻。

一切都静了，只有马路上时而有一些木板车的声音，远远地送在梦中人的耳鼓来。娟娟对于这声音是听熟悉了的：她知道时间已经不早了。于是她也曲着双手睡了。不到五分钟，新野一翻身又压着了她的大腿。她不敢动，她恐怕再惊醒了这位新交的客，又有不少的麻烦；因此她忍耐着。她昏昏地睡去了，她就听见哭声，许多人的喧嚷声；说是她的二哥死了。她来不及追问这死的原因，她就跑去抱着这位可怜的男子痛哭起来。突然有几个巡警来捕她，说她谋害了她自家的亲兄弟。不由分辩地就把她捉去了，立刻就要她去受死刑；她正在恐怖到万分的时候，她眼前一切都变昏暗了……她一下醒了，周身出了很多的汗，心房还十分跳动。她立刻叫醒新野；他摸着她汗湿了的胸膛说：

"天气太热了，你出了这样的汗！"

窗外的天色，渐渐变亮了。她起来关灭了电灯，用手巾揩去自己身上的汗；又重复去睡在冯新野的旁边。这时候她是疲倦极了，不到三分钟就睡着了。

二

当其娟娟睡在新野的手腕内睡得很熟的时候，正是我们这位可怜的懒虫二哥最难堪的时候了。昨天他无意识地冒着雨跑在酒店里去喝了酒回来之后，他就得了伤风病了。从夜里十一点钟起，直到现在——大致是早八点钟了——他没有一刻时间熟睡。他三妹怎样勾引她的顾客，这顾客怎样和她接吻；他们怎样吃饭，怎样休息，怎样上床，怎样关门，怎样打水，怎样表示爱情……这所有的一切，他完全都听见了。他越用力想睡着避免这声音，这声音越来袭击他使他不能熟睡。他把薄薄的被盖蒙在头上，也完全没有效果，反增加了生理上无限的苦闷。他的鼻子又不通，无论如何不通！他于是又失悔他今天不该那样疯狂，冒雨出门去……

他开始责备自己太无聊赖的行为，他再三想用理智去分析他精神上的错乱……啊，他发现了！原来他昨天之所以要出去买酒呢？是因为他忽然感觉到一种空虚，不可填的空虚；这一顿不曾同他三妹一桌吃饭啊！这感觉的开始，无非是一点小小的失望：因为，怎样？在他妹子的身子完全卖出去了以后，难道他还想，还敢想占据她么？所以类于这类的失望，对于他，早算是等于零的失望了。还有甚么呢？自然，这一次是不同了，这一次他起了反抗了；但不同的结果也就是：失望，喝酒，得伤风病罢了。

好久以来，……就说两年以来吧……他把一切都看清楚了；因此，他对于一切都不希望了。对于他妹子的生活，尤其是对于他自己的生活，他绝没有想改善它的决心。打扮得花枝招展的，天一黑匆匆地吃过饭就出门，在游艺场中去勾引男子，半夜一点钟才回来，就同他新来的男子睡觉，打水，洗手，接吻，送客……他妹子的这种行为，他早已看作比最平常的事物还要平常了。他对于这些，从没有发生过一种高兴或讨厌的情感。他也觉得这是一种职业，一种而且对他有益的职业；因此，假如机会相当的时候，他甚至于还来见他妹子的顾客。他会把十年前的新思想拿来应酬来宾。别人虽然不会立刻就觉得他有学问，然而说他在过去的时间里，曾用过一番苦功夫；这倒是累见不鲜的事实。

娟娟也相当地尊敬他，用一种真诚的，兄妹的爱来爱他。她所不满意的，就是他的懒惰，他的无进取的心，他的对于一切无区别的态度。她之所以时常拿多量的钱给他用，与其说是一种义务，不如说是一种怜悯。因为他，在那种与世无争的，完全为社会忽视的生活中生活，实在太容易引起人的同情了。假如这人同他有所接触。但是他自己倒不觉得他怎样值得可怜，他对于自己的痛苦，只有一种泛泛的感觉。

可是昨天究竟有些不同了。他对于他妹子的行为，向来不置可否的，昨天不知怎样把他激怒了。娟娟对顾客的一举一动，都使得他非常痛心，非常怨恨。当其他听见她叫他的时候，一种无名的忿气，几乎使他起床来抓着她的头发说：

"贱人，贱人；你侮辱了我们的家庭！"

然而他毕竟没有勇气，毕竟不作声睡了。现在想起来，昨夜的心理，实在有些奇怪。这关门声，洗浴声，不是与从前所经历过的声音一样的么？这上床声，下床声，生人男子呼吸声；不是与一月，十天，甚至于两天前的一样么？何以这次偏使他异常难堪呢？他把近日来的生活回思了一遍，他似乎已经找到了这病根了，虽然这病根未必就是真病根。

记得是好几天以前的事，当其他独自地坐在他妹子的室内的时候，娟娟把冯新野引进来了。这是一个肥胖的可笑而举止十分轻率的男子。他坐下后，很轻视地看了二哥一眼。娟娟还很庄重地介绍说：

"这是冯先生，这是我二哥。"

"这是你二哥么？"说完，冯先生轻笑了。

在这种笑态中，二哥认为是受了极大的耻辱。然而说不出来，也就彼此坐下了。不久，仅仅是饮过一杯茶后，冯先生就拉着娟娟抵着她耳朵不知说了几句什么。说完后，他又很狞恶的笑了；笑完后，他又含轻笑而且玩弄人似地向二哥说：

"二哥一天到晚只有替妹妹守屋子么？"

这使二哥太难堪了。他于是红着脸退出了妹子的屋子。冯先生去了后，娟娟走来向他说：

"二哥，你总是这样？"

"甚么样？"

"你总爱当着人前生气。"

"我生甚么气？"

"不生气，怎么会把他得罪了呢？"

"谁哟？我得罪谁哟！"

"他，——冯新野！"

他不再说话了。不能忍受凌辱而离开了那地方，这叫作得罪人么？是的，是得罪了他！唯一的原因：就是他是娟娟的二哥，冯先生是娟娟的顾客，是有钱的人，是世界上之至尊至贵者。当然的，他不敢再说话了。

"你想，他究竟是……"

"三妹，一切我都明白了，请你不要再说了吧。"

从此，娟娟也不敢再提起这件事。他们彼此默默地离开了。一天过去，二哥的心中，仍然存着冯新野轻视他的观念。只这观念，想来就是他的不幸了。他觉得这世界没有一个爱他的人，连他还保留着的唯一的亲妹子，现在都成了他的敌党了。从前他认为他妹子是卖淫来谋生活，他认为她对他还存着一部分最纯洁的，别人不能占据的爱，现在似乎都被剥夺了；娟娟不仅是卖了身体，连心也卖了；唉！

间壁的钟打十一点了。他听见娟娟起来洗脸，梳头，搽粉，照镜，穿衣服……穿好衣服后，她走在床边去说：

"哈，还不起来！"她推了新野一推，"唉，起来啦！"

新野在床上发了一声："哼！"她于是又说：

"昨天下了雨，今天天气真不错，起来吧！半淞园，昨天已经没去成了。今天一定要去！起来吧！"

说完，她又咯吱地，弄得他发出一种不成笑的笑声，结果他是起来了。娘姨打水来服侍他洗了脸，早点是早已预备好了；他们于是坐下慢慢地吃。

"今天我们在半淞园中去照一张像，娟娟，你赞成么？"新野说。

"当然赞成，不过你不嫌我长得太丑么？"

"呸，天下顶括括的一个美人！还说丑？"他作出宁波人的口音。

早点吃完了。二哥听见娘姨来收拾东西，听见他们拉着手下了楼房。他心上似乎失去很重的负担似的；但是他的痛苦很奇异的，仿佛格外深刻了。他自从听见娟娟起来之后，他与小孩子似的，他等她，希望她来看他的病。他只要一听见娟娟的脚步声，似乎是在往他的屋子那一方走，他就觉得高兴了，他预备有无穷的哀痛要向她伸诉；不料娟娟的步声，时而又退回去了，这使他不免失望。现在娟娟是同他——新野——下了楼，他的最后的希望已经断绝，他的不幸的命运已经决定了。

他叫姨娘再去替他打酒，他说他因为觉得周身太冷，想借酒发一发热。娘娘把酒打回来了。他不下床把所有的都喝完了。他周身发烧得十分厉害，连眼珠都觉得烫热了。他不省人事地躺在床上，经过了不知好久的心跳，喝了不知许多浓茶，他睡着了。

天黑的时候，冷月的惨光从他破烂的窗户进来，仿佛是从醉梦中把他惊醒了。他也不知道是甚么时候，只是马路上不断的车声，还证明这并不是深夜。他静听一阵，娟娟是还没有回来。他起来站在窗前望了一望，忽觉一股寒气，使他打了一个冷蔌。他才尝到酒醒后的凄凉了。他重复睡上床去，想借被盖的热力，来助他太冷冰的身体；然而无效阿！这时候，他忽然起了一种新意识，一种在他身上不曾经验过的"宗教意识"。他漂浮的心，现在忽然求一种寄托。他没有信仰的对象，然而他却向一种神秘的力忏悔起来了。

三

记得是前二年五月，他也与现在一样的病了。可是那一次的发烧，却比这一次利害得多；四十度的热度，据学校的医生说，尚幸不曾热到四十二度，他奈以保全了这一条性命。然而病愈后，一切事情都不能作；半年之后，剩下的一点家产，差不多被他自己吃完了；假如不是玉娥——现在的娟娟——能够作点针黹来养他们自己，他们早成乞丐，也是意中之事了。

一切都是他自己的不是：当时他母亲死的时候，他已经在中学毕了业了。那时候，他的妹子才十三岁。他们还有一点家产，可以供给他们的使用，他们过了两年平静而且幸福的生活。在这两年中。娟娟由他自己的指导，读了不少的书，增长了不少的智识。

有一天，天气异常寒冷，虽然是上海，也下了一些小雪。他同他三妹没有钱买碳烧，大家关在又黑又小的屋子里面如小孩子一样哭了。门外有极严重的脚步声，止着了他们兄妹的哭泣。

"有人在家么？"

"你出去看看！"玉娥向他哥哥说。

"我这样穷相，我不愿意出去见客，你出去好了！"哥哥反推妹妹说。

"我不是一样的穷相么？而且我头还没有梳，怎好去见人？……"三妹还没有说完，外面又有声音了：

"有人在家么？"

这一句话很神妙的使他们两兄妹不推托地一齐出来了。

"哦，原来是陆表兄；三年不见，声音都听不出来了。"

"我刚从杭州来，我打算到北京去进大学；我打听到你们住在这里，特地来看你们一趟。"

陆表兄不是来看"你们"的，是来看林三表妹的。林三表妹的母亲，有一个大姐，嫁与杭州陆姓的。母亲死的这一年，因为大姨母病了不能来，所以叫陆表兄来送丧。那时候，娟娟虽然才十三岁，但风姿却楚楚动人了。陆表兄大她七岁，与林二哥是同年生的。娟娟的母亲在的时候，曾有过这种意思；将娟娟嫁与陆表兄；但一则是因为林二哥觉得年龄不甚相当而加以反对；一则因为大姨母还嫌他们太穷，因此两下搁置。然而陆表兄在送丧的时候，却动了爱这少女的念头。可惜匆匆地回了家，而自己的母亲又与他定下了陈家的女儿作未婚妻；一切也就完了。

谁料他带着一千元的用费从杭州转上海而去北京的时候，会忽然想起三年前见过的玉娥来！他强烈地要求见她。从早上起，就开始穿他新制的衣服。这个钮扣又反了，那条领子又长了……穿好衣服后还照了五次镜子他才从旅馆中很大胆地一直下了楼来；然而还忘了一件，换衣服的时候，把自来水笔放在不穿的那一件上面去了。下细一搜，身上又还没有雪白的手巾；于是又匆匆上楼，又匆匆下楼去买手巾，总共费去了三点钟的时候，这才算完了他的装饰了。

他一进门后，明知道他们兄妹是在家里，因为他听见他们的说话，虽然没有听清楚。不过他总故意说："有人在家吗？"意思是希望这五个字专指在表妹身上去。

彼此见过面，道了一些虚伪的契阔而后，陆表兄不住地把眼钉在表妹身上。她近来的确是长缥致了！虽然穿得破一点，虽然脸上有一些受了冷而起的黄绉，但她的风韵是不曾因此而减去的。陆表兄的确动情了。自从这天回去以后，他天天必定要来，来必定送他们许多东西。不久，他们这三位青年男女的生活，由陆一人的力量，变作快乐的生活了。看啦，这小家庭中什么也不缺少了，假如不是那客厅的陈设还有问题的话。因此有一天林二哥就说了。

"陆表兄，你看这块壁，再要有一张字画挂起来就好了。"

是的，就是那天晚上，一幅唐六如的画已经贴上了。现在真是一切都不欠缺了。他们三人同在一齐的时候：总是讲他们少年时代的经过；但于林二哥出外去的时候，这一对表兄表妹讲些什么；却是很不容易知道的。

只有一天，事情是弄出破绽了。最初陆表兄进门看见林二哥不见的时候，他走去坐在娟娟做活的灯下。说了两个字："玉妹……"以后，一下跪着。这使玉娥又笑又惊了。这真是传奇小说中佳人才子的故事一样了。在陆表兄果然，果然是从今古奇观上学下来的，因为他新近才看过今古奇观。

"玉娥妹！"第二声了。

她觉得真是被爱了以后，一下也跪了下去，抱着他的颈项说："你真是爱我么？"

"我向天盟誓吧：海可枯，石可烂，此心终不移！"

又是小说上套下来的句子；然而却使玉娥十分快乐了。她觉得幸福走进了这小小的屋子；她一切繁华都不羡慕，只希望陆表兄永远不离开她。

"你们真好呀！"林二哥突如其来的声音。

他们俩都怕了；彼此红着脸不敢说一句话。末了还是林二哥很郑重其事地说："害甚么羞呢？……我来恭贺你们吃一杯喜酒吧！"

他们索性把事情公开讨论了。他们甚至于谈到结婚的礼节的问题来了。可是他们忘了一件事：甚么时候？甚么地方？这可怜虫些，完全不曾注意到啊。陆表兄是要到北京去念书的；结婚最快也得要六个月以后；然而在玉娥羞答答的口中说出来；仿佛就是明天的事一样。她是不喜欢旧式结婚的：多么拘束，多么不好意思！

"新式就不拘束了么？"二哥的意见。

末了他们谈到结婚的许多小问题；哪一家新夫人又把白纱拖在水坑里面去了；哪一家的新夫人又不会说话；哪一家的来宾又闹得最厉害，哪一家的新郎又穿着长袍行西洋结婚礼；还又一个人在东亚大酒楼结姨太太的时候，正夫人忽然来捣乱子，闹得一场没趣；哪一家又怎样长怎样短……仿佛越被欺骗的幸福迷惑着的人们，他们的想像，格外丰富是一样的。这时候，他们三人，都被幸福笼罩着了。第一，自然是玉娥，她觉得从此贫困的生活，可以完全解除了；第二，二哥觉得这是一种快事：把妹子嫁给一个有钱的表兄，而自己也可以因着表兄而寻到相当的职业……惟有陆表兄是不说话，而且含了一些忧虑的样子。

吃过饭后，他们彼此带着酒醉的样子各自睡了；陆表兄还是睡外间屋子，小床上。因为天下了些微雨，他不便回旅馆去了。

一星期，陆表兄匆匆地跑来说，他明天就要启程去北京了；因为家中来信催他，而且这一次又有机会同着熟朋友一路。这并不是十分可惊的消息；虽然玉娥总露出许多儿女情丝来，表示难割难舍的意思；因为去北京，他们早都计划过：陆表兄先去住几天，把房子找妥当，然后再快信——或者"打电报"——来接他们。现在不过实行幸福中的第一步计划罢了，有甚么可悲的呢？这比如说是游山玩水，陆表兄不过是一个先锋；他去发现了树荫，平地，流泉，……然后等着这两兄妹去享受啊！不能同行，是生命中的波折；然而生命要没有这波折，也太不艺术了吧。

陆表兄毕竟抱着决心去了，只剩下这两位日日望信——或者电报——的两兄妹。第三天夜里，邻家的张妈来敲门，他们就疑心是送信的来了。

"你看，二哥，我说，果然信到了！"玉娥说

"没有这样快！"二哥说。

"哼，要是电报呢！我去看！"

电报也不会这样快的，小姑娘，你错了！你的情人去北京的时候坐的是海船；上了船后，又因为有风，过了一天半才起行。当其张妈敲你的门的时候，船才绕过了崇明岛。他——你亲爱的陆表兄，因为没有坐海船的经验，正在船舱内头晕晕地一句话也不说躺在床上呢！他不曾思念到你，他思念到的是他的晕船病。他忘了你了，他欺骗你了，他一去就不再来看你了！北京这样大一个城，不曾孕育出一个爱陆表兄的女人来么？她比你会说话，比你会装饰，比你生得更美丽，勾引男子的手腕，比你还灵巧得多……这些印象，你就不曾想到吧！

的确，玉娥是不曾想到的；当其她看见门外站立着的是张妈的时候，她失望得来连招呼朋友的话也说不出来了。

张妈是来替她女儿借一把伞，她女儿明天是要同她表兄到龙华

去。说到表兄二字，张妈又提起陆表兄来，说他人品学问都好，这使得玉娥的心卜冬卜冬的跳。末了张妈还讲一段可怕的故事，说他今天见到一个青年，样子也与陆表兄差不多，坐在一辆洋车上。不料汽车一来，一个让不及，洋车翻了，汽车把那青年压死了！

虽然是寒春，这故事听得玉娥出了一身汗。张妈去了以后，她一夜都不能安眠。压死的尸身，她一闭眼就看见。"血流在马路边上成了许多黑块，看的人成了一个圈子，警察来分开一条路，命了两个人才把尸首抬起走了……"张妈的声音，不断地还在她耳鼓里震响。

第二天玉娥就病了，病中她越见思念她的情人，她把陆表兄的像片拿去放在枕头上，眼睛直直地望着那像片出神；脑筋中不断地思念他的来信。这时候，假如有一个聪明的医生，捏造出一封北京天津来的陆表兄的信，她的病一定立刻就好了；无奈在上海这地方，聪明的医生大概是根本没有的；所以玉娥的病继续延长了七八天。

病好了之后，陆表兄的信还没有来第一封；玉娥渐渐地失望了。渐渐地感到他的不忠实了。但是她还是不断地希望着。近一个月来，假如有人到他们家来，无论是她的哥哥在家没有，她总是争先恐后地出去招待着；希望由这些来的相识些得到一些北京陆明的消息：终于得不到，终于得不到啊。因为这些来在他们家里的人，都是些上海人，都不认得陆明，而且对于北京都不熟悉的。

好了，有一天，林二哥在街上引回来一个亲戚，是新从北京回来的。这是他们母亲的堂哥哥，他们喊大舅父；于是玉娥脸红红地说：

"大舅父，你在北京见到陆明表兄么？"

"见到的！"大舅父说了。

"他还好么？"玉娥再次羞答答地问。

"好什么！一天到晚同着女人在公园里玩！"舅父说这话的声音如雷般的响。"他母亲写信去叫他回杭州结婚，他也不肯回去。"

"他同谁订了婚？"玉娥战兢兢地问。

"你们不知道么？杭州陈家的吗！很有几个钱，女儿还配得过。只是那小子，将来恐怕要对不起她啊！"

玉娥再也不能忍耐了，她让二哥在这里陪着大舅父，她进小屋子中去哭了。

四

暑天过得已经快要完了；玉娥的相思病，由于绝对的失望反而医治好了。可是他们兄妹的生活，毕竟一天一天格外窘困起米。林二哥不到三天总要生一次病，甚么职业也没有。家里差不多好一点的东西都卖完了。他们兄妹守着这如水洗过的空屋子，不时叹出一些声音来说：

"怎么办呢？"

房钱是明天满期了，假如所欠的十五元还不多少缴一点的话，房东即刻要请他们搬出去了。

"二哥，你还是起来出去看看能在你的朋友处借几块钱回来不？"玉娥终于无法说。

二哥慢慢起来，果然振起精神，穿着稍稍干净一点的破衣出去了。她一直等到黄昏，二哥带着笑容回来了。

"借到多少？"玉娥急迫地问，

"钱是没有借到；不过得到一件好消息！"

"甚么？"

"陆表兄回上海来了！"

"怎么？陆表兄回来了么？"

是的，陆明又从北京回来了，林二哥在马路上突然见着他，坐着一个很快的车子，车子上带了许多东西，快要回去的样子。然而当其林二哥问他要到甚么地方去的时候，他却说有人请他吃饭，他非常之忙要去；他叫林二哥先回家，他即刻就来。

玉娥听见这消息以后，眼前一切都变了一个色彩；欢喜打击了她，她差不多想哭出来了。不忠实的情人又来了！然而有甚么大的希望呢？他一定是预备回杭州去结婚了，这还有疑义么？唉！……不过她终于想见他：不知是为责备他的不忠实？或者是为吐露她别离后的相思？她强烈地要求即刻见着陆表兄。门外有一些脚步声，她都跑出去细看。远远的来了一乘洋车，她就以为是他。及至这车子走到门前就过去了，或者不到门前就转了方向的时候，她心里又大大地失望起来。

虽然是夏末的天气，但玉娥等到夜深十二点钟还没有消息的时候，究不免有些寒冷。她进门来胡乱睡了。在睡梦中，她还几次因为老鼠的声音突然地醒了。"他怎么还不见来？"这样的疑问，还存在她的脑中；唉，这可怜虫！

天亮的时候，睡在床上的林二哥发出声音来说：

"他没有来么？"

"谁呀？"

"陆表兄。"

"哼，不要再说了！"

房中又寂静了一会。

"二哥，你起来去找他一趟好不好？"

"昨天他又没有向我说住址，我在甚么地方去找他！"

"二哥，你总是这样疏忽！你怎么不问他住在甚么地方呢？——大东旅社是他前一次住过的，也许他还住那里吧？"

这一次他没有住大东旅社，二哥已经再振起精神去找过来了。

现在大概是完全绝望了。下午，或者甚至于是上午，房东就要来了，还得要想法子才可以过去！什么法子呢？最后一条路是去向和善的张妈试一试，借五六块钱或者不难办到，这事须得玉娥亲身去一趟。她恐怕张妈又拉她吃午饭，这一次她等着二哥起来，他们共同吃过延命的稀饭再去。这时候，不知不觉已经是下午三点钟了，天上下了一点含秋意的细雨。她梳了一梳头，穿上一件勉强可以见人的布衣，她径自上张妈家里去了。张妈家有许多客，在厅子上打牌，女儿张三姐是同时在座的，她略略招呼了玉娥一下，仍然去顾她的牌去了。可是三位男客却不断地把眼光向玉娥射来，这使得她颈项都红了。

和善的张妈出来把她接待在内厅里去，这才算解了她的危困。坐了不到十分钟，玉娥就把来意说出来。张妈踟躇了半晌说：

"我去和他们商量看看。"

所谓"他们"，就是那打牌的几位男客；张妈去和其中的一个，咕噜咕噜地不知说了些什么，立刻就拿了十元钱转来而且向着玉娥说：

"这位刘先生真好，他不认识你，他听见说你的苦景，他就愿意借十元钱给你！"

玉娥不知道还是收这钱的好，不收这钱的好，双眼望着张妈出神。"有甚么客气？林三小姐！"

张妈这"林三小姐"中，含得有力量，有讽刺，有仁爱，有同情，有残暴啊！她使林三小姐终于思到了那不幸的命运，而把这钱收下了。她战兢兢地把钱拿回家，一路上似乎有比贫困还不幸的东西随着她一样；当其她敲门喊一声"二哥，我借着钱回来了！"的时候，她哭了。

自此以后，张妈随时肯到玉娥这面来玩，也随时肯邀玉娥到她家里去。张妈虽然不是有钱人，但生活却很宽裕的样子；她听说玉娥家没有饭吃的时候，她即刻就能够送些米过来。这种宽宏，使得玉娥十分愿意给她作一个女儿受她的支配。

大概是因为这愿意吧，玉娥在这个时期，学会了抽纸烟，学会了打各种样子的牌，学会了唱小曲，尤其是学会了同男子们开玩笑。她不知道从甚么时候起，怎生般就和刘先生发生了肉体的关系；她只记得这事是在张妈家里作的。后来因为张三姐吃醋，他们渐渐把打牌的事业转移在玉娥的家里来举行了。果然不久，林三小姐就变作了林娟娟，所有在她家里打过牌的人，差不多都变作她的顾客了。

这时候的林二哥，除了睡吃而外，甚么事情也不管。而且，即使管又管甚么呢？失去了父母的孤儿孤女，被一切亲戚朋友都舍弃了的一对青年兄妹，到了社会压迫得没有饭吃的时候，你叫他们作甚么，唉！

娟娟的生活，一天一天的阔绰起来了。身上穿的是缎子衣服，手上戴的是金刚石戒指和时式的手镯。至于吃的，至于睡的，至于游戏的，无不称心快意。可是林二哥的生活却一天一天的颓废下去。虽然他妹子有钱，他并不曾自动地要过一次；即使娟娟给了他，他也随意地就把它用去了。他又不买一件新衣服，他的耗费就是吃酒，抽大烟。

过了差不多一年，他们——宁可说她——因为感觉到生活上的需要搬在这常春路来了。这地方是介乎大世界与新世界之中，开开楼上的窗子，就可以望见跑马厅的全景。楼下一所厨房，一间卧室，这是娘姨住的；楼上，一隔两间，林二哥就住向里的一间，一上楼就要从他门口经过；外面临马路的一间，自然是给娟娟预备的了。正中抵着二哥屋子的地方，新买了一架铁床就放在那里；搬家的时候是春天，因此还用的是白布蚊帐。床上差不多有四床被窝还加一床毡子；两个长长的枕头，横挞在折在床头的铺盖上。靠床的右边有一个长方案，上面放了一个美丽而不准的钟；钟旁有一些茶杯之类。方案的旁边，就是一个小小的，如洗脸架式的妆台；上面放的自然是水粉胭脂之类的东西。靠着这妆台旁边，隔着窗子的下面，安了一把情人椅；这是预备客人喜欢看街上的时候，娟娟好去陪他的。正正对着长方案的对面，放的是一个高柜。这是随时钥起来的；里面，就是娟娟的所有了。

至于林二哥的屋子，那就大大不同了。一架三个木板的床，一张小小的方桌；在桌上，放了一盏煤油灯，灯罩已经早熏黑了。除了此外，还有一把方凳子。在床上，一床四季不换的破棉被！

看啦，在这一个屋子中，两个主要的人物——娟娟，林二哥，——生活是何等的不同啊！娟娟一天到晚是新世界，大世界，半淞园，吃大餐，引男子回家，招待，送客，明天再来……而林二哥的生活却只有是喝酒，睡觉，独自地在马路上看看来往的行人。然而他们——这两个生活绝对不同的兄妹，却彼此有互相的同情在；有互相的希望在。二哥希望三妹能找到一个忠实可靠的男子，嫁给他，了她的终身；三妹却希望二哥，在她还不曾离开他的时候，能够把家室成立起来。然而这些都不过是一场梦罢了。在未实现以前，他们只能彼此无法地生活下去。所以有时，因为天下雨的原故，各地方都没有顾客到来的时候，娟娟或者是睡在床上，或者是直接到她二哥的房子里去；这谈话每每是这样的：

"二哥，我们还是在南京的时候好；现在这样过下去，真没有意思！"

"我也想搬回南京去，只是你的事情怎么了结呢？"

"我也愁你的事情不能了结！"娟娟说。

"我有甚么事情不能了结？"

"呸！"娟娟微笑了。

这是林二哥最甜蜜的时候：在这时候，他不但不觉得他卖身的妹子可恨，他完全觉得她的可爱了。他没有要求别的女性来安慰他的思想，他只要他的三妹，能够永远不离开他，同他过一种平静的生活；看啦，这就完了！

一切事情都是不能如愿的：直到现在止，娟娟作生意已经两年了，还没有够三个月用的储蓄。这含耻辱的生活要过到甚么时候才止呢？唉！由一种疲倦，失望，就弄成林二哥的绝对悲观来。悲观的结果，是使他怀疑一切，对一切的不满。他第一次见冯新野之所以异乎寻常地不能忍耐，原因便在此了；这同时也是这一天，他病倒在床上的根本原因了。

这时候，他把一切都归罪于他的命运以后，一种强烈的死的欲望浮在他的脑际；然而寒热症压迫了他，使他绝对地想不出一种使生命立刻断绝的方法来。他只有忍耐地希望着，这可怜虫，希望着死神自动地降临啊！

已经是深夜三点钟了，林二哥听见隔壁的座钟敲了三下，一种大大失望的心情，不知不觉地使他哭了。娟娟还没有回来！娟娟，今天你为什么特别回来得晚呢？

五

"二哥，你还是起来出去走一走，新鲜些。"

——我睡了几天；现在虽然好了一点，但实在还没有甚么精神起来。二哥说。

——不要紧，我扶着你起来；一会老冯他要来了。我给你说，你不要拿出你的坏脾气来；其实冯新野人是很好的。昨天他听说你病了，他还想来看你呢！他对你并没有意见。他今天很高兴地要来邀你出去逛逛，你就起来我们同着出去。好不好？听见了没有？唉，二哥，听见了没有？

二哥是听见了的；因为说话的娟娟是坐在他的床沿而且拉着他的手在，为甚么听不见？不过二哥不愿意回答罢了。娟娟如待小兄弟一样替他把衣服拿过来，同时又找了一把梳子去梳他那半年不曾梳过的散发；她对他的这种温存，这种妩爱，比起一个普通的爱人来，或者还有过之无不及。林二哥有些软化了。静默了好久，楼梯上笨重而讨厌的声又出现了。娟娟急忙说：

"二哥，快些，快些，你看他已经来了！"

他——冯新野，——果然来了。这一天他穿上一身新作的巴黎时式的洋装，可惜鞋是美国式的半截尖长鞋，与那细脚裤子配起来，犯一种美学上所谓"不相称"的毛病。虽然是新秋天气，他戴的还是一顶草帽，这稍稍地有一点可笑了。

他一上楼，似乎早知道娟娟还在林二哥的房中，他直接就跨进去，开场第一句便是：

"林二哥，你好呀！"

随后他就拉着娟娟的手，说了许多不相干的话。然而这些话中，似乎含了一种和气；在林二哥听起来，都不觉得有甚么讨厌，因此他决意起床同他们出去走走，看看他的病会好一点不会。新野是非常奇怪地高兴的，他甚至替他拿衣服，找帽子……

时候已经下午八点半了。马路上灯火正在用劲地发亮；车子，人，是不休息地来去。他们三人，因为想沿着这跑马厅散散步，所以直走到大世界门口都没有坐车。娟娟是有长期入场券的，除开新野另外买了两张门票，同林二哥挤肩走进去。隔门最近的所在，人声最多的地方，就是所谓"白话新剧场"了。他们三人去找着后排的凳子坐了不到十分钟，因为二哥的觉得太嘈杂，于是大家提议去露天电影场看电影。上了石砌铁栏杆梯而后，一阵阵秋夜的冷风，只吹得林二哥不住的打寒噤。娟娟问他说：

"你冷么？二哥。"

他含着忧愁仍然往前走，一句话也不说。

电影场是空空的，天上星光月色，一点也没有，大概是快要下雨的样子。他们三人在冰冷的铁架椅上坐了一会，大家一句话也找不出来说的；只有林二哥隔一分钟的喀嗽声，波动了这沉静的空气。三两组极有雅兴的游客，断续地从他们前面经过，用一种轻视的眼光看着他们；意思说：

"今天要下雨了，露天电影没有了，你们还在这里坐着作甚么？"

果然，他们自己也觉得没有甚么意思，于是直觉地站起来走到杂耍场去了。因为新野的肚子有些饿，大家又走去大荣馆去吃西番菜。

才把头一样汤吃过以后，新野的流氓朋友中有三个忽从旁边过，并且招呼新野说话。

——他是谁呀？其中有个指着林二哥这样低低的问。

——哈哈……新野笑了。

——你不认识他么？另一个说。

——谁呀？

——就是林娟娟的懒虫二哥吗！

——他从来不出来么？

——从来不曾出来过！

——今天你为甚么把他带出来了呢？

——我想同他开开玩笑！

——哦！

——哦！哦！

林二哥，他纵然没有听见这些谈话，至少他也猜想得到这些谈话为的是他。一种深刻的羞惭，用红色在他的脸上表示出来。这时候，他再三地想离开这地方，然而几次都被娟娟阻挡了。新野送别了他的朋友回席来，第一句他就向着林二哥说：

"我们并没有说你，请你不要生气！"

这种话又辛辣又讥刺，林二哥实在痛苦极了，然而他不敢发泄出来，他怕发泄出来，又遭逢进一步的侮辱，他只把头低着，一句话也不说。

这时候，大世界来往的人格外多了，各项游戏场的锣鼓声，拍掌声，喝好声，不断的来袭击人的耳鼓，林二哥真正难以忍耐了，于是用乞怜的声音，向着娟娟新野请求说：

"我头痛得十分厉害，请你们让我先回去吧。"

——不，等一会，我们一齐都回去了。新野说。

又过了半点钟，天下了微雨，大家才同意回去。饭账单开来的时候，新野摸了一摸身上说：

"啊，我今天出来，忘了带皮箧子，一个钱没有了，这可怎么办？……娟娟请你借十块钱给我吧。"

娟娟踌躇一会，随后摸出一张十元的钞票来放在新野的手里。林二哥心中有许多说不出的气忿。他觉得新野欺负了他的三妹，他觉得他在那里骗她的钱；啊，甚么钱啊？卖身来储蓄下的钱呀！

一路上，林二哥总想报复，暗地里希望娟娟能同新野决裂，然而娟娟是办不到的，她还是拉着他的手回去同床睡了！

林二哥的失眠症又开始了，他无论如何是睡不着。他昏沉沉有了睡意的时候，间壁最小一点声音也惊动了他。忽然，新野在床上喊说：

"懒二哥，哦，我错了！林二先生，你怎么样了！"

这声音是含了最大的侮辱性的；啊，这是何等的难堪呀！然而林二哥还忍耐着。不幸更欺负人的声音又来了：

"懒二哥，懒二哥，懒虫二哥哥！"

说完，伴着这声音的，就是手敲木板的响声。娟娟于是开始说了：

"请你安静一点，好不好？太夜深了！"

"你怕半夜里闹，是不是？你为什么来作生意，来当姑娘！"新野的怒声。

林二哥一句话也不能说；假如他要说，他不如直接进娟娟的屋子来，把新野抛在窗子外去。然而他敢么？他有这力量么？

冯新野更生气的说了：

"懒虫，懒虫！我今晚一定要叫你答应我！"

说完，他再用手敲那极易发响的板壁。他以为林二哥这种固执地不回答，是故意凌辱他，所以他一定要他回答。诚然，一种绝对的无抵抗主义，也是对付强权的又一种方式。不过这一种近于哲学的概念，林二哥是不曾想到的。这时候，他所能判断的，就是新野是他三妹的顾客，他应当忍耐，正如她常常教导于他的一样。

"砰，砰，砰。"新野第四次地敲壁板了。娟娟非常柔媚地说：

"他大概睡着了！有甚么话，明天再说！"

——我不能等到明天！

——那么，怎么办呢？

——我非叫他答应不可！新野的声音更大了。

"二哥，二哥，请你答应他一声！"娟娟请求说。

林二哥眼泪是快要出来了，但是声音是不出一点的。结果，新野翻身下床，一定要过去问他的"岂有此理！"娟娟即刻拉着他说：

"你疯了么？老冯！"

经过了再三的婉言，经过了再三的献媚，冯新野算是很安静地重复上床睡了。

然而，这才仅仅是一个夜里啊！

六

林二哥实在维持不住了：继续不断的感冒，不能医治的咳嗽，致伤生命的毒酒，无人安慰的失眠症；这使他生理上已经受了无穷的痛苦。再加上冯新野每夜的敲壁声，与及他妹子被人凌辱的印象，这精神上的创伤，更百倍于生理的痛苦啊！

从前娟娟的顾客，是不和他发生关系的；然而这一次遇到怪物般的老冯可不同了。他不断的同他"玩笑"，把他——可怜的林二哥——拿来取乐！把他当作一个蠢人，一个疯子；然而林二哥却明明白白了解自己的地位，和不幸，这是他最可怜的地方啊！娟娟是他的亲爱的妹子，现在也不给他半点同情了，至少，在新野包用了的时期中不敢给他的同情了。也许，这位可怜的三妹，在无人的时候，也曾为她的二哥流过几次能安慰人的眼泪，然而有谁知道呢；既然人类永远是隔膜的。

在这一间小屋子中甚至于说小世界中吧，能给二哥一点同情和安慰的，还算是似无心肝的娘姨。天气现在渐渐地冷起来了；秋夜的斜风斜雨可以从窗上打进来吹到林二哥的床上；几番冻得他不能忍耐地叫了起来。这是娘姨才给他补织了一床新被盖来给他；这是娘姨才设法把那块关不上的窗子钉来关上了！

林二哥着实不能在此生活了，他要回南京去，无论如何，他要回南京去！即使在南京是要饭也罢，他也要回去；何况他还有一个勉强可以倚靠的叔父呢！也许叔父原恕他的不幸而招待而收留他呢……

"三妹！"他开口向娟娟说了。

——甚么？

——我十分想回南京去……他脸羞红了。

——你说呀！

——请你给我一点钱？让我自己先回去，随后你自己也回来。

——我是不能再回去了！回去亲戚不把我羞死么？

娟娟几乎要哭了。

——但是我自己无论如何是要回去的，请你给我一点钱。假如你不给我的钱，我就死了！

——你到南京去，怎么办呢？

——去找三叔父！

——找不到呢？找到他骂你呢？

——那时候再说！

——那时候你还是回来啊！二哥呀！

说完，娟娟含着眼泪取了一张十元的钞票，放在这位不幸者的手里；他接着就匆匆下楼去了，一件行李也没有带。

距开车的时候只有十五分了，北车站的人类，真如蚂蚁遇到初下雨时的慌忙；蚂蚁是为寻自己的归宿；人的归宿在哪里？寻甚么！林二哥从人丛中闯过去，一纳头就闹昏了，他差不多失掉了他的方向。对于上火车的规矩现在他可以说成了外行了，因为已经几年不坐火车了，北车站也变了形式；从前在上海来念书的时候，似乎完全不是这个样子。一种无名的伤感，在他脑中浮现了一刹那。

好在卖票房还在原地，林二哥不迟疑地，大踏步走去把拾元票子交在柜上：

"一张南京四等多少钱？"

—— 一元八角。

回答完后，卖票的先生慢慢把票子拿在手中，翻覆地看了一眼；一折而下，把那拾大圆的，林娟娟卖身来的钞票，撕作八小块了；随后他说：

"这票子是假的，请你另给一张，先生。"

——假的，不会吧！林二哥颤声说。

这句话凌辱了卖票的先生。他从小伙计一直作到坐柜房，虽然今年才三十二岁的样子，但已经在火车鬼混了差不多二十年了；他不知道票子的真假么？谁知道票子的真假？他有绝对的判断权，他可以把你的真金子拿去抛在阴沟里说："这是假的！"林二哥，你只有服从他，你看他的面孔发青了，你把这猴子逗生气了！

"我不认识假票子，谁认识？"

——就是假的，也请你把那票子还我。

——还你作什么，你还想拿去用么？

——不，还我好回去交账！林二哥的声音格外低了。

——交甚么账，我今天就不还你；看你把我怎么样！卖票先生的声音格外大了。

距开车的时间只有十分钟了，来买票的人格外多，看热闹的也格外多；大家都不同情于林二哥，因为大家都觉得第一，他不该用假票子；第二，他不该多说话！

"你走不走开，不走开我叫警察来拿你！"

"我犯了什么罪？"林二哥忿忿地说。

"你不久就明白了！"

说完，卖票的先生，按了一下叫铃，果然来了两个听差；他对他们说：

"你叫两个巡警来，把这位'造假钞票'的带上区里去。"

——是！

巡警来把林二哥的手腕拉着，一推一送地，不由分说地，就把他送到区里去了。因为造假钞票是一件重大的案件，小小的区长是不能盘问的。所以结果暂时把林二哥拘留在一间冰冷漆黑的屋子中，站立了一夜，换句话说，痛苦了一夜。

第二天，下午四点钟的时候，区长才把报告作好了；送林二哥到了检察厅。检察长阅了报告而且看了"犯人林国祥"一眼以后，细细拿着撕成八块的票子研究：这票子是与他平常给妓女或姨太太们的票子不是一样的吗，何处来的鬼眼看出了它的假来呢？然而报告书既明明写着："造假票犯一名林国祥。"这又不能不下细审问一下：

"林国祥就是你，是不是？"

——是。林二哥回答。

——你住在什么地方？

——常……春……路……

——说呀！门牌多少号？

——一百七十三号。

——你有什么职业？

——我……我……我病在家里……

——这假票子是你造的么？

——这假票子是我从朋友处借来的。林二哥，在用语上，自己也承认他的票子是假的了。

——你的朋友，姓甚。住在什么地方？作的什么生意？

——我的朋友……林二哥脸红了说不出来。

——说呀？

——……

"说不出来，这票子，一定是你造的了！你的造票机关在哪里？"

林二哥看见事情不佳，想把实情说出来了；然而他又住了口；怎么好说呢？这是他妹子的钱，他妹子在作皮肉生涯，这钱是她卖身来的啊！林二哥宁肯不承认而被人枪毙，他固执地不愿意把这耻辱宣布啊！

"快说快说！"

林国祥不得已说了；于是检察长问道：

"你的妹子叫甚么名字？你们住在甚么地方？"

"叫林娟娟，住常春路七百一十三号。同我在一起。"

检察长暗地里笑了。谅来还是他从前的好相知，林娟娟！这时候假如林二哥敢于抬头，或者还能彼此相识也未可知。为要免除林国祥识出了他，他迅速收场说：

"我把公事办好，明天就放你出去；下去！"

事情是出人意料的奇怪的，这检察长对于这案件偏肯迅速地办理，偏不肯如普通一般样地"故意延挨"，而且也不定林国祥的罪，而且居然第二天就把他放出来了。

七

虽然是上海地方，但在阴历冬月间的夜里行人究竟也不甚多的，尤其是不当冲的马路上。犯人林国祥自从早上放出来以后，他失神地，不想回娟娟的楼上去了，他独自地在马路上足足地走了一千个圈子，结果他还是不知道他自己所要去的方向。他走到这条宽大然而寂静的马路上来，已经过了两点钟了，他于是呆呆地望着一家洋书店出神。这书店已关了门了，透过玻璃虽然还隐隐看得见里面的书籍，然而那只是远远来的灯光的力量。至于围绕着这玻璃柜的周围，换句话说，围绕着林二哥站立的地方，却是全然黑的。

一个硬的物件，忽然触到林二哥的右大腿上来；惊得林二哥掉头一看，一个人拿着触过大腿的手枪筒对准他；又一个硬的物件，旋即又触到林二哥的左大腿上来；林二哥不迟疑地知道又是同右边一样的凶怪了。

"走！"

一个极简单的字，把林二哥推送到转过一湾子的汽车上去了。

被黑纱蒙了双眼的林二哥，昏昏地感觉不到人声的远近，只听见一声说"到了！"他就被解放了。

一所黑暗简陋的房子，里面似乎非常曲折幽深，转到许多湾子以后，人们才把林二哥安置在一间小屋子了。这小屋子中，只有一条凳子，一架床；除此而外，甚么也没有。一个操宁波口音的走来问：

"你是不是林国祥？"

——是。

——你的妹子是不是在常春路作生意？

——是。但他的脸还红了一红，林二哥！

——有一个常上你们那厢去的客人，是不是冯新野？

——是。

——你现在要不要想发财？

——……

——说呀！

——我只想几块钱回南京去。林二哥羞答答地说了。

这位诘问者笑了一笑说：

"你要用钱，我们给你，几百几千都有；只要你替我们办一件事。"

——办哪一件？

——你听我说，今晚上你在我们这里住，明天送你回去；只要冯新野在你妹子处来住夜的时候，你就跑来报告我们；每天晚上九点钟以后，我们的汽车都在南安街的西头上等你；你要一去就不来报信，或者走漏了消息；请你这个！

说完，他就掏出手枪来对准林二哥作欲放的样子。把林二哥吓得来横身打抖。

"是，一定一定。"林二哥只得这样的回答。

果然是第二天下午，林二哥又如昨夜般的被装上汽车送回来了。到了常春路的口子，他踌躇了半晌不愿意进娟娟的门去。但是他忽然想到冯新野对他的凌辱，他要报复他：因此他毅然决然上楼了。

"你怎么回来了？你没有去南京么？"

林二哥一眼瞟见冯新野在屋里，一句话也不回答，转身跑在自己屋子里去躺下了。

他注意听他们的谈话和动作，他听出娟娟是有些不舒服，身子是躺在床上的。至于冯新野大概是坐在床边，然而并没有说什么话。沉默了好一会。冯新野才低低的说：

"他不是说去了南京了么？"

——大概他又吃酒把火车费用完了。娟娟更细声的回答。

——他不会赌钱么？十块钱大概输了！

——不会的。

又沉默了许久，娟娟慢慢地说：

"你还是回去罢，今晚上。"

——我一定不回去了，今晚上！

——为什么？

——因为你病了！

——因为我病了，所以才要你回去……

——因为……

林二哥这时候忽然动了一种哀怜他们的情态。在这一段谈话中，我们看得出他们的情态。在这一段谈话中，我们看得出他们的可怜来。娟娟毫没有娇媚了，新野毫没有玩笑了；这种堕落的生活，都变成了这样单调，平庸，可怜，……人类哪里去找幸福。林二哥几乎要流出同情之泪来了。然而，不一会，隔壁的淫声又隐隐然起了。耻辱，羞愧，……各色各样的创伤，现在又重新开始了。这使他报复的心情重新决定了。他立刻下了楼去。

这时候才夜里八点半钟，林二哥向着南安街慢慢地行着；他想起冯新野许多可恨的事来；甚至于说，这时候他把一切可恨的事都归到冯新野身上去了。他想土匪绑他的票，还不足以报复他；他想利用机会借着土匪的手枪把"老冯"打死，才算痛快。然而他退后一想，又觉得冯新野也并不是绝对是他的仇敌；是他的仇敌的是这恶劣的社会，压迫他们兄妹二人的社会！他要用手枪毙仇敌的话，谁都可以枪毙，或者澈底的首先枪决自己。

一刹那间他真想不到南安街去，然而脚步却早到了南安街口；一个土匪伴见着他，一手拉着他说：

"怎么样？"

——他……他在……我们家里。他颤声说。

上了汽车以后，土匪也给了他一枝转轮的手枪。他们教他把保险机都放开，预备和人作战的姿势。他们又教他说，谁要呐喊，就用枪打死谁；但冯新野是不能轻易打死他的。把冯新野拉出来的时候，直接向南安街走，不可左右张望，怕兜动了侦探的眼睛。半失神的林二哥，许多话都不曾听清楚。他始终打着寒战。一个土匪于是拍了他的背一下说：

"唉，弟兄，拿出一点胆子来。"

林二哥拿不出胆子来。

汽车并不声响地就到了林娟娟的门内了；因为有一些微雨的原故，道上的行人比较地稀少了许多。

林二哥先下汽车。当其他上楼梯的时候，他的脚步只是打战；他曾经想退了下来。可是一转念间，他又想起一件事来，就是他这一次被监禁的根本原因，他觉得完全是冯新野弄出来的，他觉得那十元钱的假钞票，完全是冯新野给他妹子作买身费的。一种无名的怒火，立刻浮上心来。他大踏步地上楼去了。

楼上娟娟的门还是半掩半开的，娘姨似乎已经睡着了，不然就是出去了。刚一听见楼梯上有重大的脚步声的时候，冯新野早有准备了，他一下跳下床上，走去倚靠着后窗，作逃走式，娟娟不住地叫道：

"甚么事？甚么事？老冯！唉，快说！"

这时候，林二哥已经出现在他们眼前了。他蓦地里看见冯新野是倚躲在窗栏上在，他直觉地毫不听土匪的命令，向他开了一枪；然而并不曾命中。接着他还乱放了几枪。

楼梯上续来的土匪，听见枪声，知道这生毛子林老二果然闹了乱子，于是手忙脚乱地逃跑了。在这种杂乱不堪的状态中，我们忽然又听见娘姨和娟娟的喊声：

"救命哟！救命哟！"

"二哥，二哥，使不得！"

外面又听见枪声了。这大概是最后一声吧。林二哥因为追不上从窗外逃走了的冯新野，转而向娟娟放了他最后一个子弹而且加上说：

"贱人，贱人；就是因为你！"说完，他自己也晕倒在地上了。楼上一切都乱翻了。后窗是破了一大块，妆台上的一切用具都破碎了。冯新野的帽子还压在椅子下面；脸盆里面的水倒满了一地。娘姨吓昏了头倚在床前呆呆地一句话也说不出来。娟娟布满了血的尸身，就落在床边；上半身是介乎床与椅子之间被夹着；至于两只脚，直伸到床底下去了。尸身上裹的一件绒毛的汗衣，顿被血和尘染成了破旧不堪的样子。头发已经散了，眼耳口鼻都变了形了。十分钟前还是娇柔妖媚的娟娟，这时候成了五鬼夜叉了。唉，人之一生呵！

租界里的巡捕走来，把情形看完后，把躺在地下无力的林二哥用绳绑着带往巡捕房去了。

十五年五月

记得是几年前在巴黎的时候，读过一篇 Franeis Carco 的小说，（题目现在忘了。）我当时就想翻译它；不料匆匆地回了中国，不但书没有译成，而原书也弄掉了。去年抵上海，友人讲起一件与 F. Carco 小说的内容很相像的故事；因此助我有勇气写成了这篇小文。特别在此说明一下。

选自金满成：《林娟娟》，现代书局，1929 年

时装竞赛会

不消说，这时候我是刚从巴黎回来，又在故乡的省会作着政治的生活，在经济方面自然有着宽裕的地步，在时间方面，也还觉得并不怎么样匆忙。因此，我同我的爱人，时常有充分见面的机会；或者在她家里，或者在我家里。

然而正因为这见面太久，太多，彼此常常寻不出甚么消遣的事来作，虽然彼此也未必是对于爱的乏味；不过这无法消遣那如年的长日，却是事实确是无可讳言的事实。

有一天，我对她说了：

"我们来找找事情消遣罢，和妹。"

——但是找甚么事呢。

——还来同我下下围棋如何呢？

——我总是下不过你，所以也不想下了。

在恋爱的过程中找不着事情作，恐怕说起来比完全没有恋爱还要更其容易感到生活的单调罢。我坐了好久，我在我的书房中走了好几个圈子。她看的小说也从书架上取出来看过，她学校的讲义也

翻过，她的钢笔也拿在手上过，完了，整个的屋子已被我翻遍以后，那无事可作的情态，仍然是无事可作。到最后，我才想起说：

"让我来替你烫烫头发如何？"

——趁早别说这个罢？前回不是把我的头烫痛了么？

这是实话。虽然我自己并不见得便是一个笨人，但说也奇怪，对于烫头发这件事，也总是学不会。想到自己曾经去过巴黎，对于时髦女子也是见过不少，但这一点不会，真叫我非常惭愧。不过我生平是不输志气的，正因这，我才如此说：

"烫痛了头是一件事，烫得好不好又是一件事！"

——好？哈，哈！够了！如果真的烫的好，我的头痛了也不要紧。

——试试看！我万分没有把握地提起勇气说。

"子有美锦，不使人学织焉；子有头发，不使人试烫焉。"她更其轻视我的说了。说完她又笑起来。

"总之试试看！"

——烫坏了输甚么？

——从此以后，再不敢在你名下夸口说我会烫头发。

——好吧！

说完，她果然去取出她烫头发的一切东西，认了真的要试试我的手段。实在说我的手段又何用可试？烫得不好，是早已试过的；这一点她也未尝不知道；不过，实在是苦闷的光阴难以消遣，借此来对付对付罢了。

"好，今天我就破了牺牲我的头发，我就没有主意，看你自己给我烫成甚样子。"她这样说。

这真使我为难了。我以为吾执剪，她自己来出样式，殊不知她这样难！我自然不好承认说我不会，我只好战战兢兢，如履薄冰地开始工作了。

"小陆，这的确是巴黎最新的式样。以下我再加上一点东西，就完全了。这叫做'飞燕卷浪'式，在巴黎，在一九二八的巴黎，算是最时髦的了。我不是才回来么？我临行时，这式样还正流行呢！"

"唉唉！……"她在我烫了几剪以后，干嘶嘶地叫了。我以为一定又是烫痛了她的哪一块头皮，我神经过敏地安慰她说：

"啊，亲爱的，忍耐一会儿，我替你吹吹。"我说完，真如哄小孩子一样吹着她蓬松然而无秩序的头发；普通这样便是表示使痛处变为不痛的意思。

"谁要你吹？你看，你给我烫成甚么样子了！"

这一下我才明白她叫的意思。原来，由于我笨拙的手腕，我把她的头发正中顶的数百根烫成一个大圈，如鹤立鸡群地般立在各头发的正中；想起来真是怪难看极了。然而我能这样承认么？在爱人面前！我于是胡说八道地说道：

"不要闹，包你好，我给你烫的是巴黎最新式样呢！"

——巴黎最新式样？她有些怀疑而又有些受了催眠的样子。

"可不是么？"我骑虎不能下背的往前说了。

"就是这样？"她再追问一句。

"自然还有……"我说后才想办法。办法当然是很艰难的；巴黎根本就没有这式样。虽然在两耳的旁边，有人也把头发烫成一圈过，然而那地方是称为"鬓角"，圈，自然是可以的。我现在所烫的是正中的一圈：我烫错了！

将错就错罢！

"小陆，这的确是巴黎的最新式样。以下我再加上一点东西，就完全了。这叫做'飞燕卷浪'式，在巴黎，在一九二八年的巴黎，算是最时髦了。我不是才回来的么？我临行时候这式样还正流行呢！"

我时说话那种坚信而又自然的态度，使得她不能不想信了。然而在表面上，她总是表示不信任我的样子，而内心里却是专意等着我把那最后一点"东西"烫完。我并非不知道她的用意；论讲勾心斗角说起来，我本可以停剪不烫，她一定还会来求我。然而男子却以装愚来故意堕入女人的奸计为快乐，因此我也就乐的再用她的头发作我谎语的试验品。我从她正顶中的一个圆圈烫起，继续还烫了一个较小的圈，一直渐渐地小下去，小到了额部，一共有五个圈。我说：

"看哪，这就是'飞燕卷浪'式！"

——巴黎女人都烫这样的头么？

——自然是一部分，因为如果要全体都烫这样的头，这头还能够时髦么？在中国，我敢保险你是第一个！

——上海没有人先摹仿么？

——上海全是学美国，巴黎的最好式样，她们反不放在眼底！这是上海的一大错误！所以你要我们这样的省会，再能取用这样的头，更能驾上海而上之了。

我的她没有甚么话说，伴着她奇怪的"飞燕卷浪"同我去看电影。路上，我心里好过意不去；欺骗了她；然而在她，似乎还很得意的样子。

过了大致还不到一个多月，我偶然在新修的马路上走的时候，时而总要见着三两女子，烫着我那新发明的"飞燕卷浪"在街上提来提去。最初我以为这几个女士一定是我爱人小陆的朋友，所以才肯轻易来尝试我那由谎语而创造出来的式样。不料下细一看，都不是的。马路上算起来，烫这样头发的女士，已经不可计数了。

回到我住宿的房子时候，我想：这事情也值不得怎样惊呀。这不是很明白么？我的爱人小陆现在已回了学校。最初她想是向人夸奖她的新样式的头；（这里我要附加说明的是，自从我那次撒谎以后，我的小陆，烫的头一直是——飞燕卷浪式。）于是她的朋友先摹仿她的朋友，这样来，自然是可能的，甚至于人人都烫同样的头。不过，最可笑的是这头是我的一句谎话，大家居然相信它是巴黎式的啊！

这天恰巧，我的她陆和妹又来找我，我于是在温存了她的辛苦以后，说：

"你看，我给你烫的头发如何？这还不到两月，全城都遍了！你的宣传力量真不错！"

"宣传？谁宣传！真是倒霉！我为了你给我烫的这巴黎式，真是麻烦死了。刚一进学校的时候，我不烫头发则已，一烫总是十几个人围摆来，都想摩做我的样式。我气不过，后来甚至于半夜烫头发，一天晚上把手也烧了。然而你以为这样就可以免去一切麻烦么？那才不然！半夜也有人来看我。始而是偷偷摸摸，继而是明明白白，终于是正式开口要我替她烫了。真把我气死了！"

"替她们烫烫有甚么关系！"

"没关系？费去时间和精力还不说，结果还得受人骂？"

"怎么呢？"

"你到法国去了这多年才回来，你真不知道我们这省城的风俗变成甚么样子！所有的女子，尤其是我们都华大学的女同学，差不多天天想学时髦。说声上海的样式到了，第二天便全城摹仿起上海来。

说声巴黎样式么？那便非当天摹仿不可了。这一次我头发的式样，本想守密密的，不料说话不慎便露出了真情，所以大家拼死拼活的非摹仿不可了。"

"让她们摹仿摹仿又算甚么呢？"

"本来算不了甚么。不过她们有一件不满人意的地方是：比如说她今天摹仿了你，明天她作好了，反向别人说是你摹仿她，不信，你以后遇着这烫飞燕卷浪头的女子，你问一问她是谁先发明的，她一定要说是她了。说完，她还会骂别人摹仿她！"

小陆是越说越生气，似乎对于她的同学们，大有深恶而痛绝的样子。我心里想，这算甚么呢？其实这式样还是我一句谎语造成的呢！有甚么可贵呢？然而虚荣充满了内心的她，总是断乎想不到这一点而达观下去的。我想，还是把这谜弄破罢，我于是向她说：

"实在告诉你，这式样巴黎并没有；是我一个人随便想出来的；把这话说出去，那简直是一桩玩笑。我想信烫这样头发的女士会惭愧无以自容！"

——我不信你的话；你现在是怕我闷气，所以故意说这话来安慰我。

——朋友，的确不是如此。巴黎的确没有这样的样式！

——你还要骗我！

——我骗你的时候，你到信以为真，我把真话说出来以后，你到说我是在骗你了！

——你不骗我？一个同学，她是刚从上海回来的；她说她上海理发馆里就看见有这样头的式样，巴黎一定是有的。

——那么，她何以不烫这样式呢？

——她说她不喜欢，那时候。

——那么，现在呢？

——现在她学我了。

——实在告诉你，小陆，巴黎真没有这样的烫头法，那是我一时想出来的。你的到过上海的那位同学的说话，无非是虚荣心使她如此作假。实在，我敢大胆保险说，上海，无论是社会上，无论是在理发师的模范本里，这样的头发是断乎不会存在的。我讲一个笑话给你听。在俄国，从前大家都以为能说法国话为荣幸。有一次有一群法国戏子到俄国去演戏。自然演法文戏。那些看客一个懂法文的也没有。可是出了门，彼此都装作看懂了的样子。"今天的戏好看么？"

"很好。"大家如此虚假地对答着回家，其实个人心中都是看不懂那戏情的，只是大家都不敢承认出来。你的朋友说她在上海看见过这式样，便是这俄国人看法国戏的心理！

——实在说，阿林，我最不喜欢你的，便是你总爱找理由来证实你说的话是真的。当其你骗我的时候，你总不肯直接承认出来说是你在骗我。你总要各方面去拉理由来证明你自己的话对。甚么小说啦，故事啦，神话啦，你都要它用来作你的理由的根据。刚才这一位俄国人看法国人戏的事，不是小说上的材料么？"

——小说固然是小说，但它却能烘脱出人生的意味来，人生的确是如此爱慕虚荣的。

——不要多说了罢，把问题越说越远了。

真的，再要说是把问题说到远来不近人情的程度了，连我自己也觉得那样是十分乏味。不过要不说，我心里也总觉有无限的苦闷。自己说出一句假话，自己这样开心见肠地想说明从前说的是假话都办不到，这人类的误会到底是怎样的大啊！那么，人类简直可以说，没有"我"的标准，只有"他"的标准了。他以为怎样，你就让他以为怎样罢！他觉得我说的话是假话，我便说我果然在说假话；他觉得我说的是真话，我便公然承认我说的是真话好了。这真假有甚么标准呢？我一定同我爱人争论这一点，我是未免太傻了？何况使得她不高兴！

我正在这里苦闷的时候，一个朋友忽然来了；这朋友算是解救了我。我相信这时候如果不是他，我同我的爱人就说不定要说到生气的地步。

这个朋友姓陈，号秋心，也是一个法国同学，比我回国早一只船，不过比我回家乡却还晚几天；因为他在上海住得比我久一点。

我的爱人虽然自己直接不认识秋心，但从前我也曾经同她讲到过这个朋友。见面后，他便夸赞小陆烫的头发。

"这是巴黎式样呢！陈先生，是么？"

这时候我非常希望秋心回答她说巴黎并没有这式样呢，然而秋心却不这样回答，他只说：

"是的，巴黎正时髦着呢！我回国的时候！"

"如何？"我的爱人胜利似地望着我。我没有话可说了。

坐了一阵，我们还谈了许多别的问题；不过因为与这件事情无关，所以也不必多说了。

末了，差不多在点灯的时候，秋心才告辞回家，我送他出门，我把关于这一次烫头发的经过略略向他说了，最后责备他说：

"你为甚么不回答她说巴黎并没有这式样呢？"

——朋友，你不知道女人的心理。她作着迷梦，你顶好不要呼醒她；她不觉悟的时候，最好你让她不觉悟。她喜欢的东西，你便说好；她说她的头发是巴黎式，你最好说：这是巴黎最好的样式呢！

——那么，女人始终是蒙蔽的。

——要这样她们才有幸福可言！

——不然呢？

——她们失去了她们的梦。她们会痛苦死了。

送了朋友去了以后，我才有些明白了这女人的心理。

天气是有些凉意了；早上起来，仅仅穿着那薄薄的日本式衣服是不足以御寒了。虽然也有太阳从东方起来，但意思确实淡淡然，毫没有热烈的表示。庭院中的梧桐，萧萧地落它的黄叶；如果我是诗人，或者我会起秋的诗意：然而我是俗人，我只有望着那梧桐落它的黄叶；我一声不响地望着那梧桐落它的黄叶。

在空空的心中，在毫不为外物所诱的那一刹那，我们是感到平安而幸福了。然而心真能空么？真不为外物所诱惑么？一想到周围的一切，一想到庭院，一想到梧桐，一想到杨柳，一想到秋的海棠，一想到她，一想到人类，我不禁凄然而下泪了。

于是，我不忍看那使我堕泪的景象，我又进去，进屋子去重新又躺在床上了。不知怎么，躺了不久，似梦非梦的，看见一个人影子进来。

"是谁?"我问。

"是谁?"明明是她的声音。是她，是我的她，小陆和。

"小陆，你这样早就来了?"

她并不回答我，一下躺在我的怀中就哭了。所有这些印象，似乎是非常意外的；说不是梦，似乎不能使人相信；说是梦我为甚么各种观感是清楚的呢? 我看着我的她的飞燕卷浪式的头发，我摸着她瘦弱的腰肢，我尝着她的嘴唇上的甜味，我甚至于嗅着她的脂粉的香气。有这各种观感证实的印象，即使是梦，这梦也太实在了罢!

"为甚么哭呀?"为要再加一层理证实我不在作梦，我大声地问了。

她总不说，我虽然顶不喜欢心理这种科学，但是我也常常总爱听朋友谈谈这关于心理学上的问题。我也从这里面知道每个女子都是神经过敏的，小题大做的，一件极不关重要的事可以使她痛哭的。这在医生就要夸大其词的说，说她们犯了所谓歇斯特利病；不过，在我想这是女性通常的习惯罢了，无所谓病不病。

"你这样哭，一定有甚么大不了的事罢，你尽管说出来我替你解释如何? 你快些说呀!"

她说了，如果一个人知道她说的是甚么，这人一定会大笑而特笑的。原来她哭的非为别事，还是为她的"飞燕卷浪"式的头。说是她有一个姓张的同学，这同学的大哥是最近最近才从巴黎回来；这位大哥说巴黎果然有这样的样式，不过人家并不穿旗袍，而要穿一种飞燕卷浪式的西装。"陆和穿着旗袍烫那样的头，真是牛头不对马嘴！所谓东施效颦，适增其丑了。"这是张大哥及其妹骂她的，使她最难堪的话。

其实这位姓张的我并不认识，他说的当然是一片谎语。巴黎根本无飞燕卷浪式的头，何来飞燕卷浪式的衣？但我为要安慰我的她起见，我将计就计地说：

"这位姓张的是不是简阳人？"我装着有把握的样子在这里瞎猜；因为法国的同学简阳人不少的缘故，我就梦他一梦。

"不是，说是酉阳人呢。"她说。

"啊，是的，是的，我记错了；酉阳与简阳我常常弄不清楚。说到这位姓张的，真该把人笑死。他敢谈巴黎样式！他在法国的时候，我们同学都叫他张土头。他在巴黎，戏院也不敢游，跳舞场也不敢去，见着女人就脸红；他还敢谈论甚么飞燕卷浪式！"

末了，我还故意造出许多奇丑的形容词来，形容他的身材相貌，思想言行。这样，和妹算是不哭了。可是她说：

"你不用管张土头他自己如何土，你且告诉我那飞燕卷浪式的衣服是个甚么样子。"

——实在告诉你，飞燕卷浪四个字是我信口说出来的，巴黎哪有什么飞燕卷浪式的衣服！你只要从字面着想，"飞燕卷浪"四字法文里头有没有？实在……

——不用再说了！你前次不是说那飞燕卷浪式的头是你自己创造的么？何故你的同学都说巴黎果真有这样的头呢？那天是你亲耳听见的，该不是我说假话？现在你又说没有这飞燕卷浪式的衣服了。我晓得你的心理，你是怕麻烦！……

这使我非常为难了。如果我再要辩论，事情一定会弄不出结果，前次头发的问题已经有先例了，而且，还有一事是使口最难于开口的，是和妹缝衣服的钱，大多数都是我供给的。如果我要不肯承认巴黎有飞燕卷浪式的时装，她或者会怀疑我舍不得钱……这一来，我们的爱根本还会动摇。我只好说：

"飞燕卷浪式的衣服有是有的，只是我也记不大清楚了。"

——你看，你是多矛盾啊！刚才不是还说没有？现在说有了。有没有是一件事，记不记得清楚又是一件事？有没有？有没有？

——有！有！

——刚才为甚么说没有？胡说，该打嘴？她笑了，她这一下才笑了！只要买得爱人笑，牺牲了甚么也都可以罢！我看见她笑，我不失悔我刚才说谎话了。我于是再谎一步说：

"那衣服的式样，我还有呢！只是一时不容易找着。刚才是故意要你急，故意骗你的。"

——故意骗我？你看结果到底谁骗着谁！

——不知是谁骗着谁！

——不用废话！你快把那图样找出来。

——好。

说完，我故意翻了一下箱子，故意装着失物找不着而着急的神情。过了好久，我才说：

"我恐怕是找不着了。今天晚上我慢慢地想想看，也许放在别处去了。如果找不着呢，由我来把那式样画出来如何？"

我本来是怕她立刻就要，那我就穷于应付了；可是还好，她这次看我找东西着实找得太累，她让步了；可是她让步也有一定的限度，末了她还是说：

"我现在要回学校去了，图样我明天清早来取。"

四

在小陆去了以后的一点钟，我都在房子中走来走去。素来不注意女人装束的我，要叫我在这一夜之中想出一件衣服之新式样来，这比中学生遇大考还要艰难些罢！然而说起来，又是爱人命令的工作，又是自己惹下的大祸，这怨气又怪谁来呢？

我只有搜索枯肠地想方法，我想起许多巴黎的景象来，植物园中的狮子，鲁夫耳的油画，地道车里的广告，我都想到了。我甚至可想到我们那扒了手的校长，近视眼的校长夫人，胖得来连骨头都没了的校长女儿。所有这些少年时代的经过全都想起，惟有巴黎女子到底穿些甚么样衣服的这一事，始终得不出清楚的印象。我想，我只要能想得起一件样式作标准，或增或减，随便给我的小陆画一个图，也未必不能对付；而将来作出来，也还不失为有"巴黎的"意味。只是我那可怜的记忆力，始终不肯帮助我啊！

我于是用我的故技，找参考书来帮助我解决那困难的问题：因为我记得我手边还有几本关于研究法国近代画的范本，那上面说不定有漂亮的女人呢。可是当其我把那范本翻开一看的时候，那里面只有两幅女人画：一幅是立方体的东西，一幅是象征派的东西，前者的衣和身子简直是一个整的几何体；后者简直是四五块颜色成了女人。

我此外还翻了一些有插画的书，连王尔德的莎乐美都也翻过了。没有，没有，没有我所要的材料！

结果我只有臆造了。最初我是从那些飞燕卷浪想起，一直想到以下的结果；这其间的经过是不用描写的，因为描写起来也太复杂了。我只说我所想的结果是：

　　一种水绿色的衣服，露胸，短袖，长呢过膝一二分，腰身是随人的大小而定。下摆是取波浪的式样一湾一湾的。沿着下摆，还滚一些深绿色的亮光花边；弯曲的式样，一如下摆的式样；在这亮光边的上面，用黑丝绣三两个小燕儿。这衣服最别致的地方是在胸部还开了三两排纽扣，都是折行的；远看似乎和满清女子所披的"云肩"差不多。袖口也采取这波浪的曲折式。此外便毫无出奇的地方了。

我把图样画好，说明也作好以后，差不多已经是夜深了。我实在疲倦得很。不过三年前，我在巴黎住的时候，还是一个最不会取媚于女子的男子，同学们差不多没有一个不笑我的。想不到回了国来，我居然能为我爱人画新妆的样本；人生的转变，真是奇特到万分呵！

我把前前后后的事情想了许久，觉得人类甚么才能都是有的：甚么说谎的才能呀，创造的才能呀，没有一个人没有，问题是用与不用罢了。拉马克的用进废退的学说完全是对的。

我睡了。

第二天清早我非常之早的便起了床；我以为小陆一定会来拿衣服式样的，不料她才没有来。这事是使我非常诧异的。昨天才如此热心地非要我找出那巴黎式样不可，而今天她偏不来取了。莫不是她大病了么？想到这一层，我心理一阵急起来，但是我又不敢出门，我怕我出去了她来了反到不好。我只等着她，等到吃过午饭她还没有来，我实在不能忍耐了，我在我桌子上留了一张条子，我就一径跑到她的学校女生宿舍去了。女伴告诉我说：

"陆小姐！清早便出去了。"

我虽然对于她身体未病的消息稍微放了心，但她出去而不到我住处的事，终于丢不开。她到底哪里去了呢？她有甚么意外的事件发生呢？为甚么不先来同我商量呢？这种种问题，盘桓在我的心中，使我一路上非常难过。我回了我的住处，真不知道如何处置我的身子的好。我在窗口望，门口也望望，完全看不见她的影子。

天快要黑了的时候，我预备到她所不愿意去的家去碰碰，看看她万一有特别事回了家呢？我正要出门，她来了，累得连气都喘不过来的样子，第一句便向我说：

"衣服样子呢？"

——你看你！你吃一杯茶再说罢！

——哎呀。真把我累死了，跑了一整天！

——甚么事呀？

——你还不晓得？亏了你读了一辈子书，连报上的新闻也不晓得，你今天没有看报？

——看了的。

——那么你为甚么不晓得？十月十日，双十节那一天，在皇城游艺会场开一个时装赛会。算起来隔今天只有五天了，我想要把那飞燕卷浪式的衣服作出来去预赛。清早我看见报我就跑去定裁缝。不料所有作时装的裁缝都给人定了，连一天空也剩不出来。我跑了这一整天。差不过把全城都跑完了，才找到一家。现在料子还没有买。你快把样子拿出来。我就要去，完了恐怕来不及了。

——你稍稍坐一坐在说……而且，那张巴黎时妆的样子昨天我没有找着！

——没有找着？哎？真的？

——但是我画了一张……

——天啦，差不多把我急死了！画了一张也就好了；画的呢？

——在这里。我觉得，我实在告诉你说，这衣服如果作出来随便穿，到还可以；是若预赛，恐怕要落选！

——怎见得？

—— 一则是这里的裁缝未必作得好；再则是这里人未必能赏鉴此奇怪的服装？

——你不用管！你把样子给我好了。

我把样子给了她，我同事还略略地把作法向她解释了一阵，她似乎很不能够忍耐听我的话的样子，一径去了。我看见她的头发在冷风中吹着；我忽然想起她今天恐怕还没有吃饭呢。

最使我们诧异的是当前忽然又见着三件飞燕卷浪式的时装，而样子的大体是与我的图案毫无差异的。只是还增加了一些小花样，有一件仿佛有那浪头的旁边，修了一小沙滩……小陆一见脸色都苍白了。这事在我想，显见得是她请的裁缝不忠实，把样卖给别人去了；然而我怕她将来去同她裁缝大闹反为麻烦；我只好安慰她说：

"不知道是谁方从巴黎回来把这样式传了别人；但是，我说句不幸的话，这一次比赛的结果，这飞燕卷浪式全都要失败的。"

五

时装竞赛会开会的这一天，因为是国庆日的原故，所以我的爱人，同我，同秋心；还有一位姓刘的朋友，我们有闲工夫到会场去观览一切。自然，在小陆方面是非去不可的，而在我方面，则不甚热中，虽然她有一件所谓时装，所谓巴黎的飞燕卷浪式的时装，在会场中陈列预赛，但由我想来，那竞赛的结果，我们一定是会失败的。因为不但那衣服的式样是由我一人所造不说，而且究竟为了经济不大充裕的原故，那材料到底不甚高明！但是这些意见，当着小陆总也不敢说出来；甚至在表情露出来，也是不敢的。

我们一起到了会场。果然，红红绿绿地陈列不少的时装；真是五光十色，看也看不清楚！不细研究，实在有许多是费煞匠心的作品；有好几件衣服，我同秋心都佩服不置。我想："那飞燕卷浪式么，一定会落选的！"但小陆则毫无此种意思。我一路看去，没有一件她不骂的。"俗气！平庸！太没有艺术价值！"这样的词语，她简直是挂在口头上随便胡说。

秋心正想说话，意思想说明巴黎根本没有这样式；但我只看了他一眼，他就明白而止口了。小陆稍稍平静一些说了：

"这样式一定第一的；只是现在又有同样的几件，我那一件，至多只能放第一中的丙等了。我是预备要占第一甲等的！"说时她确有把握的样子。

"好，能够放第一的丙等也就好了，古人说知足常足……"

我的她是很不耐烦听我的老生常谈，我们彼此非常扫兴地回了家。

过了几天，那时装竞赛会的结果在报上宣布了。我的爱人的那件所谓时装，所谓巴黎的飞燕卷浪式，居然名列第一丙等，完全不出小陆所料。

一切我都不奇怪：由一句谎语造成一件时装的事我不奇怪；这样怪物般的时装居然能考第一的事，我也不奇怪。我最奇怪的是小陆预先就能断定她的式样会列第一丙等啊！"对于衣著，要女人才了解社会的心理，"这真是一句格言呀！

一九二九，写于南京

选自金满成：《友人之妻》，光华书局，1933 年

李伯钊

| 作者简介 |　　李伯钊（1911—1985），四川重庆（今重庆市）人，中华人民共和国前国家主席杨尚昆的夫人，笔名戈丽，戏剧家。代表作品有中篇小说《女共产党员》等。

女共产党员

前　记

做中国共产党的党员，毛泽东同志的学生，是非常光荣的。我们的帅大姐——帅光同志，是女共产党员的模范。在她同阶级敌人斗争的片段生活中，可以看出：为什么中国共产党员受到人民无限的尊敬，而阶级敌人必定死亡。我忠实的笔录了她遭受敌人摧残的经过。

伯钊

一九四九年四月八日

约 会

一九三二年十月十日。一个爽朗的晴天的上午。

在上海沪东云庆里第四巷，三百七十号前楼上，一切陈设同居家人差不多。屋里坐了五个人，说是在聊天吧，各人的面部表情很紧张，每个人的眼睛都集中在说话人的身上，只有阿金不时伸出头照料一下巷堂中来往行人的动静，他是靠着窗户站的。有个女同志，大约三十来岁的光景，湖南人，她是江苏省委的妇女部长——帅大姐。

她正出席共产党江苏省委常委会议，听取省委书记德生同志关于全上海市丝厂罢工的指示。她怕漏掉一个字，听错一句话，精神很集中，近视眼眯得像一条线一样。

德生同志说：

"……全上海市的丝厂罢工，必须坚持，不能让厂方猖獗，欺负失业工人。他们企图收买车头阿姐，破坏罢工。我们要用一切办法，利用种种机会告诉工人，揭破厂方的阴谋诡计。……"

帅大姐突然记起一件要紧的事——十二点钟在新闸桥同王大嫂的约会。她马上站起来，桌上时钟指着十二点三刻。她决定向正在作结论的德生同志告假早退：

"我马上有事去！……"

主席很了解她，一向工作很负责，立即点头允许她早退。只低声地告诉她：

"……回头让张浩同志把结论告诉你……"大家很关心的说，"你走好！"

她几乎是冲下楼去的，跑出街去边走边想："多不好，王大嫂是个新同志，人老实，一定早来了，我第一次同她约会就不遵守时间。"她拼命的直奔新闸桥。眼看到了，她来回走了两三遍，无轨电车急急驶过，来往的人触动她的身体，但找不见新闸桥在那儿，她不禁奇怪起来："难道桥搬了家不成?!"她自己感觉得愈急愈找不着，便有意识的控制自己的情绪，安静一下，肚里饿极了，眼睛发花，眼前许多黑点和一个个的小圈圈。她拐进马路旁边一家面包店，花了七个铜板买了一个面包，站在马路边干啃起来。她是饿坏了，打昨晚起，发生了闸北区委书记被捕的事件。书记的老婆小珠是闸北区妇委，设法营救她老公去了。帅大姐当晚便挑选了王大嫂——四十多岁的一个丝厂女工，代替小珠的工作。当时帅大姐是兼做丝厂罢工委员会主席，正筹备开闸北女工活动分子会议，怕耽误了活动分子会议就采取了这样紧急的措施。她昨晚忙了一整夜，夜饭也顾不上，回家倒头便睡，第二天清早忙着出席省委常委会，误了早饭，废寝忘食的在干工作。她常说：

"饿了饭，可以补，误了工作，没有办法补偿。"

面包快啃光了，她的眼睛清亮了，眼前出现了新闸桥，那灰色栏杆清清楚楚的看在眼里，一下发现王大嫂背着身子端端的立在桥边眼睛望着河水。她高兴得几乎叫了出来，三步两步横窜过马路，同王大嫂打招呼，王大嫂一回头，正同她打了个照面，撅着嘴，做出十分难过的神情。帅大姐心想："大概嫌我来得迟了，约定十二点，现在快一点了，难怪她不高兴，我要好好和她解释解释。"

"王大嫂！……王大嫂！……"她满脸笑的走近王大嫂，想拉她的手。王大嫂面孔冰冷，一声不响，帅大姐更亲热的带着赔罪道歉的口气，更亲热的叫道：

"王……大……嫂！"

这时候，帅大姐的右肩，被一只有力的手掌沉重的打了一击！一个身材高大，戴博士帽，着黑大褂的包打听式的人物站在她面前，一辆汽车急驶过来，停在桥上。

"请侬上车！"打马路那边，跑过来另一个大个子，凶神恶煞的朝着帅大姐吼道。

"哦唉一挨！"立时来往行人停住，交通也阻塞了，看热闹的愈来愈多。帅大姐心窍灵动，知道这是玩的什么把戏，不慌不忙的，操着一口的湖南腔，装做乡下佬的神气，呆呆的望着和她面对面站着的包打听。

"么子车？公共汽车？我坐不来……"

"娘个×！侬怕阿拉勿不认得侬个共产党！"那粗鲁的家伙狠心狠肠的一巴掌打在她的左颊上，她耳朵里嗡了好一阵，颊上显出三条红红地手指印。

"搜！"

十月的天气，该黏棉了，帅大姐身上只穿了一件布夹袄，单裤，身上一无所有，只在衣袋里搜出两把钥匙，戴博士帽的没有搜到禁物或钞票，感到非常不满。这时候帅大姐眼快手快的，一把从包打听手上把钥匙夺过来，顺手丢到桥下河里去！这样，她可逃避说她是在上海住家的，省得盘问住址。"拍"的一声，凶家伙的巴掌又落在帅大姐的右颊上，接着一连几耳光，打的她眼冒火星，耳朵嗡的听不见，吐了两口牙齿血。

马路上交通断绝了，人山人海，重重围住。

"抓共产党。"

"女的。"

"胡说八道，分明一个乡下佬……"谁在分辩似的低语着。

"昨儿看抓共产党，今朝又抓共产党，触霉头，共产党邪气多来兮。……"

警察驱散看热闹的闲人，犯人被蜂拥着上汽车了，直向闸北警察分局驶去。在路上，帅大姐故意找机会和王大嫂说话：

"王大嫂，你说，这是怎么弄的？把我们载到哪去？……"

"再说（读哦）！枪毙侬！"

初　审

汽车笔直驶进闸北分局的大门。犯人带进一间空屋里，孤零零一张长凳靠壁放着。帅大姐走过去坐了，王大嫂立在屋中间，那凶家伙在旁边监视着，不大一阵，听见好多人的脚步声音，走进来的却只一个，其余大约都站在门外了。进来的人身材矮小，满面烟容，嘴上蓄着一丛黑胡须，好似巡官的身份。

"你叫什么名字？"

"陈王氏。我的男人会照像，出远门去了，多年音讯渺无，没法生活，才到上海来找王大嫂。他是我娘家远房的嫂子，托她找事做，那晓得上海地方大，人生面不熟，连马路的名字还摸不清楚呢！……"

她在车上打下的腹稿，顺嘴溜着说，她留心观察巡官，显然是不满意她准备好的一套口供。一双怀疑的眼睛从来没有离开过她。

"不相信问王大嫂，看是不是真的。"她镇定而诚实，决心要骗过这"混蛋"才好。

"我问你叫什么名字？"对方严厉的发问。

"陈王氏。"帅大姐腰直起来。

"名字！名字！"

"我妈生下没有取过名字。"

戴博士帽的包打听跟巡官丢了一个眼风：

"伊勿话，格末让王大嫂话好了！"帅大姐鼓着眼盯住王大嫂，王大嫂抬头碰到她冷冷的目光，闪电一样透过全身，禁不住战栗，低头不语了！

"怎么？你怕她？"巡官又问。

"没吗格话？"王大嫂扭动了一下身子，干咳了几下。用手卷弄着衣襟。帅大姐担心王大嫂挡不过头阵，经不住人问，便自言自语的说：

　　"我嘛，是十二月初五生，叫王腊梅，刚才一下糊涂了，现在记起来了。……"

　　"娘个×，侬装疯卖傻，侬当阿拉弗认识侬，共产党里厢个大好佬。"

　　"你说什么？我叫王腊梅！腊月初五生，叫王腊梅。"

　　包打听耳根都红了，满面紫胀，酒刺小脓泡一个个突起，顺手举起指头粗的手杖，没头没脸的乱敲，嘣……嘣……嘣，如雹子似的落在帅大姐头上、脸上、身上。她的头发晕，双眼青肿，额角鲜血直冒，耳朵嗡嗡乱叫，她以全力支持住她的身体，怕昏倒，身子紧紧靠住墙壁，决不向敌人示弱，心底冲出来一股力量，抵抗肉体的痛楚，横了心，抵死不再说话，她的结论是：

　　"敌人是残酷的畜生，永远听不懂人话的。"

　　"勿说，打死侬！"

　　"认识么？我是马子青。"帅大姐听出是山东人的口音。

　　"说了，算了！"停一停又说，"何必自找苦头吃呢？"

　　他是帅大姐正在挨毒打的时候跨进门里来的。等了一阵，听不见女犯人回话，那杀人不眨眼的凶家伙举起手杖就在帅大姐头上身上飞舞了。只听见藤杖发出嗡嗡的声音，这一阵更凶狠的毒打，把帅大姐摔倒了。没有再听见她说一句话。大烟鬼巡官是个会做官的人，知道这是共产党的一名要犯，打死了难办，肚里有数，趁"活"着送给上峰吧！他算是有自知之明的，这号政治犯，凭经验是不够本领对付的，既不怕打，又不怕死，天生的骨头硬，不如趁早送走。不过也得装装样子，外强中干的吼道：

　　"马上解到总局去！"命令一下，一窝蜂似的拥着帅大姐，架上卡车，王大嫂也陪去。那凶家伙表示很不满意：

"太便宜伊了！"

卡车向总局驶去了。

公安总局

姓马的山东大汉也随车来了，犯人一下车，他用劝人行善的口气向帅大姐低声劝说：

"拿定主意，少吃苦头！"

"有什么可说。"坚定诚实的回答。

"受不了的！小珠只三块砖，什么都说了，你同王大嫂的'约会'是她报告的！你的骨头又比她硬多少？人是骨肉做成的，不是铁打铜铸的，可以硬碰硬。"

帅大姐不屑于和狗腿子纠缠，干脆置之不理，她想休息一下，静一静脑子，比较清醒一点，好应付敌人。上海白色恐怖一天天的严重，她想起无数被难的同志们。上午在沪东区开会的情形钻进她脑子来了，一个个紧张严肃的面孔，像卡片一张张的浮过。"会大约开完了，也许会还没散。"忽然她觉得似乎张浩同志魁梧的身体已经在马路上四处奔跑，忙着布置工作，忙着营救她，忙着搬家……她的思想像野马在草原一样的驰骋，感到无穷尽的快意。"他们是绝不会有危险的，因为我什么也不会告诉敌人，嘴死死的闭紧，像贴了封条一样，从我口里漏一半句有利于敌人的话都是罪过。"

犯人被带到一间宽敞的厅堂。正中桌上供着一个"黑包袱"闪闪发光，两旁却站了十来个身强力壮大手大足的警兵。一律黑衣，黑裤，黑帽，帽上一圈白边。地上摆着刑具，周围狰狞的脸嘴，使她预感到沉重的压力，她忽然觉到了十月天气的寒冷，皮肤全是鸡粒，哆嗦得差一点支撑不住自己的身体。马大汉把一床脏毡子披在帅大姐身上。

"冷吧！"

她感到这是莫大的侮辱，她恨她瘦弱的身体没出息，怕冷，气得她全身发战，把毡子摔在地上。突如其来的一声冷笑，桌上"黑包袱"动弹了一下。

"怕……吗？好好的说，可以……不用刑具的？"

帅大姐仔细看桌上"黑包袱"原来是一个瘦骨棱丁连衣服都架不起的法官，面色发霉，三分像人七分似鬼。刚才闪光的是他那黑缎马褂。

"哼！抓来了就不预备活着出去！"她心想。帅大姐自己向自己下命令似的，"抵抗这般狗东西！党培养我这多年，是考验我的时候了。"她再不觉到寒冷。笔直的立着。

"你姓……什么？"

"……"

"叫……叫什么名字？"

"……"

"那……那里人？"沉重的声音好似铁锤落在棉花上，软软的，没有回音，法官有点生气，口更吃：

"这里是总局……总局……懂么？有王法……王法……"

一连又问了几声："说……不说？"帅大姐仍是木头一样立着。谁一脚把她踢翻在地上，七手八脚的把她绑在刑具上。

"你准备说吧！"马大汉怕帅大姐最后失掉了机会似的再问一句，帅大姐坚决摆了一下头，已示她反抗对她残忍的虐待。法官一抬手，两旁衙役把帅大姐挟住。

"老虎凳！"司刑者，手技娴熟。

一块……

两块……

三块……

只听见帅大姐骨头发出吱吱的响声。她脚上穿的一双单袜，脚后跟被砖头磨破，鲜血顺着砖头流了一大滩，心里火辣辣地像刀在扎，眼前发黑，昏过去了。

等她苏醒过来，发见小珠立在她身旁，拿手巾掩着脸，好像在擦眼泪。她顿时明白她是被小珠出卖了。她恶心小珠，浓浓的唾了一口痰，可惜没有落到小珠脸上。她盘算着怎么应付叛徒："好个烂污货，做的好事。"她心里亮亮的，好像没有事一样，忘记了她创伤的痛苦。小珠见帅大姐醒来，简直抬不起头，满脸羞愧，没法开口，知道大姐脾气，准会骂死她，想走出去又不敢。怕特务打，踌躇了好久，被特务逼不过，才鼓着气叫：

"帅……大……姐！"

"你是谁家的姑娘?！我和你人生面不熟，你认错人了吧？你在那里见过我来？天下同模同样的人多哩！你不要冤枉好人呀，修个好，菩萨保佑你嫁个好女婿，多子多孙……"她故意装糊涂。

"娘个×，滑……头滑脑。"法官问：

"小……珠！她是干什么的?"

小珠死死用手巾蒙住脸，不敢看帅大姐。

"你要……不要你男人活……命?"

"你不……说，枪毙你的男人！"

小珠抽抽噎噎的道：

"她是江苏……省妇委……丝厂罢工……委员会个主席……"

"听……听……见吗？她说什么？"审问的人像是获得了全部证据似的。

"枪……毙侬！"特务们张牙舞爪，满意他们的"成功"。

帅大姐一口咬定她是陈王氏。此外，任你怎么问，她不说话做哑巴。这回把个山东马大汉的脸气得跟黄蜡一样。跳来跳去，像疯狗。法官一抬手！

"加砖！"

"四……"

"五……"

"六……"

帅大姐忍住绞痛，时昏时醒；用刑的偷偷告诉法官，不能加了。

"那么，问她说……不说？"

"不说！"

马大汉觉得束手无策了。

"使杠子！"大厅里骚动了一阵，把犯人按在地上。帅大姐觉得一根粗木头横在大腿上，剧烈的刺痛，心都撕碎了，耳鸣眼黑的死过去！大腿皮肉压坏了，两个碗大的肉球离开腿骨突起在膝盖上，像两个血肉馒头，发着紫青色，右腿骨折断了，满地血，她薄薄的一条单裤，早被鲜血湿透了。

女　监

当帅大姐被抬进女监的时候，犯人们被这血迹模糊，躺在门板上的女犯人，惊动了。

"伊犯什么案子？"

"断气了，往女监抬不如买副薄板装了省事！"

"想的顶阔气，谁把犯人当人？有床破席裹尸，不让狗扯狼撕就算顶有造化。"一个凡人对另一个犯人说。

"动大刑哪！瞧！伊那腿……"

"触霉头，今朝来，明朝送丧，省碗牢饭喂狗食！"女看守一面从怀里摸钥匙开看守所的女监房门，一面对上峰送这半死的女犯人进来心怀不满。女看守矮胖身材，浓眉大眼，一脸横肉，满口金牙。一身阴丹士林的短衫裤。成天都好像和人在生气。做事倒很有魄力，男监女监，上上下下，颇有几分怕她，就那男看守也得逢事让她三分。

她看见帅大姐被血染红的单裤，凝僵了，右腿骨折的尖端鼓起来，她心里有一点女人对女人的同情心，这还是她有生以来打破纪录的头一回。在她看来，一个女人吃官司打成这样，起码有几根英雄骨，她有点佩服这位女犯人，反常的取了一床厚厚的棉被，没头没脑的替她盖上。吼开旁边围住看的一群人：

"哭丧还早，滚开些！"

王大嫂比帅大姐早一些进女监，一见帅大姐抬进来，她脸都骇白了，让周围抢着看的人把她推过来挤过去！四肢麻木，像失了知觉似的，"是阿拉害了伊，对不住伊……！"忍不住一阵心酸，眼泪顺着面颊流！"伊平素对阿拉好，耐烦，遇着不会话的，伊一句一句教。没有伊，阿拉的工作没法开头，提阿拉当闸北妇委，伊整整教育了阿拉一夜！伊是好人，害伊吃官司，阿拉的天良遭狗食了呢！"她愈想愈伤心，愈想愈失悔，悔不该听小珠摆布，供出帅大姐来，她率性坐在地下痛哭起来！她原先以为供了帅大姐，省得自己吃官司，谁知会把她害得这样苦。

一个女犯人看王大嫂哭得太伤心，说道："留着身子要紧，哭伤了，一天两碗牢饭掺沙子，谁管侬死活？反正这人（指帅大姐）的案情不轻，伊受谁的冤屈也不晓得……"

王大嫂被这不解内情的女犯一席话触到内疚，更加放声嚎啕。女看守骂道：

"谁花铜细买侬哭丧！牢里有牢里的规矩，打侬两记耳光脏阿拉个手，痛快把侬男人交出来，万事大吉。"王大嫂不管女看守怎么骂，抱定决心："翻口供！再供帅大姐就不是人。"

天近黄昏，吹来一阵寒风，犯人背靠背坐着取暖。女看守和男看守悄悄在一起拉话：

"伊心窝窝有点暖气，二十几不到三十的人，不死也落个残废！"

"今晚熬得过去？"

"伊死是死不了，活受罪……"

"共产党的案子，来头不小……"

"谈也勿要谈，半大脚的乡下佬有多大排场，话勿定是吃冤枉官司咯！"

"听人话伊是共产党案子！"

"管伊共产勿共产，先让孙三替伊接好腿，今生作孽修来世。话勿定当强盗的还有份天良。"

"……"

"只要孙三伊肯出力，要物事，要铜细归阿拉！"女看守慷慨地应承下来。两手往腰上一叉，似乎非要男看守立刻答应她的要求。带点威胁的神气。她很早就打听到男监的孙三是一名远近驰名的江洋大盗，有飞檐走壁之能，能治跌打损伤，手到病除，她是亲眼见过，不久前一个越狱未遂，跌坏了螺丝骨的犯人，是经他一手包治的，她被他的本领迷住了，过中秋节她还送了一壶酒给孙三喝。她以为除了孙三谁也不敢替女犯人接骨折。男看守呆了半天才哼道：

"伊不成，看伤是什么伤？怕伤的是内脏！"

"关照孙三，伊那门子看家本事关在牢里面厢没处使，结几个牢里厢朋友对伊没坏处，帮人行好，修积阴功的……"

男看守懂得干这勾当是违法的，一旦走漏了消息非同小可，"通共党"是要枪毙人的！但是他又同女看守同事多年，了解她的脾气，说到做到，只得答应去"问问孙三本人看"。女看守轻脚轻手回到女监，天都黑尽了。她开了女监的门，女犯人都躺下了，她掀开棉被摸摸帅大姐的手，温温的。

"伊活了！"她心里暗喜！本想关照女犯人几声，一时不知从何说起。正预备去寻男看守，她耳尖，听见有人低声在唤她，马上轻脚轻手的迎出去。

"孙三，伊那能话?"女看守怀着满怀希望。

"伊怕连累……土匪案加共产案吃勿消。"

不等男看守说完她就发大脾气了：

"伊娘的个×！贼眉贼眼，贼心贼肝，贼肠贼肚肚……"

"侬勿要乱嚷? 话完了，好商量咯呀！"

"牵丝攀藤，侬急煞人了！"

"伊话要做末总归要等查岗以后，还要答应代伊放风……一只白公鸡筋肉捣碎，要保险要干净，用干荷叶包着，药料伊自己拌！"

女看守笑了："阿拉话，伊强盗终归长的是颗人心吗，好事一件不做，坏事做尽，十八层阿鼻地狱够熬咯，还要下油锅上刀山……"她口里在骂，心里快活。

"顶重要咯勿要漏气！"

"伊要的物事阿拉去办。"停了一停折身向着女监：

"爱听的听着！干么事都靠仔胆量，敢话敢做，怕事啦，不如畜牲仔！有本事告密的早拿下主意，破了一条命，不相信生鸡蛋碰过硬石头！看谁硬过谁咯。"

男看守先奇怪她对帅大姐破例的热心，自己倒总有点害怕惹是非，顶轻打掉饭碗，弄的不好生命危险，直到听了女看守对女犯人的一席话，胆也壮了，心也活了。不像刚才那样不上劲；赶紧跑回男监去，跟孙三和几个胆大的犯人按着女看守的话原句原样的背了一遍，一时觉得自己也是数一数二的好汉了。高了兴，买了一壶酒，关上房门自斟自饮起来！

时间愈过愈慢，女看守等得脸发烧、燥热，临时换了身黑夹袄，跑去敲了好几次男看守的门问时间，如身临大敌似的紧张了半夜，好容易挨过十二点，查监的提着马灯摇摇摆摆的来了，到男监查看完了，到女监栅门前站住了，把马灯提得高高的，格外仔细的望着躺着不动的帅大姐。问女看守道：

"伊那能哪？"

"心窝有点热气，手脚冰凉咯……"

"伊不肯供出机关来。硬？能硬过王法？"

"共产党咯八字大，死勿了！"

"伊是共产党里厢个大好佬！"把大拇指一伸，同时也在声音里关照女看守要严谨些。

"枪毙伊拉倒？"

"太便宜伊了！……往后戏长呢！……"查监的转身走了。

犯人睡熟了，监里监外一片静寂，只男监传出犯人的鼾声。男看守打头提着灯笼，紧随孙三，女看守尾后，手里捧着干荷叶包的捣碎的鸡肉，是托她女婿到馆子去弄来的，到女监房门栅前，她小心翼翼地将包递给孙三，从怀里掏出钥匙，把女监的门开开，三人蹑脚蹑手的走进去。女看守把帅大姐的棉被掀开，孙三双眼注视那短缩的右腿，放下荷叶包，轻轻的摸着骨折的地方，把嘴一咬，让男看守把灯笼交给女看守，要男看守用力按着帅大姐的上身，然后顺着上下骨折的方位，使力的一扯一拉。帅大姐痛的大叫了一声，把女看守和孙三吓了一大跳，男看守惊得出了一身冷汗，只见孙三的头上豆大的汗珠直冒。女看守环顾睡觉的犯人说道："不打算活下去的起来看吧！好告密领赏钱去者……"女监里鸦雀无声。男看守，孙三壮起胆来，孙三熟练的把药摊开，安置在伤口处，捣烂的鸡肉绕着伤口敷了一圈，用一片干净布盖住，男看守帮他绑扎，用一些破布缠在外面作掩护。

"不要让伊动，一过三十天就成。"孙三自信的说罢，不停的用衣袖拭去头上的大汗。女犯们都像怕鬼似的，用被蒙住头，有胆大的昂头望了一下，赶忙又缩进被窝里。女看守满心高兴，给帅大姐盖上棉被，三个人不声不响的退出了女监，监门的锁"卡哒"响了，重新锁了门。

第二天，无论男监女监，都默守着昨晚的秘密——孙三替帅大姐接骨的事，谁都担着一份心事：怕提审，不仅帅大姐吃不住，昨晚接骨的秘密被发现，牵连太大，非触霉头不可，首犯当然是女看守。

"反正都有份！"女看守半似无意半有意的暗示大家：谁想"讨好""通风"一定吃蹩。帅大姐的事成了男监女监绝大的秘密，似乎大家与她休戚相关。亏那能说会道的女看守，向上峰报了"重病"，暂不提审，直到"停审"的话传下来，大家才放心，松了口气。

一连几天过去了。

帅大姐在那些同情她，爱护她的女犯人照顾下，能喝一点开水和粥汤了。她浑身筋骨酸痛、发热、动弹不得，特别是那双受过重刑的腿，酸比痛更难受。她知道既落到敌人手里，是不会让她活着出去的。盼望速死的念头，顽石一样的盘据在心头，她情绪很安静，一个据说是伤害人命案的安徽籍的女犯人，非常关怀帅大姐，这种同情心是帅大姐受刑过重引起的怜惜，抑是女看守"破格"照顾的影响，或仅是同做囚犯的同病相怜，从未听她向人表白过。她家很穷，她才十七岁，相貌生得端正，身材适中，一双大大的眼睛，显出她的天真无邪。她不大爱说话，所以显得少年老成。从她的仪表，找不出一丝杀人犯的痕迹，她只同女看守谈过一回，她是个孤女，无父无母，十五岁上，她哥哥和嫂子把她卖给一个商人做媳妇，过门不久儿子死了，她婆婆嫌公公待她好，为抓错一服药硬说是毒药，她婆婆勾通了医生，说她安心毒死她。当天夜里就把她抓进女监来了。她的哥哥嫂子已回原籍去了，让她呆在这儿吃冤枉官司。几天以来，曾多次地偷偷去瞧帅大姐，察看她有无动静，每次都使自己失望，帅大姐死尸一般地躺着。她常常让眼皮下垂，安静的回到她的床位，轻轻的叹一口气；有一天下午当她发现帅大姐一双疲惫极了的眼睛，很吃力的张开，环顾四周，她像看见冬天的太阳一样舒服，全身都活动起来，不顾一切的，上去像亲人一样的问道：

"要不要喝点开水？"帅大姐微微的点头，她马上端一碗温开水送到帅大姐嘴边去，用女监里唯一暗藏起来的缺把瓦匙，喂了二匙开水，帅大姐，渴的很，匙子喂水不能满足她的需要，挣扎着身子想坐起来喝水，全身筋骨像脱节似的奇痛，她咬紧牙关，把嘴闭得紧紧的。安徽籍的女犯人，全女监通称她阿妹，在旁边静静侍候着，只要帅大姐一张口，便不厌烦的一匙一匙的把温水送进她嘴里。那嘴唇乌黑，焦裂的唇皮被开水润湿了泛着鸡皮的白色，呼吸短促，嘴唇鼻孔不停的抽搐，身上发出一股令人恶心的腥味，额上鼓胀着青紫色的大包，正中一个有鸡蛋大，两颊被指甲戳破的伤痕，结了血痂，一缕头发凝在血痂上了；脸部上半部肿胀，颧骨以下干瘪，两颊凹下，愈看愈不像脸，愈看愈怕人，但阿妹的眼睛始终没有离开过她。

"她受这样的煎熬，没听见她说过一声痛，没听见她哭过一回，比我强……"

半碗开水喂完了，舍不得离开一步。肚里在盘算，怎么同女看守商量，买几个鸡蛋冲蛋花给她喝，滋补她受伤的身体，钱由各家凑份子吧。她从怀里掏出隐藏了几个月的两角毫洋，紧紧的握在手心里，汗湿了毫洋，女看守老等不来，便索性找两个与她要好的女犯人先秘密地谈论起来，她们估量女看守不会拒绝她们的建议的。

一种什么因缘把女监的犯人同帅大姐连在一起了，她们担心她的腿会成残废，她们怀疑孙三接骨的本领。她们对帅大姐体贴入微，安徽阿妹更是独特的爱护备至，常常小心翼翼地用一只缺口碗去接帅大姐的便溺，减少她由于身体移动时所引起的痛苦。女监里无论谁都乐于为帅大姐服一点务，似乎其中有说不出的快乐，多少在无聊静寂的囚犯生活中增加了新鲜活泼的空气，愈为她忙碌愈能获得安慰，她们共同要完成一个杰作——使帅大姐健康恢复。女看守看出她们共同的兴趣所在，自己反倒省事，落得睁只眼闭只眼毫不加以干涉。有时上面派人来查看女监，就故意作威作福恶言恶语的把女犯人们臭骂一顿。

"烂污×！站开！伊（指帅大姐）都发臭了，挨那么近……！"

女犯人懂得这是女看守骂给查监的人听的，都装模作样地噘着嘴，脸上做出不高兴的神色。等查监的一走开，她们就对女看守做出笑脸，跟平常一样的对她和气。在这样的空气中，王大嫂随和多了，但她始终不敢和帅大姐交谈。她的内疚使她羞惭，实际上她在狱中的表现，帅大姐早就洞悉了解她心里的痛苦。从未在言语之间刺激过她，而王大嫂真实的悔悟，帅大姐也愿意帮助她改正过错。

水　刑

早晨，天阴，从半夜里就刮起北风来，十一月初旬的寒风打在人的面上，像刀子割一样，男女监的囚犯身上还穿单衣单裤，冻的缩成一团在地上蜷着。男监的人多背靠背盘膝取暖，有忍不住牙关作响的。季节变换使帅大姐全身的关节像被大铁锤锤碎似的发酸，她的烧早退了，神志也清醒了，女犯们对她好意的招呼和关切，她用简捷感激的话，或以柔和的目光答谢她们，但谁都无法在天气变化的日子里减轻她周身不可抵御的骨节酸痛。一阵突如其来的，急骤的脚步声惊动了她，一个人在天井里俏皮的说：

"躺够了，娘个×！让她到黄浦滩去玩玩！"

女犯们全都听见了，谁也知道这话是对帅大姐说的，她们预感这一次一定"凶多吉少"！那安徽阿妹骇的哭起来。女看守不知是和谁生气，还是借题发挥：

"害得人白日夜里操心，生就八字，阎王老爷不收帐咯，剩下个骨头架架，人话共产党骨头硬，伤了骨头还有个筋，龙王爷请侬吃早点呀！快一点！"

"让伊喝个饱！"

帅大姐想这是什么意思呢？"狗腿们问不出什么，想丢我到黄浦滩淹死！好！葬身鱼腹，落得个清白。"心里反高兴，浑身的筋骨痛也忘了，侧身听见安徽阿妹在哭泣，心里很难受。

"算了！"她自己对自己说，"难过有什么用，千万不要示弱，死得像样一些，她们这些日子像亲人一样的待我，临死给她们留个好印象，让她们看看共产党员在敌人面前，是个什么样子。"她的情绪突然开朗起来！愉快极了，女看守告诉她：

"要提审侬了！"

帅大姐被放在门板上抬出女监，在天井里被寒风刺激，她心里更宽敞，立意要冲破阴沉沉的空气，唱起国际歌来：

起来！饥寒交迫的奴隶；

起来！全世界的罪人！

满腔的热血……

……

英特拉雄拉尔就一定要实现……

她高亢的歌声越来越激动，末后，她是在喊，不是在唱了。男监女监的犯人被这悲壮的场面慑住了！有的犯人忍不住掉泪，安徽阿妹放声大哭，王大嫂比死了娘还哭得凄惨，哭声里夹着几声刺耳的尖叫，谁也听不出她叫些什么，越来哭的人越多了……一个抬帅大姐身材不高的警察，被歌声激动，鼻尖发麻，眼眶里包满了眼泪，装着用衣袖拭汗把眼泪擦干。但奉命提审的马特务，却被国际歌声引起了难以抑制的反感。他骂道：

"歌倒好听，可惜感动不了第三国际，莫斯科离上海太远了！马克思在天之灵也救不了你。"

国际歌声在男女犯人心里留下了不灭的印象，女看守也怔了半天，她们都知道她心里难过是为了帅大姐。

帅大姐被抬进一间大花厅里搁在地下了。她举目一看，是一间毫无一点陈设的花厅，心里发生了怀疑：

"不是说上黄浦江吗？"她一时糊涂了，"弄我来这里干什么？"她举目仔细向周围一看：发现靠右墙搁着一架楼梯，花厅里，天井里挤满了人，其余什么也看不见。

"不知道要玩什么鬼花样，一死了之吧。"她的情绪镇定了，不一会，看见一个警兵提了一把异样的大茶壶进来，里面不知盛的什么东西，另一个警兵抱了一包破布烂棉花，腋下挟了一把铁锤，她意识到：

"这莫非是刑具？"果不出她所料，这一切是为她准备的。从她的记忆中，仿佛什么时候听被捕出狱的同志讲过，用"水刑"的时候，就有一把很大的茶壶，用壶嘴朝犯人鼻孔里灌煤油水。据他们的经验：水里混着一种药水，从鼻孔中灌进去，人就昏了，全身发麻，神经错乱，自己控制不了自己，就会乱说话，她愈想愈怕，打了个寒噤，周身哆嗦起来！

"怎么办呢？……省委机关，中央妇委接头处，罢工委员会……万一糊涂说出一句半句，岂不害了党！……"她心里难过透了。突然一线闪光：

"他妈的，我不吞，水进不去，神经不乱就有办法对付狗子们了。"她拿定了主意。但她似乎觉得这办法不一定万全，万一狗子们拼命灌呢？她来不及想得太周到，马特务便发问了：

"先说机关的住址，然后……不说吗？这玩意儿（指刑法）死是死不了的，就是有点不太舒服……"为了加重语气，把最后一句话尾拖得顶长，说得顶俏皮。

"说不说？"

特务的话像针一样刺进帅大姐的心里，她火极了，鼓起勇气：

"没有说的。"斩钉截铁的回答。

"来！放倒！"

帅大姐连人带门板被倒绑在楼梯上倒置着。一些乱七八糟，发着臭味的破布烂棉花填进她口里，她拼命的咬紧牙关抵抗，旁边有人用木棍伸进口里去把她两边坐牙敲掉了，鲜血顺着嘴角流了出来。

"灌！"命令一下，行刑的警兵提着一大壶掺了煤油的水直往她鼻孔里灌，一阵说不出的难过，透过她的心，透过全身……她预定的主意，"不吞一口水"失败了。但脑子还清醒。使她从刑法给予的难于忍受的苦难中获得了慰藉，从思想里驱逐了"怕脑子糊涂"的恐惧心理。她宽心的忍受。

一壶水灌完之后，马特务叫人把帅大姐平放在地上，取出了她口中满塞的秽物。

"问她说不说？"帅大姐想骂，没有力气，胸里一阵难过，她恶腥得从口里呛出一些水来，接着就翻肠倒肚的吐了，绿黄的胆汁都呕出来了。

"尝尝这滋味，说不说？"

"狗……东……西。"

"她是吃过面包的！（意指帅大姐到莫斯科学习过）与众不同！"

"说！"

"再灌！再灌！"许多人在威胁着。

没有吓倒受刑者，她安安静静的躺着没有说话的表示。马特务在倔强的女犯人面前，觉到无能，恼羞成怒，两耳发烧，两眼通红。气得说不出话来，失悔早上不该在司法处长面前夸口，以为只消半壶水，可以逼出口供来。他再抬手，帅大姐第二次被倒置着，头朝下，脚朝上，脏东西塞满了一嘴，第二壶水把她灌昏了，眼珠，鼻孔，耳膜发刺痛，心里慌，她担心会"糊涂"，实际上她已经不能控制自己的神经了。

马特务再抬手，第三壶渗煤油的水倒进她的鼻孔，不到半壶，她的鼻孔，眼睛耳朵直冒淡血水，奄奄一息，快断气了，从女监里抬帅大姐那个矮小的警兵站在旁边问道：

"还灌不灌？"

马特务一挥手，提大茶壶的警兵住手了。刚好马特务站的地方正对着帅大姐的面孔，他本不打算看她一眼，谁知一个自始至终不屈服的面孔硬塞进他的眼里，向他示威，一对金鱼似的眼睛鼓出，耳目口鼻的淡血水仍慢慢地往外流着，嘴里塞着秽物，额上的青筋像一条条的蚯蚓。他想避开她，心里懊丧得很，料不到一句口供也弄不到手，他曾经夸口要从帅大姐口里把共产党江苏省委搞光，借此可以飞黄腾达了！谁知竟这样辣手。忽然间那双金鱼眼睛张大了，淡血水直向他脸上喷来，他退了一步，透亮的一双金鱼眼睛追逼着他，他觉得自己缩得比芝麻还小，逃不脱身，脊背上一股寒气，像发疟疾似的哆嗦，脸青面黑，警兵以为他发急病，想扶他：

"马先生！……"

他一惊，使劲的在地上跺了几脚，倒抽了一口气，恢复了神态：

"猪猡，站着干什么？在天井里挖个坑，埋掉！"

说完便匆匆的跑出花厅，跟着他跑了一大群。

花厅里剩下两个警兵，下午三点，花厅光线昏暗了，他们把帅大姐从梯子上解下来，躺在门板上，矮小的警兵，用手摸摸她的心窝还有些热。使劲从她口里把脏东西掏出来！

"伊能活？"另一个警兵问，"埋了拉倒！"

"把活人当死人埋？冤有头，债有主，犯不着。"

"伊是侬的亲娘？……"

"侬嘴放干净！公事公办，伊是共产党的大好佬，不死还要抬回女监去！"

"走？"

"慢一挨，把这床被给伊盖上，我们先找点么子来填肚子，断气就埋掉，不死就抬伊回去，省得姓马的回头找麻烦。"

"马老五早上茶楼酒馆舒服去了，管这些？阿拉肚子饿了，去弄点大饼油条，吃了再话！"

"去吧！快回来！"

他等同伴走了以后，轻轻地把犯人的棉被四围扎紧，不让冷风进去，在天井里拾到一只桌腿，又去花厅后面寻了一把干树枝，用洋火慢慢点着烂报纸烧起火来取暖，柴火越烧越旺起来。

"不会死的，好同志，死不得！"他恨自己无能为力营救她，几天前他曾偷偷地两次去找关系接头，机关都搬了家找不着，他准备把帅大姐在狱中的表现告诉组织，他也曾听说帅大姐是被叛徒小珠咬了的，可是小珠又讨了什么好呢？一样的坐班房吃官司。他鄙视小珠，敬佩帅大姐。

天渐渐的黑下来，同伴不见回来，帅大姐笔直躺着，毫无动静，他心里急肚里饿，想离开这儿去找他的同伴，又怕万一帅大姐苏醒过来没人招呼，他回忆起帅大姐出狱时唱国际歌悲壮的情景，在他脑里翻来翻去，他哭了，似乎听见同伴的脚步声音，赶紧擦干眼泪，突然从帅大姐嘴里发出一种微弱的声音，吓了他一跳。恰好这时候他的同伴提着一盏马灯来了，带来大饼油条，他无心吃东西。慌忙把马灯接过手来提得高高的，掀开被，照着犯人的脸，嘴唇抖动了几下，他用手掌放到她嘴边，觉着温温的热气，呼吸均匀了。他高兴的了不得：

"伊活了！伊活了！抬回去！"

帅大姐当晚抬回女监了。

第二天一清早，女犯人聒噪起来，团团围住帅大姐，她两眼红肿跟胡桃一样大小，带点黏性的淡血水，从耳目口鼻中浸出，脸是一张白纸，呼吸微弱，女犯们心里翻腾："伊犯了什么大罪？吃这样厉害的生活！"安徽阿妹忍不住又哭了，她一边哭一边用自己的手巾，轻轻的把帅大姐脸上的淡血水拭去，可是拭了以后，又重新慢慢的浸出来！当天，女监里，谁也不吃中饭，大家心里被一块石头压住似的，她们仿佛听谁说还要用电刑，女犯们莫名其妙的日夜担着心事，安徽阿妹更担心帅大姐活不成了。

有一天，女看守对女犯们说：

"女犯人见过不少，数伊的命长，论吃生活，再来十个抵不上伊一个，早上阎王老爷那去上红帐了，不都为了伊男人吃官司，真他妈没长骨头的臭男人，让自己女人受罪，屁不放一个，算人？"

女看守半是佩服帅大姐，半是为她抱不平。然而大家很不理解，明明帅大姐是共产党案子，她硬说她是为她男人吃冤枉官司，谁都猜着她是在装糊涂哩！

狱中生活

十一月飞快度过，十二月的严寒逼人了。狱中囚犯又得抵御寒冷的侵袭，精神更加萎靡。所幸全女监都关心一个人——帅大姐没有被"水刑"折磨死，再也没有提审了，说得顶骇人的电刑也没用来拷问她了，并非可怜她吃不消，而是用刑的上峰有了"科学的发明"：用过水刑的犯人，再加电刑，则实质上等于对水刑创伤的良好治疗。这恰是暴露了特务们如意算盘打得不够高明的地方，他们该先用电刑，再加水刑。刑法水电的颠倒，使帅大姐因他们的"错误"而得救了。

温米汤，粥，和全体女犯们深厚的友情和照顾，渐渐给帅大姐挽回了生命，她慢慢的能半靠半坐了，年底她便能扶着床沿移动脚步了，右腿虽未完全残废，但萎缩了，右腿比左腿要短七八分到一寸。走动起来有些跛，顶难恢复正常的是一双眼睛，眼球外突，视神经痛，开始不敢用眼去看东西，因为无论眼睛接触什么，眼球都发生剧痛，同时影响头痛。此外，耳目口鼻时常分泌一种臭味红黄色的黏液。她已成残废，既聋又瞎，但她的心是雪亮的，脑筋清楚，她热爱女监里每一个人，她称她们是她的救命恩人，更欢喜安徽阿妹，她常常用手抚摸她们的肩，手，面颊，关怀她们的案情，表同情，鸣不平，或是叹息，经常的问长问短，问寒问暖，完全和女犯们融成一体了。就这样，她虽目不能视，但她知道了每个女犯的名字和身世，给她们以温暖，希望鼓起她们生存的欲望，同旧社会斗争的勇气。那个年纪最小最好哭的阿妹也有了"转变"，并非她安于囚犯生活，而是在她生命中新添了一个残废的帅大姐，比身父母对她还关切，她给她解释她从来不晓得的道理，讲故事给她听，她第一次听说中国乡下的童养媳不只她们县里多，那个地方都一样。因为生她的父母穷，养不活她才卖给有钱人家作儿媳妇的，挨打挨骂。不是命苦，是中国的封建社会制度不好。

骗　局

一个晴天的上午，囚犯们的生活照常静寂，突然突破了寂寞，全女监紧张起来了！

"帅大姐又要被提出去了！"都骇慌了！女看守瘪着嘴，一声不响，面上气色挺难看。有的犯人想：该不是绑出去枪毙吧！怎么会大天白日推出去呢？枪毙犯人都是晚上黑摸摸的提出去，用不着惊师动众。说是弄去受刑吃生活吧，掌管刑法那个"活阎王"又没出面，莫非是她男人托人营救她出狱？大家心里近乎一种祈祷似的预祝："伊得救了，有人替伊伸冤了！"有的女犯人，一想到她也许永不回来了，她们像遭到重大的打击一样。东猜西猜，没点线索，等着瞧吧！一个吉凶未卜的疑问。

一个穿蓝长衫的人，伴搀着帅大姐，转弯抹角的进了一座客厅似的堂屋，一进三间，阳光充足，陈设简单，桌椅干净，帅大姐拣最近的一把椅子坐了。右手屋里似乎有人在低声说话，她摸不定特务们玩的什么花头，总是想法设计来摆布她，她精神很集中，等着应付一切将要发生的事情。等了一阵，忽然打里屋慢腾腾走出来一个人，个子不高，穿一件不干不净的自由布长衫，一顶太大不合尺寸的礼帽盖在头上，戴一付近视眼镜，精神有点恍惚，朝着帅大姐走来，又不敢老老实实的看帅大姐，很别扭的说：

"大姐！听说你被捕了。"她听起来声音很熟，但想不起是谁来。

"我是小狗子，你不认识我了吧！"

"哦！是他！"她立刻警惕起来。

"我也和你一样，被捕了！"被捕了三个字特别说得响亮。"我们商量一下该怎么办？"帅大姐想把他过细看一眼，眼珠立刻被阳光刺痛，难受极了，她只好把双眼闭住！她觉得小狗子来得蹊跷，冷声冷气的答道：

"捉住了，就是人家的世界，有什么好商量的？"小狗子朝内室望了一眼，知道话不合胃口，十成没有希望，但又畏惧居心卖弄奸计的特务不肯答应，反而影响对他的信任，为了能够表白，他虽无能为力劝化帅大姐，他搜索枯肠的找了一套带刺激性的话，硬着头皮挑拨她一下。

　　"别的人被捕了，有人营救，化多少钱都成，我们班房坐了几个月，屁事没有，望都没打发人来望一望……"帅大姐听出小狗子抱怨党，不满组织的情绪，先有点吃惊，怎么有话当着敌人的面说呢？"坏了！小狗子坏了，替敌人作说客来了。"她心里好气，顶着他说：

　　"人家是人家，我是我，当共产党员是自愿的，怕被捕，怕牺牲，就不要参加革命。"她硬生生的话，顶得小狗子满脸通红，里屋的特务赶忙出来帮腔：

　　"还坚决些什么，小党员个个忠心为党，大头子党员都叛变了，把事情看穿，就那么一回事，聪明人不吃眼前亏！"帅大姐觉得被蝎子刺了似的，火极了：

　　"造谣有笔造谣费，钱拿了，喝足了，吃饱了，跟猪猡一样困去，不用乱打主意。"

　　"侬敢骂人？"

　　"抬举你叫你一声猪猡，本来是些猪狗不如，没有心肝的畜牲！"因为激动，她气得全身发抖，口、目、耳、鼻又浸出了淡血水的黏液。

　　"娘个×！"特务暗暗骂道。

　　小狗子嗓子很低，怪可怜的说：

　　"大姐，我改天再来看你！"

　　"放屁，谁是你的大姐，稀罕你来，可耻的东西，同敌人一鼻孔出气，想来害我，滚出去！"

　　有个息事宁人的人在旁边劝说：

　　"押回去！押回去！想通了，再来！"

　　"你们才不通极了，我早就想通了，为党牺牲是光荣的，该杀！该剐！听便！"

她一路不住口的骂回女监去，直骂得她口发苦，舌头不能转动为止。女犯们庆幸她平安的回来，从她恶骂小狗子，恶骂特务的语气中，懂得她的势气，挨骂的一定是坏人！但她们怎么也不会猜想出特务们刚才玩弄的一套把戏。帅大姐是女犯人中顶和气的一个犯人，谁都没听见她骂过人。可是，自从她见了小狗子以后，带回来一个坏脾气，无论见了谁就骂，就生气。骂人竟成了她的嗜好似的，成天骂这骂那，从早到天黑，骂叛徒，骂特务，谁也不能阻止她，女看守也把她没办法，女犯们都欢喜听她骂人！愈骂她们愈高兴，好似听一种莫名其妙的音乐一样欢迎，她们肚里的闷气，都给发泄了。日子过久了，也有女犯人在背后议论：

"伊怕是快死了，临死是要把气出完的，不然，伊身体那么坏，那来那股劲呢？该不是什么回光返照吧！"

一星期之后，又把她带到上次见小狗子的厅堂里，这回她一开始，气势很凶，她准备于臭骂一顿乌龟王八之外，找机会打小狗子几个响嘴巴，泄泄她心头的火气，让他下次不敢再来充当敌人的"说客"。殊不知这回出来接待她的不是上次那个特务，是一个更有礼貌，更斯文的面孔出现在她面前，一面招呼她："请坐！"还以晚辈的姿势，端杯热腾腾的茶给她，举止温柔，语言和气，很关怀帅大姐的健康，细声细气的说：

"侬知道吗？侬顶要好的一个女朋友，今天要来看侬！"

"谁？"

"黄励！"他很注意帅大姐听见这个名字激起的反应。

"黄……励？"她糊涂了一下，"莫非她也……"特务立刻抓住帅大姐情绪上的变化，更小心翼翼的柔声道：

"认识吗？伊话同侬在莫斯科中山大学同学，以老同学咯资格，想望望侬，和侬话几句。"这一来，愈发把帅大姐弄糊涂了！

"难道是真的吗？不，不会的吧！"她坚决相信：当真她做了对不住党的事，还有脸来见我吗？也罢！天下意外的事多哩！她处在半信半疑的状态中，特务一目了然她的心情，认为已进"圈套"，故意提高嗓门：

"黄励！黄励！"帅大姐忍痛鼓起眼睛盯住里门，生怕看错了人，几秒钟飞逝了，黄励的影子也没见，她眼球由于过份紧张的刺激，痛得睁不开了。

"看她有脸出来不！"帅大姐心里着急！

特务更装腔作势的叫道：

"出来望望帅大姐有什么关系，侬不是讲过，你们好像亲姊妹一样吗？"隔了几分钟，帅大姐撑眼一看，那有黄励的影子，特务连忙郑重其事的申明道：

"伊怕见着侬怕侬难过，但是伊盼侬把省委的地址告诉伊，也许能替侬设法，是不是？"

"见鬼！妈的，这回上了他的当，我以为当真有个黄励，原来是唬我的！"把她气坏了！

"见鬼！要你妈的什么空城计？"特务看出帅大姐的表情发生了变化！还想敷衍一下！假装老实的说：

"黄励，侬太不够朋友了，太对不住人，侬自家话要见帅大姐，我好容易把伊请来，怎么又怕出来见一面呢！……"

帅大姐愈觉到被骗了愈生气：

"你妈才在里面呢！你狗嘴里叫出血，也叫不出个什么黄励，骗鬼！她是我们党最好的女党员！你这下流无耻的东西！"

"怎么？侬以为我骗侬？"特务假装正经的叹了一口长气：

"伊心里非常难过，担心侬咯生命危险，侬太不懂人情、太不觉悟了……"没等特务话说完，帅大姐不住嘴的唾了那家伙满脸的唾液。

"不识抬举的东西！"拍的一耳括子打在帅大姐脸上。假装斯文的面孔顿时变成一副恶鬼相，样子很凶。

"下流无耻的东西，你打得我脸痛，你打不掉我的革命气节，你在共产党员面前，没有立足的余地。我恨不得把你吞了。猪狗不如的东西！同你搭话，降低了我的身份！滚你娘的蛋！"一席话骂的他哑口无言，只得把桌子捶得干响，壮壮自己的声威。但终是外强中干，那里抵挡得了帅大姐语正词严的气势。

特务们在帅大姐面前低头了，心穷计绝，于十一月中旬把她押解到南京宪兵司令部去。

南京宪兵司令部

到宪兵司令部的第一天，笨重的脚镣手铐使帅大姐行动感到累赘。她疲乏、瞌睡。刚一合上眼，衰老的父亲，立在她面前，似乎很生气的样子，她惊喜挣扎着起来，想马上向她父亲说：

"我不愧是你教养出来的女儿，我没有在敌人面前屈节，你老人家该高兴，为什么生我的气呢？"她慢慢地，一步一步拖着脚镣走到父亲跟前，清清楚楚看到父亲满脸泪痕，满脸皱纹，焦黄衰老，她心酸，年迈的父亲仍如她在家时一样的慈祥，她撑不住放声痛哭起来了、伤心得很，老父用手抚摸她的头发、肩背，使她感到蜜一般的慰藉。把要流的眼泪都流完吧！

"不用哭！跟我回去吧！十多年不见你了，我是来接你的……"
"我没有自由了，我是一名女政治犯，怎么走得出去呢……"
恍惚她父亲拍拍胸脯：
"有我！"

她担心的举目一望，周围什么人都没有了，眼前显出一片荒野，脚镣手铐竟不翼而飞，顿时全身感到轻松愉快，月光如画，照着遍地鲜红的野花，她同她老父牵着手，只顾脱险，拼命逃走！突然一朵乌云把月光遮掩，迎面刮起大风，风势愈刮愈大，天昏地暗，漆黑一团，老父跌倒了，她用尽全力去扶，像生了根一样怎么也扶不动他，幸而风势渐小，雨点却大颗大颗地打在她的颊上，冰凉，她清醒的知道：

"逃不掉了！"又绝望的大哭起来！

外面查夜的声响把她从梦中吵醒，脸上还有泪痕，月光射满了囚室。自从入狱以来，她从未感到如此凄凉过，她有意重温梦境，怎么也不行，十多年不见面的父亲，幼年时代的事，恍如昨日，像乱麻一样搅缠不清，她想念生身的父亲——唯一的亲人。

第二天清早一起身，帅大姐很诧异，格外的备受优待，一个姓包的，送来炼乳鸡蛋，表示诚恳的关心她的狱中生活，并在语气之间，流露出很为她抱不平的样子，好像她的被虐待，南京宪兵司令部很不赞成，再三叮咛狱吏关心她的健康，嘱她自己好好休养，那阿谀的下流相差一点口水顺着口角滴下来，自夸自谈："一切问题好解决。"帅大姐一眼就看出：此人来路不正。愈听愈生气，巴的一口唾沫飞在那人脸上，顺手把炼乳鸡蛋掷到地下，蛋黄蛋白满地流。溅了姓包的一身。炼乳罐头在地上打滚，姓包的抖了一下长衫，显出很有涵养的样子，嘻皮笑脸的说道：

"刚进来的，都这样，过几天自然会好的！"

他似乎看惯了这一套举动，不但不生气，反而泰然自若，想借此讨好，与帅大姐拉搭上一句话，也算莫大的成功。帅大姐对这厚颜无耻的东西，骂都懒得骂，干脆不理，那家伙讨了一顿没趣，独自溜了。

几天之后，她听人传说，有个小冀关在牢里，据说是从北平捕去的，她设法要接近小冀，她知道宪兵司令部被捕的同志不少，此地对付犯人的手段更毒辣更多样。怕幼稚一点的同志上敌人的当，有一次出去弄开水，借故走小冀面前过，只轻轻的说了一句：

"要坚持自己的立场!"

不知怎的,当天下午,帅大姐竟被移住"独居室"了。说是有人看见她鼓动政治犯,幸好小冀的名字尚未提出,从此,她自己注意行动,恐因此影响其他政治犯的安全。她了解宪兵司令部的监狱,比别的森严得多,特务满布,每个犯人的一举一动,一言一行,都被人经常注意,被人查觉,有时犯人们的消息,都不知道是怎样泄漏的。像帅大姐这类要犯,更是他们集中注意的目标,照例每天派人送来炼乳鸡蛋,帅大姐为这事很生气,送一次,她摔一次,自己只喝一碗豆浆,其余跟别的犯人一样,一切"优待"都被她拒绝。炼乳鸡蛋的事,整整的麻烦了她一个月,全监狱都闹翻了,囚犯们都传为佳话,佩服她坚贞不移的骨气。

独居室的间壁,不久移来一个蚌埠的市委书记,是宪兵司令部名册上注明顽固不化的分子,身体很坏,从不见他出来,帅大姐借看病为名,打他的独居室经过,她留心的看了他一下,一副十分衰弱憔悴的面容,他身体单薄极了。她怀疑这同志的生命,能延续多久呢?她回到独居室躺在床上,翻来覆去,一夜未合眼。

次晨,送炼乳鸡蛋来了,她破格的收下了。

"拿敌人的东西,救同志的命。"她主意拿定,先把一半炼乳鸡蛋送给女看守,女看守高兴极了,马上问她要不要开水喝?帅大姐摇摇头,一把拉住女看守,央她把另一半东西送给间壁蚌埠的市委书记。

"快死的人了!多可怜呀!"女看守先是不愿意,怕牵连自己,可又舍不得嘴边的一块肥肉,准备做得秘密些,人不知,鬼不觉,她答应了帅大姐的要求。谁知姓包的听说帅大姐每天把炼乳鸡蛋都收下了,以为发生了"变化"了,不禁佩服起自己"贯彻始终"的精神,逢人便吹他对付共产党的本领,骄傲自己的办法聪明,不消说上峰更会器重他的才干。心里愈想愈舒服,嘴勤腿勤,每星期得去看帅大姐，每回夹七夹八，不三不四说上一些胡话，无非劝帅大姐保重身体，注意营养；总提醒她："留得青山在，不怕没柴烧。"从不涉及政治问题。帅大姐决心要滋补蚌埠市委书记，只要姓包的不从政治上做文章，她也不给他难堪，每回让他自吹自唱一阵走了。姓包的确信帅大姐是接受"优待"了。

判　决

一月七日帅大姐正式过堂，两旁衙役端立，威风凛凛，仪式森严，法官升座，让帅大姐坐在地上听审，她聚精会神地等了半天，法官才问：

"你是陈王氏吗？"

"是的。"

"为什么不说实话？"

"烂舌根的才撒谎。"

"好！你说实话你什么时候担任共产党江苏省妇委？"

"我不懂什么党不党，委不委！"帅大姐理直气壮的说。

"这是不是你的口供？"

"口供？我没有口供。"

"这是什么？"法官把口供的纸抖得沙沙地响。

"那是捏造的。一进去，不问青红皂白就坐老虎凳，踩杠子，灌洋油水……什么刑法都用上，有我说话的余地？"

法官似信非信的样子，叫衙役把帅大姐扶起来，端详了半天。

"伤了腿吗？"

"你没有长眼睛吗？"她气不过法官装腔作势的样子，法官沉下脸来：

"怎么打成这样子？国家还有王法么？"陪审的原告没有作声。

"岂有此理，岂有此理。"森颜厉色的责斥。帅大姐对法官的伪善行为，满口国家王法，一肚子的男盗女娼，禁不住冷笑几声。冲破了法庭森严的氛围，使法官震动，镇坐不住的样子，衙役们也被女犯人的胆量吓了一跳！法官宣告退堂，不到五分钟，法官升堂宣判。帅大姐留心的听法官判她什么罪？等了好半天，法官没有做声，她开始奇怪起来，约有二三分钟的静默，法官嘴里挤出四个大字：

"判双无期！"

"双无期！什么叫双无期？"女犯人一时迷糊住了。

"莫非这辈子坐不了，下辈子还坐不成？简直不通！不知是那一朝的王法？"心里暗中发笑，一抬头，瞧见法官那副十足的阿Q像，忍不住狂笑起来！法庭上，回旋着女犯人爽朗的狂笑，法官大吼：

"她疯了？"

"你才疯了……我问你，什么叫双无期？"

"带下去！"

自从过堂之后，她的囚犯生活，反倒安静，精神状态不那么紧张。时令慢慢转入秋凉，冷风刺骨，帅大姐被病魔缠住，浑身筋骨痛，动弹不得，女看守活动让她就医，她不答应。

"活着受活罪，死了算了。"这是她拒绝就医的理由，一天仅喝一碗吃不饱饿不死的稀粥。成天躺着！

有一天，姓包的来探望她，做出十分关心她的病痛，病势很沉重，非治疗不可，他自愿为她奔跑，筹足一笔可观的款子，好让她安心进南京中央医院治疗，并且向她担保，病愈之后，不要履行什么"手续"，可以回家乡去，只要不再从事于政治活动，愿干什么就干什么，完全"自由"，劝她"留得青山在，不怕没柴烧"！望她三思。

"一思也不思，滚你娘的蛋！要杀就杀，没有二句话。"姓包的嘴堵住了，但他还不死心，还在肚里打算盘，企图挽回僵局。没料到帅大姐更生气，厉声骂道：

"滚出去！可耻的东西！把自己放的臭屁收回去！"

这恶骂，许多犯人都听见了，好像为大家心里出了一口怨气，帅大姐成了政治犯心目中崇拜的人物。监狱中时刻在生长着反抗宪兵司令部的力量，于是宪兵司令部不得不把这位倔强的女共产党员，送出宪兵司令部，转解模范监狱！

在押解途中

押解她的宪兵，有副忠厚老实的面孔，帅大姐丝毫不放松机会，向他宣传：

"你们听听，这黑暗的社会，吃人的世界，还让老百姓活么？那些王八旦特务，干最下流的事，你们看看，他们用私刑把我打成这样子：死不死，活不活，残废又不全残废，天知道，我干了什么见不得人的事呀？不错，我是共产党员，光明正大的相信共产主义，要解放自己，解放穷人……"她滔滔不绝的边说边走，同时也留心押解她的宪兵的反应，随在他们身后的人，愈聚愈多，他们紧跟着女犯人走，留心听她口里说的每句话，先是宪兵赶走尾随在身后的一群人，谁知愈赶愈多，简直被路人围的水泄不通，帅大姐兴奋极了，爽性拉开嗓子叫起来：

"我是共产党员，帮助女工们要求增加工钱，她们都饿着肚子吃不饱饭。我没有干什么坏事。反动特务们把我捉去坐监。你们看，把我打成什么样子？我也是人生父母养的，有血有肉，有兄弟姊妹，他们还不知道我在受罪，要是知道，一定伤心得很！各位先生！你们家里也有好心肠的人，也有为穷人抱不平的人，看见人家好多人饿肚子，会吃不下饭去的，只有那些军阀、官僚、政客、发财人，才没有良心，把穷人不当人看，恨穷人、整穷人，巴不得穷人都死光，心里才舒服！各位先生想一想，衣食住行，那一件离得了工人穷人！没有他们，还成个什么世界……"

帅大姐的面颊，兴奋得发烧，四肢有些麻木了，听众有被感动得流眼泪的，有人掏出钱来替她雇黄包车，竟有人敢伸手扶她上车，两个宪兵骇晕了，手忙脚乱，怕出事，催着黄包车夫快走！好摆脱群众尾追！谁知听众驱不散，赶不走！随着女犯人的黄包车，一直跟到模范监狱，帅大姐在车上发了一阵晕，躺了一歇，手足不麻了，头脑清醒过来，看见四周的人没有散，自己觉得已是绑赴杀场的犯人了，以后再没机会说话了，要利用最后的机会来宣传：

"死特务没良心，害得我好苦，这些家伙没有心肝脾脏，不是人生父母养的，披了一张人皮，专门害人，吃的人肉，喝的人血，比大粪还臭，心比煤炭还黑，看见银子叫爹，看见金子叫娘，这批畜牲不死，穷人活不成了……"直到她声嘶力竭。

终于回到工作岗位

抗战爆发之后，帅大姐从模范监狱里保释出来，她的身体经过九死一生的折磨，已经衰弱到了极点，直到她健康重新恢复，马上又参加到党分配的工作岗位上去，但衰弱，多病。时常拖住病体做工作，她闲不得，闲一下，就觉得误了党的任务，始终努力不懈，这就是中央妇委的委员之一，我们大家所敬重的，全心全意为党工作的帅大姐。

一九四五年二月八日初稿完成

一九四九年三月于北京重改

一九五〇年九月于北京校正

选自李伯钊：《女共产党员》，工人出版社，1950 年

李华飞

| 作者简介 |　李华飞（1914—1998），四川巴县（今重庆市巴南区）人，现代作家、编审。曾任《春云》《诗报》主编，加入过"文协"。代表作品有短篇小说《亡国者》《博士的悲哀》等。

博士的悲哀

一

舒学高留学美国，还不到三年的辰光，就得了博士学位归来。

人说：有那般大的造就，是很不容易啦，年纪不过三十，而他发表于《建论》上的博士论文，却叙述自己研究中西教育，已达四十余年之久，文章蛮好，人那么温柔，语调又带着那么浓厚的音乐味。

他常讲，他还不想当学者，因为头发没有脱，也没有白，更缺乏胡髭。

论舒家的龙脉，没有错，三代以来，大大小小总是吃公家的饭。为人民效劳，打更匠，跟衙门，师爷，团总，联保主任……别瞧不上眼，服务社会的精神，在那个场合也是异常伟大的。哼，乡间戴红风帽的老学究常常骂他的孙儿说：人，应该一代强似一代，就像吃甘蔗，要一节比一节甜。不是吗，你看舒博士呢！

舒学高成了乔镇茶房酒店的谈话资料，不沾亲不沾戚的人们，也常时去探访舒家今年新买了几股田，舒家在重庆又新开办了几家行号……

民国七八年，博士生长的地方还是个闭塞的乡镇，山，满生着乱树，一层深似一层的青靛色的森林，接着一片普蓝色的天；太阳在晓风里披着黎明的白衣，从山垭飘出来；在暮霭时分，又披散着红叶似的绫衫，向山连山的远方的深谷沉没下去。住居乔镇的多是半商半农，逢场期，街上变成蓝布衫，蓝布帕，蓝布短裤人的世界，除场上以外，隐立于葱茏的绿竹间，全是赫红色土墙支持着的灰色的茅屋，那样朴素的线条。

乔镇只有几家"子曰店"。学高爹在县府活动到了一个位置，学高就离开乔镇到县城里进洋学堂去了。

在乔镇进县城已经算得荣耀的事了，何况还要到县城里念书，真了不起，那无异于满清时代的过考；所以"子曰店"里的小辫子先生，特别炖了半只鸡给他饯行。小辫子先生是很有眼光的，他知道学高的前程远大。

"学高，我到老了，什么也断念，只是，将来两位师弟要你看照……"

这时他年幼，应酬不来，只感到先生是太客气。

一个雨霏霏的早晨，学高与爹爹离开了乔镇，他流着泪，妈妈也流着泪。

……

这年春天，学高的爹，决定送他进教会办的平等学校去念书。

学高爹有一个新的认识与计划：这年头，洋大人的势力高于一切，要在政府作官，得到洋大人的提携，总是一亨百通的。退一步说，不作官，找点死钱吧，进洋行，当写字，买办，大班，至少比什么"理"肥得多，又能常与洋人往还，单以这一点来说，就比普通的要高尚得多。虽有人在骂吃洋饭，其实，那是因为没有吃着而生的忌妒。况且，我们政府里也还请有洋官，河里也还行有洋船。……

对，干脆连"教"也入了吧。

在校中英文讲演比赛会上，以学高的年龄最小，然而发音最准确，而话讲得极其流畅，同学固然是不胜诧异了，惊服了。就连那最不容易说人一句好话的黄发高鼻副校长皮德立也拍着手叫好：

"Very good!"

后来，他得到学校的奖励，免费进了瓦尼大学校的教育系。学高的爹也离开县府，荣放了乔镇的团总。

乔镇已经慢慢开化起来，由于学高的建议，学高爸决定开办一所男女兼收的新学校，敬上帝，做祷告……并主张女子不准缠脚……

这消息一传开，许多老学究都摇头叹息。

"男男女女坐在一起，成什么体统？"迫于势力，却谁也没有说出口来。

二

舒学高是不爱官衔太多，他填履历时，总是刻版似地简单的写着"美国佛尔大学教育博士"，什么省政府的顾问，什么瓦尼大学的教授，什么省教育会的常务委员等等，全省掉，那时还未实施所得税的征取，所以，没有谁去统计他的收入。

"舒博士"，他喜欢人家这样称呼他。由于，这个博士是来自太平洋彼岸的美国，他留恋亚美利加，他说中国穷人太多。有一次他为了陪一位与他初恋的黄雪妮女士在春明大街扯衣料，出了百货公司走不到五步，就有十来双手围着他俩，他提起亲自从美国带回来的那根司提克乱打着，然而，没有效果。

"还是美国好，工人都自备汽车！……"

舒博士笑得很自然，偏过头去两眼凝视着她。好像自己曾到过工人都能自备汽车的国家，不知是如何荣耀的事。

"你怎么不加入美国籍，当亡国奴去！"

在初恋时的女人，是比什么人都傲慢的，因为这傲慢的特权达到爱情的最后时，自然就转归到男子的手中。所以女人是先刚而后弱的。

"世界大同！加入美国籍也没关系。明年我们到美国去度蜜月，好吧……"

黄雪妮听着笑得很不自然。

舒博士却很满意。他自从认识雪妮的第一天起就很满意，他在第一天就赞美中国的女人最懂爱情，发表了许多的恋爱高论，这时雪妮是丽仁大学的一年生，她有征服以享乐为人生最大目的的一切男子的魔力。

"妮，天快黑了，上小江春去吃晚饭吧。"

她没有反对。博士感到很累，因为，他很尊重女权，买的东西全挂在两只手膀上。这是西洋章法，没有什么不好意思，这要高等华人才懂这高等的洋规矩。可是，他很反对，反对给他父亲拿旱烟袋。博士谈起旱烟袋就生气，他认为小孩时给父亲拿过，那是平生最大的耻辱，抽烟，干脆就抽雪茄，烟袋，像个什么玩意？他以为这些错误的表现，都是因为没有受过西洋教育所致。

"留学吗？只有美国，不信，你买本我著的美国教育制度通论来看，里面讲得很精细，这是赴美留学必须预备的，我写它相当花有工夫……"

博士对衣服也很考究，他的洋服，除了一两套深咖啡色外，多是青的，他说，杂色对西洋人是太不礼貌了。还有，一年四季中，只有夏天才脱掉背心，太热，实在熬煞不住。他说，不穿背心是太不绅士了，西洋人都很绅士的。

他不爱戴眼镜，因为，那表现是十足证明了身体的不健康。走路时要挺起腰杆，脚步不能太快，也不能太慢。他认为从这些小地方可以观察得出这人受的教育程度之高低。真了不起，博士的伟大。

中国人穷，中国人弱，都是因为没有受到良好教育的结果。博士曾作过一篇《论中国不强盛的根本原因》。其要意，第一是说，没有读书的太多，所以不懂得强国之道。第二是说，现代的教育方法不好，只能作为常识的预备。应该强调生产教育，大学里的政法经科应限定每班最高额不得超过二十，因为，大学出来都是些捣乱分子，对社会有损无益。……他没想到他也是从大学里出来的呀！

不久，博士被任为省教育会的常务委员。

博士很择嘴的，中国的西餐赶不上美国，中餐虽好，可是太油大，尤以四川菜，刺戟性强，不卫生，他很奇怪自己当小孩时为什么一点也感觉不到，大致是没有受教育的关系。幸而"小江春"还不坏！省主席鲜，曾经几度当他面赞扬过，他尊重领袖崇拜领袖，所以，他很知道服从领袖的话。

他有个梦：他想在主席领导之下当教育厅长。

博士不欢喜坐轿与黄包车，他说那太不人道，受过高等文化洗礼的人不应该还有那残忍的心存在。

上"小江春"没有多远的路。他向雪妮说：

"叫车子拖东西，我们走路去吧。"

雪妮没有反对。

马路上的风是很干燥的，还夹着沙泥。

博士用手掩着口同鼻，他怕微生物爬进去了。在那速驰的风里，却夹着断断续续的卖报声。

"报啊！报啊！看日本人攻打芦沟桥的新闻！"

"先生，看日本人攻夺宛平的新闻！"

博士怕听那吵人的声音，买了一份，免得老是纠缠。殊知，这种为正义求得人类的解放的声音愈来愈多，愈喊愈大。博士心里明白那必然是件严重的问题，很想立刻站着看一看，可是，路灯还未开，唉，他很生气，他离开美国归来，总是十有九件事都令他生气，不过，为了保持绅士态度，他忍耐着，让那严重的消息暂时委屈一下。

大街上闲散的人慢慢多起来，啊，夜的喧嚣。

三

天亮了，博士的表才五点半。

博士在梦中：他第一天到厅里去视事，许多可怜的面脸浮在他眼前，许多诌媚的笑声与谀词钻进耳里，他感到荣耀，也觉得不胜麻烦，"一朝天子一朝臣"，厅里的中下层职员是研究得很深刻的。他异常客气的说：请大家照常办公，每位仍请严守己责。后来，他去各处巡视一番。欢迎就任的宴会真会令他难以应付。他想：俗人真是俗套多，从今后，应该好好的把教育改革一下，……

正当他微笑浮上脸时，门外一阵敲打声将他惊醒，他想厅长的办公室可以任人打吗？恰要发怒的时候，门外却在叫喊：

"学高！起来开开门哟。"

懊丧，恼怒，一层深黑色的暗云结在博士心里。但他深得到了绅士风度的奥妙，所以，一点也不行诸于色。

"什么事情？这时还不曾打六点吧。"

"学高，华北不是已经发动了抗敌战争吗？现在，各大中学已经决定举行游行示威运动，同时，预备将来还要扩大的组织学生抗敌后援会，许多同学参加了，也劝我参加了。我想作一个中国人，是应该爱护他的祖国的。学高，你赞成我去吗？……"

"去是可以去的，不过，学生闹得出个什么来呢？救国，你几个学生就救了吗？政府养那样多大兵，都还不敢乱动，何况只懂得书本上几句口号的学生呢？简直无用，幼稚，这都是教育制度不良的结果！……"博士说到这儿来，忽然凝神的仰头望望天花板，似乎有个难以解答的问题缠住了他，一会，他啊的一声之后接着说："雪妮，我不赞成你去，去是没有好处的，你知道，这中间暗地有反动分子在活动，雪妮，我不能让你去，你应该服从我这次的要求，至少，你该听我善意的劝告。你怕同学问着不好答覆，那最好你转去装病卧在床上，妮，你就照我的方法办吧。"

"同学都要去，我怎么好装病呢？在良心上也说不过啦。我负的使命，是想来找你也去参加……"

"这个可不行，我不能参加。雪妮，老实向你讲，这样空口呐喊是没有什么益处的，救国……有政府，有官吏，那用得着你这些学生来管，订和约，放弃土地，这都是外交手腕，这都是军事上的策略……去，我到你们学校去讲说一番，劝他们不要乱动，免受奸人煽惑，反正，邓教务长都是熟人。"

雪妮素来是自尊自傲的女儿，心中很不以为然，但是表面上却没有反对。待博士穿好衣服之后，在清凉的晨风里，一辆汽车的喇叭的声音惊破了晨的寂静。

在大礼拜堂内满晃动着黑色的头。

一位穿长袍的胖先生，光光头，肚皮凸得很高，脸朵上架着白金眼镜，站在主席台上，把手向空中横挥一下，意思是叫大家清静一点，然后用手掩着鼻咳了一声。

"今天，大家要去参加游行示威运动，我并不反对，那个不爱自己的祖国呢？不过今天，舒博士很高兴来与大家谈一度话，问题自然与这次示威运动有关的，现在，请舒博士……"

博士也不咳痰，也不用手向空中挥动，他只用齐整的步伐走到台口，向左右横扫一眼，默立半秒钟。

"诸位同学，爱国是万分应该的，华北吃紧，这不幸的消息传来，大家立刻激动了沸腾热血，发动游行示威，这本来也是应该的。不过，大家最应留意，一方面，要顾到政府的国策，另一方面要注意到奸人来作另有用意的企图。为了国策的统一，我希望各位不要去参加，即使我们失了很多土地，那只有一天天增高爱国的热忱，等高到不可抑制时，全国的爆发起来，敌人可马上退出去，再退一步说，苏联也曾订立城下之盟，失土地不算可耻！苏联有'堪察加'就能强盛，我们有四川，中国的堪察加！……为了国策，只要留下堪察加就行了。

"其次说到奸人的煽动，这是因为你们易动感情，缺乏理智……"

"啪!"奇怪，不知从那儿来一团用痰盂里的水打湿了的纸团，飞打着博士的脸，因为有痰，竟沾在脸上成了个纸瘤，博士诧异了！他觉得不高兴听都无关系，最可恶的是破坏了博士的尊严。他正要用手拂去脸上的纸团时，台下都起了像山洪崩放的骚动！

"打倒吃洋饭的亡国奴！走狗，……"

礼堂的桌凳，零乱的吼响起来，有人用两手擂着条桌。

"打倒汉奸……"

纸团像雪球似的飞来，博士慌了。

"我，我不怕……怕的……"他连路说却连路向后退，胖子邓教务长赶忙向前来像挡箭牌似的将他遮着，很着急的说：

"这……这成……成什么话？……"

没有人去理睬他们，像一股洪流似的，学生们向礼堂外奔出。

"同学们！操场集合，游行示威去！"

四

青脸，怒愤，哀伤，……

博士坐在省府顾问室里打电话。

"二七，……××司令室，……"

"你是那儿？……我××司令。"

"啊，你是××司令吗？我是舒博士，……今天全城学生游行示威你知道吗？……知道，派兵去制止没有？……一连，太少，要派两连才行。因为有人向我密报，内中汉奸与反动分子多得很，不逮捕些来关起是不成的，近来学生太嚣张了！……一定增加两连，我在省府顾问室，主席来了我再向他严重提出……"

博士虽然有了善良的报复，可是，心灵上，始终深深刻着一个耻辱的烙印。

……

他刚进公馆，就见着黄家的丫头夜香，在那儿探头探脑的。

"博士，我们小姐遭打伤，进医院去了！"丫头也知道叫他博士，因为，他认为叫"老爷"，或"先生"都太俗气。

"怎么？她受伤了！"博士心中酸楚了一下，没有流泪，泪是女人流的。

"什么医院？"

"协合医院特等五号。"

"知道了，我马上去。"

当看护引导他进了第五号病室，那强烈的白色光泽刺戟着他的两眼，雪妮坐在床上，正与几个女同学讲话。

"学高，那边坐一坐吧。"

"芙贞，白玉，良质，我感谢你们！同时，请转告各位同学，与妇女协会的诸姊妹们，承他们这样的关心，派你们来慰问我；我有说不出来的难过，游行示威，是对敌人一种反抗的表示，是证明中国的青年没有死去！殊知，有奸人密告，用武力来摧毁，我想，敌人已经就给够了我们一切残暴的待遇，他们不特没有对敌人表示反抗，反来压迫，……总之，我澈底明白了，压迫得愈厉害，反抗力也就愈强。我受的伤很微，请大家不用担心。我从今了解了，为大众而牺牲，才能得到真正的慰安！……你们回去向他们说，我明天就出院了，希望大家坚决的奋斗抗争下去。怎么，爱国也爱错了吗？中国人不能爱中国，这真是岂有此理……"

"黄同学，你安静些吧，同学们不特冰消了过去对你的误解，现在，大家对你这努力的精神都异常敬佩。你的意思，我们都转达得到……好，再见，好，舒博士再见！"。

"喂！你们不要忘记了营救被逮捕的同学啊！"

"我们知道。"

舒博士躺在沙发上，脸，一阵红一阵青。他不知道应该怎么去解释这回事情的经过，喉里梗塞着一颗悲哀的核。

"学高，我真想不到你那天会说出那些使大家失望的话……我被卷在人潮里，冲到大街上去，大家喊口号正激烈的时候，有不少穿虎皮的东西，用皮鞭打，用枪托击，结果还拉了些去。我，本来身体就弱，也负伤了！……不过，我一点也不痛苦，大家不断的来看我，那种热情的表现叫我感动！我只恨，不知道是谁去密告，派了兵来。原先听说当局派兵是来维持治安的，殊不知，……"

雪妮还要准备说下去，舒博士的两手却发起抖来。

"学高。你脸色为什么这样难看呢？生什么病了吗？"

"医生说我心脏病发了！我明天就要去峨眉山休养一礼拜。所以，特来看看你，但，我很哀痛，离开你后，不知你将变成什么样子……"

雪妮不懂他的话似地，在博士的悲哀的脸上，只投下了一层浓厚的惊异的目光。

一九三七、七、二十三日

原载 1937 年 8 月 1 日《春云》第 2 卷第 2 期

选自艾芜编：《中国抗日战争时期大后方文学书系》第三编（小说第二辑），重庆出版社，1989 年

李劼人

程太太的奇遇

上

程太太之为程太太，不过是两年的事。当她二十五岁，和我们的程老爷在海国春大餐馆举行新式结婚之际，她差不多还是一个极天真、极活泼，而身材也是那样玲珑、窈窕得简直像是一个发育尚未完全的小姑娘；一直到结婚后第九个月，他们的崇义出世以来，她方十分的发育了，似乎也高大了些，而瘦削的脸颊也凸了出来，并且也有了光彩，"丰艳"这个形容词，恰好用在她的身上。

程太太的生理生了变化，充实了，丰艳了。程太太的心理也生了变化，灰色了，颓丧了。

她是一个中途辍学的中等女学生，她看得懂日报和一些不大专门的杂志，她又有女同学的往还，彼此常常谈论着为二十年前的妇女们一点也不明白的事情和名物。所以她每次在高谈阔论之余，看见她那位张着两眼，完全表暴着不懂和惶惑模样的老祖母，她总不禁非常得意她是受了新潮流的洗礼，她是新时代的新人物，她有了崭新的知识，而旧日的规范自然是腐烂了的绳索。

但是不幸，她生长在成都！成都虽是一个极能迎受新潮的西僻都会，但凡上海、北京有一个甚么新的运动，它几乎能从自然电波中把那新鲜的甚么吸收过来照样表演，而绝不要等轮船火车慢慢的给她运来，如像十年前的情形。不过在成都，最能迎受新潮，最能实验它的，多半是一般外州县到成都住寄宿舍的男女学生，而生长住居在成都的，终苦于那腐烂绳索的束缚，除非有绝大胆识的人，是不容易从他那不便的环境当中，挣扎出来。程太太自然不是这样想到那里，便能做到那里的人。所以她有时极度兴奋着，要拼着一切，步一步她那被人侧目，公然把头发剪了，毫无惭怍的携着男朋友的手，到公园里去吃茶喝酒的女友的后尘，而结果，还是被顾虑亲友们非议的心思战胜，只有怯懦的把那种欲望寄托到"等我将来嫁得一个合心合意的丈夫之后，再尽量的来享受那种自由幸福！"她蓄着这种似乎是极有把握的希望，所以只管环境不好：祖母是个老腐败，父亲偕着继母远在天津另立家门，而她弄到不能不中途辍学，甚至要做一件时兴的布衣裳，也得力费经营，她偏是无忧无虑，一有机会，她总要把她一得的新知识炫露出来骇她的祖母。

她虽然蓄有这个希望，但是一直过了三年，仍旧出于媒妁之言，才从祖母的口中，听到程老爷的姓名，说这就是她行将"仰望而终身者"。幸亏祖母还是一位懂事的老婆婆，不曾拒绝她的要求，慨然允许她先同程老爷成一个每天必会一面的朋友，让她自由去实验她的新知识："先有友谊而后发生恋爱，先有恋爱而后结为夫妇。"她是反对包办婚姻制度的！

后来，她自己思索，只好怪她自己太没有经验，太容易动情，只管说是有新知识，到底和那没有新知识的姑娘们一样：着一个陌生男子一恭维，一诱惑，便不能自主了，自己拟定的步骤，等于一张白纸；友谊仅仅维持了七天，便超过恋爱的极峰，竟和程老爷偷偷摸摸，实行了应该在一年以后才许可的夫妇的义务。这一来，就明知程老爷并不足以寄托三年前的希望，到底走上了这条绝路，还由自己怂恿祖母，把婚期提前举办。稍稍使她心安的，是打破了旧式婚姻的形式，而是坐着花汽车，在马路上驰行一遍之后，才到成都惟一的大餐馆海国春的新式礼堂中，当着一群男女来宾，和程老爷交换订婚戒指，并将各人的私章，印在五彩的新式婚书上。

程老爷是雅安县一个小小的粮户，早年住过学堂，和她结婚时，比她大十五岁，刚刚做过四十整寿，性情很是温和，没有一点上川南人的戆性，自己并不拿大，对甚么人都是小小心心的。尤其对于妇女，百说百顺，并能体会妇女的心情。举例来说，他和他太太刚认识的第三天，便约她到电影院看电影，出来同游商业场时，就送了她一瓶顶贵的巴黎香水；第四天同去看川戏，出来同游春熙路，又送了她一只新式手表；第五天同游公园，吃了晋龄餐馆后，又到马裕隆代她买了两双上海新到的金丝袜子；第六天同游望江楼，进城后又请她到一家大洋货铺去，看了一件时兴的印度绸衣料。而几天以来的谈话当中，不知说了好几百"像你这样又聪明，又伶俐，又能干，又有学问，又热情的姑娘，我走遍三省，实实还没有看见过哩！"而态度又是落落大方的，没有半点荒伦卑鄙的样子。模样儿也并不丑陋，很红润的一张圆脸，配着一撇流行的小黑胡子；两只眼睛虽不怎样的活泼有威，可是注视着你时，终可以使你感到他的情意；薄薄嘴唇，常常噙着承迎的笑意，无论如何看法，也看不出他是个中年男子。得这样一个丈夫，本可以满足的了！程太太为甚么在结婚之后，不到三个月，竟自有了颦损蛾眉的时候呢？

第一，使她颦眉的是丈夫欺诳了她，原来她并不是他的原配夫人！他的雅安老家中，现还有一个十五岁的儿子，一个十三岁的女儿，前头太太，据说是有甚么毛病，离了婚的。"离了婚，有啥子把柄呢？"

"有有有！雅安县衙门里立了案的！"

"为啥还有来往？"

"这是她父母的要求，说，到底开了一次亲，准许她每月回家一次，来看看儿女。也是人情啦，所以我们也才答应了。不过我从没准她在家里歇宿过。"

"这些且不必辩，我只问你，为啥在我们结婚以前，你竟自把我瞒着？"

程老爷有意无意的一笑道："你那时又何曾细问过我家里的情形！你不问，我咋个好说哩！"

她何以在那时竟胡涂到连他的家事也不仔仔细细的问一番呢？她有理由，这也是她的新知识之一："恋爱要纯洁，是不容有别的杂念渗入其中的，否则这恋爱便成为假的了。而且恋爱是超乎一切的，只有恋爱的对象，对象以外的一切，都应该打在计开之外，不许多所留心，否则恋爱就不诚笃，还会受不好的影响。结婚既基于恋爱，便只是两个人的事，除了夫妇本体外，还要问及其他的人与事，这不是太违反恋爱至上主义了吗？"

然而，"我虽是不问，如其你真个爱我，你就该坦坦白白，把你家中的一切，完全告诉我呀！你既是外县人，我们又非亲非友，谁生来就晓得你家庭中的情形？如其我此刻不看见你家信，追问起来，你不是永远把我装在黑漆桶中去了？夫妻间连这种大事尚不使我知道，你是啥子好人呀，我上了你的大当了！"

她到底这样抱怨出来，而程老爷的为人，自此，她便有点不信任了。

第二使她不得不颦眉的，程老爷并不是媒人口中所说的甚么官，而只是财政厅一个中等科员。照当时一般的行市说起来，在许多待价而沽的女郎的帐簿上，军长师长是头等货，旅长司令是二等货，团长处长是三等货，参谋副官以及在军师部中顶有一个长字头衔的，也在二三等货中计算；至于所谓政界，县知事局长等，已是备考中的货色，厅长或许可以列在末等，科长以下的长衫人物，真如吴季子观乐，"自桧以下无讥焉"了。除非是真有见解的人家和女子本身，或者为环境和其他所限制的人们，庶乎待嫁的对象不是那些货色，而是平常的正经人。但这却不足语于程太太。

程太太因为看得太多，听得太多，曾经同过学的好些女子，以及亲戚当中三四个耳鬓厮磨过的姊妹，四五年间，几何不被一般有高大洋房，有雪佛兰汽车——至低限度也是有全金什件的家庭包车的——有成群的漂亮勤务兵的穿短装的朋友们收括了去。程太太以为：虽然名义上不好听，把娘家的姓冠上去，称为某太太，而其实是三姨太太，四姨太太，五姨太太，乃至第十几姨太太，但是"管他妈的！别人到底实受了！住的高房大屋，用的贵重器具，吃的珍羞美味，穿的绫罗纱缎，一出门，汽车包车，勤务兵簇拥着，是啥子威风！啥子气派！没事时，打场牌，千把块钱的输赢。大戏园影戏院随便出入，喜欢那个戏子，点折戏，出手一赏，二三百元，不在意下。当女子的，横竖要嫁人，像这样嫁一场人，也才值得呀！……"

举眼四下一看，自己所住的，只是坐西朝东三间简陋的厢房——还算是好的哩，是一个比较考究的旧公馆的厢房，上有楼板，下有地板，雕花窗格，黑漆柱头，坚固的泥壁，年年刷得粉白，退一步的宽阶檐之外，还有两株西府海棠，几个盆景，靠着隔为独院的梅花砖墙，还有一排疏密有致的京竹——房间里的家具，虽是程老爷花了相当的钱，在锣锅巷买的楠木上等东西，到底不是洋式的。穿与吃说不上怎样阔，三元多钱一尺的料子，只能看见别人买；上馆子是难得以极的事，每天不见得便有四两肉，偶尔弄点好菜，总要自己动手；只用了一个老妈子，一个跑街打杂的小孩子，许多精细一点的事，全要自己去做。只这些，一想着就气人了。嫁了人，几乎和没有嫁的一样。……

"唉！嫁人真不犯着！当姑娘时，管过啥子事？从早到晚，只顾得打扮自己，做自己的事。如今嫁了人，反而惹出多少事来，这样也找太太，那样也找太太，自己累死了，还要搭个老爷，要你来当心。像这样嫁人，到底为的是啥？有啥子好处？只图有个男人陪着睡吗？那些嫁跟军人的，不也有人陪睡。但是人家又做过啥？饭来张口，衣来伸手，只要得了宠，男子还生怕你多做了事，把人累坏了，光是搓搓洗脸帕，还连忙说：'太太放下，叫他们搓罢！莫把你的手搓起了茧！'这不是我亲耳听见说的？别人就这们有福气，像我这样的嫁人，唉！……"

尤其使她丧气的，就是有时为了甚么事，不能不上街。自己很委屈的穿着一身价值不高的衣服——只管自出心裁的指导着大门外那个手艺有限的裁缝做得很时兴，很熨贴，在家里穿起来，颇觉称意，同院住居的几位太太小姐，也曾欣羡夸奖过——坐在一辆寻常人力车上，萎萎琐琐，凭着无力的车夫，低声下气的打着道歉的招呼，从人丛中，从车丛中，靠着街边走去，一点不惹人注意。而不远，必碰见一些光华灿烂的家庭包车，踏铃叮当的响着，车夫是健步如飞，跟着车跑的至少是四个年轻，壮健，标致的，带着盒子炮的勤务兵，而车上的太太，总是年轻妖娆，穿得出奇的华丽，半坐半躺，光看那气焰，就令人惭怍到了不得。倒是汽车还好点，只管气派更十足，挺立在两畔踏脚板上，耀武扬威，执着手枪，做出一种待放姿式的勤务兵，虽比跟包车的更多更横豪，但是汽车快得多，一冲就过，作兴里面，就有甚么入目刺心的女人，做着入目刺心的举动，到底看不十分清楚，而且汽车阶级，也到底太高了点，不是一蹴而跻的，反而不大使人羡慕得难过。

你这些享受举动，百不如人之处，犹可退一万步着想："各人有各人的命！……命中注定八合米，走尽天下不满斗，一如祖母常常说的。"那便不必说了。或许也如祖母所说："穷通否泰，都有定数，数来了，该你富贵，就门板也挡不住。瓦片尚有翻身日，一个人那里有不得意的时候！"那时，还不是可以照样来一套，说不定比目前那些被欣羡的还要加倍哩！"只要他运气好，一步陞科长，二步陞厅长，再一转转到军部当财务处长，可以委局长时。……"虽然看清楚了程老爷断乎不是那种材料，以他那言不惊人，貌不出众的样子来说，能够当一辈子科员，已算是他祖宗积德了，所以她才有第三种的颦眉。

程太太有中等女子学校未毕业的程度，自然除了日报和一些不专门的杂志，可以看得懂，即是带文学性的翻译小说，如那时商务印书馆中华书局等所出版的，她也大致懂得。尤其关于描写男女爱情的，除了细微的抒写心理部份，她有些弄不清楚之外，而行动部份，她却完全了解。她是五四运动以后的有新知识的女子，对于男女恋爱的方式，自然不是以前的红楼梦式，而是西洋式了。

西洋式是如何的，在她脑中具体的想来：两个人如其不见面时，该你一封情书来，我一封情书去，开头不是"买底儿"（my dear），就是"买搭耳铃"（my darling）。一见面，该拉手接吻，行啦坐啦，都该拥抱在一块，彼此口头所说，自然是箩筐都装不了的情话——照老年人和不懂情趣的人说来，便是肉麻话——一到街上，该我抱着你的肩头，你搂着我的腰肢，无论走到何处，公园也好，戏园也好，该紧挨着坐。如其在月夜，更该同到幽僻处，搂抱着谈心。女人把男子当成一条爱狗，男子对于女人则随时都要如疯如狂，听她的眉语，伺候她的眼波。这种情形，在他们未结婚前，倒仿佛有过。所以，在与程老爷同游第三天，在电影院的包厢座中，当电影映到正热闹时，程老爷不揣冒昧的伸过手去摸她的手，她竟老实不客气的，把他的手紧紧还捏了几下。又当在馆子里吃酒时，程老爷借着给她点纸烟，趁势去吻她的嘴唇，她也并不躲闪，还把嘴唇撮成了一点，让他咀嚼。他们曾这样疯魔似的，一切不顾，经过了一个多月打了折扣的西洋式的恋爱生活。是时，程老爷每天下了厅后，两个人总是在一处，说不完，道不尽，看戏游玩，买东买西，程老爷确也舍得使钱。并且每到夜里，应该走的时节——不是他在她家里告别，就是她在他寓所告别——两个人总是恋恋不舍，常常这样说："等到结了婚，不再这样分手就好了！"

她从而想到西洋式的恋爱结婚以后的生活，一定更甜蜜了。至少也比结婚以前加上两倍，至少也可畅心快意恋爱一个淋漓尽致，总不像结婚以前那样多所顾忌。只管自己是新人物，而所处的环境到底还带着腐败性，稍为过西洋式一点，个个都不免目笑存之。例如一天，程老爷来拜访，见过了祖母，便钻进自己的房间，将所买的一盒花手巾放在床前条桌上，叫自己去看，自己一走去，着他顺手一抱，恰恰坐在他膝头上；他忘乎其形，勾着自己的项脖，便接一个响吻。这本寻常极了的事，而两个老妈子，混帐以极，公然在窗子外大笑起来。后来，又在左邻右舍，议论自己太不端重；后来，当自己穿着婚服，披着白纱，同他上汽车时，门外看热闹的一般没见识的女人们，竟敢于窃窃私议是先奸后娶。

不想这些全是兑不了现的空头支票。程老爷根本不是西洋人，甚至不配是受过新潮洗礼的时髦人，才一结婚，便向她一本正经的数说起家来。尤其混帐的，说是在结婚前同她顽耍，以及买东西送她，用的钱太多了；说是结婚时，因为她的面子，不免铺张过度一点；说是他的薪水七折八扣之下，实在有限，每年都要望家里兑来接济；说是他父亲是个老牛筋，年来因为尽在接济儿子，已经有闲话了，况弟兄五人，田地收成有限，而苛捐杂税如此其重，要望家里大量兑钱，实在已难。一句话说完，就是现在已经拖了帐，此后的用度，不能不努力的节俭。还说是成都省城长大的姑娘不能吃苦，一礼拜吃两次肉好了，"在我们雅安，除非是顶大的大粮户，才能一个月打两回牙祭哩！"

这已经是劈头一棒了，以下自然全是拆穿西洋镜的言行。克实说一句，假使程老爷稍为年轻几岁，他在新婚当中，至少也会发生一些自然的情趣；假使不是再婚，他也绝不是只在实际和只为自己打算的人。他在物质的享受上，既不能使他的太太感觉满足，如其他有都市男子的聪明，他也应该想方法在精神方面，在情趣方面，在别的方面，来使她快活，以弥补他力有未逮的地方。他到底是过了时的人物！到底田家的气性没有净化！所以到如愿以偿之后，真不能再昧却良心，继续他结婚前的那种连自己想着尚不免脸红的欺骗手段——他自己名之曰弹术，即吊膀子之土名，他的脚迹走过三省，关于骗女人他是精通的——他的信念：凡是没有上手的女人，都是观音菩萨，她的神光，可以使你精神恍惚；你要得到她的垂青，势非至诚顶礼，香花供奉不可。在此期间，你切不可把你当作是你，至于身外之物，更不能计及了。但是，你只管放心，你花费了，是可以收回本钱的，如其好，还有三分以上的利息。这因为只要上手之后，女人便是你的了，那时，观音菩萨不尊不严，她的肉，她的心，她的灵魂，任便你要。如其不给你，仁慈点，丢了便是。即便是真正的观音菩萨，一入怀抱已是寻常的人间女人，何况本底子就是寻常的人间女人？鲜味儿尝过了，还有甚么可以流连？

两方面的思想行动，如此不侔，自无怪他们结婚以后，一个越热，一个越冷。冷的倒还是那么样吃了早饭就走了，纵然下厅得早，也要往朋友处竹战四八圈，或到茶馆里坐上一回，点灯之后，方施施而归；于是正正经经谈点家务，或则谈一点《太上感应篇》之类的故事；上床一觉，非到大天明是不醒的。而程太太则思前想后的只有叹气，只有颦眉！

她还有希望，她还不灰心，因为她在结婚之初已经有了身孕了——她之怂恿祖母，提前举办结婚，也为的是此——果然，天从人愿，可爱的儿子崇义，居然很顺遂的生了下来，多白多胖多么乖好的一个孩子啊！

小孩子虽不一定是爱情的果，然而的确是家庭的花。小孩子虽然能够分去父母间的爱，但也能为父母间爱情的锁链。即如程老爷之为人，一自崇义出世，对于他的太太，竟自有说有笑了，一下厅，也不大尽在外面了；雅安的钱，也说是常有兑来了。于太太的饮食，很是当心，看见太太亲乳的劳累，常说得用一个奶母。程太太因此不但得以生活下去，而且在第二年，还渐渐肌肤充盈，血脉荣华，好像花朵一样，孕育既久，忽然得到良好的气候，不由的盛开起来；脸颊之丰而且艳不说了，连眼睛也觉得更其明媚。程老爷有时忍不住的说道："你真怪啦！别一些女人，生了小孩，就衰了，首先身体就要吃亏。我听见一些留洋学生说，洋婆子所以不大愿意生小孩的原故，就怕把身体弄坏。偏生你不同，生了小孩，反而无一处不比以前好看。啧啧啧！真怪！"

可是程太太的心境，不惟得不到安慰，反而更烦恼起来："我既是这样的人，为啥前年会嫁跟他！"

一切都怪不着，连媒人，连祖母，都无责任，是她自己太无经验。她感觉她的新知识还不大够。

下

这是他们结婚以后，两年当中的第一回。程老爷从昨天晚上就说起来，说今天要带她到智育电影院去看卓伯林的《淘金记》。只管她近来对甚么都不大起劲，都觉得是灰色，到底因为他说得热闹，而且又邀请得那么殷勤，似乎不便过于扫他的兴。自己也朝宽处一想，年纪轻轻的，正好寻开心的时候，为啥尽这样抱着肚皮呕哑气？倒是乐一天算一天罢！

程老爷是回来吃的午饭，吃了饭还老早的时候，就催促他太太打扮换衣裳；说听朋友讲来，这片子太好了，看的人实在多，连外国人都有，今天是末了一天，如其去迟了，恐怕没有座位。

程太太于是洗了脸，漱了口，就刻意打扮起来。

她好久没有这样打扮了。把齐肩的短头发从脑后分开，梳得很光，并搽了些还是新婚时程老爷特为她买的"白站人"头油，然后梳成两个辫子，再用白绒线束住发梢，分搭在两个肩头前面。而脸颊上，则淡淡抹了一点雪花膏，盖了一点红粉，用软心铅笔把眉毛画得黑而且长；嘴唇是胭脂膏子涂的，因为两年前买的口红已经用完。就这样，不但程老爷在旁边笑眯了眼，连连赞美着道："活像一个十八九岁的小姑娘，哪里像二十七岁当了妈妈的！"便是自己从镜子里顾盼起来，也甚为得意的寻思："果然不错！果然嫩腼得多！这打扮真抬色！"不禁微微一笑："今夜回来，身上又不知要收揽到几斤眼睛了！"

然而美中到底不足，衣服过于朴素一点，而且是便宜料子做的，太不配相；脚上又是一双过了时的青绒尖头平底鞋。程老爷只管说是只要人材好，衣服鞋子的好歹是没有相干的，可是牡丹虽好，总要绿叶扶持呀！因此，她把儿子崇义交给老妈子，再三嘱咐当心带领之后，偕同程老爷出来，坐在街车上时，她的心情终有点怏怏，简直不像镜中顾影之际那样的愉快了。

今天，真把程老爷破了钞了，他走进大门，竟自无二无疑的花了一块洋钱，买了两张包厢票。但也得亏，就是包厢已经是那么多人，他们还算是去得早一点的，而前五六排已是没有空位。虽然凭中头二三排尚没有一个人，可是二三十张藤座椅全是扑着的，除了一块大的白纸标写着某师长某旅长定，还有几个穿着漂亮，举止自如，腰间挂着盒子炮的勤务兵，跨坐在别人的椅臂上，东张西望着，替他们的主子保守着这些地盘，大有要是被人侵了去，他们是不惜以性命相搏的。

程老爷寻到靠右第七排上的角落边，有两张空椅子。只这两张，而接连着虽有四张地位较好的，也被人定了，白纸上写的是胡团长定。团长太多了，姓胡的团长，起码可以数上十个，虽不晓得到底是胡甚么，总之团长就足够骇人了，即使没有勤务兵看守，便借十一个胆子给程老爷，他也未必敢侵犯过去。

他坐在顶里边，她便坐在他的左手。电影快开映了，人来得越多，声音越是嘈杂。所谓胡团长——一个身躯高大，派头极其雄壮，约有三十几岁，浓眉大眼，满脸横肉的汉子——也于此时，带了三个年轻而不甚好看，只是打扮得极华丽，态度颇为妖娆的女人，劈开人众，一面高声大气的指挥着，叫三个女人这边坐两个，那边坐一个，他就坐在中间，才坐下，勤务兵已把绿色铁罐的纸烟递来，团长呷燃了纸烟，坐舒服之后，便前后左右看了起来。恰一眼，从他那右手女人的肩头上，看见了程太太。程太太本是好奇的正在看他们，不经意的和他眼光一斗，觉得太奇特了一点，便赶快缩了回去。恰好电灯一灭，广告片子已映出了。

《淘金记》确乎是一张令人笑得合不拢口的好片子。可是正看到卓伯林做梦的时节，程太太忽然觉得左肩头被人碰了一下。掉眼一看，不知在甚么时候．胡团长竟和他右手坐着的那个女人互相换了个位子。他那壮大的身躯，满满的塞在藤椅上，似乎还不够，而右肩右肘还铺了出来，大概是无意的罢，一直侵到右邻的身上。

程太太心里已是一震，她不相信二十七岁当了妈妈的人，还有被人调戏的资格。她想，胡团长一定因为坐处不好，看不清楚，所以才掉过来的，这是偶然。"他们当团长的，三妻四妾，还有通房丫头，那里会调戏到我们这等平常人？何况我已是走下坡的人了，当了妈妈的？……"

但是卓伯林正喜欢得把枕头里的鸭绒打得满房间皆是时，她证明了胡团长绝非偶然，他拍着腿的笑，而好几下，竟拍在她的大腿上。末了，那只肥大滚热的右手，公然老老实实的停住在她的左膝盖上，一直误会成是他自己的膝头。

她的心不由不跳动了，她的神智不由不有点昏昏了，她如此年纪，如此穿着，自己看来平常极了的，何以竟能引动一个团长？她果然还有惑人的魔力吗？她果然还有勾人魂魄的姿容吗？她的脸自己觉得有点儿发烧，并且不自主的伸手下去，轻轻的把那只误会的肥大而滚热的手掀下膝头。

但是，一霎时，那手又照旧的误会起来，并且肩头重靠紧了，耳朵边还吹过一阵纸烟气息，似乎是这三句："你莫怕！……告诉我，……你住在那里？"

她更昏迷了，卓伯林是甚么行动，她已看不清楚。她只在打算，借个甚么口实，和程老爷把位子掉一掉。她虽然不免得意她尚没有衰老，犹然引得动男子的心情；虽然觉得团长是可羡慕的，起码也比一个科员高到百倍，"如其当真被团长调戏上了，可就阔了呀！好衣服是有得穿的，金首饰是有得戴的，家庭包车是有得坐的！……"但是一阵哗笑声把她警醒了，忽然想着他们的崇义："唉！我到底是一个正经母亲呀！"

休息时间到了，电灯一开，她首先看见的，就是胡团长一双眼睛微微有点浮起的大眼睛。他那威武不能屈的眼神，明示着一种不许人拒绝他的意思，而那三个比她年轻比她妖娆的女人，也都抿嘴微笑的看着她在点头。

程老爷似乎一切不知，只是忘形的笑道："卓伯林演得真好！"

选自 1937 年《国论》第 2 卷第 5 期

请　愿

　　两大群人不期而遇的都走到一个十字路口。小县中的十字路口本来就不很大，今天因为出来瞧热闹的太太，小姐，太婆，大娘，姑娘，以及一般无所事事，专门借此来看妇女的人又非常之多的拥挤在那里，所以更觉得没有好多地方来容纳这两大群人。

　　这两大群人显而易见是很不同的：从西街上来的是学生是工人们，都很年轻，十七八岁到二十五六岁的极多。学生都穿着青布制服，工人们便是随身的普通衣裳；他们的手上都拿着一面纸做的三尖角小旗，上面写着各种的警语。他们三个四个五个的一排一排列了很长的队伍，约莫一共有三百多人。一面走，一面喊着口号——与那小旗上的警语一样——"打倒帝国主义！""打倒绅士阶级""国要亡了！"……而各种口号中，喊得最响最整齐的，只是一个"打倒军阀！"

　　原来这一行队伍是因为一件甚么外交上的事，得着省城的快邮代电，说政府办理不善，眼见又要失败，非得我们在各处表示一下，不足以显我们激昂的民气，不足以为政府的后援。这种照例文章，做过几次之后，本来都是熟极欲流了的，于是学工联合会登时便召集会议，一致表决，议定于某日在万寿宫前空场中开全民大会，"游行示威"之后，便齐到"师部请愿"，请师长以"武力主张"，庶几外交可以胜利。所以队伍前头才有那两面大旗，一面上写着"全民大会"，一面上写着"请愿救国"。至于小旗上的警语，沿途所喊的口号，本是历次用惯，一提笔，一开口，就自然而然会来的，犹之读惯《东莱博议》的先生们那怕就写一封信，一开头总有几句"钓者负鱼，鱼何负于钓"的不通并且不合体裁的滥调的。

至于从东街上来的那一群人，恰与上述的一群相反。第一，人数不多，只有三十几个人；第二，平均的岁数没有在四十五岁以下的；第三，各人的衣裳冠履都极整齐华丽——但绝不是高帽，皮鞋，青衣，白领的洋装；尤其不同的，更是那规行矩步，静静悄悄的一派严肃的气象。然而也有相同的地方：年轻人尽管在呐喊，脸上仍是笑嘻嘻的，老年人尽管在沉默，脸上也是笑嘻嘻的，一方面不悲愤，一方面不颓丧，这是同的；还有，便是老人队伍前头也有两杆大旗，不过对面的旗是白布制的，是用墨写的字，旗杆只是两根青竹子；这一面的旗却是淡黄湖绉制的，题字是用青绒剪下粘上去的，旗的上方还有两条绿绸飘带，而旗杆是用朱红漆漆过的，杆顶包的是银球，如此的讲究，这又是"同"中之"不同"的地方；而且旗上的字，更是不同：一面上是"除恶务尽"，一面上是"视民如伤"，此外每面上还有一行小字："××县全县士民恭颂××师长大人德政。"

原来这是他们焦思苦虑，大家寻思了许久，并曾谘访过许多通人，又探听得省城商会业已用过，他们才放心大胆制出这两面德政旗来。他们为甚么不用从前的老套，制一道德政匾，或制几面德政牌，或制几件万民伞万民衣之类就好了，偏要来翻这新花样呢？难道他们不晓得，都活了偌大的年纪，并且是富有经验的人们！他们原说过："军无定营，不比县知事等本有一所不动的衙门的，德政匾送去叫他钉在哪里？德政牌哩，也是文官的执事，伞与衣更是无用，通与他的身份不合。况且如今是民国时候，甚么都更了样子，那些老家伙当然更来不得的。至于这德政旗既便于安置携带，而且旗这个东西又是军用之品，把它做讲究一点，行军之际，拿来撑在师长左右，既足以张其德，又足以振其威，岂不是顶合式的东西？"

这里所称的"他们"，全都是县城中绅商学各界内的名宿：有前清的进士、举人、拔贡，有在东洋留学得过甚么士的，有议事会的副议长，有商会的总、协理，有团防局长，有劝学所董事，有中学、小学各校长，以及各各法团的首领，总合起来的资格，也与对面学工联合会一样，都能够代表这一县的全民的。

现在两个全民代表不期而遇的挤在一个十字路口上，而大家都要往北街师部去，街面里，只这么宽，在势绝不能并排着成平行线的走，然则哪一个代表团该先走呢？老年的说："我们办的是正经事，况我们又是你们的尊长，理应让我们先走。"少年的却反驳道："我们办的是救国，这件事更正经！国若亡了，看你们的尊长资格，向哪里去绷！何况你们所谓的正经，是去献媚的！今天假若不是去向师长请愿，看在师长的金面上，早将这两面表现奴性的旗子给你们撕了，还敢来同我们争道！"他们人多气盛，代表在前面理论时，后队中早大喊起来："打，打！打倒绅士阶级！打倒绅士阶级！……打倒军阀！打……"见机而作，本是老年人的特长，于是打德政旗的全民代表团便退后几步，让打请愿旗的全民代表团先走。

不久，师部的大门就在望了，只见好几十武装卫兵挺着上了刺刀的步枪，雄赳赳的站在街心，样子很是不好看。先走的代表团中的几个代表，遂叫众人站住，不必再进，他们几个便捏着做好的请愿书，走到兵士跟前恭恭敬敬的说明来意，说是要见师长。卫兵长回答说："那吗，你们静静的候着，等去通传了，看师长的意思怎样！"

大概有半点钟的光景，才有一个副官出来，向他们接洽，言询极甚谦恭，说："师长抱歉得很，因为正在办理要公，实不能分身出来与各位面谈，万望各位原谅！但师长曾说过，他也是国民一份子，国家兴亡，本是有责的，何况我辈军人的天职，又在卫国卫民。各位所请愿的事，师长说，他一定照办，今夜就把通电拍出去，明天一定把电稿送请各位看。不过，师长又说过，现在谣言很重，外交固然该争，而市面上的秩序也得顾到；各位是热心爱国的，也是很明白的上等人，万望各位以后有甚么见教的地方，尽管写信来，或只是各位几个人来，师长无有不如命的。最好游行的事少举动，一则在戒严时候，深恐兵士们不知利害，一味的行使职权，反而不好；就比如今天的事，早有人来向师长说，意思不要各位开会的，因为师长晓得各位是爱国的行动，不许他们来干涉，所以才让各位结队走来。再则人多了，不免就有藉故生非的坏虫夹在中间，各位也未必能一一的查得出来，万一弄出点不好的事，岂不带累了各位爱国的美行？各位请想，师长这点远虑本在情理之中，总望各位能够体谅他一点就好了!"

代表等大为满意，又说了几句淡话，才转身向大队报告，把副官前半截的话添了许多色彩，于是众人都以为国已救住了，外交也胜利了，便齐声大喊起："中华民国万岁!"转而一想，这桩救国的大功却在师长一人，遂接着大喊："师长万岁!"然而请愿师长救国的却是他们，所以末一声便是"学生联合会万岁!"不过三声万岁虽随着代表在喊，到底不甚整齐，其间仍夹加了一些"打倒帝国主义! 打倒军阀!"的呼声。

喊万岁时，站在街上的兵士们凭经验上知道他们的国已救完，不妨事了，加以副官的吩咐，早就退进师部去了。所以打请愿旗的全民代表团方才皆大欢喜的走过去，到指定的玄武宫门前解散。

他们走后，第二队全民代表团才振起精神，把掩住了好久的国乐——两枝唢呐，一个钉铛盏，一个小合卡，一面手鼓，叫那几个褴褛得同叫化子一样的乐工重新奏起，随着德政旗直向师部门前走来。老年人的声望到底不同，他们进门时，两旁的卫兵不但不阻拦，并且卫兵长还高喊了一声："立正!"走过二门，先前与爱国代表接洽的那个副官早满面是笑的迎着说道："师长说，实在愧感诸公的盛情！"诸老中间一个年纪不甚大的——中学校校长兼师部顾问的，连忙说："这是民意，这是民意！"

德政旗收了，立刻便竖在师部大门两旁。代表团请在花厅里，吃了一顿茶点，乐工与掌旗的底下人共得了两串赏钱；周旋代表团的除了那个副官而外，还出来了两个参谋，几个秘书，一边说些恭维话，一边说些谦逊话而散。师长还是因为要公不能分身，没有出来面谢，"抱歉得很！"

一间并不算精致的大房间中，不过安了一张假钢丝床，床上摆了一副银光照眼的鸦片烟行头，便觉得气象不同起来；正中一张麻将桌子，四条小方凳，桌上铺着绿呢毡，毡上一副麻将正搓得热闹；原来是一个脸色又瘦又青的少年，不过三十来岁的光景，穿着便衣，正同三个浓妆淡抹都不过二十三四的年纪的少妇在那里打牌消遣。少年背后还站有一个十九岁的年轻妇人，在同他说笑话。你们断乎猜不到所谓师长其人者，便是这个酒色鸦片烟享受过度的少年，而陪他消遣的几个少妇都是他前前后后，用金钱用势力讨来的太太们，而所谓要公其事者，就是这雅号为"方城之游"的消遣！

其实，前一个代表团来时，他本要出去的，他的用意并不在当面接收他们的请愿书，而打算把这般遇事生风的轻躁少年们痛痛斥责一顿的；就是后一个代表团来时，他也想出去的，他的真心原也不在当面道谢，而欲借此绅商皆在的机会，把日前所派的八万元的款子逼缴出来，若他们还敢像前次那样延宕，便好因故把这般肥猪拘禁在部中，怕他们还不赶快筹措吗？无如几位太太都不许他走，说他赢了钱，非一口气把这八圈搓完，连烟瘾且不准他去过。

然而国哩，他是救了，爱国的全民代表满意而去！

然而德政旗哩，他是收了，献媚的全民代表也满意而去！

民国十五年三月二十日于成都

口难言①

手拿明镜照容颜，心中有话口难言；

因为那年讲笑起，魂魄落在妹身旁。

选自 1927 年《北新》第 2 卷第 4 期

抓 兵

（危城追忆之一）

军事专家很庄严的张牙舞爪说道："你们晓得不？战事一开始，不但要消耗大量的子弹，还要消耗相当的战士。所以在作战之初，就得把后备兵续备兵下令召集，以便前线的战士死伤一批，跟即补充一批。"

军事专家又把眼睛几眨，用着一种在讲台上的口吻说道："你们晓得不？世界文明各国，即如日本，都是行的役兵制，全国人民皆有当兵的义务。故在外国，你们晓得不？战士的补充，在乎召集，有当兵义务的，一奉到召集令，就自行赶到营房去，我们中国，……你们晓得不？以前也是行的征兵制，故所以有三丁抽一，五丁抽二的说法。从明朝以来，才改行了募兵制，募兵就是招兵，当兵的不是义务，而是一种职业。这于是乎，一打起仗来，战士的补充，便只好插起旗子来招募了。"

---

① 这是两广的民歌通行于柳州。——作者注

军事专家末了才答复到我所询问的话道:"所以在这次剧烈战争后,兵士死伤得不少,要补充,照规矩是该像往常一样,在四城门插起旗子来招募的。不过,你们晓得不?近几年来,当兵竟没有一点好处了,自从杨惠公发明饥兵主义以来,各军对于兵士,虽不像惠公那样认识到全般素食,和两稀一干,……你们晓得不?惠公的兵士,自入伍到打仗,是没有吃过一回肉的,而且一早一晚是稀饭,只晌午一顿是干饭。……然而饷银到底七折八扣的拿不够,并且半年八个月的拖欠。至于操练,近来又很认真。虽说军纪都不大好,兵士的行动大可自由,你们晓得不?这也只是老兵的权利,才入伍的新兵,那是连营门都不准出的,一放出来,就怕他开小差。本来,又苦又拿不到钱的事,谁又肯尽干哩,不得已,只好开小差了。已入伍的尚想开小差,再招兵,谁还肯去应招呢?所以,在此次战事开始以前,招兵已不是容易的事,许多人宁肯讨口叫化,乃至饿死,也不愿去当兵。而军队调动时,顶当心的,就是防备兵士在路上开小差。在如此情况之下,要望招兵来补充缺额,当然无望。故所以在几年之前,……大概也是惠公发明的罢?不然,也是顶聪明的人发明的。……就发明了拉人去当兵的良好办法。……着呀!不错!诚如阁下所言,古已有之。是极,是极,杜工部的《兵车行》《石壕吏》白居易的《新丰折臂翁》。……不过,你们晓得不?以前拉人当兵,只在拉人当兵,故所以拉还有个范围:身强力壮的,下苦力的,在街上闲逛而无职业的,衣履不周的。后来日久弊生,拉人并不在乎当兵,而只在取财,于是乎才有了你阁下所遇见的那些事……"

我阁下所遇见的,自然是一些拉兵的事了,各位姑且听我道来:

当二十九军几场恶战之后,感觉自己力量实在不如二十四军之强而大,而二十一军又不能在东道的战场上急切得手,于是只好退走，只好借着二十八军友谊掩护的力量，安全的向北道退走。这于是九里三分的成都，除了少数的中立的二十八军占了少数的势力外，全般的势力都扫到二十四军的手上。

罢战之初，城内只管还是那么不大有秩序的样子，战胜的军士只管更其骄傲得大鸡公样，横着枪杆在街上直撞，把一对犹然猛得像老虎的眼睛撑在额脑上看人，但是战壕毕竟让市民填平，战垒也毕竟让市民拆去，许多不准人走的战街，现在都复了原，准人随便走了。

人到底是动物之一，你强勉的把他的行动限制几天之后，一旦得了自由，他自然是要尽其力量，满街的蠕动。有非蠕动而不能谋生的，即不为谋生，只要他不是鲁滨孙，他终于要去看看有关系的亲戚朋友，一以慰问别人，一以表示自己也是存在，搭着也得本能的把那几天受限制的渊源，尽量批评一番。

那时，我阁下也是急于蠕动之一人。并因为这次战事中心之一在乎少城，而亲戚朋友在少城住居的又多，于是，在那天中午过后，我就往少城去了。

一连走了几家，畅所欲议论的议论之后，到应该吃午饭之时，——成都住家都习惯了一天只吃两顿饭，头一顿叫早饭，在上午八点前后吃，第二顿叫午饭，在下午三点前后吃，是中等人家，在中午和晚间得吃一点甜点，不在家里作，只在街上小吃食铺去端。——是在槐树街一家老亲处吃的。因为在战乱之后，彼此相庆无恙，不能不例外的喝点酒，既喝酒，又不能不例外的叫伙房弄点菜。

但是，到伙房打从长顺街买菜回来之后，这顿酒真就喝得有点不乐了。

伙房一进门就嚣嚣然的说道："二十四军又在拉夫了！不管你啥子人，见了就拉！长顺街拉得路断人稀，许多铺子都关了门！"

我连忙问:"人力车不是已没有了?"

"那里还有车子的影子!拉夫是首先就拉车子,随后才拉打空手的,今天拉得凶,连买菜的,连铺家户的徒弟都拉!"

亲戚之一道:"一定是东道战事紧急,二十四军要开拔赴援,所以才这样凶的拉夫。"

我心里已经有点着荒。拉夫的映象,对于我一直是很恶的。我至今犹然记得清清楚楚,在民国五年之春末夏初,陈二菴带来四川的北洋兵,因为被四川陆军第一师师长新任四川威武将军周骏,从东道逼来,不能不向北道逃走时,来不及雇夫,便在四川开创了拉夫运动的头一天的傍晚,我正从总府街的群报社走回指挥街,正走到东大街,忽然看见四五个身长体壮的北洋大汉,背着枪,拿着几条绳子,凶猛的横在街当中拉人。在我前头走的一个,着拉了,在我后头走的三个,也着拉了,独于我在中间漏了网。我还敢逗留吗?连忙走了几十步,估量平安了,再回头一看,绳子上已栓入一长串的人。有一个穿长衫马褂的不服拉,正奋然向着两个兵在争吵:"我是读书人,我还是前清的秀才哩!你拉我去做啥?""莫吵,莫吵,抬了轿子,你秀才还是在的!"他犹然不肯伸手就去缚,一个兵便生了气,掉过枪来,没头没脑就是几枪托,秀才头破血流而终于就缚了事,而我则一连出了好几身冷汗,一夜睡不安稳。并且到第三天,风声更紧,周骏的先锋王陵基,已带着大兵杀到龙泉山顶,北洋大队已开始分道退走。我和一位亲戚到街上去看情形,东大街的铺子全关了,一队队的北洋兵,很凌乱的押着许多挑子轿子塞满街的在走。很明白看见一乘小轿,轿帘全无,内中坐了一个面色惊皇,蓬头乱发,穿得很是寻常的少妇。坐凳上铺了一红哔叽面子的厚棉被,身子两旁很放些东西,轿子后面还绑了一口小黑皮箱。轿子的分量很不轻,而抬后头的一个,倒像是个出卖气力的行家,抬前头的一个,却是个二十来岁,穿了件长夹衫的少年,腰间栓了根粗麻绳，把前面衣襟掖起，下面更是白布袜子青缎鞋。这一定是甚么商店的先生，准斯文一流的人，所以抬得那么吃力，走得那么吃力，脸上红得要出血，一头的大汗。我估量他一定抬不到北门城门洞便要累倒的，我连忙车转了身，又是几身冷汗。

北洋兵自创了这种运动，于是以后但凡军队开拔，夫子费是上了连长的腰包，而需用的夫子便满街拉，随处拉。不过还有点不见明文的限制，就是穿长衫的斯文人不拉，坐轿坐车的不拉，肩挑负贩的不拉，坐立在商店中的不拉，学生不拉。而且拉将去也真的是当夫子，有饭吃，到了地头，还一定放了，让你自行设法回家。

不过，就这样，我一听见拉夫，心里老是作恶了。

亲戚之二还慨然的说："光是拉夫，也还在理，顶可恶的，是那般坏蛋，那般兵溜子，借此生财。明明夫子已满了额，他们还遍街拉人，并且专门拉一般衣履周正，并不是下力的苦人。精灵的，赶快塞点钱，几角块把钱都行，他便放了你。如其身上没钱，一拉进营房，就只好托人走路子，向排长向军士进财赎人，那花费就大了。我们吴家那位老姻长，在前年着拉去后，托的人一直赶到资阳，花了百多块钱才把人取回来，可是已拖够了！虽没有抬，没有挑，只是轻脚轻手跟着走，但是教书的人，又是老鸦片烟瘾，身上又没有钱，你们想。……"

亲戚之三是女性，便插嘴道："这那里是拉夫，简直是棒客拉肥猪了！"

我心里更其有点不自在了，我说："成都街上拉夫的次数虽多，我却只在头一回碰见过一次，幸而，……或是太矮小了点，那时没有发体，简直像个小娃儿。没有被北洋大汉照上眼，免了。但是，川军的脾气，我是晓得的，何况又是生发之道。车子已没有了，就这样走回去，十来条街，二里多的路程，真太危险了！"

大家便留我尽量喝酒，说是："不必走了，就在此地宿了罢。"

但是问题来了，没有多余的棉被，而我又有择床的毛病，总觉得若是能够回去，蜷在自己习惯的被窝里中，到底舒服些。

因此之故，酒实在喝得不高兴，菜也吃得没味儿。快要五点了，派出去看情形的人回来说，长顺街已没有拉夫，有了行人；只听说将军衙门二十四军军部门外还在拉，可是也择人，并不是见一个拉一个。

我跳了起来："那就好了，我只不走将军衙门那条路就可以了！"

亲戚之二说："我送你走一段罢。"

于是我们就出了大门，整整把槐树街走完，胡同中自然清静无事，根本就少有人来往。再整整把东门街走完，原本也是胡同，全是住家的，自然也清静无事。又向南走了一段城根街，果然有几个行人，——若在平时，这是通区，到黄昏时，几热闹呀！——果然都安闲无事的样子。

亲戚之二遂道："看光景，像是已经拉过，不再拉了。那我们改日再会罢。"在多子巷的街口上，我们分了手。

但是，我刚由东城根街向东转拐，走入金家坝才二三十步时，忽见街的两畔和中间站了七八个背有枪的二十四军的兵。样子一定是拉夫的了，才那么捕鼠的猫儿样，很不训善的看起人来。

我骇然了。赶快车转身走吗？那不行，川军的脾气我晓得的，如其你一示弱，恭喜发财，他就无心拉你，也要开玩笑的骇你一跳。我登时便本能的装得很是从容，而且很是气概，特别的把胸脯挺了出来，脸上摆着一种"你敢惹我"的样子，还故意把脚步放缓，打从街心，打从他们的空隙间，走去。几个兵全把我看着，我也拿眼睛把他的一一的抹过。

如此，公然平安无事的走了过去。刚转个弯，到八寺巷口，我就几乎开着跑步了。

路上行人更少，天也更黄昏了。走到西黛市巷的中段，已看见贡院街灯火齐明。心想，这里距离驻兵的地方更远了些，当然不再有拉夫的危险事情了，然而，天地间事，真有不可意测者，当我一走到贡院街，拉夫的好戏才正演得热闹哩。

　　铺子开有过半数，除了两家杂货铺和几家小吃食铺外，其余全是回教徒的卖牛肉的铺子。二三十个穿着褴褛灰布军装的兵，生气虎虎的，正横梗在街上，见行人就拉。有两个头上包着白布帕，穿着也还整齐的乡下人，刚由弯弯栅子街口走出来，恰就被一个身材矮小的兵抓住了。

　　"先生，我们有事情的人，要赶着出城。"

　　"放屁，跟老子走！又不要你们出气力，跟老子们一样，好耍得很！"

　　"先生，你做点好事，我们是有儿有女，……"

　　背上已是很沉重的几枪托，又上来一个年纪还不到十七岁的小兵，各把一个乡下人的一只粗手臂抓住，虎骇着，努出全身气力，把两个人乡下人直向黑魆魆的皇城那方推攘了去。

　　情形太不好了，过路的行人，几乎一个不能免。可是被抓的人也大抵不很驯善，拥着抓人的，不是软求，就是硬争，争吵的声音很是强烈。

　　我在黑暗的西黛市街口已经停立了有两分多钟，到这时节，觉得这个险实在不能不去冒一下了，便趁着混乱，直向西边人行道上急急走去。——这时，却不能挺起胸脯，从容缓步，打从街心走了。我自己也没有想到会有如此的急智！

　　刚刚走了七八家铺面，忽然一个穿长衫的行人，从我跟前横着一跳，便跳进一家灯火正盛的杂货铺。我才要下细看时，两个兵已经提着敝的大砍刀，吆喝一声："你杂种跑！……跑得脱！……没王法了！"也从我跟前掠过，一直扑进杂货铺去。一下，就听见男的女的人声鼎沸起来。

我还敢留连吗？自然不能了！溜着两眼，连连的走，可是又不能拔步飞跑，生怕惹起丘八们的注意。

靠东一家牛肉铺里，正有两个老太婆在买牛肉，态度很是萧闲，看着街上抓人的事情，大有"黄鹤楼上看翻船"的着子。那个提刀割肉的年轻小伙子，嘻着一张大嘴，也正自高兴他绝不会像那些被抓的懦虫时，忽的三个未曾抓着人的兵，——两个提着枪，一个提了把也是敝的大砍刀。——呐喊一声，从两个老太婆身边直蹿过去，一把就将那小伙子抓住了。

"外！嗒个乱拉起人来了！我们是做生意的啦！……"

吵的言语，听不清楚，只听见"你还敢强吗？……打死你！……"

那提敝刀的便翻过刀背，直向那小伙子的腿肚子上敲了去。

在这样狂澜中，我不知道是怎么样的竟自走过三桥，而来到平安地带。

一路上，许多自恃没有被拉资格的老人们，纷纷的站在街边议论："越来越不成话了！以前还只拉人当夫子，出够气力，别人还好回来，如今竟自拉人去当兵，跟他们打仗。并且不择人，不管你是啥子人，都拉。跑了，还诬枉你开小差，动辄处死，有点家当的，更要弄得你倾家破产，这是啥子世道呀！……"

因此我才恍然于我这一天之所遇是一回甚么事，而到次日，才特为去请教一位军事专家。

军事专家末了推测我何以会几度漏网，没有被抓去的原故，是得亏我那件臃肿的老羊皮袍。

选自 1937 年《新中华》第 5 卷第 3 期

李开先

｜作者简介｜　李开先（1898—1936），四川隆昌人，爱国文人，20
世纪30年代初主笔《新蜀报》名牌专栏"金刚钻"等。代表作品有短
篇小说《回波》《雪后》《埂子上的一夜》等；译著《秋天》等。

回　波

看呵，宇宙的帷幕展开了，

——格碟，格碟。

听呵，自然的琴簧弹动了，

——格碟，格碟。

云霞呵，灿烂之舞衣，

——格碟。

花草呵，温茵之舞场，

——格碟。

流泉呵，优雅之舞曲，

——格碟。

朋友们，跳舞罢，唱歌罢。

——格磔，格磔。

赞美愉快之神罢。

景行幸福之宫罢。

——格磔，格磔。

梦的使者，何等美丽而动人哟。

朋友们，受诱惑而沉醉罢。

——格磔，格磔，格磔。

……

　　草地上的微风和着小鸟儿的歌声梦魇似地引他到另一个世界去。

　　太阳快要醒了，从枝叶扶疏的树林里一间屋子的窗口望出去，她的微微发红的脸，似乎有些变动，只是辉煌的眼睛，尚觉难于睁开，——这也许是昨晚迟睡的原故。

　　很自由的山林的主人们，在林里翱翔而且歌唱。他们从这一枝树上飞过那一枝树上，又从那一枝树上飞过这一枝树上来，仿佛在披着紫色袈裟的清幽的山林里藏着有他们的上帝似的，他们的赞美歌，是何等清脆而可爱哟。

　　窗内的人，凭着窗沿，一面漱口，一面望着对面遥遥的山，山下人家的炊烟，蚰蜒似的沿着苍绿的山屏横爬过去。一壁格子式的稻田，镜子般的平滑，将淡金色的阳光，薄薄的铺在上面，让努力工作的耕牛，和吹着简单而带鼓励性的口曲的农夫，慢慢往前面走。

　　"菊哥"，忽然一种尖脆的声音，从他的背后送过来，同时他的身子也不能不掉转过去了。

　　"你今天起得早！不是妈妈叫我，我还睡呢！"

"还睡！你看天上的太阳！过来，哥哥给你洗脸，——你看你眼上的眼眵哟。"

妹妹带着羞涩的笑，将两只瓠瓜般的手儿把眼睛蒙着走了过来。哥哥慢慢替她洗脸，用手巾在鼻孔里擦了好一会，然后又用肥皂在她手上去洗。她手上的银锁儿不意地碰了磁盆一下，发出一种声音，妹妹听着高兴，便故意用手在盆里乱搅，溅了她和哥哥满长的水，她却吃吃的发笑。

"菊儿，兰儿，你们两个在疯些什么，还不赶快到书房去，杏枝正等你们呢。"另外一个声音在门外发现了。他们知道发音的是谁，他们不能不听从她的话，于是两个背着太阳的影子便向门外移动。

庄严而和平的母亲，微笑的坐在椅子上。菊生与兰秀趋前问安之后，便与杏枝含笑点头。他们开始诵读了。

一间小小的书房，虽然只有三个孩子的声音，已经觉得是很洋溢而聒耳。慈母式的先生，当他们必要的功课先后完毕之后，她照例举行很慈爱的慰问——也许即是勉励，对于她的菊儿，兰儿与她的姨侄女儿杏枝。

"杏儿，你今天很劳苦了，你比菊哥，兰妹都多上了一章书，你觉得吃力吗！"温和的笑容和亲挚的语调，向着杏枝发出了。"你初来到姨母家里，惯不惯？想家不想家？"

"我不想家，姨母家里好。我很欢喜同菊哥兰妹玩。"杏枝说时望着菊生同兰秀笑。

"母亲，杏妹在我们家里读多久的书？我们能够长久一块儿读书吗？"

"我不要杏姐走！母亲，你永远不要放她走呵！你放她走，我就要哭！"

母亲听着兰秀的话不觉笑起来。

"你去问杏姐说，你叫她永远不要走，她答应你，我就答应你。"

"杏姐，你永远不要走呵！我们三个人一块儿读书，一块儿玩耍，我们又有竹林，又有池子，又有羊子，又有鹅。"……兰秀滔滔不断地说出许多她不应当走的理由并且带着挽留的神气。

"我不走，兰妹，你放心。我永远在你们家陪伴你们，好不好?"杏枝果然受了她的请求而慨然允许。

"母亲，杏妹当真能够永远同我们住在一块儿么?"菊生心中起了疑团，所以他向母亲要求一个决定。

母亲忽然受了特别感触似的，听了菊生的话暂时沉默了。她向杏枝望了一望，又向菊生望了一望，又向兰秀望了一望，她见他们六只漆油油的眼珠都精神得向着她，好似法庭中的人静待宣布最后的裁判一样。她几乎忍不住下泪了，她又觉得对于儿童是不应分有忧戚之容表现出来的，她极力遏制她悲哀的情感，终于挣出一个勉强的笑容来，她将头点了一点，口唇开始颤动。

"能够的。只要你们努力读书，肯听母亲的话，你们的希望，终于可以达到的。好了，现在同我早餐去罢。"

一阵小孩的闹声，拥着黯然神伤的先生向饭堂走去：于是这间小小的书房寂静了。

——许多活泼的兄弟姊妹们，一群群地在他面前走过，向园内的各处游玩去。他一一用目光护送，直到他们出了他的视线之外，于是他又到了一个境地了。

这里是杏枝的家，在山脚下的一个村庄里。杏枝的哥哥，今天要娶嫂嫂，所以菊生同他的母亲和妹妹早就来了，——这自然因为又是姨表又是师生的关系。

兰妹的笑声，今天更容易听见。她头上花枝似地用红线各色头绳将几股鬓发绾住。她穿着花花的衣，花花的鞋，和杏枝东跑西跑，两边眼角弯成新月一样，玉米般的牙儿常常显露在外面。

菊生在客厅里实在坐不住了。他瞧见许多衣冠楚楚的人们——尤其是戴着铜顶红缨的帽子，穿着前祀后补的袍套那几位，拘泥的举动，敷衍的周旋，在在都使他忍不住要发笑，他便阴阴地溜了出来，寻妹妹和杏枝一块儿玩。

各处都忙碌极了。他们三个出了新近才油漆过的，并且贴着硃笺对联，悬着彩线宫灯的大门之后，院坝里正密集着许多人在预备"迎风"的桌子。妹妹争着要往前看：桌上斜放着四个五寸大小的磁盘，上面用菜子米和胶黏成四个字。妹妹念到"迎风接……"便不念了，催着杏枝和她哥哥快走，她似乎是因为第四个字的不认识而有些羞惭。

靠近垣墙的树林边上，鞭炮已经取了出来，有些绑在竹杆上，有些系在正开着的桃花枝上。地下的铁炮，亦已上紧火柴，把位置排好，预备燃放。在杏枝的心里，以为新嫂嫂已经快要来到，所以她约同菊生兰秀抢先出朝门①看花轿。

他们等了一会，除看得见对面山坳上的草茎树枝受了微风的震荡，和听得见山雀一声两声的呼唤，杂沓着村中人多的闹声而外，没有别的发现，不免有点疲倦而失望。他们改变宗旨仍然去履行他们日常的工作，堆竹叶山。

他们折转途径，从朝门右侧有吹鼓手的地方，一直绕到他们日常走的竹林里来。他们觉得他们的园地，同往日有些两样。竹林中间集合了许多团体：有些深发垢面，破衣跣足的人们，背着席子，提着砂锅，提着棍子，或立，或坐，或卧，挤在一堆儿；也有些衣

---

① 朝门即是大门的意思。——作者注

服华丽，歪戴帽子，不扣领扣的人们，一块儿蹲着，围住一个大碗，发出吆喝的声音，和碗内叮叮铛铛乱滚着的音响，凑成一部极不整齐的交响乐；也有些盘着发辫，束着腰带，打着裹腿，穿着草鞋，抽着旱烟的人们，一块儿坐着任意地谈笑，这些团体都是往日没有的，他们不免诧异而且惶惧起来，他们不敢前进了。兰与杏都很担心他们的竹叶山会被推倒或践踏，经菊生说明"他们的竹山叶，是有水有泥渗和起来而后用嫩叶的枝插上去的，合了三个人的力量，建筑一个常青而且永远不会干涸的山，是不许别人破坏而且别人也不能破坏的，除非它自己会死"之后。他们便都放心了。

太阳晒在他的头上，他觉得有点潮热，走向盛开着的桃花阴里来。

铛……铛……铛……

对面的山坳里，忽然发出异样的声响来。钟声过了之后，又是一阵锁拉的声音。回避牌，旗子，罗伞，花轿，抬槅，……等等，渐渐可以看得见一些部分了。门侧的吹鼓手也一阵的狂奏起来。竹林里的雇工，搭班①赌钱的，以至讨饭的，都波浪似地四散了，一齐挤到人多的地方去看热闹。

兰秀同杏枝要抢着回去报信，不住地向里直跑，菊生恐怕人多把她们挤坏了，所以也不能不跟着跑去。他们进了门，下了院坝，人越发多了，于是他们出了一个主意：菊生牵着兰秀的手在前作开路先锋，杏枝拉着兰秀的手在后作护卫队，他们终于杀出重围到了堂檐。

兰秀的母亲见着他们，不免惊喜地说了几句话，旁的亲戚们也

----

　　① 搭班，抬轿子的人。——作者注

周旋了一会，于是他们走进堂屋里去。妹妹现在爬在窗子上面看外边的热闹去了，剩下菊生和杏枝在板凳上一面休息，一面观察堂屋里边的现象。最先惹他们注目的，当然要算新郎——杏妹的哥哥了。他今天衣服容止都特意修饰过。他的铜顶红缨的帽子，在菊生眼中看来，比客堂里的几顶漂亮得多，放光的帽顶旁边，还插着一对颤巍巍的银花，前袒后补的袍套，更披上一条大红的绸巾，这些都是新郎特有的骄傲，但他自己反而觉得比往常拘束了。他的藏在马蹄袖里的手，与他的裹在长桶靴子里的脚，行起路来。总是起一种不自然的相和的举动。他的脸有时红得像太阳一样，有时又白得像月亮一样；他的眼珠的四周，仿佛许多沸腾的水蒸气浮涌着，模模糊糊地不知往何处看才好。当他看见菊生们进来了，他很惊慌地走过来想说几句话，但他的牙齿已经露出了很久，他的话还吐不出来。他终于挣出一句：

"花轿已经来了吗？"

"来了呵，嫂嫂就要下轿了。"杏枝答时含着嘲讽的笑。

"你们怎么不到外面看热闹去？"

"热闹没有哥哥好看。"

"真的，表兄今天特别好看。"菊生也加入一句。

"菊弟，你不要刻薄我，你也等不到几年了。那时恐怕你还要更好看呢！我昨天听说你和——"

"啊唷！新贵人还一点都不忙，在这里同姊妹们说笑！外面已经接过上亲，回过车马了。傧相先生，马上就要进来，你还不预备预备。我还要到上房去请薛少太太扶拜呢。菊少，杏姑娘，你们怎不到洞房去看嫁奁；嗤！七抬八箱，屋子都堆满了。听说杏姑娘还有一对精致的红缎绣花小枕头儿，这是新娘子的特别手工，特别送给小姑子的。赶快去看罢！"

一阵尖脆而拉杂的老妈的笑声，把菊生们的谈话打断了。新郎匆匆忙忙地用他今日特有的姿势，把帽子，袍子，乃至靴子，都重新整理一下，向着他应当去的地方去。同时菊生和杏枝却向洞房的方向奔去。他们弱小的心琴，似乎受了同样的挑拨而起共鸣。新郎的骄傲和美丽，在他们的将来的梦想里，成了一种重要的诱力，新郎最末一句的未完的言词，在他们彼此都已得了暗示，而且互相承诺。在他们趋向洞房的进程中，杏枝的频频回顾，更足以使菊生趑趄不前。他觉得她的眼儿有些伤涩了；他觉得她的脸儿有红晕了；他觉得她的行动有些不自然了；同时他自己的脸像烈火烧着一样，心中辘轳汲水似的一上一下的乱翻。这样，他们向着洞房的方向走去。

忽然一阵微风，飘送了许多桃花到他的身上来，他手上也接着许多美丽的花瓣。他望一望树上的花朵，又望一望地下和池上的残瓣，又望一望手上的残瓣，他不觉滴下泪来。他又想到五年前暑假时接一封信的情景——

"菊哥，杏姐今天有来信了。你看——"

门帘开处，走进一个十五岁的姑娘来，这便是兰秀。她自从离开那有早醒的太阳和晨祷的山鸟来作伴的村落，到镇上的 M 女校去读书，她的身体一天一天的发达，学识一天一天的增高，但她的活泼的性情却仍然未变。镇上的学校较城里的学校放暑假要迟一点，所以她回到可爱的故乡来避暑的时候，她哥哥已经在家三天了。她今天正把她的书房安排好，忽然杏枝的信来了，所以她赶快到哥哥的书室里来。

她脸上虽然带着一点风寒，但血液充沛的鹿儿，仍然是很鲜艳的。双髻式的头，早已经在 M 校学来了。短窄的袖，紧小的裙，鲜明的线袜，时样的皮鞋，小巧的手表，也同别的女学生一样很整齐地位置在身上的各处。她放下竹帘，微侧着头，轻觑着眼，雪白的牙儿，玉粳似地显露出来，手里拿着一封颤动的信，跑步式地走了过来，于是哥哥笑着立起来接了，先在线香盒上微燻一过，然后用小剪儿剪开。

菊哥青睐：

计书达时，兰妹当在左右也。抵家后，事物蝟集，整理数日，茫无端绪，顿觉不如在校时之间豫。小侄儿女，日来探问镇中景物，活泼娇憨，令人忘倦；然偶一念及彼等无情之母亲，辄又不觉眼泪涔涔也。冬嫂近来态度，愈令人不可捉摸，每日除指桑骂槐，鞭打子女之外，几更无何等重要工作。冬哥远在他乡，制止无人，菊哥兰妹乎，此等天日，令人如何挨度！生成孤苦，早失慈萱，长兄懦弱，常惧狮吼，身受痛苦，舍君兄妹，更无他人可以告诉，惟时于深夜弄形影以自吊耳。于是益叹吾等儿时之景象不能再得也。妹来就学姨母三年，仿佛若前日事，当时浑浑噩噩，实不知何者为快乐，何者为怨哀；但知吾三人中，有一人不见，则心中顿如失去一爱好之物，直至再寻得此爱好之物为止。谁暇计及此后吾等之岁月为何如邪？更谁暇计及三年之后吾等遂即离去此等天国永不能再返耶？菊哥兰妹乎！今即有机会使吾等再事聚合，然时地已非，天国之途径，终古白云封矣！菊哥前次手书，嘱于假中踵府一谈，当手浸冰瓜以待在校中于兰妹判袖时，——亦以此事为请，妹当时亦极盼回家后，稍事勾当，即束装来候姨母安好，而孰知人事之变，竟大有出人意料外者！昨冬嫂有姨来，其来意至不善，对妹曲尽诣协之能，而冬嫂叮嘱尽意款洽。谓"江姨，汝前途福星也，盍善遇之。"言次颇露嘲讽得意之状。夜分，蚊蚋肆虐，月影交横，展转不能成寐，因思伊人者，恐正大肆谈锋，盍往一探其究竟。披衣下榻，蹑足迳赴冬嫂卧室，时小侄辈已梦入黑甜，鼾声直达户外，妹自窗外潜窥，冬嫂与姨，正各把水烟袋狂吸也。语自浓烟中漏出，殊细微不可辨，然静聆之颇有可以意通者。嗟乎，妹厄运从兹始矣！此等事妹不能言，妹不欲言，妹不忍言，更不愿以此等消息污吾菊哥兰妹之耳，伤吾菊哥兰妹之心。倘能垂念不幸，则请陈情慈惠之姨母先生，速为图救，冬哥一日未归，妹之苦海，不能一日脱离也。自当夜返室后，手巾一日数易，犹觉泪无晴时，怔忡之情，莫可言喻。今只一事尚可为，君等可假命姨母，促妹蹴府，则冬嫂或尚不能阻拦，然亦侥幸可危。行矣！君等其速图之！妹惟拭泪眼以待佳音也。

此书达时，必使吾活泼之兰妹，亲爱之菊哥，感觉数分不快，君等快乐之光阴，又为妹耗去数分矣！伤哉！

杏枝谨上。

"怎么几日的工夫，杏姐会到这步田地？"妹妹水剪似的眼睛，不觉有些潸然。哥哥一语不发地呆握着那封信。

——他清清楚楚记得这是杏枝第一次贡献给他的悲哀。以后便如落水的桃花一样，一瓣一瓣的悲哀，都纷纷地在他的心泉上浮涌起来。他又记起许多记不完全的，片断的，她写的信。

菊哥，我现在虽然是在学校里，但已不是先前那样。在课堂上，教习所讲的话，几乎一句都听不见。只是听着铃子响，便把课本抱上堂去，听着铃子响，又把课本抱下堂来，机械似的同着她们一块儿动作。兰妹逼着问我究竟是什么原故，这样已经不止一次了。但我怎样回答呢？实在连我自己也不知道其中的秘密呵！……

菊哥，当我每想起我们儿时堆竹叶山的时候，我总是心痛。那时兰妹才六岁，我八岁，你九岁，我们把山堆好之后，不是说过，"这是合我们三个的力量筑成的，这是一个常青而不会干涸的山，除了他自己要死之外，别人是不能叫他死的"？可是，现在呢？我前年暑假回家，竟寻不出一些痕迹了。但是我还记得娶大嫂那年，竹林里面那些团体和你所说的话。单是记得又有甚么用处呢……

菊哥，我万不想冬哥也受了嫂子的同化！他也强逼起我来了！他竟敢挺撞我最亲爱的姨母先生！他竟以断绝我的读书经济为要挟！这不是他的信么？请你看一看，究竟作何感想？……

菊哥，现在我已决定牺牲了！我很感谢兰妹，朝夕不离地看护我，关于我的病状，她已有详细的报告。但我希望你以后不要再顾虑到我了，因为我觉得我已快到解决的时期。我平素最憎恶而痛恨的冬嫂，到现在我反觉得她是很好的朋友，而且是我应当感谢的。我也并不知道怎样会如此想法？但我很明白，天地间的一切，在我的心里，实在没有可恨的了。峨冠博带的搢绅先生们，饮酒食肉的富翁大贾们，实在说，又同焚火打劫的强盗们，沿街乞食的乞丐们，有多大的区别呢？不有贵，那会有贱？不有富，那会有穷？不有治，那会有乱？不有善，那会有恶？不有死，那会有生？但是……菊哥，你或者不会说这是我临死时得的疯话罢？……菊哥，两日以来，益觉得神志清爽；不过儿时的印象，尚在脑筋中回旋，一时很难排净。使我最不能忘记的要算是你的"泪云"了。其余如你们家里的书房，园子里的花台，池子，门外的竹林，田坎上的樱花树，山坡上的草地，姨母先生的笑容，兰妹学鹅叫的声音，只要我一闭目时，便可以看见。你当还记得我们最初一次的离别：我要同兰妹进 M 女校，你要进城入 K 校，当你要起身的头一晚，我们偷偷地跑了出来，趁月色到我们常到的池子边上去。我们并不知道别离是怎样一个滋味，要怎样才算践行。我们只是六只脚三个头紧紧的围靠拢来，伤伤心心地哭。间或听得出一阵一阵地竹叶着地的声响，和阁阁国国的蛙鸣的声音。我们并不知道经了多少时候，也不计及大人们寻觅不见的焦灼。只觉得鞋袜上似乎是有针刺着一样，身上的衣服已经空若无物失了取暖的效用，我们才大家立起身来，闷闷悄悄的回去。过了几天，我同兰妹，也上 M 校了。我好像离娘失伴的鹅儿一样，天天只知道惦记慈惠的姨母先生和亲爱的你。活泼不羁的兰妹，也不免有点黯然了。她还说："不知菊哥在城里，是不是与我们一样的寂寞呵?"差不多一星期之后，你的图画练习簿寄来了。我同兰妹欢喜得不知怎样才好，等我们打开簿子看，总是一些引起我们吊泪的东西! 当时实在不解你那有许多眼泪，一本图画簿都渍透完了? 亏你还那样细心，把那一滴一滴的眼泪所渍浸的范围，都用笔尖绘起来，还注明日期与时刻。那些眼泪在纸上的颜色，过了些日子，益更发黄，一朵一朵的显露出来，真有早晨太阳未曾出那种云霞的美丽。你取的名字叫"泪云"是再恰切没有的了。唉! 儿时的泪，何等灿烂而光荣呵! 何等纯洁而清芬呵! 她是自然而然地流出来了! 不知其所以然地流出来了! 是酸辛还是甜蜜? 菊哥，你总应当承认这是你最珍贵的东西罢? 我今天实在是例外，我本不应当用弱手写出这许多字来，但这是我心里最不能忘记的一件事，虽然我吐了好几次，兰妹逼着把我的笔抢了，我仍然要继续下去。菊哥呵! 这或者是最末一次的长函了。……

——树上的桃花，仍然一瓣一瓣地向下飘落，将要旅行的太阳，已背好行囊，要向大地行最后的握别礼了。他又想到他妹子的不幸。

一个活泼泼的人，为什么不永远活泼泼地滋长呢? ……
鲜艳的桃花，为什么不永远繁华的开放呢? ……
光明的白天，为什么要被黑沉沉的夜晚占去? ……
难道真是杏枝说的"有死，才会有生"么? ……
生了一定要死，那吗，生或即是为死而来，生又有什么意义呢? ……

唉！人生的梦呵！峨冠博带的搢绅先生们，饮酒食肉的富翁大贾们，明火劫抢的强徒们，沿街乞食的丐徒们，梦中的朋友！你们在梦中发现了些什么差异？大同罢！一致罢！"不有贵，那有贱？不有富，那有穷？不有治，那有乱？"杏枝的话，是不错的。杏枝的精神是不死的。杏枝已经寻着她的解决了。什么是死？什么是生？梦的历程，谁能告诉出来呢？……

可是，悲哀终竟是悲哀呵！

人生终竟是人生，——

杏枝死了！兰妹死了！桃花谢了！更从何处觅温和的性情，委婉的言词，活泼的身材，鲜艳的颜色呢！过去的事情，永远是过去。天国的路，永远是模糊。记忆的浪，一层一层的越发汹涌了。

人生终竟是人生，悲哀终竟是悲哀呵！

很容易证明的，这间屋子是预备开游艺会了。正对着入门的戏台，很静肃的垂了两张红幕下来，受着瓦斯灯的映射，特别鲜艳而明亮。幕的两边，贴了许多红绿纸条……"开幕时请勿谈话或鼓掌""尊重会场的秩序""特别来宾席""男宾席""女宾席"……等等字样，一直张贴到会场的门口。从长方形的会场的四顶点，引了两条对角线悬着五彩的万国国旗，与会场门口的两杆"红黄蓝白黑"的大旗，互相辉映。其余，便是预备给观众坐的桌凳了。

来宾陆陆续续地渐渐来得多了。佩着绢条戴红花的人们，渐渐有点忙碌。他们穿梭似的引导来宾入口，招待来宾坐位，还要时时往后台照顾。

会场中已经听得出嗡嗡的声音，还时时夹着一些唾痰的声音，擦火柴的声音，与零零落落的拍掌的声音。会场入口愈发觉得拥挤。许多漆一般亮的头发，水银一般的面庞，时式而称礼的服装，玳瑁圈的镜子，金钏，金手表，钻戒，手提包，手杖，……都迎着瓦斯灯的光线，慢慢移动过来。会场的空气越发浓厚，拍掌声也渐次加多了。

于是台上有人报告了。口哨吹了。帷幕开了。台上的管弦合奏了。昆曲歌唱了。跳舞举行了。新剧旧剧扮演了。……一切游演都举行了。台下的掌声，嘘声，怪叫声，唾痰声，擦火柴声，却同时伴着进行，一直到游艺闭幕为止。

菊生坐在众人的中间，竟至寂寞而下泪了。"人生原是作梦的呵！一幕一幕地过去了，一幕一幕地赶来。热闹之后的冷静哟！快乐之后的悲哀哟！梦的游行者哟！"他不等到闭幕便出会场，宁肯在空旷的夜园里，呼吸冷静的空气，他不愿听辉煌灿烂的剧场里的闹声。"杏枝已经寻着解决了！活泼的妹妹，慈和的母亲呢？祝福她们罢。寄托她们罢。"他飘摇而摧挫的心，只有这样希望。

他进了寝室，听差蓦然送上一封电报。他的肺叶不觉紧张，心房也不觉动荡，他颤动的手实在没有勇气打开。"又是一幕人生的梦罢！"他终于才鼓着勇气打开：——

枝急病逝，已葬。汝勿过悲，幸以老母为念。

——"唉！人生终竟是人生，悲哀终竟是悲哀呵！"他最末的含着泪的叹声，便是他一切记想的回答了。山林里看得见的红脸的太阳，蛐蜒似的炊烟，新郎的骄傲，竹叶山的青葱，泪云的鲜丽，桃花的零落，游艺会的喧闹，电报的恐怖，戴红缨铜顶的帽子的人们，围着磁碗听牛骨头声响的人们，背着席子提着砂锅的人们，佩着绢条戴上红花的人们，水银似的面孔的人们，一切一切，都从他的印象中慢慢地沉向那茫无边涘的黑夜之海去了。他不能不离开落英缤纷的桃林，他不能不离开不满黑幕的公园，他见纷纷的游人都起身走了。许多活泼泼的小弟妹们，也起身走了。他仿佛又听见小鸟儿的歌声。

看呵，宇宙的帷幕下垂了。

——格碟，格碟。

听呵，自然的琴簧停止了，

——格碟，格碟。

云霞呵，美丽之葬衣，

——格碟。

花草呵，清芬之墓园，

——格碟。

流泉呵，呜咽之挽歌，

——格碟。

朋友，悲鸣罢，蹩踊罢！

——格碟，格碟。

何处有愉快之神？

何处有幸福之宫？

——格碟，格碟。

梦的使者，何等全能而残忍哟！

朋友们，梦境何日醒哟！

——格碟，格碟，格碟。……

选自 1923 年《浅草》第 1 卷第 2 期

雪　后

　　这天下雪了，我病在小室中，勉强服下去的药不住在我心里一上一下的翻。有时恰与壁上的滴滴答答的摆动的钟声相应。

　　我很想呼吸一点纯洁的空气，我顾不得医生给我的避风的教训了，我把窗户打开，天井里面已经积了一两寸厚的雪。窗前的小柏树儿像扑了面粉一样，一丛一丛的枝叶上都食盐似的结了晶。窗沿上的一盆水仙，和我不知道名字的一盆草本花，早萎谢了。我想：何不使他们也去受一受雪的濡染，使他们得一点浸润？不对，他们根基浅薄，恐怕当不住罢？我仍然未动他们。

　　我凭着窗沿望那天上一片一片的雪越发下得大越发来得密了，我忽然记得不知在那一本书上有"雪花儿落一阵紧"的句子，我便细细去领略这"雪紧"的风味；并且看她几时才松，又看一看松的风味到底怎样？

　　呆看了一阵，我便坐在案前，铺一张纸，想做一首雪的诗。可是我刚提起笔，心的使命却又叫我放下来。不做也罢！我顺便躺在一张软椅上。忽然头又晕起来了，胃里的药也翻起来了，我只好闭目静神的躺一会。我原打算暂时学学"绝圣弃智"的出世派，权且在很短的时期内去洗净六根，一空色声香味嗅觉诸相，可是办不到，我把眼阖上不到两分钟，心中千头万绪像潮一般的思想，一时都涌起来。

　　最占势力的一条心绪，就是："今天的雪恐怕是这一季的最后一次了罢？至少的时间距离，也要经过七八月的左右。那么，就轻轻让她无声无嗅地走了去吗？不能，不能，总得要略略尽点地主之谊，表示几分惜别的意思罢？"结果还是这条思想存在，并且实现了。我也不管我是在病中，我也不管我的病是要忌生风，我只觉得要出门外去走一趟，才对得住这一次的雪。

出门是黄昏了，雪渐渐停止了。过了北大第一院的楼房，东首便是一座桥。我走到桥上，向桥下一望，河岸两旁堆着雪的枯柳，牵成两条愈前进愈狭小的直线。每株柳树大概是有一半的丫干是未接着雪的，仍然是本来的灰黑的颜色，并且每株柳树的射影线上，也都没有雪盖着，恰像谁用墨斗弹成的墨线一样，一条条的落到水里。其余所有的地面，却是一白无际的了。从水里映出来的天，是黄白色的，在这黄白色的天里，倒栽着那一半丫干带了雪的柳树，一片白的河岸上的墨线，牵了下水，水里也照样有一条墨线与他无痕迹地接连着。还有那远一点的楼房，近一点的桥上的我，也都充分地在他的图画里倒映出来。桥上的我同水中的我，恰恰是立于相反的地位。我自己不禁起了疑问，"水中的我，果然是倒的么？桥上的我，果然是不倒的么？桥上的我瞧着水中的我，自然以为他是倒的了；但是水中的我瞧着桥上的我，他难道不可以说同样的话吗？那么，我究竟……"

我在这里立了一会，无目的地再向前走，不知不觉却顺着河边的不甚热闹的马路走了过去。天越发晚了，四处的洋号洋鼓的声音，遥遥和成一片。在这种声音里，可又时时漏出一声两声的钟声来，也不知是那个寺观里的。但我最疑惑地，怎么今日如虎吼一般的汽车的声音，和充满血泪的唧唧哑哑的人力车的声音，却不在这杂沓众声中找一个位置。我想也许是雪把泥土盖厚了，不能再显出车轮的声音来罢？不，恐怕是那坐车的人们，还正在家里面围炉煮酒哩。

我埋着头再向前走，马路壁上的灯渐渐一盏一盏的从远处点起来了，对岸的灯，也稀稀疏疏的起了反应，因为我忽然在河里一二的发现许多灿烂的明星。这也许就是我们前途的向导罢？

这条马路平时我知道并不长并且很平常的，但是今日总觉一时难得达到路终点，并且景象也有些不同。我到了第二座桥，桥头有一座小小的木板架起的四方的警房，只有一盏立桩的四方灯在他门口。屋后有几块长木板堆着盖满了雪。这几块木板是我每次打这里过都瞧见的，想来放置很久了，我不知道他是松柏，是枸杞，是不中材料的选格呢？还是用他的人不留心，随意放置呢？但他却在纯净洁白的自然的图画中享受自然的美！

这时候白天的光渐渐失了效力了；雪的反射，也渐渐减少，警房门前的四方灯，却较前分外明亮。那立在桥头的警察只管走来走去，通身的服饰，都是黑色，只有头上的帽章和衣上的钮扣是黄的，从灯光里反射出来，特别发亮。腰间悬着一把铜的指挥刀，不知是故意放下来的，还是扣带长了，接触在地上，与脚下的皮靴走起来的时候，成一种"钉……钉……踱……钉……踏……"的声音。他瞧见我瞧木板的时候，他那惯于侦探的眼睛早灵敏地注射到我的身上来，后来我越发走得近了，他又仔细瞧我一眼。他大概是四十开外将近五十的人了。他的深的眼眶落在他的粗的眉之下，灰褐色的脸，起了薄薄的皱纹，两颊凹了下去，只有一层薄皮包着突出来的颧骨，沿着厚的嘴唇显出颁白的髭须的短脚。他也许是怕冷吧，他时时捧着他枯柴似的手在口头吹气，一时又插在衣袋里。他不是有一个警房吗？怎么他尽管在外面盘旋，却不进去？这样大的风，这地下堆着的雪都又刮到雪脸上来，似乎天上又在降雪了，难道他这般年纪还真不怕冷呵！

我只管猜疑脚步忽然停止了，心中悲悯的同情，不觉热烈地发动起来，不由我不向他问几句话。

"喂，这位——你们每人每次分区防守需要多少时候？在什么时候下班？怎么你这样年纪，还在服务？"

他陡然听见我说话，似乎带几分惊讶的神色，迟疑了一会，他眼睛注视着我说道："先生，您是在大学堂念书的吗？"

"是的。"

"您好像不是本地的口音，贵处是那儿？"

我说："我是四川人，到这儿来有两年了。"

"四川不是挨着河南吗？"他很注意地问。

我告诉他说："不，隔河南还远着呢，云南到是接境的。"

"哦——哦——是的，云南，云南！"他带一点惭愧的笑，掩饰着说，"您贵省太平吗？"

我说："不见得罢，每年不是大兵骚扰，就是土匪捣乱，倒是你们住在北京城里舒服多了。"

他听到末了一句，他的长在凹了进去的眼眶上边的眉，微微地皱了；柿子色的口皮，合着凸了出来；拳头似的头，向左右摆动。

"咳！"他叹息说，"而今不比从前了！您到北京不久，恐怕还不知道——"他说到这儿，他的手提着指挥刀，在桥上走了两步，向着桥西的街口。睄了几眼，他仿佛觉得是他的同僚来接班了一样，望了一会，不见什么动静，于是他又接着向我说，"——您不知道，现在的北京，和从前大不相同了！记得咱们当小孩子的时候——大概是同治初年罢，那时真是万民安乐，五谷丰登。咱们家里，隔不多儿日子，又是大包绸缎，小包金银，送进送出。我也不知道是打那儿来的？不知道在那个当儿，怎么，东西——真贱！大米不过几吊钱一斗，穿什么粗细大褂，简直算不了什么一回事。好，后来什么义和团大闹使馆，惹起外国人办交涉，皇上江山都不要了，西太后和李鸿章保驾，闹得一塌糊涂。真是天心不顺，后来越弄越糟。宣统登基，简直没有一天顺畅。反正过后，袁世凯福分不到，当了八十三天的皇帝，究竟不算真命人主。后来张大帅要做忠臣，重整江山，可是天意如此，难得挽回。咳！我今年才活到四十九岁，瞧了这许多世界。先生，不是我多嘴说，您究竟年轻！听说您贵校有什么过激派，打算不要总统；其实总统就是皇帝，不过称号不同。您仔细想想，这样大的天下，要是不要总统，怎么办得了呢？前次听说咱们长官已经得了总监的密令，说是北京很多过激派，大学堂有许多人都是的。须要严密调查，以杜流弊。本来我不应分告诉您，因为您从很远的地方到北京来念书，要是中了过激派的圈套，怎么对得起你们老家？我瞧您很诚实，又因为今晚很冷，没有什么人到这儿来往，所以我都告诉您，您——"

他说一句，我听一句，愈到后面，愈使我的听官发达；同时竟使我司言语这一部分的官能，失了效力，一句话也答不出来，却是也莫有可以插话的地方。后来听到他说，"——所以我都告诉您，您——"这儿，我才知道他的谈话快要宣告一段结束了，正打算提起精神，勉强答覆他一点；并且我最初要问他的动机，似乎并不是希望他如此答覆，这也应当请他另作一个答案才是。他忽然提着指挥刀，一转身到那半明半暗的立桩的四方灯那儿去了，两眼望着桥的西头。我也顺着他的眼睛瞧去，原来他的接班的同僚已经打着火踉踉跄跄地走到桥上来了。我知道我立在这儿不便，赶紧抽身向河沿的马路上走去。

风越发大了，我的抱着病的身子实在撑持不住了，我只有加快我的速度向原来的道路回去，我不能再瞧他们交班的规矩和手续了。我的鼻孔饱喝了一顿冰其林，脸上和嘴上透凉的颗粒不住一针一针的刺。什么图画也没有了！马路上的灯也被夜之魔征服了，埋着头不敢显出影子来！只隐隐地听着隔岸的狂暴的风声中，夹着一种颤巍巍的小孩发出的嘶声："三角馒头——白馒头"，来作我这一次雪后出游的最终的点缀；同时我仍然觉得方才那位久经世故的老警察，还是正在很高兴地口讲指画滔滔不断地演说，立在我的面前。

十一，五，二十二，在北大

选自 1922 年《小说月报》第 13 卷第 8 期

廖丛芬

|作者简介| 　廖丛芬（？—1934），笔名蓼子，记者。存世作品有《蓼子遗集》（收录《二男一女》《一段传奇》《收获》《小绿色茶杯》《稜都》等 5 篇小说）。

二男一女（存目）

收　获（存目）

林如稷

｜作者简介｜　林如稷（1902—1976），四川资中人，现代著名作家、翻译家、教授。浅草社、沉钟社主要发起人之一。代表作品有短篇小说《伊的母亲》《死后的忏悔》《流霰》《故乡的唱道情者》《调和》《办公室内》《过年》等；论文集《仰止集》等；译著《卢贡家族的家运》等。

死后的忏悔

　　下午三点，钟响了。从我的愉快胸臆中放出一声"好了！"来。匆匆出了学校，就像死囚逃出了监狱一样。我恨不得一气跑到家中，那两条腿却慢慢地移动。我一面在走，一面在想：刚才不是上修身吗？那修身教员正讲到"杀身成仁……舍身报国，大丈夫当战死沙场，马革裹尸；……垂名史册……"，偏巧他常骂他顶顽皮的同学老高，却站起来打断他的话头了。老高用他极粗的声音问道："先生！你上回不是说过'……守孰为大？——守身为大'。同'身体发肤，受之父母，不敢毁伤。……'那些话么？怎么又要讲'杀身成仁……'这一类话呢？"修身教员看了他一眼，也用很大的声音回答他：“……这……我……上回说的，是就私孝方面说；这回却说到公忠了。……我们舍身为国，报君恩于万一，便是'移孝作忠'啦！……所以……”

我正想到这里，"老林！……那去？……老林！"的一阵声音，震到我耳鼓里面来了。我愣了一愣，一下惊觉了，忙回过头去；却又没有看见叫我的人。那声音我像听得很熟的，只是想不起是谁。

"嘿！这里！……"我才往左面一看，我看见叫我的人了。——我见了他；我登时中了极强的电，周身麻木了。两眼只是瞪着，又像没看见他一样。口也张着。有好一会了；想说一句话，却又找不着该说那句才好。

"老林！你就不认识我了吗？我穿着这个衣服，你倒看不出来了！"他带笑的在说。我听见他说到衣服，才把钉在他面上的双眼，移到他衣服上去了。——好齐整！好威武呀！一套顶新的黄色军服，穿在他高大的身上。我看了他衣服，有一点明白了；又把双眼移到他面孔上去。鬓黑微瘦的，额上的汗，就像许多缀着的明珠，两眼就含着无限的笑意。我明白了：他正是我两年前的同学老李。我极力在震惊的脑筋里，收索出一句话出来了。

"呵！好久不见了！好吗？……现在在那里？"

"真是，我们两年没见了！我吗——现在混进军界了。还配同你说话吗？……去年我二舅父叫我在他营部里充连长，这回换防走这里过，大致要驻几天。我现在忙得很，有许多同学都没有去拜会，又还怕他们笑我啦！……"

我明白他的来历了，也就顺口说几句敷衍话，却很吃力的才说出来。末了他叫他背后站着的勤务兵，在皮包里面，摸出一张名片，他又在名片上写了一个现在驻地，才递给我。接着又伸出深黑色的手，想同我握手，我倒不知怎么了，很迟疑的，慢慢伸了出去。从前我们在学校的时候，不是很随便的吗？一切物件都交换用，怎么这下握一握手，就会觉得很不自然了呢！

他说他要去买一些物件了，还请我明天去会他，不是快开差了。我真是喜欢极了，忙说明天见罢！请了！

"踱！踱！……"一阵皮鞋声儿渐渐的远了，我心头也清爽了一下。呵——不早了，回家罢。

第二天我下了课的时候，忙忙的把昨天他给我的名片取出来一看，上面写着"三营一连现驻高升店"几个字，我就忙向高升店去了。

一幅白色红边三角形的小旗，色儿是很旧了，字也模糊了；只有"三营一连，李"几个字还辨得出来，正在高升店门口飘扬，好像很得意的。门外还有两个兵士站立有两面，手上执着一支枪，很有精神似的。我知道到了，却又后退了几步，末了仍回转来。因为我心头很不愿去看他，却又想起同学的感情来，所以又仍然转去。我正要向那执卫的兵士打招呼，昨天跟他的勤务兵看了我，忙把我请到内面去。

正中的房里，黑漆漆的，早点上一盏灯了；那微微的火光，仍敌不过黑暗。老李正坐在那里看信。我同他说了几句话，才把屋内的布置看了一看：两架木床，都顶旧了，一架上面有一套被褥，一架上堆了一些军装，还有几件纸包，想是他新买的物件；湿润润的地上，有着一双极新亮的皮靴，同吸过的一些香烟头。方桌上面，那盏灯外，还有一个瓦砚同一枝笔。他看完了信，现出不高兴的颜色来。

"怪！……怪事！他们两弟兄两个心！我也……"

"哪两弟兄？谁给你的信呢？"

"小高大高吗，我也是昨天碰见的。他们送我一些东西，并且写了这封信来。你看，多有趣！小高的信，骂得我一钱不值；大高又是另一个口气，他却说是羡慕我。……唉！其实小高未免太狂躁一点；大高又太把这碗饭看得尊贵一点了。现在我也有点不……"

他的勤务兵端茶来了。他停住不说了，把信递给我。我一面看信一面想起小高大高来。小高现在倒还在同我同班；大高听说想当军官，正在活动啦。我看见小高写的信，就好笑起来，正中一行大字，写的是"李连长大人勋启"。抽出小高的信纸一看，无非是一些气话，什么"……军阀呀！万恶的傀儡！人道的蟊贼！野心家的奴隶！……"等话却堆了满纸。再看大高的信却迥然不同了；但是我眼也花了，看不清楚了，只记得有"班生此行，不异登仙……"那一句了。

他留我吃饭，我忙说吃过了，就要回家了。他决意不肯，我却定要走。他笑笑的说道："我们在学校的时候，你见着我就要我请你，现在怎么客气了？你我何必见外，都是很好的老朋友，何必！"

"我实在有事，明天再见罢。"

"明天吗？——我们就要开差哩！"他说到这里，眼圈红了，几乎掉下眼泪来。我也就发了怔，很愁惨的说道："我们相处的日子还长呵。下回你换防回来，再谈罢；我今天实在有事。——嘿，好在明天是礼拜，我早晨还可以过来，恐怕赶得上你们还没出发呵！"

"那末，你明天要早一点才好！"

这下我如同得了大赦一样，说了几句明天见，早出了店房门了。

我买了几样能留久的吃食，叫仆人给他送了去。因为军队里面饮食极坏，并且到了外县去，更买不到好饮食。一会仆人回来对我说，他请我明天早点过去。

夜深了，我仍没有入睡，不知道把大高小高的信读了多少遍。醒了，一看钟指七点，连忙带走带跑的往高升店去。快到了，我松一松气，才慢慢的又往前走。

呵！一阵喇叭响了，闹极了的街上，登时静悄悄的了；除了喇叭同"劈拍，劈拍"的脚步声外，一点旁的声音也没有，走道的人，早屏声静气的两面站着。并且通用脚尖站在地上，伸直了脖子，瞪起双眼，远远的望着那一队兵士过来。

我停住了脚，焦急得很，恨他们要耽误我的时间，只想直闯过去，却又不敢。唉！他！他！那不是他吗？夹着小队过去了，挂上一柄指挥刀鞘，刀身还拿在手中。我想叫他；却又叫不出一些声音来。他像也看见我了，只点一点头，也没有出声气；深沉的目光，像要哭了。我呆呆的站着，不知怎么也滴下眼泪来了。大队快过完了，一匹枣色肥大的马，上面坐着一位肥胖的军官，好一副福像呵！大致是他舅父了。军队过去完了，登时街上又闹嚷起来。断续的喇叭，渐渐的听不见了；雪亮的枪尖，也望不着了。我还是像石像一般立着，心头仿佛掉了一件宝贵物件样，十二分的不快。

过了一个多月，我正从学校内走回家。一阵的"林先生！林先生"又把我叫住了。正是老李的勤务兵在叫我。

"你们连长回来了吗？"

"连长，死了呵！……"

"唉，唉！怎么的？……好久？"

"在火线上头呵！正在七号的早晨。"

"唉！可怜……可惜！……"

"现在营长不知道跑到哪里去了？连长的尸也不知道怎么了？大致在火线上埋了的吧。我跟营长一块跑出来的，好容易又逃了回来！唉！真是……"

他唧唧咕咕的直往下说，我却听不清了。我忽然想起一件事，忙插嘴问他："连长家里你去过没有？现在他家里知道吗？"

"就是开差那天，三号走连长家乡过，他绕道回去了一次。连长家里只有老太太在，大致有五十岁了；太太听说是去年新娶的，那天没在家，第二天赶着从娘家回来，我们已经要走了。连长走的时候，老太太送他出来，好像要哭了；她对连长说了好一阵话，我也没有听见；只有送出大门说的那两句，我还记得，就是：'……你甚么事都不要太认真了，只要能敷衍就是了。……你太年轻了，我见着你舅舅，我会同你请假；你不必记念家里吧。……'话还没说完，他们娘儿两个，通快哭了。后来老太太又吩咐我，叫我好好伺候连长。我们才走了。现在不知道老太太知道没有？大致营长会写信告诉她。——唉，连长自从回家过后，天天都在发愁，我也不知道他有什么心事；上火线那早晨，只是叫脑袋痛，随后也就……"

我不愿听了，他也像要哭了；我答应他一两句，忙忙的跑回家去了；但是眼泪也像止不住了。

"班生此行，不异登仙"！老李真登仙去了；我也渐渐忘记了。

那天我在家里，门房送进一封信来，我接着一看，"三营一连李缄"几个字刺到我眼睛内面来了。我呆了半天，也就同遇见他那天一样，不知怎么了；脑筋就像机器的锅炉房一样，忙乱得很。我下细把字迹一看，正是老李的亲笔。我忙去拆开来看，两手却只是打战，多半天才取出那张信笺来。只是一张，上面写得很潦草，墨色也很淡的。我恨不得一眼就看完；眼也不知怎么了，却慢得很。信上写的是：

"……弟往岁投笔作戎，区区此心，欲报国家于万一；此亦足为男儿光宠也。……不意入伍以来，始悉今世军界之败坏黑暗，有不堪言者……此争彼夺，不过争一己之利欲；而不惜驱无辜同胞以殉之。……弟久历戎行，已灰心如土。决意不日乞假退伍，或再立志求学；以冀愈此二年罪过也！……"

我看完了，诧异得很，未必他还没有死吗？那天我又是亲听着他死了，怎么信又在死后半个月呢？他信上的日子又是五号写的，怎么这封信走了二十天呢？唉！奇怪！他信内的话，也很激昂慷慨的；他灰心军界了，只怕还没有死呵！我怀疑了一会，才想起一个解决法子来，忙去看发信那天的邮政图记。看了更见糊涂了；上面却印的二十三日，今天二十五，怪了，离他写信的天日也很久了。这一封信，使我脑筋忙乱了半天，总想不出原故来。唉！他信内通是一些沉痛的忏悔，怕就是他死后的忏悔呵！那就该天堂的邮差送来的才对呀！

我疑猜了好一会，呵！明白了。信一定是他生时写的，写好交到邮局，接着他们就开始战争了；一直战乱了许久，邮局也就没有走信；现在所以才送来。不是吗？邮局的图记，正是他们火线吃紧地方呵。

这一个疑团解了，我也不管他是生前写的，只当作他死后的忏悔吧。因为他生前不料也会说出这般沉痛的话来；他以前却很得意的呵。我每每想起他这封信，便一直追想以前的事，我就连想到那位修身教员所说的"舍身报国……便是移孝作忠啦！……所以……"那几句话来。

1921 年 1 月

选自 1921 年 1 月 19 日、20 日、21 日《晨报》

流 霰

一

可怖的黄昏到了。惨淡储愁的铅灰暗幕，沉静而闷窒，雷雨之前，十分的萧索，十分的浊敛！层层密絮般的墨棉，幻出一幅黄泉之岛的写真：这是如何可怖的黄昏哟！

雨点，已开始飘泻，疾风，只泄舒郁积的悲哀：鞭策这沉闷的大气，倏忽而变为烦嚣。淅沥的颤音渐渐地开始；暮秋的余雷，鼓奏那袭击一切生物的进行曲，似乎呼杀和凯旋地狂喊；驰电也闪眩震人的波光，表示将征服这些被命运载着的生物。

枝叶深暗的一簇灌木，乘着这暴风吹过，都颤动着，低的屈伏，唱出凄清的歌调。从乌云深处，太空的悲哀之泪，一点一滴的，似乎要把这灰色之岛，完全浸润在它的泪泉之中。穿林来去的鸟群，也只有悲鸣和狂扑，它们也似已觉得这风雨之夕的酷暴，虽是蜷伏栖息在安乐的眠巢里面，也再不能寻得美满的好梦，——宇宙未有归宿的生命啊，只好彷徨，凄恻，或是狂奔，诅咒和呼吁了！

在这灌木密茂四围的中间，有几间矮屋，早已剥落而败颓。——也许在昔这几间矮屋，是富家主人建造来避炎夏的；或许也是遗世的诗人，特别经营来在其中领略这秋雨萧萧的滋味；但此刻却是租与一位愿同城市隔绝的青年，N县中学的学生名叫亦维的在此住宿。当其这外面自然界起了这样剧烈的变化，他却毫没有注意到，只专心在同一位来客对话。

"亦维哥，我以为世界上的万事，都是由着那司命运之神所颁赐的命运去支配的；所以我们凡事也只好任命运波扬或陷抑的！我们在这种情形之下，一切只有是忍耐或视为淡泊一些好点！——我以前都以为你是一个自骄和自傲的人，凡事总以为别人见解是错误，别人对你总是仇视；只有你一人自以为见解完全是确对。现在我才知道你是一个别有见地的人，所以对事接物总以为不满；但我仍是不明你天性是这样或是受了一种别的强烈的刺激？"

穿着一身N县中学校的黑色制服的一个青年，名叫知白的，很诚恳的态度，和蔼的话音，对着坐在他对面一个二十岁左右的人在说。这人即是亦维，他的面孔除去瘦削灰白色的两颊外，高突出的颧骨，两只细小的眼睛是凹入的，还有一团青暗色浸现在眼圈。亦维听见知白的话之后，把眼睛微闭了一下，像在思索什么；一会才放射出怠疲的灰光，表示神经质的衰弱，钉在知白那红苹果色常罩上笑涡的面庞上，半天才慢慢地说出一句话来。

"——是的，我也不知道这是怎么一回子事；也许……?"哑默过一阵，亦维又才接着说，"这种是在沙漠的旅客一种恒态吧！其实也没有什么特殊的征验的。"

他们又哑默了，这一间小而昏暗的房内，毫没一点声息。亦维的呼吸虽是很紧凑，但他勉强把它忍着，不令发出同他平日一样的喘声。这间房子，亦维拿来做卧室，自修室和会客室。房内的陈设，很污乱的，床上被褥也没有叠齐，还乱堆着一些报纸和书本，就像那蒙茸荆棘纵横的坟墓一样。一张很小而窄的书桌，也给碎纸，信件同书籍杂错的堆满。只有近书桌的墙壁上有一扇小窗，也关闭得很紧，房内光线觉得幽暗，虽是玻片上已缀着许多晶莹的水珠，在屋内却听不见外面的雨声的。地板上口唾和一些残余的卷烟头几乎布满。墙壁上虽是粉屑因霉败而剥落，却挂上几幅像片，也快给尘灰封掩，辨不出像上是些什么。有几幅裸体美人画片，颜色也很旧敝；有一张还是他自己用钢笔画的一幅题名叫 Temptation（诱惑），粗疏的笔致，还可仿佛看见上面是在一疋幽荒的山谷之上，一位年青姑娘拥抱着一副骷髅在跳舞。

在沉默的当中，亦维忽然先破却静哑："我也觉得我这样与世不容的脾气是很使人难看，但我可自信一生没有做过负人的事，而别人的对我总是冷冷的或含着同猛兽觅食一样地凶焰：人与人之间的隔膜，是牢不可破的吧！"

知白没有回答他，只静心的听着，很想找话来反驳他。

"……就拿我们这 N 县中学来说吧，我们一些学生都是活泼泼的青年，心胸应该是如何的坦率，彼此当然应真诚的相爱，那知道内幕才是彼此相倾轧，相残害，勾心斗角的侵陷！这真是现代社会的缩影图，民族的劣根性，真太强烈的露现了！在学校里，他们目我为哲学脑筋和狂人，背地的讥讽我和毁谤，我是毫不计较的；只是也在背地替他们可怜罢了！你看，——去年我考试留级，他们那一种被嫉妒支配的喜欢样子，当着我的面要说替我抱不平的话，背面却在自鸣得意：给我这旁观者早把那些随时换幻变的面孔看透了的，只替他们可怜！……"

亦维说的时候，把两个骨露的拳握紧，似乎要同人决斗的样子。他一面说，知白有时也点头表示一部份的赞许。

"再说一句吧，我也觉得我这样狂傲孤冷的性情，有时很使人难看。我初到学校的时候，每每有时自己忍抑不住那燥急直率的天性，随时只要一遇着不愿意的地方，便任性闹起来；后来我想实在太算不过账，懒同他们争无意识的气；凡事只缄默不说，他们那种样子更是可厌，以为我是一个易被欺侮的弱者，更见鬼怪百出了！——这一次校长问题发生，我知道一定会成众矢之的，所以忍受一切诽谤迁出学校以外来在这孤僻的乡野暂住。"

亦维换过一口气，又才连续的说："唉！这一群在沙漠中游魂的野兽，想把我挤出世界之外，我有时反抗的心理很强，我要特意来留着刺他们那富蓄着毒火的眼睛！——其实，我早把人生看成像那大洋中的渺小的一泡样，也值不得把这鬼蜮的丘墓看得太认真的！世途的暗昧，也不是我们这样的青年——无机诈心的青年——所能窥测的；不过是徒抱杞忧罢了。"

他恨恨地说完，知白只静听着；他也不求知白的回答。似乎有一些倦意，取出一支香烟狂吸。已经是黄昏了，屋内只他手中所持的香烟头上有一颗丹明的火珠，烟团缭绕，他只注视着，仿佛这幻散的喷烟内，有很大的问题足供他研究一样。

知白沉思一会，又现出很诚恳的笑容，说道："我也觉得你在这里住得太枯寂太烦闷，很赞同你到 P 城去，想来多走一个地方，定可增益许多智识的。"

"唉！智识！谁愿意要它？——我不过想到 P 城去，看能换得一口好空气么？"亦维抛去那一支将要燃尽的香烟，吸着一口长气，很快的回答。

"——烦闷吗？那随便走尽地球也是可以使我感受烦闷的！哪里也不过是沙漠，狐狸鼯鼪出没之所，野兽鸷鹰所盘踞着的啊！怯弱者只有被鱼肉的！……"他说到这里，眼圈上起了一些红潮又继续的说道，"我把我的日记翻给你看，你就知道的。"

亦维起身点上洋灯，在丛乱堆积的书桌上，找出一本淡绿色的本子，递给知白。知白看见封面上很整齐的写的"不耐烦之日记"，只呆望了亦维一眼。亦维把日记乱翻一阵，找着一页上面用铅笔画得很凌乱的，指给知白看："白弟，你先看我这去年醉后狂写的两句话。"

知白接着日记很低微而略颤地念道：

"智光之灯燃了

但有人驱我向黄泉之谷！"

"你以为怎样？——我认为凡智识都是痛苦的胚孕！"亦维不待知白读完，很兴奋的问，怠疲的眼光，直射在他的面上。

"……"

知白没有回答他，或者是没有听见他的问话，摇头一阵，又去翻阅，面上罩现凄清的苦笑。

二

窗外的雨仍是不断地倾泻，狂风也更肆疾威，黑沉沉的黄昏，已把这灰色大漠紧紧的抱着。失却安眠的鸟群，已狂窜掩憩，灌木被鞭击而发的哀鸣，继续而更增戚恻！

亦维觉得知白绯红色的面庞，仿若受着巨烈的恐怖，变成灰白色；反映着暗惨的灯光，是何等淡黯啊！他懒懒的说："不要看吧，我知道你一定不赞同或是以为我何苦！我也很不愿意因我的原故，使你也多所感触，泯丧你的天真漫烂的个性！"他把日记拿来放在书桌上，沉默一会又摸出一支香烟吸着，才又说："你可以回去了，我明天早晨要走，也不必再来，以后多通信吧。"

知白默坐着，想再找一些沉痛恳切的话来劝他，终觉一句也寻不着。彼此尽痴忘着，沉思，哑默，含着感伤的哑默……

"大凡关系较深的人，临别总是找不到话说，只觉胸中含积许多悲哀，倾泻不出的！"亦维说完这两句话，声音似乎略微有点颤战。知白仍是只用眼白呆呆地看射着他，别离的酸辛刺入他们的鼻观，从互视的眼里，滴出惆怅的密泪。亦维几次的催促知白回去，他才慢慢的起身。出门的时候，知白握着他冷浸的枯手，站在灌木林下，又重复的安慰和忠劝他一阵；雨点不断的飘落在头上，寒风肆力的砭袭，他们也不觉得。

亦维把知白一直送出围绕的短林之外，觉得树枝齐发颤抖，雨点打在青苍的密叶上，重复滴到草地，萧淅的怨音，似在赞同秋虫的诉苦。知白走后，亦维只木立着怅望；知白一面走一面回头盼顾，他也点点头，或把手举起挥动几下。

渐渐地，因嚣闹的雨声，使亦维恢复知觉；冷风迎拂的吹侵，使他寒颤。他才觉得是一人孤另的立在风雨之下，让黑暗吞噬，有些恐怖起来，抽一口深长的气，仰望着墨幕，忿怨而哀祈的说道："小雨点哟！同蜉蝣一般的生命，飘零得若何的可怜哟！"

疾步的走进房内，周身发起烧来，眼圈也润湿了！

天儿渐渐由黄昏转为沉寂的黑夜，窗外的风声刮着作出惊人的暴吼，雨珠打在玻片上面，惨恻的响着。他哭泣一阵，又想到现在将要同知白分离，一位在飘泊中认识的好友，孤寂的良伴。行将一人单独步上辽辽的征途，是如何的凄凉啊！并且这次到P城去，那里离故乡又相距数千里，没一个旅伴，长途中更是触处要与猛兽为伍，也是可恐怖的！

"唉！在N县尚有这样一位心交的朋友，虽说是茫茫海洋中的萍聚，竟还可随时舒泄内心郁积的悲哀；现在——"他戚声的说到这里，又开始大哭了！很勉强的起身收拾行李，他决定今夜就起程，因为他以为早一天离去N县，便可以早到P城换吸新鲜空气；虽是N县有知白给他萦念，但终于要在旅途撒手的；明天若是知白再来送他，更是引起惨别的惆怅。

他把一些堆积的书些，拿来散乱纵横的放在网篮内，几套衣服和杂物也放好；又把挂的画片，取来慎重的放在箱内。有一张是他的母亲和妹妹合照的，把它放在唇际深吻一会。又找出一大束的信，一封一封的看过，总是拿来扯成碎片。房东就住在他的房子相隔的短林后面，他将房子交代清楚，央求房东的仆人替他把行李冒雨背负到N县临着大河的轮船码头去。他所搭那一只轮船是次日早晨开驶，搭客也多半要深夜中才来，他找到一间很清静的房舱内住下。

静寂的小舱内，他此刻痴坐着反觉得没有刚才的悲伤，因为他是一个易被情感支配而又易幻灭的人。他一生作旅客也不止一次，所以此刻别离的痛苦反减轻一些。他取出一本小厚的钞本，上面钞得也很杂乱的，有很多他自己偶然性发写的诗，又夹钞着许多古人和外国人的诗句。他乱翻过一阵，无非是想暂时混去这寂寞的时间，他平日也爱这样的混。忽然在那册内发现一张狭方素绢的一幅彩画，那是几年前他的一位表姊绘来送他的。他怔怔的瞪着这小幅素绢出了一阵神，听到船板上面有杂乱的步武声，才忙忙仍旧把它夹在册内，心中好像波现般的愁思往怅又勾起了！

"我不能再这样的回溯过去哟！过去的都是幻影泡梦呀！几年前的旧梦了！"

这样的含泪默语之后，自己觉得画这样的苦思，终战不胜凄痛的袭击；故意放重脚步触于锌制船板上面，铿答作响，才走出去倚着船舷眺望。

惨绿的星群，闪烁跃栗在蓝灰的密幕内，从黑蜮掩不尽的山影内漏出。一切都是潜葬在幽暗之中，只永古如斯的江潮打在两岸岩石上面，郁闷的，咽泣的音调和着岸上旅客们繁杂的急步声。未尽的余雨，疏点的飘落在他的面庞上，他是毫不觉得的，只有时凝神翘瞻着冥冥不语的太空，连续舒嘘胸中的悲怨。码头和轮船附近蚁聚泊着许多小木船，曳摇中射出飘渺的火光，那是划载搭客们上轮船的。他偶然向那些搭客望望，那一种送行者和旅别者的黯然魂消，惆怅亲语的样子，窜入他那易湿的眼中，只有哑默若喑的痴瞪着，任那心中嫉妒和哀怨交战。

刚才同知白话别的景态，又一一涌现于他的脑内了。"哎！我到P城之后，决定要奋勉为我！人生离别何足惜啊，也不过像那浮萍的聚散吧！"无聊的自慰，又才慢步的回到舱内。此时他住的那一间房舱，又添住着两个搭客，他不愿同人说话又是一种惯态，只冷冷的彼此招呼一下，便已倒在小可容身的床位上，任那孤寂和惨恻交攻于他脑内；虽是轮船上已很嚣乱，房内有人同居，他那只触到独愁的心思，已把一身罩满！

三

初夏的一天晚上，夜月高挂在澄碧的明镜里，银白的含笑的轻光，罩射在蜿蜒漫流的杨柳江右岸的T市。亦维在这夜便要第一次的远行。由 T 市到 N 县去，只有坐木船顺这夹岸绿柳丛生的小江走去。母亲揣着六岁的小妹走到江边来送他，彼此都是藏起真情的别怅而假装出不自然的欢笑。勉励同教诲的话，已在昨夜同小妹争一张纸画时，被母亲一面叫骂，一面替他收拾行李，反覆的说完了；最后的临别，只有互相痴望含泪哑默的！

"小心！一切都要小心！药包是放在提箱内的！"母亲惨然的说完，预备走了；小妹也似乎明白此时有些同平时欢聚不同，紧握着他的衣服，被母亲勉强去抱持，哇然大哭起来！——母亲走了！此时只有凄清的月娥含罩着苦笑伴着他，孤另的立在船头，离别的惆怅，母亲的爱语，小妹的哭声；在他每一次的离别时，都要先回忆起的！

第二次的远别，这也是使他永久不能忘记的，就是他在结婚那夜私逃的事。

那时他只有十六岁，就是在考进 N 县中学那年的冬天。父亲命他寒假回去结婚的快信到了，那是如何使他迟疑同思虑的。平时在学校内，他是极端诽笑朋友早婚或是同素无爱情屈伏在买卖式婚礼之下的女子结婚的，现在自己的紧要问题到了，应如何去设法解决呢？顽固的老父，只有鼓起勇气去面争，书信的辩驳，已是不生效力的。回家的热欲同强毅的推翻旧势力的烈念：使他终于回去。

到家的那晚，他父亲告诉他："好！回来了！完过这一件事，我的责任算是卸却了！"他不知道父亲这几句话是气话或是有意说的，他的反抗的勇气泯消了，只木立一阵，找不着答语。

这一次他觉得父母对于他都太神秘，他同小妹因一件事争吵的时候，母亲只是说一句："成人的人，转眼自己的儿女也有妹妹一般大，还好意思不脱孩子气争吵么？"

第二天吃饭的时候，父亲又向他说："后天便是婚期，这几天内，凡事要留心，看我怎么布置，将来好照样为你的儿女做的；别只顾欢喜！忘记正事！"他心内想道："我何常欢喜这——我要反抗的——"只是没有勇气说出，脸上红白一阵，低微的说出一句："我不愿意早婚；同不相识的女子结婚！"母亲却神秘的含笑望他一眼，说道："小孩子总是有些害羞！"

结婚的前夜，他的房子内外布置得很热闹，他只是受他的父亲神秘的暗示，跟着磕头，同来客还礼。来客倒很多，只是对他总似乎含着神秘，同他说话的时候，也只带着讽笑；他很羞愧，怕多见他们，只有随时躲在房内，同小妹玩耍。

亦维的一位童时共读的女伴也来贺喜，他是很欢喜去同伊亲近，仍同往一般的戏笑，还问伊前年他们同种的茉莉开花没有；但伊只拿出严肃的态度对他说话。他又因受母亲神秘的暗示，冷冷的，怅然的走开。

任着父亲的暗示，他在婚期那一天，同一位穿着艳丽衣服的素平不相识的女子并立着行结婚礼。他似乎同木偶一般，由着他们的支配；只是他仍在想："我要反抗啊！我的勇气呢？"

充满欢乐的时间已渐近黄昏。亦维在外面陪着来客吃饭，酒香，肉味，喧闹声些都打不破他心中激烈纷涌的问题，只是哑默的坐着，任来客嬉笑或勉强他喝酒：忿怨和悔责相冲突，已快把他柔弱的脑子弄破了！小妹跑来同他玩笑，故意的问他："那位女人是谁？今天新来，穿着华美的衣服，用红绸盖着头的？"

"哈！那是你的新嫂子！"来客中的一个指着他向他的小妹说。同时全桌的来客也含笑望着他。他周身由发烧而战栗；哄笑声又大作起来。

"唉，你在串演一幕什么滑稽剧！屈伏！屈伏！如果你真是怯弱者，为满足性欲而结婚！为父母——"他出神想到这里，失手打破一只酒杯，登时全桌静默起来；全体都神秘的互相望着；他更几乎狂呼或痛哭……

"我不能忍受这样的糊涂的屈伏了，我要——"

初月也是高挂在澄碧的明镜里，同亦维第一次离家一样；只是没有母亲和小妹的送别。他也没有揣带一件行李。走出大门外，黑犬摇尾来同他亲近，他怒叱着把它赶走；只顾自己悄声的疾行。有时回头望望自家的门口，灯火仍是辉耀，就是欢乐的笑声，也渐渐的听不见。

他徘徊在杨柳江岸，很久才雇好一只木船，仍载他往 N 县去。冬夜冽冽的寒风，砭着他不住的打寒痉；他看着映在冷月下的纤长的影子出神，心内也在说："哦！你果然是成人了！"

船解缆的时候，他痴立在船头，对着 T 市作了一个揖，还忿忿的说道："故乡啊——十年后再见！"冷酷的眼泪滴出；又觉得很怅惜起来，叹息的说："亦维，故乡还是有你最亲爱的……！"

过去的历程，一一的反映在亦维的脑中，他这一夜是没有入睡的。在这样闹烦的轮船上，这样易动回忆的苦闷时刻，怎能入睡；只有倾泻出悲哀的眼泪去冲洗怅悼过去的旧迹。

他忿忿的长叹几声，不再去回想往事。但那一幅慈爱的老母的庞影和小妹的活泼笑容，终于不肯离他；那是他很可悲痛的，即使他现在愿重回到 T 市去，也可不再实现的；老母同小妹已在一年前被病魔捉去；留在他脑内供他恋念的，只有这幻影了！

他又想起他今年已经二十岁，一个中学校也因为同校长不相容，不能毕业；名义上已经结婚的妻子虽然已经离婚，但故乡中的老父，也正同他一样的孤寂的；家庭中虽然可以供给他再读书，不过他的性情太不近于学实科，将来的生活问题，更是不可逆料的：他偷着滴出的惨泪已把枕畔润湿，才悲咽的念着洪大全的一首词：

"一事无成人渐老——

壮怀要问秋风……"

四

一切被严冬征服的生物，已在春光下复舒，融融的慈晖，正努力创造新春的花园，绿树垂荫，百鸟竞唱：好一遍活泼泼地气象啊！但亦维却正与这自然律相反，不只他的生活同槁木一般；自从他到 P 城后，由秋而冬的这几个月，身体也日渐衰弱的。

他到 P 城后，曾经在一个补习学校住过；从故乡 T 市老父的来信，只是痛责他不在中学毕业，冒失便跑到 P 城去，并限定他非考上大学不接济费用。那时他每天都同愁苦为伴，异常的忿怨。他知道他的危机快到，悲剧也快开幕，P 城又没有相熟的，就是有几位同乡，同他也不过泛泛相识，并且他那一种孤高的僻脾，也与人不相容，自然是要陷于绝境；就是知白常来信安慰他，有时接济他一些小费用，也不济事的：他是如何的焦急啊！到了次年的春天，虽是考进甲大学的旁听生，家里肯接济费用。但他已不能像那在春晖下复舒的生物，欣欣的向荣；只是由焦急忿怨变为出例的狂病。

他搬进甲大学寄宿舍去后，春光每天轮回的罩洒在寄宿舍四周的绿树密花上，他每天也只是一人立在寝室的窗前眺望，孤独的痴立或是读一些诗歌。但他只要听到嘤嘤的鸟声，哀怨的鹃啼，有时连弱柳的飘动，都足以使他引起伤感而去凝思一种神秘的问题：他要发狂了，性情一天一天的更怪僻，身体也愈渐衰弱，灰白窄削的面孔，渐渐泛出青暗色，突出的颧骨上面，密发一些斑点。他是不愿同同学往来的，每天除去上他所选的文科功课外，只一人在房内呆坐或画卧。他的不耐烦之日记上，常有"甲月乙日 M 一次"几个字发现。他自己也觉得这样长此下去，对于他的健康是有妨碍，肯留心关于治疗他的病症的药品的广告；但他因为不愿亲到药房去买，只好作罢。有时跑到运动场去，却是只要先有人在那里，他总是匆匆的丧气跑回寝室；因为他怕别人非笑他那样劣笨的运动技。

每次亦维犯过戕贼健康的 M 之后，他也必要沉痛的忏悔，并且有时自己诅咒自己的；但是 M 在他的日记上，仍是随时发现。新近烟酒的嗜好，也更渐深染，他每次无论买许多的纸烟，总是一人在寝室内，一气把所买的吸完，常望着围罩周身的吐烟痴视；有时把一支残尽的烟头抛去，还要叹气的说："我把你吸完，又成一个什么景象呢？"

"我真要发狂吧！"这是他近来脑内常想的。他对于健康起了怀疑，以为酒是能解愁的，每晚他也去买许多来狂饮；——这却使他每晚失眠的了！一到深夜，精神反异常的兴奋，他每夜总是任意拿一本钞本，糊乱写上一些诗句；有时在长夜中还高吟起来，虽是要扰邻室的安眠，因为同学背地已替他取过一个疯人的别号，所以不愿来同他起交涉。

亦维虽是常在被褥内做那自秘的事；但他却是一个憎恶女性者。他以为女子总是弱者，人类中的弱者，只有应该欺侮或为男子玩弄的。他对恋爱自然也是很怀疑：这是因为他童年曾经同常人一样走过恋爱的津梁，不幸他在初期中已失恋！所以他一变而为怪特的脾性，持理由不充分的论调。但他那一种比别人强的性欲冲动的时候，他总是在脑内收索他所见过的女人来做自秘的事的对象；其实他这种怪特的脾性，是这两三年来剧变成的。

甲大学放了暑假之后，他移居到一家专供学生寄宿的公寓里去。间接认识一位同乡名叫楫生，他是不久打算到 F 国去留学的，长圆的面庞，精神很为活泼。楫生一天午后特意跑来约亦维去游 C 公园；他很勉强的才应允楫生同去。在路上楫生问他那一次结婚的事，问他怎么不满意，是不是因为面貌不美丽。

"唉，我不能答覆你这问题啊！我不能告诉你我当日怎样的想法！——我只是不愿做侮辱女性的刽子手，不能因为我而遗误

——"亦维很冷淡的回答楫生，其实这些话或许是他故意的假说。他与朋友交游总是泛泛的，自己平日的主观见解以为人类总是相互轧陷，同是一群蠢如野兽只知相争夺相残伤，谁愿对谁说自己心内的真情话，谁又信谁所说的是心内的真情话，不过各人同是栖息在争夺的战场上，猛兽盘踞的沙漠上：各人藏起真面目，勾心斗角的出奇相陷罢了！他看见楫生虽是同他走在一路，同他问答，不过仍是同常一样的待他，听他的说话，也只冷冷的淡笑，心内不住的自怨道："你又何苦同野兽相近哟，你这几年内已受够人与人之间不相了解的痛苦的哟！"

<h2 style="text-align:center">五</h2>

古柏参天的 C 公园里面，很有些前朝的遗迹，空气也要算是这沙漠般的 P 城内一块较为清新的地方，不过因为暑天游人特别的多，烦恼龌龊也与别的地方一样的。亦维同楫生进了公园之后，找到一间茶桌坐下，彼此仍是冷默默不发一语。落日在流霞内裸浴，幻出许多奇怪的山峰，归巢的乌鸦，破着音调的歌赞黄昏。流风随时送来一种异味的香气，亦维知道这是女人身体上汗腺和化妆品混合分泌出的香味，他同楫生都是同时抬头去注视而目逆迎送的看来往的妇女；他很怕楫生窥破他的秘密，当其楫生偶然同他视线相接触时，他总是忙忙的垂下头去，但他的那一种窘急兴奋的形态，却已早给楫生窥破。

快黄昏了。亦维虽是不愿同楫生在一块，却也没有说走的话；楫生觉得枯坐而沉默是太无味，很注意的看过亦维几眼，才含笑的向他问道："你在此地来，逛过窑子没有？"

"没——有！我从来没有的！"亦维知道窑子就是那些不幸的妓女所住的地方，他很迟虑的回答楫生的问话，心内不觉由恐怖而变为兴奋，血液也疾剧的循环起来，上下唇互相吻接而颤抖。他是万料不到楖生会有这样一句唐突的问话。

楖生哑默一阵，似乎很失望，又懒懒的说："要是你愿意去，今晚我们可以同去的。"

亦维不料楖生的问话再进逼一句，脸色都变青了，虽是没有回答，却是心内也在想这是可怖的事，或许也是新奇而有神秘的趣味的事。楖生看见他那一种犹豫的样子，接续笑着又说道："去逛逛吧，这也不是于什么有害处的；闷坐终日在家内，是何等的无聊啊！就是别人知道你在 P 城没有去过那些地方，总是要笑话的；那是何等有趣味的事！不会有大妨害的——君子可以寓意于物，而不可以留意于物！"巧笑一阵，又继续的说，"其实这也是一种消遣的法子。"

"好吧！……"亦维很觉得可愧而低声的说；说完之后只低下头去，拿眼偷偷的看楖生，脸上不觉又红了。他又很失悔不该冒昧的允许今夜和楖生同去，心内的血只是狂跃，冷汗也几乎急出来；幸好楖生眼光已在追视一个从他们面前经过的异妆的女子，没有注意他的窘态。

他们出公园的时候，楖生又问他："你这一晌有病么？脸色这样的不好看？""我没有什么病！"他尖锐的声调回答之后，便同楖生哑默的走到一家饭馆里去，楖生又打电话去约一位同乡叫孟谨的来。

他们开始喝酒，一种极苦辣的苦酒，亦维端着酒杯，手似乎有些发战。他心内在想，他将要被他们引诱到悲哀之谷去，那里有许多不幸的女人，她们也许有些是无耻的，或是受外界的诱惑，为金钱和肉欲的享乐，才走到罪过之途去，她们也知道自己的家族或有关系的人为她们怜惜和伤心：总之她们是绝不知道爱惜名誉和真诚的爱情的。弱者同情的悲哀，此时又充满亦维的脑内；不过他又想到她们将要来亲近和诱惑于他，恐怖的想念已打消倏起忽灭的同情。他心内不觉的狂跳，周身发颤起来，就是端着酒杯去挨近嘴唇，也要很勉强才可以喝下；但他以为多喝一些酒，或者可以减少恐怖心和对于弱者无意识的悲哀；只是他努力的狂吸之后才觉得更加颤栗，脸上也发烧泛出红色，冲突的狂念，也纷杂的起伏。

孟谨面孔是一个橄榄式，脸上赤赭色的肌肉，凹凸的布满，鼻骨特别的高突，恰适于托着他那一副淡金色的大眼镜。他一面用木箸敲着桌子高唱很粗俗的歌调，一面偷用锐明而含着狡诈的目光瞪看着亦维。亦维却不好意思回看他，只是心内在想，"又是一只险诡的猛兽吧，在沙漠中常可以遇着的！"

哑默着很久，只听见杯箸的响声，楫生忽向孟谨问道："你暑假后仍是到 A 省去教体育吗？"

"也不一定的。那边很不好，真住得闷人！朋友也没有，消遣也没有地方！"孟谨微笑一下，又接续的说："你几时动身到 F 国去？我可以在 C 城来送你。——这位也要去的吗？"

"不！他在此地住甲大学文科，他是很有文学和美术天才的。"亦维看见楫生滑稽带笑的说到他，又看见孟谨只冷笑一下，他心里异常的不安和忿怨；因为他以为他们是故意笑侮他。他在这吃饭的时候，只愈觉得憎厌，不愿说一句话，心内却更见起恐怖作用。

饭吃完了，悲哀之谷的旅行也要开始了。

亦维知道悲哀之谷的旅行是不可避免，那里是一条黑暗湫隘的小巷，他们到那里后，一定有许多使他惊异，恐怖和无味悲哀的事发生的！他坐在车上，心内仍是勃勃的狂跳，抬头仰望：银灰之墓只静压在头上，鬼火般的燐星，故意闪灼着似乎告诉他这是要发生可怖的活剧，黯光的月娥，也在墨絮内眉语的同样指示给他。后来他看见街上的行人很多，没有一个像他那样恐怖，没有现出不安闲而慌乱的，不是偷偷的行走，才想到这样的旅行，在沙漠中常有的事，值不得恐怖的；漠然的自笑起来，只把草帽微向面部移动，装出很安闲没事的样子。

六

当他们走到一条窄狭的小巷，一齐跳下车来，亦维很迟疑的瞪着眼看楫生和孟谨的后背跟着走去，不敢去一看巷内来往的人。这条小巷仍是同旁的街一般的热闹，车子和步行的人不绝的来去，都是各同同行的朋友谈笑。一种极粗莽和放荡的笑声中似乎充满欢乐，随时都可以听到。亦维很走一阵，觉得旁人没有注意他，自己也没有特异地方，渐渐放下悬念的心。不过有时别人偶然碰到他的斜目的视线时，他总觉得神经是受一种烈锐的刺激，别人是在鄙薄和欺侮他，自己也同时故意把两肩一耸，蹙眉敛聚，那是表示反抗的样子。哑默疾行一阵，好奇的心支使他慢慢的抬头向两旁顾盼：他看见每一间房子，都是一个狭小的大门，门上挂着许多媚光的电灯，有几块方形铜牌，他知道那上面是镌刻着那些不幸的女人的名字。每家门口随时有几个人进去或是出来。有种种叫嚣声和胡琴弦歌声，杂乱的从每家门内传出。

亦维跟着他们疾走一阵，看见他们走过每家时，只略微看视门口挂的铜牌，便又向前走去，觉得很奇怪，他也装出假笑的说："我们走向哪一家去呢？"

孟谨回头白贬亦维一眼，冷冷的含笑。楫生也只懒懒的回答他："走一会再说吧。"

"任便到一家去，也是一样的么？"

亦维他心内以为早迟都是要到悲哀之谷里去，不如早点可以免灭恐怖时间的延长，才焦急的催问；但他们却没有理他，在耳语笑谑。转进另一条小巷时，楫生又才回头冷冷的向亦维说："怎么会一样的呢？一家里面也有好的或不好的。"

"总不过也同样的是悲哀之谷吧，"亦维鼻孔内嗤响一声，却没有把话说出。他想这或许是他的错误，脸上不觉暗暗的泛红，因为他自己不是一个老手，是一个外行。他很想再自己说一句聪明话来掩饰错误，他又说，"到你们熟的地方去也好。"但他们两个仍旧没有注意在听他的话，也没有回答一句。亦维也由焦急而不愿多说，仍是随着他们的步奏走，他心内在想，自己一会定有外行的动作发现，要想免却只有极力的注意他们说话和动作，才不会被人看出他的弱点。

这一条小巷已快走尽，孟谨向楫生说："我们进这一家去看有新来的没有？"说完已一笑从一家的大门走进去。亦维心内不觉狂跳起来，很勉强的镇定，才把衣领提高一下，慢步的随着楫生进去。他很注意留心四顾：门口内坐着好几个穿的蓝色或白色的粗布汗衫，头上披着蓬垢的短发，两只倦怠的眼睛闪闪作狡光的中年男仆。他们看见三人走进来，都略为把肥腆般的躯体站立，口内喊出一种粗而长的声音；这种声音亦维初次听着，很以为怪的。三人走过一个过道，通进去是一个小小的天井，天井里面散坐得有很多老的，少的男人或女子，有几个人像仆人似的在同几个女人打牌，有些年老的妇人在旁边站着观看；亦维看见没有人十分注意他们进来，才略为放心，动作自如。只是十分龌龊的空气，那内面是含有汗臭，烟酒气，脂粉味等组合成的，使亦维想打喷嚏和发呕。他们走到一间房子门口，那里有仆人给他们扶起门帘和开电灯，一种令人沉醉欲痴的挑起兽愁的繁香忽然刺入亦维的鼻官，他似乎像得了瘫痪病一样，周身发奇痒，很吃力才走进去。心里又勃勃的狂跃起来，不知不觉坐在一张西式绒软椅上，呆呆的望着门外出神。

"有熟人吗。老爷？"扶门帘的仆人破竹般的语调，才把亦维的飘出体外的游魂唤转，不觉脸上又红一下，痴望着孟谨。

孟谨取下帽子，站近一步立在门口说道："见一见的。"

仆人退出房门外，口内唤叫几声，这种声音也是亦维没听过的。

"楄生，下细的看，我们就在这里找一个吧，"孟谨回过头来，笑着向楄生说。楄生也走去站在房门口，又向亦维说："你也走过来，看得清楚些。"亦维很迟疑的，才勉强走近房门。连续的从内院走出约有十几个妓女，高的，低的，也有年岁很大还是拖着发辫，穿着艳丽的时式衣服，面上带着诱惑或厌倦的巧笑，每一个走到离房门约有几步远，便又走回去。仆人在每个走近时，口内叫着她的名字。亦维也放出灰怠的目光注视，当每一个走近时，他胸前又狂跃一下，红涨着脸，在心内默记仆人口内说的名字。

"没有好的。"她们来完以后，孟谨摇头低声说。楄生回头笑问亦维一句："你看得中有吗？"

亦维看见仆人还在立着静候他们的吩咐，不意楄生要问他那一句话，只把沉重的头略为摆动。他们两个已走出门去，他也忙拿着帽子跟随着，回头望那仆人，没有现出不愿的颜色，才放心前走。出门之后，亦维心中跳跃略为止住，觉得很舒适，迟缓的向他们说："我回去了。"

"还很早，我们往楄生相好的 M 姑娘那里去吧。"孟谨误会他的意思，含笑向他说，用手轻薄的打一下楄生的后背。

他们也是走一阵才从一家很小的门进去。楄生引导他和孟谨在一间屋内坐下，一个中年女仆含笑过来同他们脱去长衫。一个很小而活泼的姑娘从门外进来，对他们诱惑式的作笑。她问亦维的姓，亦维很作难的想出一个假姓回答。

楄生和孟谨同 M 姑娘开始嘻笑，亦维只是淡淡的坐着，瞪眼看视房内华美的陈设；其实他心内狂跳得异常之厉害，恐怖的作用也很甚。有时偶然去偷看 M 姑娘的红脂笑庞，肌肉也紧张作抖，血液疾遽的循环，似乎所含蓄的怨哀，要使他挤出眼泪！榀生有时回头来故意找他说话，他只把上唇紧吻着下唇，牙齿也颤栗作响。忽然他看见靠床有一个小孩在那里独自玩耍，他不知不觉的走过去摸抚那活泼的面庞；小孩只觉摸抚的不安适，逃在一边去，他痴立着只是在想："他也觉得这里是……"想到这里，榀生走过来拍了他的肩头一下，笑着说道："你为什么不坐下，总是这样的不高兴?"把亦维骇怖失色，冷汗也几乎流出来；屋内起初倒是窒默一下，这时大家都注视着他，全体哄笑起来。他懒懒的走到原位坐下，羞愧和悔怨同时交集，他以为众人在讥笑他，连小孩和女仆都是在匿讽他；自己好像孤立无援的在地狱内刀山之上，四周有千万利刃乱刺，恐怖和一腔哀怨，把室血烧沸，各种的鞭抽，都全集于自己一身，几乎晕倒或真狂噪起来！默坐一阵，昏迷的神经渐渐的恢复原状，偶用眼去看孟谨正用那橄榄似的面庞去挨近 M 姑娘的笑涡，似乎很恬适甜蜜：嫉妒的火焚烧他一身了！心中只勃勃的狂跳，自己的裤子上却不觉湿腻一团。

紧张的肌肉，周身因而颤栗起来，呆着眼沉吁一声，M 姑娘疾动的回头惊视，闪电触刺他的目光：在电灯辉弧之下映着 M 姑娘的面庞，只呈出淡白的幻色！似疾电般的一幅在一匹幽荒的山谷之上，一个年青的姑娘拥抱着一副骷髅跳舞的影片，急现在他的弱脑中。

这一夜在亦维心中，要算是一生顶怪诞的一夜，他一人孤独的在暗月星晦之下走回去的时候，虽是觉得比较刚才安适，脑内却只在反复萦想这一夜的游迹。敛积着的悲哀，又在枕畔尽量的发泄出来，狂跃的热血，仍不稍息；他只以为这一夜所见触的是神秘的，有奇怪的浪漫的趣味，还有一种便是神力的诱惑。

自然亦维今夜是定要失眠的了，因为这样柔弱易颤的神经受很大的刺激之后，是特别兴奋的。枕畔已给悲哀的眼泪湿透，还是在继续展转反侧；直到他又做一次自秘的事之后，才渐渐怠倦入睡。

高压在亦维头上的银幕，渐变为高悬，绿树也改着赭妆，北雁向南飞翔；这是凉秋到了。旅行的远客，在这一季里，当那烟雨凄凉，金风萧杀的时候，每每发出牢骚，遥和去雁悲唳，触景伤感，夜梦向乡园徘徊；离愁和别恨，一齐盘踞在各人的脑内作祟的滋味，只要是情感的生物，都不能例外的。

亦维是把这锦绣繁华的 P 城比成一个狐鼠栖息的沙漠或丘墟的。P 城的秋景，比他的常温的故乡还要荒芜，渡过塞外大漠的朔风，此时更见肆虐；每日只是一幅灰幕紧罩着，杨槐随时在黯淡叹气；唧唧的秋虫，更是当那夜深人静时遥和他在床上击板长叹。这时甲大学已经开课，亦维虽然素来漠视功课的，但在每次始业的时候，也必要自己奋勉振起精神，预定他这一期的计画，自己规定这一期要读多少书和做许多事，不过到着狂病一发的时候，他又记不起了。

无情的日历被他扯到开学的时候，他是十二分不愿搬到寄宿舍内去；只是相熟可以同在沙漠中旅行的朋友像椿生些全离了 P 城，他又只好再度那孤独的生活。每天仍旧走进教室去上课，一人缄默的坐在自己的位子上，登时又想起："我是不要智识的，我何苦来上课呢？"当那教师正在滔滔不绝的讲述一种学理时，他更觉得要想瞌睡；有时更觉得坐位上似乎有利刺袭击他，异样的不安。他向同学们望望，借以消磨无聊的时间：看见有些在静听或是笔记，他只摇头表示不满意，对于在看小说或报纸的，他也很不高兴。有些或是凝神望着窗外，自己也明知外面没有什么可注意的，不过仍要去望一望。同学们特殊的动作给他忽然发现了，他看见坐得较近的几位，在那里挤眉弄眼，以为是在嘲笑他无聊，很为忿气，后来才察觉他们是在那里指坐在讲室最前排的女生在作丑态，他很表同情的把头点着，又怕别人窥出，不觉自己脸上泛红。

时间慢慢的移到黄昏，他一人在寝室内来回的打旋，血沸腾了，胸前也只是狂跳，勉强拿一本书倒卧在床上看阅，目光只能死瞪着第一行前几个字，脑内却早已回想这一晌前同楫生他们每夜狂游的事迹，面上才略露微笑。

繁星在天，初月正露出一梳，算是亦维脑内最忙乱迷扰的时候，他不知不觉的恨恨连声的从床上立起，穿好衣服，疾步走出宿舍。

走过学校前面花园，觉得比较舒服一点，仰望着天空深吸一口清气，自己不觉低语道："羞哟，又到那里去！"血液复沸了，不禁又徘徊起来，周身由发烧而打寒痉，犹豫一阵终于前进，又自语道："只这一次吧。"

近来他还有一种奇特的想念，他说："我若是再娶妻，一定要娶一个妓女。"他以为没人可非难他的，因为他持的理由是："我是从悲哀之谷里救了一个不幸的人。"其实他的理由还有许多自秘的：只是脑内随时在想，"我要，要娶一个妓女！"

这样昼伏夜出的生活度了许久，他的狂病又在一次复发，比任何次更甚的复发！

就是一天他更换衣服时，忽然觉察自己小腹的下部，发生许多深紫色小点，微溃得有几处，有一点刺痛：这使他几乎失声狂喊起来！痴瞪着眼流泪，想作一个文学家或美术家的希望灰了！连那想娶妓女为妻的想念也烟散了！他以为这定是人类最憎恶的死神要求亲近他；因为昨天他又发现自己吐出的痰恶臭而有血丝！最初他还想立即找医生给他诊治，转念又不愿立刻去找，因为他又想到死也许是不足恐怖的。以前很有自己摧残身体的思想，并且有一次对知白说过若要免却一些烦恼和苦痛，只有自杀；但他总因为没有勇气同怕受剧烈的痛苦，没有实行！

妇人头发中和汗腺中混合发出的怪香味，青瘦的面庞上厚涂着红白的脂粉，尖削的鼻子，小紧的嘴，倦怠的眼中发出的媚波和露出贝齿的淫笑，——都映现在他的脑中，令他沉醉和狂想。受病体的限制，他不能再去同那玉白脂润的女性特具的肌肉美接近，他的狂病愈见加剧，每晚不能得到安眠，自己觉得已好像将被宣告死刑的囚犯一样！

"我必要找医生诊治，我不能再忍受下去！"亦维有几次勉强鼓起勇气跑到好几家医院去，不过是一到那门口，他的勇气遂就消失，红潮涌上面颊，打几个寒疼，恨声不决又垂头丧气的跑回去。心内在想："我无论如何不能任别人非笑我的！不能告诉他！不能告诉他！"

甲大学的学生缺席薄上，亦维的名字下面，已记得不少缺席的符号。校中寄宿舍内，也没有再看见那位两颊深陷和眼圈青色的学生了。他是在前儿日已被校医检验出说是有重病，送到校外医院去治疗。

深秋的朝日带着一种浸寒射到一家医院的三等病室中，窗外秃立着一些杨槐和枣树，坚沙地面铺布一层叶钱，病房内是静寂得如同古寺一般。一架西式铁床之上，洁白的被褥贴紧的盖着，只露出乱棘般的灰垢短发，呻吟声和短弱的咳嗽声断续的冲破沉闷空气。虽是窗外间或有几声禽歌，室内常有看护生的来往，总打不破卧在榻上的病者的孤独底悲哀。随时慈母幼妹死时的映象萦怀于他脑中；幽谷之上一位年青美丽的女郎拥抱着一副骷髅跳舞的幻影，也隐现于脑：只要一触念到这些，登时周身便颤栗起来，呼吸也疾缩，冷汗和眼泪也要被干喘的咳嗽急流出来。

孤寂的病室生活经过两月之后，亦维的身体虽是瘦得如同枯柴，只剩一把柔骨，精神确要比以前强健一些；可以勉强扶着壁墙走到窗前去眺望，可以每天吃两杯牛乳。初入院的时候每夜仍是失眠，现在渐渐可以合昼夜计算安眠到四小时。不过他这样的病愈，身体比较健好，也只好像那正午的秋日，一到午后，便也黯然无辉的。只要这一天他偶然感念到自己的往事，总是狂病复发；并且自从入院之后，终日囚在房屋的监狱内，没有一位朋友来看视，没有同童年卧病时慈母的慰抚，只有自己一人终朝形影相伴，这是如何的易动伤感的！

经过秋季，亦维的伤感节日似乎渐移过去，平日主张的速死，现在变而为只求病愈。

自然是他这一晌常时自己强制着不发狂病，每天勉强的安眠或看书；因为他对于病室生活已异常的厌视，要想病愈，只有自己排遣一切愁思。严冬初到的时候，他已病愈出院，只是医生还叮咛他要注意调养，他知道 H 城的风景很优美。决定一人去独游，到明年春季再回到 P 城。

八

天空把柔细的天鹅薄羽，密密普遍的洒漫在地面，铺成莹洁若玉的绒毡。冽冽朔风连续的颤刮，在这天色微明的时候，静息的 P 城街道上面，只有偻着背扫雪的人；扫完上半段，下半段又已铺满，他们一面喘汗，仍是一面在动作职工。寒鸦栖息在古树秃枝之上，也着披一层絮棉，间或牙牙啼叫几声，无非是一种黯淡天日下的吁歌。

火车站上面的搭客，不住的喧嚷，各人都穿上厚暖的衣服，有的还着重裘披外套，把领也高高的提起，脸也短缩向内。他们鼓起旅途的热念，似乎不觉得清晨飞雪的寒冷。月台上面，穿梭般的人来去，都是现出慌乱的神色。走的空气渐渐变浓，汽笛懒怠的放出绵团的白汽，呜呜的唤叫。搭客们此刻都一齐的期盼着，不住的焦索和埋怨；火车怎么还不开呢？他们心内的默愿，自己的前途，有希望的前途，将要出发而驶进了。纷乱而碌碌的心，只要车一开行，可以立即变为沉寂；这是他们知道而切望的。有些像是饱历世途的旅行者，只静默安闲的坐在车位之上，或是在预想这次前途的命运。

外面的风也刮得更加厉害，不过所卷起飘舞的已不是往日的沙土，只有那甫附憩在地面，正期待慈爱的冬晖来溶温的柔细羽片；它们自然不能逆料这短匆的生命，还要任狂风载着飘零的。

车快开了，催促搭客登车的碌铃；一遍，二遍的摇过，蚁动的旅客，又加剧的喧嚣。亦维很疾动的短步，吃力似的，呼吸也缩喘，勉强挣扎走到三等车上。右肩耸高，右手紧提着一个藤制的网篮，里面只搁置些书籍和几件窳败衣服。纤瘦的身上，只穿着一件灰黑色而油垢污满的棉袄；因为他的外套和皮衫些，早已典押作为这次的旅费。他不觉得气候是酷寒，只当疾风扑面时，周身簌簌作颤，狭的面部，反射而呈浓血色，耳际冻溃几处。

车位上已满有人坐着，也绝没有注意他上来的，不过他喘栗的心，总以为自己好像是私逃的囚犯，只要有人看他一眼，他必定要因忿抗而惭咎；但他近来勇气是益见萎泯，不再起复仇的想念，徒自增怅罢了。彷徨无主的车内张望一阵，才羞颜的走到一个中年人的面前，看见他是一人坐在一条椅位上。亦维红涨着脸，喘喘的向他说：

"先生，可以让我坐一坐吗？一会便有下车去的。"

"好吧。"

中年人拿眼斜看着亦维，勉强的让出坐椅三分之一的面积，亦维才很感激的点头缩紧身子坐下去。

车笛最后呜呜之后，慢慢才轮转动移。车外和月台上一阵手巾或帽子舞摇，搭客们嚷闹声渐而低降，各人都瞪望着窗外，隐现愉快的微笑；因为切盼的走向有希望的前途已经开始了。亦维也对着窗外出神，心中秘语说一句："好了！"深舒一口郁积的怨气之后，眼圈不禁发生潮润；这也许是在自悼哀痛的过去。他深恐怕紧邻的那位中年人察觉自己在无意识的滴泪，便很不安起来，低下头眨眼去偷看他：知道他是一个很健体的人，由他穿着的外套把领下卷可以知道，两眼奕奕的闪光，表示他是饱历世途磨砺得来的成绩。上唇略有一点浓黑色的短胡，一个很小而扁平的鼻子。很像一位小学校的教师或是俭朴富于耐性的绅士。车疾行后，空气渐趋于沉静，他们才相互的通问姓名，只是各没有去注意记着。

旅途中例有的谈话，他们开始了。

"你是到哪里去呢，——C 城？"

"到 H 城去的。"

"你在 P 城读书吗？"

"是的，在甲大学。"

"你到 H 城不是回家吧，我听你口音不是 H 城的？"

"我到 H 去游玩的，还想——养——病！"

"这不是游 H 城的时候——"他说完又微笑而用眼钉眼在亦维的脸上："你面上很不好看，有什么病呢？"

"……"

亦维很喘咳得一句话也说不出来，脸上的血忽然沸烧；他素性是好掩饰自己弱点的，又连忙的说道："我是没有什么病的。"说完之后，急快的把头也掉在一边去。

这样闹扰的车内，这样充满多乐的笑声，终不能打破亦维孤另的独思的！他似睡的闭上双目，脑内又在默叹道：

"他们要算是有幸运的顾客啊，老的或少的，男的或女的，任何人总算是各向有希望的前途奔去；只是我的前途呀，唉，不过是茫茫的歧路！我将永被黑车载着，尽是彷徨，迷路——"

想到这里，自己不觉张开息眼，疾磴向四面偷望，看别人留心在察觉他的窘伤没有。

车已驶行到旷漠的平原，恐怖之幕仍是追紧罩着，霏霏的雪片，铺满莹皎的空野。铁道旁平列着参差的短树，堆着不少的白叶，瞬息同电驰样的逝去。亦维觉得它们株株像在向他招呼，并且对他说："别了！好好向你的前途走去吧！"他也只有心中凄笑，还想问问它们："我的前途除去茫茫歧路还有什么呢？"

"我还是要坚持强忍的功夫！我不要再作无聊的狂想了！"

叹罢一口长气之后，他取出一支香烟吸着，作出安闲的样子，任意向四面张望。渐渐的留心去听对面隔一张坐椅的两个人说话：一个是慈色的老人；一个是只有几岁，很活泼的女孩。

"我们今天可以到了，到了就好了。"

"总算是好了吧。"（老人含笑的说。）

"那里也同家里一样的！"

痴望着别人说话出神的亦维，给香烟的星火燃痛了指头，才怅恨的抛去残烬，心内又不住的乱想起来："我要到哪里才好呢，同家里一样的好啊？——恐怕又是泡影或幻云的！唉！唉！唉！"他只有苦笑，假意起立伸腰；其实他已感伤滴泪了。

慢慢的恢复强制狂思，又做出安闲的恒态，看见隔自己较远一点，有两个中年男女并坐在一张椅上，女人手中抱着一个乳婴，男人在同她亲密的细语，乳婴安眠中小庞起了微涡，细玉的手贴放在女人面颊上面：这更足以挑拨他的向往和嫉妒的冲突，咬紧自己的牙齿，连那乳婴也似乎很憎恨；因为他想这或者是有意布置来骄矜他的！赌气嘿然若丧的回过头去，那位同坐的中年人正在安适的枕臂瞌睡。"你不要这样的自苦呀；这样是无聊的哟！"顺手才在网篮中找出一本旧书翻阅。安闲到十几分钟，他的视线又被一阵曼婉清轻的女性笑语声引来射在车房的末端去，——那里有十几位青年女郎坐着，由伊们的服装可以看出是美术学校的学生。伊们中有几个站立靠望在车窗上面，活泼自得的歌唱着；有的在那里看视自己旅行写生的作品，对着同伴指示和笑语；还有两个在静心用彩笔修改画稿。——疾电通过他的全身，似乎知觉也猝变为麻木了！好一阵才恢复脑思，胸前又已狂跳起来，震荡得几乎昏蹶！

"我最爱的 T 姊呀，幼年教给我习画的 T 姊哟！杨柳江的水是常绿的，杨柳枝头也年年如故的；只是你已被人们的礼教所俘获了！被买卖的婚制所重压了！

"我最爱的 T 姊哟，如其你尚在哟！

"永别已五年了！杨柳江的水是常绿的，杨柳枝头也年年如故的，那儿已不能再寻着我的亲爱的 T 姊了！

"没人再教给我习画了！没人再伴着我调色了！

"故乡哟！杨柳江的水是常绿的，杨柳枝头也年年如故的，我亲爱的 T 姊哟！永别已五年了！……"

这时他心中的狂思，只充满春蚕茧缚般的旧怅，涌波般的愁痕！……

九

这是一个早晨，亦维挟着几本书，冒着蒙蒙轻寒的毛雨，走向 H 城外的一匹临湖的小山上来。H 城的风景有名，就是全由于这个广阔约有十里的活水平湖。湖通着一条大江，沿湖群峰峙踞，虽是不及他的故乡里面的雄伟，但在这大江以南也不可多见的。游湖的人，最盛是在每年春季，此刻已是仲冬，那些酒楼茶舍都已歇业了。

他到 H 城后，在旅馆中住过两天，因为这次虽是来一消很久酷慕的积念，主要目的还是来养病，又兼金钱不充裕，便在靠湖傍山的一座庙宇内向住持僧人赁租一间净屋，打算住居一月。

小山上面，有一个小亭，那是他前两天已来过的。他一气走上山顶，便在亭内一条石凳上坐着，饱吸几口朝气，心胸觉得很舒阔。从亭内四顾，全湖静澄莹洁的碧波，好像一面晶镜，把四围远山近树缩映进去。散岚霭云，薄罩而迷乱。虽是冬季，此地比较在南部，气候还有些残温，禽类婉啼的啭歌，仍跃翔而欢唱在未凋的树枝之上。山半的梅林，正如春醉的处女，含苞而欲吐艳，露珠缀在绿柏新抽玉针上面，翠滴嫩盈。疏影的浅峰，淡皱微颤的晶片：这些都使他觉得有一种不可言喻的幻感，谐慰而灵适！慢慢地取出几张夹在册内的邮笺，呵暖浸寒的瘦手，才俯首疾书。

"知白吾弟：
我想告诉你从今年秋后的近状已不只一次了。现在……"

他不知要怎样接写下去，只觉得潮涌火焰般的烈情，集注于笔尖上面，反而缓冲犹豫起来。吐出一口气，只好辍笔凝神翘瞻幽邈的幻云；"漫提胡笔，又不知从何说起，"这正是他此时的切喻。因为他同知白在 N 县苦别后，每月至少要鱼雁往返几次，直到他卧病，才中断的；所以他今天抱着很大的宏愿，想一人在静地来同知白写一封长信，不过因为从秋季到出医院，要算他一生思想剧变和冲突最盛时期，虽是想写出来，反觉得万语盈臆，茫然没有下笔处。痴呆着出过一会神，郁泪不觉泉涌的倾泻，正打算再写下去，忽然觉得有一种步声和笑语声窜送入耳，好奇的念头勾起，懒懒走出亭外探望。

从湖畔山脚通到亭内是一条窄泥曲道，经雨之后，自然很为滑污，一对学生装束，外面披着雨衣的青年男女，正在搂腰互相偎扶的向上面走着。喁语的蜜态，欢飞的笑声，这又是勾引亦维的嫉羡和感触到自己的凄清的了！自己仿佛是一个逃捕的囚犯，悄静速步忙走进亭内，怅然复坐下，此时寒威又集于他的全身。

"这是情人的秘聚啊！我不能忍受这——"他的心内不觉摇曳

起来，烈火似欲冒顶冲出，恨气把书册挟着，跄踉急步往山下跑，从那对男女侧身过时，他连眼也不敢正视；只是自己滑答的步声，无情的送他到山脚之下。

"载我去漫游啊！"

"究竟你要到哪里去呢？"

"任你把我载到——或是漂流到——哪里去！"

亦维跑下山后，心中不觉无主起来，沿着湖畔静悄悄的徐步彷徨一阵，才跳上一只专供给游人玩湖的小艇。舟子听了他奇特的答语，神秘的瞪视他几眼，见他痴着在艇中，屏息的仰望苦罩的天幕，只好嘿然的把艇子任意划着。细雨已变为骤急，曲线的飘零，浆橹打荡在寒波之中，萧淅声和着砰湃的碌琅声，都不能打破他此时的悲感了！一股凄风从脊后砭入他的全身，连打几个寒痉，上牙下齿交颤喀喀作响，才渐把知觉回复过来，忽然自己默想道：

"一只迷途的鸟啊！漠漠寒潭里的孤舟啊！任着狂风苦雨的飘零呀！任着舟子的流浪呀！

"我还要希望什么哟！憔悴的落叶哟！……"

想到这里，一面喘气，觉得此时凄凉和烦闷只包却于一身：仰望天幕，只密聚幻邈的惨云；俯看湖水，只碎波涌浪而细吁，咬紧牙齿才迸裂出一句：

"不能；——不能这样的消沉；我如果还有勇气啊！"

忽然脑内想起昨天黄昏时，同住宿在那家庙内的一个僧人的谈话：他告诉亦维，前几年有一位不知哪里来的青年学生，也是来向他们租佃一间静室养病，每天只看见他苦哭无恒的在房内孤寂的坐卧，但是他有一天晚上忽然跑出庙去，直到几天后狼狈般的回来。就是在那晚看见他在房内疾写几封信，黄昏时又匆匆的跑出去，几天都没有再回来；过了许久，才听见有人说后湖内有一副男子浮尸，那就是他自沉后的遗骸了！亦维想到这一段谈话，胸中不觉狂跳几下，伸出头在船舷外，怅望一阵自己映在皱波中的倒影，形容枯槁的倒影！面色忽变为惨白，又复含泪恨恨的默语：

"幽凄哟！唉！梦幻般的幽凄哟！一只迷途的鸟啊！寒潭里的孤舟啊！唉！

"如其我还有勇气哟！自沉湘江的屈原呀！狂歌醉没的谪仙呀！……

"……"

沉思一阵，叹了几声长气，心中反觉得朗阔的慰放起来。繁珠串坠的泻倾，小艇顿时异常簸荡，四围的灵峦，已给岚雾密罩，波水也反溅奔伏，如碎玉般的急奏；只是溟溟烟雨中，还可辨出有一点飘摇颤旋的迷离航影。

一九二三，四，二九，在北京作

选自1925年《浅草》第2期

故乡的唱道情者

一

有很多的人，离了他们底故乡，时常思想着；消磨童时芳年的故乡中的景物，才真是一只箭，深深地射入远方的游子底心底，使他在梦境之内也只是萦念怀恋，一日一夜间，神驰魂归地向往，也不知有多少遍。

这时，我还算不得是离乡，只是随着一部份的家人，在省城很住了几年。我们底儿时眠巢在距省城不过三百多里，乘轿四日可达的一个大县城外一里许的一个小镇。而我那时，就似有这一种偏心，对于在故乡的那一部份家人，要比较在省城同居的爱慕和想念强一点。尤令我难忘的，是镇前与县城相隔中间那一条大河——我们几间老屋后也有一条流水，只可称为小溪。我曾在河岸上看过夏云幻聚如峰，夕阳照在城内高露出的古塔上闪现镀金之光，望过两岸似锁链绵亘如长蛇匍匐的青山，望过上下船舶傍着芦苇流航后面拖着的银浪；在那里又捉过蝌蚪，掘过螃蟹，垂钓过春涨新生的小鲤；同一群镇上街邻童孩们，有时或在河岸上用沙石打起野战来。屋后那一条小溪，我也常常去玩过，它是由几个山涧泉水会合而成，渌渌青流，有时可数清溪底的卵圆小石。我或是同一些村孩们在那里赤身学泅泳，或探黄鳝穴，即一人也爱去那溪畔散步，坐在几块大石头上面，凝神看着清洁悠悠自流的溪水，垂杨飞絮或山树野花有时竟堆满我一颈。翔禽们也只知唱歌，远一点，田土上，生长着绿玉，白石，玛瑙般的植物，低低几间农人居住的茅屋，门前家畜和鸡犬安闲地徘徊，有继续的村调，也从阡陌畦亩中一声声地随着凉风送入耳内。这样美好天然的故乡，兼之童时鬌梦更赐我无尽的留恋，怎能不常常怀想。这一年冬天，忽然，因别的事故，使我得到回乡的机会。固然，若常离乡而常归去的，或是在故乡之中无所可恋的，有时在他的归途要想到"纵使到家仍是家，迢迢乡路为谁归"的诗句，要是更不幸是在生活鏖战场上失意潦倒言归的，怕更要望着故乡一峰一林也要下泪。我这一次回去，却是一切很满意，虽离乡还不到几年，没有十分苦念着，但现在来回想起，觉得比春酒还有浓味。

别了几年，人也长了几岁，并且那年暑假前，又在省城一个高等小学校毕业。对于一般邻里些，孩子的心情，自然免不了生几分骄气，也更不能再到河岸去打泥沙野战。看看寒冬将渐渐消完，那时虽然是革命后几年，故乡中尚保留着用阴历的习惯，预备过新年算是很热闹，家人们对我总像有远方归来聊暂住的神情，款待我同较亲厚一点的戚友样，许多事都不愿要我帮忙动手，而又有许多事物是为我而添设的；这样，久之，反而使我心情上感受一种不安和寂寞，初归几天内已把乡中景物较胜地方重访过，此后终日闷闷似觉也很无聊。于是对于在省城的那一部份家人又开始思念。且兼，从前在老屋堂檐前，抱我坐于膝上，教念"少小离家老大回，乡音无改鬓毛衰"的那位姑母，已经出嫁在远远的他方，这一次在乡里，又觉少一人谈话而增了几分人生聚散的惆怅。闷闷的天日来了，总觉每天所过是太平淡，太乡陋，新年期中几处亲戚互相往来，也很没趣味而且形式上过于麻烦，这时初次打算春二月时仍回到省城去。看着阳春来使凋树复生绿叶，使倦鸟复唱春颂。几次要走，白发丝丝如银的祖母也几次相留："这一下又不知要多少年，再住几天也不？"这句话平淡淡的使我感触歉怅而伤心，我不能回答一句肯定的话给我噙着眼泪的祖母，于是，我也就在走与不走，早走和迟走之间踌躇着，祖母我不愿即舍，老屋我也不愿即舍。一切故乡景物只是使我留恋。

初回不久时，为会晤乡邻及戚族的方便，常到镇街上太清宫庙前一家茶铺内去，因为这是一镇人所常聚会喝茶的地方。自然，儿时打泥沙战那些朋友，不是个个比我年长，此时均各添了几岁，河岸上的泥沙野战，只有让他们底弟侄们去热闹。就中有好几位，都是在商店里当学徒——有些是在自己家内所开设的商店——见着我，有几分遇旧的惊诧，有几分自己职业上的惭愧；有些更连招呼也懒同我打了。几多年长的邻居，有些从前白发的现在已不再见，有些又新换了白发。与祖父同年的一位教私塾的曾二先生，倒还仍然健在，这时他底性情没有从前那样刚严，初遇见时，手抚着我底头，殷情地问询，先问我在省城读书的事，渐渐谈到镇上这几年内的变迁；而有时他似乎别有所感，微捻着银色垂须叹气。这很使我想起了我底祖父，在革命后的次年才病故了的祖父，从前每天携着我底手到茶铺喝茶或在河岸去散步的祖父，现在不在了！要在，怕也是白发满顶。因为看见曾二先生底丝丝白发，我总要引起伤怅而去回溯已过的流光！心里像秋雾样层层密密的湿闷，说不出，写不出，这是有几厚的凄惨？

这茶铺，占了古旧的庙房底外部，现在我对它很怀念，我知道我不久仍要离去故乡，对于它又十分地爱慕。那一位常常酒后发疯，打坏自己所置的茶具的"堂倌主人"，也还是仍在治理他底生意——只是从前爱和他口舌相战的堂倌娘没有看见了——我第一次到茶铺内时，他昏昏老眼中却会辨认得出是我，而且很欣然地过来指示我祖父从前常坐的那一张条凳；于是，我对那古旧式的条凳也很生了爱慕心，便常固定坐在那一张条凳上。一些戚族和邻居们，初时只同我略略招呼作通常的问谈，因为他们疑我自高自贵不愿理会这终年处于乡里的人，久之，也渐渐说得亲密，才争着移茶和我同桌，不再似以前那样诧生生的，竟问省城的景物和状况，而我也从而知道故乡一切都仍安然未大变更，只是居民略有新添和死亡，至于某也娶，某也嫁，也是一种谈话材料。

镇上的习俗，黄昏过不多时，茶铺内来的人很多，一直到二更巡逻敲过才渐渐各自散去。最初我到茶铺去那一晚上，来客渐集时，我听见街上远远有人击着道情竹简的声音，这是很寻常的事，因为僻乡中以唱道情为职业的人是很多，所唱，也不过翻来覆去几种陈旧含有迷信或粗俚的歌词，就中虽也有采取历史事迹或脍炙人口的儿女英雄种种故事，但仍掉不了俗调。然而刚刚这声音由远而渐近时，茶铺内的来客们都似有种特异的感触，连老堂倌也很兴奋地在茶桌行列中来回打旋；慢慢竹简和竹简错杂相协的声音愈近，喧闹的茶铺，忽然变为很清静。

"耿生!"

"耿生!"

茶铺中的人小声相谈说着。

我留心向庙门外横街上望去，看见一个很瘦的男子，高长身材，一张灰黄色枯皮包着骨骼，两眼眶向下陷凹，鼻梁因而显得特别高耸，一身黑布道袍已快破烂，头顶上还留有一束稀稀的头发，用一竹簪挽成盘髻，年岁倒只约近三十的样子。手上拿的竹筒和竹筒带上黄澄色，像是已用了几年，他慢慢地敲着走进茶铺内来。

"这是半年前从远方来的，不大清楚他的来历，住宿在镇尾小店子内，每晚到茶铺里来找人点唱；唱的，自己说都是新编，还不错，可以听，还有几分雅气，看他的样子也像是读过几句书的人。"

一位同桌的人，向我说明他底来历。

他走到别的几桌前去，那些人只同他随意谈话，却没有一人点唱，向我坐的茶桌指指给他看；也许是他们以为我是从省城新回乡的阔人，怂恿他来找我点唱。果然，他怠怠地看了我一眼，走来立在我底桌前。

"唱得几句编凑的新词，远方人求你，请随便点点，先生。"

同桌的一位不等我答话，抢着先开腔：

"耿生，这是新从省城回来的，去唱一折新鲜点的，好，再点，本来，怕还不愿听道情呢。"

我才知道"耿生"就是他的名字。

老堂倌同他在茶铺中心设好一个坐位，也泡了一碗茶，他随意喝过几口后，提提精神，便旁若无人闭目开始歌唱。

悠长的音调转折处，与他所拍着的竹筒和击着的竹筒声相和协，使我听着而有不能言说和不能形容的感动；给他钱时，也略略点头表示谢意；不过我们没有机会问谈过，我却因听他歌唱而很想知道他底历史。每夜他唱了人所点唱的两三折时，全茶铺的人总先是清静无哗地倾听，有许多人情不自禁手微拍着桌面同他底腔板相应，茶铺外也有很不少的行人驻足而围聚满庙门；到他底竹简由急急地夹奏变为低低慢慢，袅袅余音将断时，大家哄然这样叫他："再唱一折好么？添一折！"于是，他又唱；有时没人再叫他添，他自己击着急快的竹简又继续下去。差不多每夜最末了送唱的那一折，总是令人生广漠的悲感，觉得被歌声引入不快之境；有时把薛涛和琵琶行的事迹加以改窜和润色来唱，悲咽抑抑的调子，像春夜雨泣，秋晦叶啼，颤颤唧唧，若断若续，有时忽然从低音一变为高挺，慷慨嘹亮的放歌，如云间雁号，峡谷猿啸，疾疾徐徐，时骤时急，这样连珠而下，刺着人酸鼻，几乎令各人回想到自己生活史上已往的悲哀处的断片，谁还敢抬头望他，只屏息忍受着，忽然，简板沉重的一响，"道谢了"，他说完了，喝了一口酽茶，走了。

以后，我每夜在家里同家人谈话到无聊寡欢时，因要听他唱，遂成为茶铺里短期中常去的茶客。

二

快到了清明节，我不能不舍去故乡了。这一天，前几日绵雨已经停止，天气变为晴和，家里的人为我预备三牲楮帛去扫祭祖墓；自然，我很有兴趣，因为有好几年没到过真真的乡间，而且祖父底茔穴前，这是第一次的重去。祖父埋葬时虽是在侧，却是自到省城去后，就很想念着有一天能去看看坟前那一列封穴时我和家人们手栽的小松，今已长高几许。

下乡时，我坐在轿内观览春之郊景，因为好几个祖茔都在离镇上几十里的地方，所以决定最后才到较近的祖父坟墓前去。一个服务多年的老厨役，替我指点何处是高曾祖底，又何处是曾祖母底，因为这些祖墓，我还是第一次去扫祭。我随便在那些坟台上徘徊打旋一阵。此时来扫祭自己家墓的人很多，有许多老妇寡女在那绿的草茵上坐着，呜呜地哭泣，想使那长眠在高拱的墓内人知道；旷野农郊中底繁景，反因而增了几分淡漠的哀意。及我到祖父底坟前，埋葬时所厚掩的泥土上，绿草乱生着，其中又点缀些野花，小松长得已比我还高尺余，石碑上涂朱的字痕已渐渐褪色。老厨役和轿夫到看墓人底茅屋内歇气和谈话去了，只剩下我孤孤一人对着坟墓怅怅地出神。夕阳已快西下，许多羽族倦飞而歌噪，我在那里踟蹰屏营不忍舍去，心里充满了哀悼的惆怅，像春露润在浅草上的潮湿闷郁在我底心头，沉腻的空气又有几分使人无可奈何地厌倦。怀着沉重的凄怆，随便故作安闲小步绕出坟场后面，几匹耕牛系在木桩之上向我唔唔啼叫，牧童已在旁边几株桃花树下沉睡，远远一横姣秀的青山，望得见几个古庙的崇牖，郁郁松林间有几座农房。走了一阵，当前有一条小溪在悄然无声缓流着，溪畔几株杨树懒懒地飘摇，孤莺喉管似受了重的伤感，哀声断续啼歌，忽然，我望见不远的地方，在一棵树下，像是有人在那里坐着，翘首默默地望着天上几片白色的停云。我无声顺着方向沿着溪畔走去，已能认得出是他，我尖声在他底背后叫了一声："耿生！"

他似吃惊地，回头看见是我，懒懒地欠身站起。我不知怎的，觉得很为欣慰，走近他所坐的地方。

"在此地来上坟么？"

他微微一笑，没有回答。

"你是哪里人，有祖墓在此？"

"嘘吁，这是望空祭奠。"

"祭奠谁呢？"

"父亲，母亲——"

"你家里没有别的人了么？"

"再没有了。"

我们相近坐在溪边青草铺成的地毯上，那里插有几簇香烛，焚化过的帛楮纸灰，连续地向上飞升，像一群黑蝴蝶，道筒和竹筒搁置在他底身旁。我借此时同他相问谈起来。

　　"你虽是穿着道装，我相信不是真出了家？"

　　"也没有什么真不真，近两年来爱穿这种衣服。"

　　"那么，你家内确是没有人了。"

　　"吁！只剩下我一个！"

　　"一定还没有娶妻？"

　　嗫嚅了半晌，他懒懒说："娶什么妻！"

　　"你不患孤单呢！"

　　"四海之内，都是兄弟；生就的命，逢庙歇庙，遇饭吃饭，闷来唱唱，倒也没有觉得什么孤单不孤单。"

　　"你是好像不得志的人，在漂泊之中！"

　　"说得好听一点吧。"

　　冷冷地一笑，又说："漂泊倒是；只没有什么不得志。"

　　我们稍稍哑坐了一会。

　　"这一处除了香帛纸烛外，有一束鲜花，是遥祭姊妹呢？"

　　"我没有姊妹。"

　　"亲戚？"

　　"嘘吁，也不是！"

　　"唔，那么，你的情人吧！"

　　踌躇一会，他很不安然地回答：

　　"遥祭一个同命的女相好！"

　　"女相好！"我略略诧异，怀疑的眼光向他望着。

　　沉默须臾，他似有所感动地说："嘘唉！如其愿意听，我们可以把她底话拿来谈谈，这段事情倒可消磨这无聊的春光；不说明白，这女相好三个字也一定不晓得什么一回子事。"

"好吧，我很愿意听你说话。"

他起身伸伸懒腰。又复坐下。

"先生，听说是新从外方回来，我以前没有看见过你，也爱故乡么？"

"是的，新从省城回来，你不是我们镇上的人，你想念你底故乡吗？我在省城常想起我们底故乡。自己底故乡，只有自己才知道爱。"

"吁！我底故乡，现在已没有东西使我怀念，不再想回去了。"

"怎么人会有不想回自己故乡的？故乡里多少好，连一草一木都是旧日的相识。"我底心里这样怀疑，而没有问他。

"我底故乡，是在离玉城不多远的一个小场上，名叫'粱花场'，因为那里出了不少的高粱。你喝过高粱酒么？真好喝的一种又甜又浓的酒，只是性子强一点，这种酒我那场上出得很多。而且这场是顺河……"

"还是说你底女相好底事吧！"

"这自然是要先从我们底故乡说起。你不要讨厌我这段话太长，又是平铺直叙的，自然没有我唱的道情好听。——她底名字叫'金荆'：先从她底性情和生世说起。"

他嘘了一口气，慢慢说着。

"要说她底性情，真是一个守本分，听天安命的女子，平平常常的，没有什么情愫能织成任何一种悲欢在她底心里。虽是，别人若当她那样的境遇，似嚼蜡一样，淡淡没味过日子，亦定要挂上'悲伤'两字在口边。差不多，她能够免去这一种人所恒有悲伤——即使说这就是她底好命——总应该归功于她那浪子样酗酒无状的父亲，荡妇，丑秽声传播于我们全场的母亲。他在她刚被他底妻子孕怀在身上时，已经是因犯着一件酒后打伤人的罪案，瘐死在监狱中，而她底母亲，也是在她能够模仿大人笑样时，就也追着丈夫去天之上或地之下了。因此，邻居的一位老寡妇，虽然把她当没人收领的货物一样，拿来哺养，但老寡妇将老的一生经历，心里大致很知道人生在世间没多大意味和道理，所以也自然不怎么看重她。还在襁褓内的她，因为既没有人再一天一天底引逗她发笑，也就不会再接续学笑，而尽是挥发她随生带来的哭，后来，连哭泣也自自然然地减少。那位老寡妇聊过残年的做人想法，虽没有像她所秉赋底不明不白的父母底性质强，然也总和她从一岁多相处到十几岁；再下，老寡妇也就空空幻幻无病无灾的，去向她底父母讨还这笔无关紧要，代养代育的账。那时，我也只有十几岁光景，父亲新近因害酒痨死去，原来开设的酒店只好关闭，母亲说读书究竟有出息些，便把我送在一个庙内的私塾去上学。那位老寡妇生时的住处，离我们底酒店只几十家店铺相隔，我常从那门前经过，总要看见青灰脸色的她，我那时对于她是不能说怎样的，微微觉得她有些可怜，她是一个孤女。有几次我跑去找她玩耍，她总是怕见人，匆匆地跑开；要再向她一赶，她才肯勉强站着同你一块玩耍。我和她也不大玩得来，因为她一举一动只像有些傻笨，而且随时都很胆小。

"这时玉城因为交通方便，全省生意所在的地方，很是日见繁华，我们场上有许多人在那里去做买卖，都发了财。一天，我底一位远房亲戚表叔母从玉城来我们家里住了几天，她是很阔绰的，说在玉城开的那个生意很了不得，叫我将来也可到那里去谋生；她再回玉城去时，便又把她当没人收领的货物带了去。——俗一点，雅一点，总之，青春年华的人，对于春花秋月总有不能免俗或学那些风雅人要受感动，怨这，怨那；但她却像一位齐万物达生死的大圣大贤，觉得那些都同她不相干，而且似乎连冷热和四季也不知道，使她在会哭笑的那一年，便是我底表叔母把她带到玉城去当妓女的那一年。这也不是她从新被养生过，或回缩到婴孩时境地，应该发泄她底天生的情感，快乐就笑，不快乐就哭；只是她初来到那昼暗如黑谷夜辉如鬼市的妓院里，也不过照样哭哭，因为那些同伴是常在哭泣，所以她也哭；然而她看见同伴们有时强为欢笑，她也就随着欢笑。自然，这样下去，她底哭笑，不能够说是她底心愿，只不过以为这是应当如此如此。即使有人以为她底过日子是苦闷和烦躁，然而她是不大知道苦乐的分别；甚至有人说这是一种牢骚日子，这也不是她能够知道的，她只是一天又一天如常活着过日子下去。"

他稍稍停歇一会，又说：

"因为这样，她却因那样任人驱使，颠之，倒之，凡事不关心的性情，使她减少受妓院中的鸨母——即是我底表叔母——许多责骂，她真是比一个小白兔子还柔顺。有时同伴受来客的宠爱或我底表叔母责打时所发出的笑哭声，她听着也要随和着哭笑，然而这在她看来，似乎更觉得同自己毫没关系，所哭，所笑，只不过像和尚们撞钟和念经，刻了板的做作一样，至于她底容貌，决不能说是如何美丽，或是如何丑怪，也不过和她底性情一样，还不至于令人看着讨厌。我底表叔母天天教她如何强为欢笑，如何装着来勾迷客人，她虽是不能够从领会中再翻出新花样，却也还可以照样画葫芦。很多嫖客说她底性情还诚实，但也有说她乡气太重的，甚至有说她既不冷，又不热，总不是一个好的妓女；有些故意吹毛求疵的便说她是一个木头人，或是故意拿身架子。'我们花钱是来取乐的，不要一个木头人陪着！'她底房内常有一些绅士或大商人这样发气说着。然而她却似乎不知道这是怎么一回事，只是仍像木头人一样。因此，便有人又叫她为'木雕观音'。久之，经我底表叔母再加教训，这样久过下去，渐渐像一柄钝刀，久磨之后也变为快利。她心中想：'我们是陪人取乐的！'虽是这样，又有许多客人说她学会狡猾，染上娼妓——她本来就是娼妓——的习气，而她底心里也仍觉没有什么，等到她底当娟妓的方法渐渐变为不冷不热恰到好处时，客人自然来的很多，然而她也没有什么高兴。这样又使她悲伤吗，也没有，一直过到她去玉城后第五年的一个冬天。

"这些，都是以后她间或零碎对我讲的，所以我还能够一一记得。"

他说了一句收上起下的话，低着头去沉思。

三

"先生，那时我已经满二十岁了，书呢，也读了六七年，私塾里老师教念的倒不大肯用功，只爱自己找几本小说书来看看——这不是好事，这些小说终归害了我和误了我，我的性情和举动一天一天想变成那些小说中的主角，果然，现在也许是已经变成小说书中的主角。那时节，我所想，不是靠读几本书来挣功名和富贵，只是想快快活活做一辈子的人。我有我底父亲爱喝酒使气的毛病，又兼多读了几句书，爱管闲事，所以在场上便负有才气过人狂士的名号。邻居除去稍读过些书的人说我年少头角太露非是福气的而外，其余的都有些见不得我，因为我常常把他们喜笑怒骂一顿。因为又染上些书呆子毛病，诗酒吟风，有时无故寻愁，所以身体一天比一天瘦弱，而狂毛病也更日见增长。母亲，自然很着急，然而她虽爱我却也不能知道我底病源所在，还说我读书过于勤苦呢。场上的习俗，替儿子定亲总是很早，此时来我们酒店向我母亲说给我做媒的人不少，母亲因寡居独子肯事事将就我，因为所说的女子我都看不起，只好缓延下去。她对于这件事也很着急，常笑我：'再那样性子暴躁，怕一辈子也娶不成妻！'只是我倒不大在意。本来，父亲死时给我们留下的产业和酒店空屋，也还勉强可以过活，但我自己觉得年岁已大，不好意思再不谋点职业，兼之我自生长以来，未出乡里一步，总以为这样僻小的场市，不是我能久处之地，那时我还不知道我底表叔母底职业，听说玉城繁华，又是人文荟萃地方，所以对母亲说要到玉城去。起初母亲很不愿意，说，'繁华地方，容易坏子弟'，经我急欲离乡在外面去一见大世界的心情，几次恳请，母亲才肯答应。我还记得当时未入世途的孩子心里所想，对于出远门很欢喜和骄矜，没有料到故乡才真是可爱的地方呢！"

"哦，故乡才真是可爱的地方。"我不禁失声说。

他似乎没有听见，仍继续他的话："顺着我们场上流往玉城的那一条大河，一波一波地催送我远了酒店老屋，远了我底性情慈爱的母亲，看玩两岸依依绿树映在水中的倒影，在中流拦劫逐浪漂浮的残英，此时我真是换到一个阔大的境界，饱喝了几口新鲜气，心里异常高兴，毫不觉到离乡的惆怅，踞在木船头上看场上的房屋渐离远而渐变小，口念着'丈夫非无泪，不洒离别间！'船到了玉城，自然有很多精巧器为我乡孩所惊奇，觉得以前在家乡称豪的我，是有些相形而自惭。及到会着我底表叔母后，于是才知道她底职业，觉得很为看不起；然在当时我在玉城熟人虽是很少，而初入世途总尚不曾知道人世间是像一架梯子，永远是一级隔着一级的，所以仍留住在一家旅馆内，想找着一件事做。但在这锦绣的玉城内，闲人比河内鱼虾还多，我怎能够便便易易便找着了事。旅馆内闷住已有二月，最初住在二等房内，已搬到三等内去，因为带去的盘费已快要用完。渐渐，虽然我是看得空阔的人，也有些着急起来，初次出门，便遇着失意的事，心里便很觉得悲伤。玉城的熟人既不过是泛泛相熟做小生意的人，对于我虽是答应代谋一事，然总没有成功的回信；久之，我自己觉得常去扰人不好意思，而他们对于我也似渐渐讨厌。兼之，在比天堂还热闹的城市内，起初很多事物觉得奇异，久了又视为看来不如眼，真只有闷闷地过日子，每天除去吃了饭在房内睡觉而外，没一地方去。无聊和着急，我初次尝这种滋味很难排遣，固然也想到回去，然而又怕遭乡人白眼冷笑，虽是此刻已热念着故乡，但仍在踌躇之间。旅馆的三等房是在下面一层，上面几层楼都是头二等客房，一些肥头大耳的绅士或大腹便便的商人住着。玉城因为是商业大码头，娼妓进出旅馆是不禁止的，所以一到黄昏时，楼上摔拳畅饮的声气闹得不亦乐乎。而他们多半叫来许多妓女侑酒，哀丝豪竹使我在冷静伤感的房内，心里感受忿怨和不安。我底房内虽是点上灯，也仍是黑沉沉的，孤孤坐着我一个人实在容易悲伤，间或在房内实在冷受不住，便跑在房外走廊前转转。有一晚我心里闷得发慌，正在那里踱来踱去，楼梯口先有一股香气来到，我急忙要向自己房内走，忽然，'你不是耿哥?'有人这样叫问我，吃惊回头向灯光下望望，'哦，金姐儿!'我慢慢才知道是她，因为现在她是长变了许多，不是从前那一张青瘦面孔了。当时她淡淡地同我问答几句，我才又知道她是在我底表叔母所开的妓院内当妓女。那次我去，她恰不在。以后，她应别人的召来我所住的旅馆时，常也到我房内来谈谈话。她来去匆匆，同我说话也是冷冷平常话，然而这时我是在无聊中，对于她有时来破破寂寞也还觉有味；这时我对于她底一生遭遇，才想到是太可怜。其实，她现在已要算是衣锦食珍的时候，我正在所谓潦倒穷途，对她说话时脸上因心内自惭每每泛红；但我觉得她对于我虽没什么亲近，而我已觉是幸事，只不过她底生性对人总是一样的平和，所以对我也没有怎样看不起。又过了一响，我觉得玉城既没有可留恋的，谋事不成，一切又看来不满，盘费快用尽，才想定只有回故乡去一法，真是来不称意只有归了。在当时我不能不去辞别一下我底表叔母，很热涨着脸皮走到妓院内去，表叔母自然对于我这高傲的性子认为是不识时务通达的人，她说只要我底性子改为和平一点，可以替我找一件事，我赌气回绝，她冷冷地待遇我。走的时候，很没礼貌，给我几块钱，我生气把它摔在地上。走出妓院的深黑长廊，我心里异常失意而怅怅，仿佛觉得受尽了人间委曲，几乎要流出眼泪来。

"吁嘘！'回家的事定了吧？'这个声音很使我吃惊。黄昏沉沉中我看见她站在妓院的大门口，似笑非笑地望着我。懊丧地，我把头垂下去，很为局促不安。她走近来热烧的手捏着我冷冰冰的手，'回家去是要好些哟！'她反覆地说。我木然，羞愧，发慌，找不着一句话说，默默着很有一阵，我底心里一阵一阵地酸，周身只是打冷痉，她惊惶不知原由，也只有瞪眼望着我。'你为什么脸色这样青白？'她似乎久立也不好意思，脸上红红地发烧，扶一扶头发，退了几步问我。'唉……'我想说话已是哽咽不能出口。她也呆呆地不知我底原由，只是替我着急，几乎也要流出眼泪。我过了一会，只好勉强忍住了眼泪，问她：'是回乡去了。你想回去吧？你也是生长在那里！'她似乎不明白我底话，淡淡地点一点头。我又说，'走了，以后我——'我说不完话，只好走了。'再来不来？'她问我一句，我没有答应。

"回去我仍是坐船，在船上我想起在玉城的种种不得意，没有一人待我比较好一点，心里很痛忿；万想不到她那样一个可怜人，倒还要怜惜我。固然这回到家邻里一定要耻笑我的，但我却拿'人生在世不称意，明朝散发弄扁舟'来自解。从这次以后，我再不愿舍去我的故乡了。回到家里，母亲也怨我性子太刚强。而我觉得保留着几根硬骨没辱没在玉城，心里到很泰然，以后便在场上替人写信写对联，做应酬文章混混；对于初回时邻里的冷笑，也不放在心上了。安静过了一晌，我心里不知怎么觉得很不高兴，一天到晚没精神，实在是过的日子太平淡，恨死的玉城似有一件东西又在令我思念，我想到那一次在玉城潦倒几月，只有她待我是不可多得的有一点真情，虽是这不一定出于她的特别为我。因此，我也就常想起再到玉城去看看她，但因为那是在妓院之中，也只好成了想是想，怕是怕，结果，仍是没有去。她虽是一个平常人，然而也只有这一位平常人待我好，怎能令我不想念她，就是她不知道我对于她生了爱慕，然而我却时时觉得她可爱可怜。我的性情却是和她大相反，我爱哭泣，爱发愁，爱怨天尤人，有时心中的火像热烈到万丈。在家总是生闷，就常一人乱想，我想她真是我们一场上最可怜而最可爱的一个女子，而我近来也似渐变成和她一样的命，我想她是我们故乡中的葵花，她是一镇的翘花！"

他说到这里，冷笑地连连叹气，搔搔头思索一会。

"嘘嘘！就是这一年冬天，革命风潮起了，玉城当全省咽喉重镇，城外附近几次血战，城内往来的军队也不少，各种生意受战事牵扯均因而凋歇，军人们趁在乱世到处骚扰。玉城各家妓院里的妓女们，因为平时受鸨母种种不好的看待，此时都借机会找相好的军人来挟制鸨母，纷纷随那些军人脱离妓院。只有她柔顺成性的小兔子，还仍在空空的妓院里，伴着终月叹气不息底我底表叔母。然而不多天之间，玉城因革命军独立有一次大骚乱，军队向全城居民抢劫烧杀，我底表叔母所有历年积蓄也被一洗而空；于是带着她避乱到我们场上来，就在我们酒店楼上堆旧东西的房内住下。这时表叔母和母亲都很忧急，只有我和她是高兴。'金姐儿，近来学唱更好些了吗？'我有一天这样问她，回答说不大会唱，我又说我教她认些字，以后学唱要容易些，她每天总还是没事，所以便常找我教她认几个字。自然，母亲也是很要名誉的，因为表叔母在玉城是只当鸨母，而且人也很老，所以对她尚没话说；但对于这位正当妓女的她便很看不起，常说，'为什么要当妓女，不是学好的！'但她底性情是柔顺，所以还可就就处下。只是邻里常有些不干净的话传传。而母亲对于我却有一种防范的意思，因为她想当妓女的人，一定要勾引男子；表叔母对于我自然也不很愿意。但我却和她一天比一天相处来不离不分；其实她对我也和待旁人一样，只是我觉得我活到二十几岁，还没有遇见人拿真心待我，只有她待人是完全真心，因为她不知道做假，她比别人天资却要愚笨一点。渐渐我已知道我无形之中爱上了她，虽是她不十分明白，但我们中间所隔的梯子级级，确快要冲倒。革命的次年春三月中旬的好几晚上，吃过夜饭，因为觉得天气有点窒闷，我和她常到酒店后面晒楼上去走走。有一夜我们远远各靠着栏杆无声站着，晒楼下面便是乡野，望得见娇秀入眠几个远山的影子，看得见映在月光下镀波如银的溪流，楼顶上青萝藤枝往下垂，泌出随风而淡远的薄香，晶晶珠点遥耀在前，团团玉盘缀于云间，这真是繁春静夜的幽趣所在，我们只是沉默着去融会绝妙化景。忽然，远远农林内有人扯着断弦的胡琴声，随风送来，抑抑咽咽，哀衷切切，我不敢久听，心里似想到别的一件事，一阵地寒颤，周身的肉一下紧紧地收缩；我偷眼去看她，也正愚声凝神痴痴地站着，蟾辉下可看出她如油如墨分梳两鬓的软发，银一样白的面庞略带浸红色，豆荚似的曲眉，眼闭着像在想什么。'金姐儿，倘若平息了仍回玉城去吗？'她一惊，很平和地回答：'自然是回去。''那以后我不能再看见你。'我说第一句话时心里已很不安，不知不觉又把这句话说出口。'这是没有法子。'我微微叹了一口气，也说：'没有法子！'歇了一会我看见她脸色似乎有点不快，想用话岔去刚才使她费想的话：'你在此地来后觉得怎样？'她瞠目几乎回答不出：'怎样？你问的是什么？''什么？'我又接着说：'猜！'我心里恍恍然发热，只用眼望着她；半晌，她微微叹气；说：'这里是……'此时，我觉得她的话音有点变易，大为吃惊，嗫嚅着想说话，身上忽然冷气上窜，喉舌麻木而迟钝，歇了好半晌，唧唧呐呐吐出几个字：'你为什么……要哭……'她不言语，把头垂下去，发颤的手搔梳着头发；我战战兢兢满腹疑虑，我想她那样的人也会感觉到悲伤，没法，我走近她底身边，我们默着许久。'有什么可伤心的事？'我慢慢低声又问她。向后退了一步，她只是摇头。'说不出什么！'她刚把这句话说完，勉强噙着的泪再已忍抑不住，纷涌夺眶而出，似乎失神无力站立，我用手扶着她时，酸凉透心比刀箭攒刺还痛，想勉强说句劝她的话，牙齿只是咬磨，一个字也出不了口。她半身倾倚在栏杆上，很久，勉强抽咽地说：'我从来没有伤过心……今晚只觉得好好……好伤心……'她很想挣扎站起，却没有力气软倒在我的肩上。我此时人也有些发晕，起初全身冷战不已，现在忽然发热，似火一样在心里焚烧不敢出气，不敢抬头，眼泪再也没法忍住，似檐漏样滚滚下滴……"

"嘘吁！"

他顿了一顿，像没力再继续说下去。

四

"嘘吁，先生，听倦了吗？——不要羡慕我过了几天快活日子，不幸的事便已出人意外而来；什么人也不会知道，什么人都不是知道未来的神仙。"

在他这段长故事说到一半时，我精神已很疲倦，心里微微生了泛泛的不快之感；此时他一面擦擦凹陷的眼眶，一面嘘了一口气，反问我一句，我不能回答；我和他又变为很兴奋。

"虽是人底恒情，不愿意听不幸的结局，但每每事实是这样生就的。——唉，革命军成功以后，我们场上除有些人剪去毛辫以外，新添了几十年来场上没有过的军队驻扎。那时战事还未完，表叔母不敢立即回玉城去，心里天天发急；但我却愿意战事多绵延些日子，母亲更只盼望她们快快离开我们酒店。自从那夜我看见她第一回伤心大哭后，发觉她近来性情像稍微有点与前不同，每日总是和她谈天，到也快快活活过了些日子；只是她何以会有那一晚的伤心大哭，我还没法知道。不幸的事也就在此时来了，有一天她在酒店门前站立着买东西，被驻在场上的一位连长看见，托人来说要娶她。自然母亲是很赞同，表叔母起初说要靠她在玉城再去替她挣许多银子，不大愿意，后来，一则怕军人的势力，一则看见乱事不知要到哪天才太平，再能回到玉城那间妓院否也不可预料，所以结果允许换几百块钱。我对于这件事很不愿意，但我说不出反对的道理来。但她近来因同我常常相处后，性情虽有些改变，对于这件事，却也同平常一样似乎不闻不问，也不说出她愿意不愿意。这更增加我心里着急，只是这些话我既不能对母亲和表叔母说，但我还是想探一探她底心意。有一天我再也忍不住了，我笑着问她：'金姐儿，贺喜，从此好了！'她也没有什么回答，先淡淡地一笑，半会，眉头稍稍皱缩，心里像有事决定不下一样。我忽然想起那夜的事，又问她，'那晚上你为什么会伤心？'但她像没有听见一样，笑笑趑趄地走开。因此，我对于她很奇怪，我想，有一句口头话，说，娼妓是没有魂魄的，未必她们连悲伤或欢喜也不知道么？快到表叔母和那连长约定用一乘小轿把她送去的前几日，有一天，母亲，表叔母，她和我都在酒店下面一层堂屋内谈天，我很留心看她，这两天举动像有点变更，呆呆坐在一旁没有说话。忽然，表叔母对她说：'你要走了，看有什么东西送她们？''有——'她很快地应了一声，疾疾跑上楼去，我和母亲都没有出声，正期待着，听见蹬蹬的踏在楼梯上的脚步声，一会，窸窣地像是在翻寻箱箧，忽然，梯子口很沉重的震响，像有什么东西坠下一样。我们全有点吃惊，表叔母慌忙跑去看，——嘘吁，唉唉，这正是她，不知怎么从上面跌在地上，血肉模糊成了一团，惨惨地呻叫，我心里哀痛不敢看视。摔得将断的手中还拿着几张像片，那是她以前在玉城照的。大家此时都很着急，而我们场上偏又找不到好医生，她流的血到晚上还没有止住，呼痛的声音到了半夜才断绝，从跌下到死时不能说出半句话，人已是痛晕，一只眼角碰裂，血和眼泪混杂不断地流。我此时回想起她底一生的可怜，结局这样的悲惨，虽是不明白她怎样会跌翻下来，却是原因总有些是为我，况且她生时对于我也很有好处，怎不令我伤心；这几张像片，我至今还藏在怀内没有敢再看过，一看，我就要想起那筋折骨断，血肉模糊的她！从此以后，我一见着楼房心里也要发酸……"

"嘘嘘！这差不多又是不可预料的结果！"

他叹息很一会，我只悄声，无言能够对他劝慰。

"先生，这件事太令人伤心了！你替我想想我是怎样的能过以后的日子呢！在母亲和表叔母先后病死以前，我一天到晚只是像疯癫了一样，我常拿她作样子去想，人活在世上还有什么趣味，我想到这些只有哭泣，我受的伤比尖利指甲挖人心窝还深痛！嘘呀！人说娼妓没有魂魄，但有时她也会流眼泪，未必她们连人生世间的悲伤也不应该知道吗？这样，我想起她真是太可怜。但是人要知道了悲伤，只有死的一法呢，这真是由命么？——总之，这件事过后我愈想愈伤心，而况母亲及我所厌憎的表叔母也在一年后相继病死，田产和酒店因为几次丧事卖去；而我也从此以后不愿再在故乡居住，舍不得，也只有忍心相舍，是命，也更只有由它。我在故乡只有触目生悲感，此后，遂开始漂泊生涯。近几年各处混混，把年少气狂躁脾气倒磨折净尽，什么事也不能使我再生出悲感。这倒真是命，像九月里黄叶儿任风吹来东西南北地浪荡，飘零得也不想找出一定的栖止，也还无牵无挂，把从前害了我的那些小说中的事迹，尽记得的，有些像记我和她的事一样，编成道情词唱唱，一面可以混饭吃，一面倒是自己发闷时，可以宽解宽解……"

我对于他将完这几句话很是感动，沉默着一会，忽然想出一句话问他："你想你的结局是怎么样？"

"那是命管的事，怎能说得定。"

"不想作别的事么？"

他叹息一会，懒懒地说："天生就的命，还能违背么！能作什么事？目前倒不会受饥寒，也就不愿想着以后。"

"回故乡去呢?"

他低着头没有回答。

我没趣地又说："你的故乡，同我的故乡是一样的好，现在你伤心过久了，可以回去。"

"漂泊了几年——嘘吁，也几次走到故乡近境，只因为从前在场上负过狂士的名，哪好意思褴褛样回去受人冷笑。现在，往前走固然是茫茫没有一条归终的路，而我既没有学会一件正当本事，生性又不太好，几番伤心事过后，也再不想做别的事了！是什么，也是命，谁人可以自从生下地管到造棺材。只是在那次里，我真尝着人生世间悲伤的滋味，现在我只不再知道这些，嘘，就这样过日子下去——"

这时太阳早降到和地平线相接，他所插的香烛久已熄烬，纸灰也飘飞不见些微踪痕，柳树还在无聊地颤动，溪水也仍无言缓流，禽鸟们倦息树杪，开始迎夜的歌颂。我和他都很疲惫，沉默坐了一会，觉得有许多比春云还厚的悲感压围着。厨役和轿夫们在祖父墓前找寻我一阵，也来到溪边。他叹了一口长气，把竹筒和竹简拿起随意敲拍两下，回头对我说："是时候了，不想这段话会谈到太阳没土。这真不该，怕要拢着你不安呢；这些，人生世间常有的伤心事情，倒可不必替人生悲，当清风在耳边吹过，——即是我，也不再想把这些再记住。"他懒懒地，很安闲地沿着溪岸走了。我也站起，但找不着话句来同他道别，痴望着他底背影走入远林内不可见时，心里生出无限感伤，闷腻着不安，已快是黄昏，只好坐着轿子又回到家中。

扫祭过祖墓后没有几天，我也只好忍受着惆怅，舍却故乡仍到省城去，匆匆忙忙收拾行李，结束一些琐事，没空暇能再到茶铺内去。又过了两年，从省城起程出外方读书时，虽是道经故乡，却只在老屋内住宿一夜，与家人亲族暂道远别，离时苦太短，也不及一访问他底行踪；以后，尤其是在乡愁萦扰之中，偶然想起他很生歉怅，但确没法子可以再知道。有时回味他底说话，关于他不愿回故乡去一层，我曾经引以例我，确是，我太稚子气了。一日思乡十二时，愚哉，只要一闭眼去作回想，故乡中，哪个山峰，哪条流水，几个高耸的古塔，几株直挺的老树，缤纷野花，常绿浅草，都仍安然未变；祖父坟前小松，也不过和我一样年年长高，老屋梁间几只燕子，也还可一年一来；就是白发如银艰于行动的祖母，倚门含泪盼望游子的慈亲，也可在一瞬间作幻思中看见，甚至，小弟，幼妹，有些还不曾见过一面的，然可想到都是像春笋样的萌长。这样，似稍可安慰乡愁了。但有时一想起他，总也要生苦念，以前机会均已过去，现在，又过了几年，一时更不能即回到故乡，即使远远的将来，若再回到故乡时，也不知还可遇见他否。只有这样的在无法中如此设想，把他所说的话牢牢记着，也好像在故乡中又遇见了这位平凡的漂泊人一样。想来他若尚在人世，除去增加年华上的憔悴，生活总没有稍稍变更，怕现在又多消磨了几年，伤心沉哀的事迹，不愿再向人道述了。

选自 1925 年《浅草》第 1 卷第 4 期

过　年

情势似乎是很严重了，但在文子良心里总觉得，"真有点儿，滑稽！"

"真有点儿，滑稽！"是文子良的心的创作，有时也不免要形诸口的。就是为了这个，五个月前他在报馆的总编辑面前太说多了，把一月三十元的职务丢掉了，而很引起文太太的非难。

失业也罢，在中国，连天下第一关还会糊里糊涂的失掉，再也没有什么要紧。他还年轻，自己就很明白，也不知还要失若干次的业，反正再找一个事得了，因此尚不十分地着急。要着急，那却"真有点儿，滑稽！"然而这两天快要过年了，是废历年，文太太一再地说，房租，米面铺的欠帐，从八月节拖到现在，必须得付付，仿佛是很严重的。在文子良看来，总觉得怪好玩，说是快过"废历新年"了，既是"废"，还过它干什么呢？但文太太又说，并不是自己要过，而是房东要过，米粮铺，煤铺要过，甚至朋友们要过，同乡要过，那就更不好解释了。并且，文子良心里还想，这两天就会有这样的严重，一过了这两天仿佛整个陈旧的宇宙也要焕然一新，两天，仅仅两天的重要便一至于如此，若说光阴可贵的话要这样解释，的确是又可笑又不易领悟的。

文太太却是异常兴奋。在那样寒冷的天气，学校刚放几天假，自己又有了五个月的孕，行动已经不像以前灵活，也总不肯休息休息，还是兴致勃勃的同老妈子合作，收拾房间，拂尘土，擦家具，就如同在赶日子似的。文子良虽然反对，不过在这样的情状之下，太太是决了心要一意孤行，辩论当然没有什么用处，而且辩论既颇费精神，又容易引起误会，文子良就是有 Cicero 的口才，也只好让事实来胜于雄辩，至多是采用了腹非口是的态度。这样一来，一个平日充满沉闷清静空气的小家庭，便忽然感到例外的紧张了。

外面飞着大雪，冷清清的。文子良吃过中饭，靠近煤球炉想打盹。他多年来就有睡午觉的习惯。但因为太太正统率呻吟叫苦的老妈子在卧房里奋斗，只好委曲在这饭厅兼书房又兼会客室的一间小屋里了。

他本来也是一个吝于劳动的人，似乎就这样局促一点打打盹又未尝不好，只要心情能够安静！但是今天不行，他知道他不能不出门，不过能迟延一刻终是一刻，而且，火炉是那样的温暖！

在刚才吃饭的时候，太太又提到过年的话，一大篇的演说。最低限度的理由是：这是他们结婚后第一个新年，恐怕来拜年的同乡和朋友不少，须得打打主意，并不是瞎着急，实在是时间迫人，再不着急就不成了。

"不成？也许在哪个袋子里搜出几块来！"

"还说什么笑话！"

"那么——我出去跑一趟罢。"

平日最爱听他讲笑话的太太，这一次是沉着脸表示不愿而且不能容忍的了。文子良也看在眼里，明白在心头，既是时间这东西会忽然的如此重要，他也再不好装着天下本无事的样子，只好像中秋节一样出去张罗张罗，这才算是把太太的心安稳住了。

此刻里间扫除的声音很大，他打盹也打不好。对着那一个火苗冒起有五寸来长的煤球炉，喝了两杯极热的开水，他以为，"真有点儿，滑稽！"严格说来，他是太对不住太太了，三月前本来是装好了洋炉子的，因为没法子买九块半一吨的硬煤，所以只烧了一个月，后来终于缩减来烧这种不适宜卫生的煤球炉。这样"新经济政策"的施行，是他们在暮春三月结婚时所不及料的。而这情况，总与自己的失业有关系罢。不过这也不能全怪自己，本来想要两年后他在大学毕了业才举行典礼的，是她怕人言啧啧，所以打破了一切的预计，并且当初他筹划两人先凑合着住公寓，而她坚持不肯，定要布置一个她所谓的"我们的家"。租房子，置家具，还再因为她一定要读完专修科，又不得不雇一个老妈子，这一来从老家里每学期兑来的两三百元再也不够，结婚时催来的一笔临时费也早花干净，他就只好去报馆了。现在的严重局面，实在是她应该负大部分的责任，无怪文子良在感到滑稽之中也要感到一点苦恼。

"真够累的!"太太从卧房走出来,皱着眉头说。她看了一看他的脸色,似乎也明白他在想什么,却又不愿意问他,所以迟疑了一下才又说:"你不出去么?"

　　"就要去。"他简单的回答太太,是知道她希望他出去的意思。他心里本还想说:"真够累的? 不是自找冤枉么?"不过看见太太冻得苍白的脸色,糊着尘土的双手,他不忍说了,把嘴一撇,就起身去披外套。但把门拉开,望见院子里一两寸深的大雪,终于漏出了一句:"唉,滑稽!"

　　"别再说这个了,我真不爱听!"太太笑嘻嘻的替他戴上了帽子,一面又说,"当心冻着,不远吧?"

　　"不远!"文子良也决心奋斗了,慷慨激昂的回答。

　　"早点回来!"太太照例的送别辞。

　　推开了房门,他大声的应了一句"我知道!"也是照例的。

　　鹅毛似的雪花在空中飞舞,天色已有些晦暗了。平时颇为萧条的市街,此刻行人还是很多,在车马走驰之中,差不多都带着匆忙的神色,大致表现的就是所谓年关的紧张罢。卖东西的店铺,虽然浸在铅灰色的雾气沉沉里面,却吐露出一点兴奋的消息,不断的有人进进出出;进去的是空手,出来的多半是手提着大包小包的东西。

　　文子良向来是不关心这一切的,他认为不相干,而且,多一事不如少一事。一口气走出胡同,穿一条很显得热闹的大街,直到经过一家最近常去的当铺门前,才放轻了脚步,慢慢地走着。——这当铺也同别的店铺一样,有不少的人进出,只是进去是提着大包小包,出来的反而打着空手。——文子良向那些人望一望,觉得真仿佛有点严重。他忽然也想起,要是省事,最好是把这一件去年做的驼绒外套,也同其他衣服似的送了进去,再加上一件旧羊皮袍,准可以有三十元的希望罢。但是,他不愿这样,在大雪天只穿着棉袍走路，连太太也会反对的了。

当铺的前面，正停着一辆洋车，他知道衣袋里太太昨天给他放进去两张双角的票子，是可以坐车去的，便提高嗓子的喊叫："前门外，某某会馆！"

"您就给四毛钱，道不好走！"

"真巧！我拉你去好不好！"

他觉得那车夫的回答是应该报以这样口吻的，很得意的连头也不回便扬长的去了。

"真有点儿，滑稽！"在大街的转角处，他挤上堆满了人的电车时，心里是这样的想。

"你们要过年呀！"这是文子良走进一位同乡兼同学叫李大生的房间的第一句话，他看见桌上床上都乱堆着大小不同的纸包，知道这位故乡的土豪独养子的兴致一定是很高的。

李大生正躺在床上吃香蕉，望见文子良进来，急忙把剩下的一大半截塞在口里，慢慢的起身，拿起茶壶给他倒了一杯茶后，大致香蕉也咽下去了，才懒懒的说："单身人过什么年呢！"

"我的年可过不了。"文子良脱去外套，正想把刚才在电车上想好的话趁着一鼓作气的说出，但是他向李大生望了一望，不知怎么像忽然忘记了似的，只好不作声在火炉侧边去坐下。

李大生用慧眼一观，早也就明白文子良嗫嗫嚅嚅的意思，所以连忙冷笑的接着："怎么结婚后就少见了？哈，真被家枷住了不是？……"

"你上回说的要找人补习的那位女士呢？"文子良好像不理会他的玩笑，又找到说话的线索了。

"你想答应干了？不怕太太误会了吗？"李大生也乐得把谈话转向一边。

"有什么法子！真有点儿，滑稽！一星期三次，一月十五块也不无小补！……"

"大补！"李大生张开嘴嘻嘻一笑，再瞪了文子良半眼，摇头慢慢的说，"哦，不过现在可不行，她上天津过年去了。"

"那么，回来请你去问，行吗？"文子良苦着脸懒懒的又问。

"也许行。还有什么条件没有？"

"顶好上我的家里来补习。"

"哈哈，还是怕太太疑心！好吧，过了年我去问问。"李大生似乎很得意的，一面说一面嘻笑了。

"这就麻烦你，——还有，过年真过不了，你可以通融……四五十块？……"文子良想着非说到本题不可的了。以前也向李大生通融过，虽然没有要利息，但在还他的时候，是请过他在东来顺吃涮羊肉的。

"不行，都借出去了，天发衣庄我还得付一百多！——你要要，张狗肉那里还可以想法，见十扣二，三个月期，昨天替老魏担保了三十。"李大生滔滔不绝的说，两只眼睛盯准了文子良。

"哪个张狗肉？"文子良心里有点着急了。

李大生料不到文子良有这一问的，他的脸忽然有点红了，不过还是人急生智的回答："就住在会馆后面的一位候补县长，今天也许出门去了。"

"好吧，"文子良明知道这张狗肉也许是一位乌有先生，然而迟疑了一下终于微笑的接着说，"就请你去看看，借四十，先扣八块，是不是？"

"还有一块汇水！"

"一块汇水？……"

李大生先不再答话，脸还是红红的站了起来。"好，好，四十块。"他的嘴唇微动，但是他却又不出去，只是把头歪着像在想什么似的。口问心，心问口的商量一阵，瞪了文子良一眼，又才有条不紊的说，"这样办罢，狗肉此刻一定不在会馆，我先垫给你，好，十元，二十，三十，一块零头。……"

"唔唔，谢谢！……"

文子良还想说什么，不过看了一看李大生庄严的神色，只好勉强咽住了。他接过了李大生从皮夹子里掏出来的三张十圆票和一块现洋，心里仿佛感到极大的难受，脸上颇有点窘迫的发红。但把票子放在衣袋里以后，他仍是不露声色的问："三个月后还四十块不是？——不要借条了吧？"

"我替你担保……不要……"李大生的确也有点窘了，他不知道应该怎样回答。

文子良披上外套，心里想："这小子可真有趣！"他也再不说什么了，只是进一步拍拍李大生的肩膀："麻烦你，再见。还有，初一请你约老刘和王三来吃便饭！"

"一定要来拜年的！问候太太，哈哈，红蛋也快了吧！……"李大生如释重负的替他开了房门。

文子良走出了会馆心里还仍旧在想："妙不可酱油，高利贷，——真是虎门无犬种，土豪独养子，滑稽！滑稽！"

大街上还是很热闹，雪是暂时的停止，但天色早就昏黑了。在灯火凄清之下步行，实在是寒威慑人，文子良对着迎面刮来的北风，不知不觉的打了几个冷噤。他忽然有了饿马思槽一样的感触，便慢慢走着去雇车。

"您就给四毛，道不好走！"

"哦哈！……"

他真疑心那是不久前遇见的同一的车夫了。但他没有说什么，只在鼻孔里哼了一声，他的心里又快活又哀愁，还瞪了车夫一眼，不愿再调笑的了。

"快过大年啦！"车夫在背后笑着大声的补了一句。

一口气在雪滑的道上滚来滚去，文子良走到大街转角停电车的所在，夹杂在一大群人众中间去等电车。就在那大街的转角上，正有一家闪着辉煌灯光的南货铺，许多男男女女川流不息的进去出来，里面还唱着话匣子，所以门前还聚着不少的闲人，大致是无意于过年者吧。文子良起初似乎也想买点什么，但是一望那样多的人，又怕电车快来，便只好就在外面站着。南货铺的檐下，还安放得有一张卖春联的桌子，一个穿着黑布棉袍，灰白胡子的老头，手发着颤正在写字。也许是光线太不够，一条春联写了三个大字便把笔搁下了，他寂寞的抬头看见文子良正在出神的望着他，便笑嘻嘻的开始招揽生意。

"减价卖了，您选几条罢！"

文子良好像觉得怪难为情的，便走了过去。但是在写现成的十几副中，他再也挑选不出合意的。"一元复始，万象更新"，不相称；"春花春酒春富贵，福禄福寿福祯祥"，更不行，情调不合，……老头在文子良的翻来翻去之中，是颤动着胡子用希望与失望的眼光瞪着他。他也知道，要不买似乎更不好，所以，既是在春联中挑不出恰意的，又只好拿过几张横楣来选选。

"国恩家庆！对了，就是国恩家庆吧！"文子良在"春光明媚"，"人寿年丰"，"五世其昌"那许多张里面，终于发现了这"国恩家庆"一张，他仿佛觉得有点意思，还勉强可以，便就决定买了。

"三十枚，您再选一副联子配配吧，——这'新历国家庆，旧年兆民欢'怎样？也不行？"老头还是殷殷勤勤的问，两手不停的发颤。

文子良好像若有所思的踌躇了一阵，在写好的春联中实在选不到他愿要的，只好无可奈何的说："就买你一副没有写的吧。"

"对了，您先生自己写准强些。一共算八十枚吧。"老头出于意外地欢喜，脸上现出一种要老年人才有的复杂表情的微笑。

文子良诧异的瞪了老头一眼，似乎也领会到那微笑的复杂意义。略略迟疑一会，他从衣袋内掏出仅存的一张两角的毛票，不要老头找还铜子，也微笑着无言的走开了。

把春联细心的塞在外套袋里，望望电车还没有来到的消息，他的购买的兴致好像鼓起来了，便用劲从人堆里挤进南货铺去。

"一斤桂圆！"

"五毛五。"

"再来四毛五的蜜枣！"

从李大生那里借来的那一块零头现洋付出之后，文子良心里不知怎样的充满了轻快的高兴。或者他以为这种高兴，是从刚才卖春联的老头的那种复杂微笑里得来，所以走出南货铺后，他又用心的向他偷望。但老头此刻正在低着头收拾桌子，文子良只能看见 个皱纹层层的额头在摆动，好像在吟咏春联文字似的。文子良忽然失望的想：这老头看来是那样温文尔雅，而神态又是这般的颓唐萧索，也许以前还是一个不第秀才，时运不济，命途多舛，然而却还会人急智生的卖春联，这是一种"废人利用"罢！……

挤上也是堆满了男男女女的电车，文子良一瞬间的轻快的高兴又匆匆的消失了。他还回头向在卷春联的老头远瞪一下，在灯光昏黄和电车震摇之中，再也看不清老头面部的表情，仅是花白胡须还在颤动。而这花白胡子的颤动影象，也很快的被电车卖票生的怪声吆喝驱走，文子良抓出铜子买票，同时心里感到沉重的苦闷了。

太太正在会客室兼饭厅兼书房里靠近煤球炉坐着，炉里还是冒出几寸高的火焰。她在剥用水泡过的干莲子皮，文子良知道也是预备过年时煮白糖莲子羹用的。

"回来了？这样快！"

"还快！——拿去！"他把两个纸包递给太太，扑扑雪花，就脱去外套。

"买这干什么呢？外面冷？桂圆？蜜枣？"

"这就是源源不绝的意思！"

"蜜枣呢？"

"早生贵子呀！"

"你真想得到……"

"大初一客来摆摆也好。"

太太把两包东西放在一边之后，就急忙倒了一杯开水递给他，不过像还有所期待的，睁着眼向他望着。"真的，外面好冷，——那么——"她不知要怎样说才好。

文子良却不慌不忙的，整把一杯开水喝完，慢慢的在衣袋里取出："这里，三十元！"

"向谁借的？"太太心里只是跳，先不去接那三张票子。

"在袋里搜着的，我早上不是就说过！"他看了太太一眼，嘴角上露出冷笑的神气。

太太深知道他的脾性，此刻不必再追问，过一会他就自己原原本本要说出来的。她把票子装在衣袋里，也不再说什么，低着头在煤油灯下去剥莲子皮。

文子良也坐下帮助着剥，他偷眼去看太太苍白的脸色，又看太太渐渐膨胀的肚子，他记起午刻的扫除和"真够累的"那句话来了。他本要说点什么话的，但是他觉得太太不仅只有几分不高兴，而且似乎还在沉思什么，剥着莲子的双手发着微颤，因此他也没有兴趣再开口。他心里此刻生了许多说不出的哀愁：就在这过年紧张的空气之下，家庭生活还是这样的沉闷无聊，或者小孩出世以后可以增加点活泼泼的生趣？但是有了小孩，那以后又将怎样，劳碌和负担还是要递增罢！他自然不愿在今天便去确切的打算这些，这应该是几月后的事，而那时早也又是阳光和暖的春天了。不过，"我们有了家庭，但是却没有'家'了"，这样两句话，本是几天前同太太当笑话讲过的，现在忽然浮上了他的心头，他登时皱起了双眉，也好像投入一种沉思去了。

"告诉你，外院住的张太太今天吞火柴了！"

太太察觉到这情势有点不妙，所以想起这一件大事来打破沉默。

"吞火柴！她不是一天到晚快乐逍遥的打牌么？"

"快乐逍遥！想再向米铺里赊半包米，大致米铺掌柜说了不好听的话，回来就吞火柴了。"太太含着一种苦笑解释，同时注意望望他的脸色，并且还再倒一杯开水递给他。

"真有趣，米铺掌柜得罪她，吞火柴，卖火柴的又没有同她不对付，……"文子良喝着开水自言自语的说，苦闷的脸好像被这句话融和了。

太太觉得文子良的兴致又恢复了，所以一气地又说："才可笑，只吞了十几根，也幸好吐出来了，把张先生可吓坏，接连向她作揖，——刚才直是叫心里烧，嚷着有冰激凌吃就好了。哦哈！吞了火柴吃冰激凌！……"她一面说，一面发笑，到末了差不多把气闭住，呛咳几声，再说不下去了。

"这真很有生活风趣的人呢！"文子良心里想，但他看见了太太气急急的样子，不知不觉又皱起了眉头，连一句几乎要冲口说出的"真有点儿，滑稽！"也快快的咽住，只默默的把装开水的杯子递给太太。

喝了开水，换过气后，太太先偷眼望了一下文子良，又才慢慢小声的说："还有，怎样办，张太太打算向我们借十块钱？"

"好吧！"文子良懒懒的回答。他似乎没有注意太太的说话，只是出神沉思：在一霎时之间，他眼前仿佛再现出李大生的窘态，卖春联老头复杂的微笑，甚至灰白胡子的颤动，而他心里也好像又感到一种轻快。就这样，他记起刚才买的春联来了，所以连忙起身去找外套，一面向太太问："写大字的笔墨呢？"

太太看见他取出几张红纸，知道了是为的什么事，便忙忙的说："后天才过年啦。"

"就要今天写才有趣！"他摊开了纸，凝神很久，总想不出应写的联文，只对着那"国恩家庆"四个字冷笑着发呆。

选自 1934 年《沉钟》第 31 期

刘盛亚

白的笑

阳光淡淡地洒在架子上的那些兵器上；映着那些刀枪剑戟分外觉得亮晶晶些。高高的柜台旁边闲聚着三五个中年汉子，有说有笑的正高兴着。

"老屈，你瞧瞧我这鸟儿，哈，多有精神。"张五指着后院树上挂着的鸟笼。

"你的？凭油色就赶不上吴四爷的。"姓屈的淡淡的说，他正吃着烧饼夹油条。

"吴四，您怎么拿老张比吴四？咱们是当伙计的，人家吴四爷是真跟镖的啦。"这人正调弄着一碗杏仁茶。"吴四早年还进过宫，有人说太后还看起他那一身筋骨呢。"

"这到不见得，不过当初他的确是常同贝勒们来往的。"另外一个小伙子倚着柜正斟一杯茶，"您喝吧。"

"我听人说从前吴四爷可不像这样子，最初走镖的时候，听说没有人见着画狼的镖旗不让道儿。"从后院走进一个孩子，约莫有十二三岁，手上拎着一把铁开壶。

"搁下吧，"张五指着大门首挂的一块金字招牌说，"都变成白布了。小孩，你把他用掸子掸掸吧。"

"五爷，俺不够高啦。"孩子放下壶说。

"傻小子，后院不有梯子吗?"五爷笑指着后院。

"五爷，您别叫他了，回头我来做罢。"小伙子说着就叫孩子去拭净那些刀枪上的灰尘。

这时候门外走进一个强壮的汉子来，一手提着鸟笼；一手玩弄着两颗铁丸。

众人都站起来，顶温和的向来人打着招呼："吴四爷，您早!"

吴星义并不理睬大家，摆着八字步，挺着腰板，把鸟笼挂在羊角叉上，这才一手抹着额上的汗珠回过头来："早吃过了吗?"

"偏过了，您呢?"

"今儿没什么罢?"说着星义就从怀里取出旱烟管来，装上关东叶子。孩子早划着火柴等着他了。"这叶子还是一个徒弟送的啦，现在在关外吃粮，连长呢，指着这场仗打下来就是营长。是顶上的关东了，不辣带甜。您也尝尝吧。"说着他就用手摊出那烟袋。

"四爷，您用吧，咱们待一会再抽。"

"今儿练了没有?"

"没啦，等着四爷啦。"

"等我抽完这袋烟，"星义闭着眼，一口口喷着烟。直等到烟没有了，他才睁眼站起来，用一只火柴梗挑出烟灰。"今儿练趟剑吧。老五，把我的剑拿来。"说着就脱了长衫向后面走去。

吴四爷看着他们练拳脚，有时候也指教他们些。有时候也解释着这一手该怎么使用。

旁边的人不管懂与不懂都是不能问的，要是谁一张口，他就会说:"你看我的得啦,一心不能两用。"

伙计都围着他谈这样谈那样,吴四爷却来回的在院子里走,右手叉在腰上,左手拂着头上的汗。"都踢踢吧,大伙别这么站着。打拳不踢腿,终归是个冒失鬼。"星义走得很有精神,脚下的皮底直叽叽地响。"现在生意少,从前可没有这么闲着的日子。"

"昨天那笔生意,当家的怎么不干啦?"小伙子瞪着眼直瞅着吴四爷。

"一千里地,六千块钱的货,他只出一百块钱,那哪儿成啦。这去他们那儿一路都是旱道,从前就是紧路子,现在,他妈的好,真难走。一百块钱,来;咱们算算这十来天的人吃马喂得多少,一百块钱……好。"星义的声音渐渐大起来。"这不是闹着玩的,一不小心可就吹①啦。"

"从前也这么悬②吗?"那小孩也走拢来。

"小子,你没听说啦,还讲看——"星义笑着瞟他一眼,"家伙都弄好了?"

"早擦干净啦,四爷您的剑也擦擦吧?"

"小孩到顶好的,我的剑可不能用擦钢油。我就忌两样:剑不沾洋货,更忌讳给娘儿们摸。"

"四爷您放心,错不了。"小孩把剑拿走,星义又继续着说下去。

"当初走镖比现在强多了,从前江湖上的朋友都讲义气的。不说别的,就说拜把子吧,现在就跪下磕几个头。从前,他妈的,好,一刀向大腿上去;就讲有三个窟窿。喝血酒,拜老爷。好,那像现在的世道,现在的强盗可多,没有瓜葛,压根就谈不上交情,

————————

① "吹",即完了之意。——作者注
② "悬",即险之意。——作者注

还讲甚么别的。"星义很多失望似的吐了一口痰，又用脚去踏了。"一切都变啦，"声音更低下来，"一切都变啦。"

沉默了一会，张五自言自语的道："四爷，别说您啦，连我上德义镖行的时候，这儿也没这们冷静过。"

老屈从前是最爱说话的，所以大家就给他起了个绰号叫"滑嘴"。但是现在他变成这镖行里最沉静的人了。从前不谈别的，就说年底分的红利也得五六十的，柜上还送十斤猪肉和两袋面。这两年来，每季除了拿二十块钱的工钱而外，每年底好了还可以有一顿席吃，拿去年除夕来说罢，大家只胡乱吃些烤羊肉，当家的还苦着脸抱拳说了些扫兴的话。现在他不特不爱说话，也不爱听人家说话。谁也是愁眉苦脸的，见着就是穷："今不如昔。"但是今天他沉默了半响，再也忍不住了，从他嘴里送出一句话：

"咱们真是走错了行道。"

这句话道着人的隐衷似的，一个个都低下头。结果还是吴四爷说："咱们屋里待一会去。"

每个人都有过去的一段，这一段竟使自己愁锁了眉和脸。

"四爷，当家的来啦，请您商量事呢。"那小孩进来，说完又跟随星义往北屋去了。

当家的铁青了面孔，手上拿着一张纸。"四爷，您看。"说着他抖着手把那纸递给星义。

那纸上边的蓝色号码星义不认得，每一小串蓝字后面紧跟着一个用墨笔写的汉字。

"北京宣武门外西河沿探交何乃武李六死镖车失东号。"

"怎么？"星义发了急。

"镖全劫啦，李六爷也死啦。"

星义镇静下来："在甚么地面呢？"

"河南地面，您看：电报是从开封来的。"

"太欺侮咱们啦，我吴四就不怕。老六，您等着我……"他拍着胸脯："我今天就上河南去。"他的鼻子里急促的出着气。

"四爷，河南那一路呢？"

"……"他答不出话来，瞪着眼，腰挺得顶直的，叉着双手。

"我看报仇可以从缓，到是……"下边的竟不好意思说出来。

"不知道是那一路，这可有些不好办。"星义望着屋顶。

"这次可不轻哪，一万几。我倾了家也不够，还有李师母。"顿了一下，"我们先总得顾自己人，绝不能亏了寡母孤儿。"

"是，是。听您的。"吴星义的心猛烈的跳，脸色也有些不自在。

"我说，唉，开镖行连我这一辈算上是五辈，想不到这事业给我闹坏了，不特对不起祖先，您想想，我一家七口人，祖先挣下来的几所房子自然是搬不走的，还有三千两存在谦记，我想，四爷，我不瞒您，我想到别的地方避一下，这几所房子就交给您。我们五六代没有作过亏心事，我也不忍拖骗人家。这几所房产就拿来抵账吧，总计起来也可以值个五六千。不过我就得走，趁那边还不知道出了岔子。不然事情就不好办。钥匙都在这里，"他的声音非常之低，拿出好些不同的钥匙交给星义，又继续说，"请您费心，有甚么合用的细软就给我理出来。这班车我们就上天津了，住那儿可还没定，不过舍亲王家总知道的。"

八国联军入北京的时候，他们都没有这样惊慌过，现在他们两人都有些失常。

"四爷，我就重托了。您是老北京，房子能设法换个名字保存住最好，不然先卖掉一两处，把钱给弟兄们俩分俩分也好，都是多年的老弟兄了。重托重托。"他拱拱手，再仔细望了星义一眼，含着泪拖着沉重的脚步走出去了。

吴星义虽然也铁青了脸，可是却很兴奋。

二

太阳从纸书上透进来，静静地在炕上铺下几条光带。雄鸡已经报午了，吴四心里依然是紧绷绷的。就是射在屋内的阳光，在他眼里也变成极无生气的东西。心里空空的，但是又放不下心来。刀、箭，一样样死了般的爬在粉墙上。

吴太太正煎炒着菜，在厨房里闹得叮叮当当的，她的大儿子青祖从外面挑一担水进来。这虽然已是秋天，可是他还流着汗。

"青祖。"吴四大声的喊。

青祖近来很怕爸爸，只要爸爸一出声或是一瞪眼，他都会猛然的吃一惊。

"客人还没有来吗？"

爸爸说了第二句话以后，青祖才放了心。"还没来啦。"

"叫你娘多烙几斤饼，白干也再弄两三斤回来。"

"唔。"青祖应了一声，就进厨房去。

那锅红烧牛肉正发着香味，青祖用筷子夹一块往嘴里送。

"娘，味很好哩。"

"别再动了，一共只有五斤肉。"吴太太瞥了他一眼。

突然星义在屋子里叫，"怎么啦？青祖！"

母子两个都吓跳了心。

"没有，没有什么，"吴太太低声的回答着，赶忙又去烧菜。

客人来了。

吴星义吩咐青祖把桌子摆在院子里，大家就围坐起来。吴太太忙着做菜，青祖忙着送这样送那样。

"四爷，您的事完了没有？"席间张五向星义问。

"还没头绪哩，前几天倒有一个人来约我去当护院。"他擎起酒瓶，"大伙干一杯。菜虽然不多，酒却有的是。今天这一会，以后又不知要到甚么时候才见了。"

"请四爷去当护院，这未免太小看四爷了。"滑嘴屈也开了口，"凭四爷这点名声也不能跟人护院去。把四爷当小伙计，真太小看您哪。"

"现在谈不上这么多啦，反正有事就干……"他一面劝着酒，又说，"你们这一去，可就只抛下我啦。多年的朋友，嗨！真想不到。你们到好，事都找在一块。"

这时老屈向张五使了一个眼色，张五沉吟了一下，"这世道，唉，我看还不如上山呢！"

"落草么？不是咱们干的事。"星义刚强的说了一句。

张屈二人都不往下说了，可是星义没有看出来。"我还是打算好好教两个徒弟出来。"

"教徒弟顶好了。"他们都很赞成。

"这次何乃武可真算够朋友的啦，自己弄得倾家破产，可是对伙计们还是顾着来的。像当家的这样好良心，往后那怕不发呢。"星义凄苦的笑了一下，喝了一小口酒。

"多年都跟着您，现在要走真觉得难受。咱们的境遇都不很好，四爷又一定拘礼要给咱们钱行。真是打扰。"张五说着也含笑一拱手："像咱们练功夫的人，"他低头望望自己手膀，"不愁没有饭吃的。"

"笑话，咱们这一行，走到那儿吃到那儿，天下一家。今儿你们吃了我，明儿也许我又来吃你们来啦。"星义哈哈大笑起来。

"四爷要肯到小地方来，我们欢迎极啦，只怕四爷不肯来。"张和屈两个互相笑了一下。

"从前我走镖的时候，好，那一路山寨不晓得我的名字。纵然有新出山的冒失鬼，哈，一交手可就完啦。宣统二年我押镖过山东，经过邹县，刚一歇下打尖，他妈的就来了。好，我一瞧见就跳出去，两三句'行话'不接头，咱们就干上啦。我说：'刀枪手由你择。'他就挑了'手'，我刚一抱拳。他妈的，好，腰上拔出手枪哪，我一个扫堂给他跳过啦，连环三槌也没打着他；只把衣服给扯碎了。他一见不是岔，就想逃，我过去就一个小鬼叫门，他也使了一个砲槌挡开了，当的一声枪就掉啦，我再使了个横拳撩槌。好小子，就死在地上啦，后来事情闹大了，结果杀五只牛来祭奠才了事。"星义很高兴的一句句说着，有时又比起手势。

但是这两个客人却无心来听，只顾想着别的。

"随便吃呀，客气就害了自己。"他就夹了一大块肉来包饼。

乌鸦绕着高树乱飞，夕阳烧红了天壁。这两个客人就告辞走了。

星义送他们到门首，望着他们走了，还高声的叫着："鹏程万里！"

他们回过头来，脸是红红的。

"四爷，咱们再见。"

星义送了客回来，心里就觉得像是失去了甚么似的。"再见"，两个字含得有很大的力量，老在耳边嗡嗡地响。他回到房间里，顿时觉得眼前昏暗了许多。从炕上拿起那两个铁弹丸来，叮叮当当地玩弄着。

他又望见那鸟笼了，这几天少照顾画眉鸟，它也没有从前活泼了，静静地站在笼中，不叫也不跳，有时摆摆脖子上的羽毛。

老屈的话又在耳边响：

"咱们真是走错了行道。"

接着他就想到护院，护院并不算一件卑贱的职务，不过像他这么一个人，京城里谁不知道皇城根的吴家，自从清朝入关以来，吴家每代都出过极有名的拳术家。他的祖父更当过御前侍卫，他的父亲也是极有名的拳师，他到过武当寺去学艺。走镖；从祖父起就干这玩艺了，可是那只是"玩票"的性质，到了他父亲的壮年才正式的被聚义镖行延聘去，星义那时候还小哪。

在同行的眼目中，护院是较低于走镖的，虽然护院还比较平安一点。但是自古以来有成千成万的镖客，但是很少见有大本领的人去当护院的。除非人老了或是被人劫了镖，在江湖上的名声扫地，他决不……

吴星义一只手撑在方桌上，一只手玩弄着弹丸，他的心里正寻思着许多许多不同的事。

不护院又怎么办呢？虽然北京城里还有几个镖行，但是那个镖行又有生意呢？像聚义这样大的还倒闭了，散伙了，何况别的。

"护院，护院！"他叫起来，这声音有些果断，也有些愤恨。

小床上睡着的孩子被惊醒了，正想哭，但是一张眼看见爸爸的大眼睛，他又闭上了眼。

星义扶着床栏望看了一会，他也觉得心里有些不畅快。

"王七爷来啦！"青祖在大门外喊着。

吴星义迎接他进来，他们谈了一阵。

"我说四爷，您不要固执了，护院有甚么关系呢。钱不比走镖少，可是平安多啦，而且费省长找您帮忙，以后多少有点好处，就说您老了，还有您的二位少君呢。"

一句话深深打进心里，星义稍微一沉吟就说："好，好，我干，可是我人老了负不起多大责任。"

"这自然，这自然，只求尽心就成了，托四爷的名，托费大人的福，绝不会有什么岔子的。"

三

星义白天是没有事的；除了清晨教两个少爷练点趟子。他依旧像往日一样：在茶馆里消磨一个上午，再回到家里吃午饭。傍晚时候，手上提了画眉鸟，玩弄铁弹，接着腰摆着八字步，慢慢走回费宅去吃晚饭。

一进门就遇着王七。

"七爷，您上那儿去？"

"正无聊啦，四爷咱们找个地方谈谈。还没吃饭吧，我作个小东，咱们上东来顺去吃点涮羊肉。"

"得，可是您别破费，让我作东得啦。"说着吴星义就说把鸟笼和弹丸送回屋里。

王七告诉他：

"费大人从前是作省长的，可是现在倒啦。弄了点钱在北京买了所房子，打算长住下去。从前在任上的时候总少不了有几个仇人，所以现在也得防备防备。北京城里的名手虽然多，可是费大人总说非您不行。"

吴星义先还只连声"唯，唯"的，但是听到当面的赞颂，他心里也有些欢喜，所以就打断他的话，谦逊的说："不敢当，不敢当。"

王七只管拿些好话来说，有时也引起他的大段谈话来。在星义的心里非常畅快，把酒一杯杯的直喝着，他任意地谈到：

"比方他们说的点穴，那压根就没有，小说上的话都能信吗？不过在咱们武当派确是有的。"他喝了一口酒。

王七这时把头伏在手臂上，两眼望着桌下星义的大腿，心里跳着，同时又想着一件危险的行为。他听得星义在问他醉了吗？连忙回答说："不，不，"镇静的抬起头来，但是他不敢看吴四的脸，端起一杯酒来，"四爷，干。"

星义又继续谈着点穴，可是对方并不会听他的。吃过了饭，王七要会帐，星义拦着他。

"今天让了我吧，来日方长，咱们相见的时候多着啦。"

"得，得，您松手呀。"王七喊着。

星义还握着人拿钱的腕子，"我忘记是您的手啦。"

王七把手在衣袖里慢慢伸缩着，心里卜卜底跳，"好家伙，这么猛的劲。"

"七爷您不是外人，人家都自称少林派，喝！少林派真多啦！"一肚子的牢骚都集在这几句话上头了，往下又自得的说，"只有我是武当的，从先严死了以来，北京城里就我一人啦。"

两个人走在灯光明亮的王府井大街上。吴四歪歪倒倒地同王七紧紧地靠着。

"四爷，您醉了罢？"

"没，没啦。"

一家大帽铺的玻璃窗里摆放着各种不同的帽子；它们在和谐的蓝色淡光中格外好看。吴四向王七说："七爷，来看看。"他已经觉得肚子里在发热了，头上也是昏昏的，他挪了几步就站在那些帽子前面。

身边的王七偷眼望望铺子里的钟，再望望正出神的吴星义，微微一笑，他的钩鼻子更高了些，耸耸肩就走下街沿，投进人流里头去了。

"这是博士帽，这是瓜皮帽，那是甚么帽呢？草帽，巴拿马。"一口酒拥上来，连忙咽了下去，喉头酸酸的觉得难过。伸手就取下软草帽来，他里外的望了一阵，帽子已经灰黑，黑色的丝带被蛀虫蛀上许多小洞，而且变黄色了。"七爷，您瞅我这帽子，三十七两银子，"喉里又响了几声，"第一批到北京的二十四顶，哎哎，我就买了一顶。"

一些年青的男女正高傲的在他身后踏过。

"老啦。老啦，现在该他们啦。"他慢慢回过头去，他忘记了已经少了一个人。他靠着一株法国梧桐，眼有些迷糊。那么多的红人，蓝人，黑人在淡淡的柏油路上来往，正像开水里上下不停的水泡。

汽车的行驶，汽车的喇叭响，在今天都有些怪状，一声声在星义耳边吼着。

"该回费宅去啦。"他突然意识到。慢慢地酒也醒啦，挪着沉重的步子和摇晃着的身躯离开那一条大路。

一钩亮月挂在浅蓝的天上，白色的云朵棉花似的一圈又一圈地集在她的旁边。微起的冷风吹着他发热与发昏的头比较舒适多了，可是心里想呕吐。把中指伸在舌头上一搔，哇的一声就吐了，这倒畅快了，可是嘴里的气味却怪难受的。

那边有黑黑的一个小亭子，他记得很明白；那是一口井，旁边还有一个石池。"好，漱漱口去。"他拔步就往那里去，用劲的迈着步，反忘了自己脚下不大稳，差一点摔了一跤，身上吓出一身冷汗。

"好冷啦，"他漱完口，"当初走镖的时候……哎，他妈的，好。"自己觉得舌头有些麻木。

费宅的门大开着，这就有些奇怪，而且有不少的警察站在那儿。

星义想走进去再问。

"站着！"守门的警察大声的吼叱。

这时候从里头走一个警察来，他是附近派出所里的。"他是宅里人，让他进去吧。"

外头院里没有一个人，他也不好一直走进内宅去，只得先回到自己的屋子。"到底甚么事？向巡警打听吧，他妈的，好，谁高兴。"

"吴四爷回来了吗？"

"啊，王二吗？进来坐坐。"

"我瞅见这儿有灯光啦，四爷刚回罢？"年青的当差进来，吴星义就向他打听：

"老二，今儿有甚么事吗？"

"来强盗啦，七八个人都带着手枪，把我们全捆上；赶进西跨院柴屋里头，通共抢了好些东西啦。"

"怎么？怎么？"

"正开失单呢，总不下两三万。"顿了一下，王二又往下说，"刚才侦探来了，他说准是有内线的，不然不会抢得这么随便。"

"有内贼吗？"星义的眼光闪着在屋里闪了绕了个圈。

"谁也顶实在的，"用手指弹叩着桌面，心里把所有的仆人都仔细思索一遍，"不像，都没有贼形。"

"是啦，都是些多年相处的，还有谁不知道谁的吗。"王二认为侦探的话毫无道理。

"可不是。"这时候星义感到一种不自在，好像有甚么侮辱加在他身上的。"总长在上屋吗？您给我言语一声，我要见他。"

"总长正忙啦，王七爷又不在家。"

"王七爷不在家？"刚嚷出声，自己就觉得不该说，把许多想说的话都裹在心底里。

"四爷，您喝点水吧。"

"不，不，我要见总长。这事我干不了啦。"他站起来取下墙上的弓剑等物，"劳您驾卷上这被窝吧，立刻我就得走。干不了啦，人老了。"说着他就往上房走，腿下有些闪抖。

四

"这事情您交给我，我知道是谁干的。迟早我总把他交给总长。"

自己向费洪犹说的话，近来常在耳边重响，心里也特别忧愁些。

大街上，胡同里，来来往往的那么多人。星义在他们脸上仔细地望，可是他找不出那个人来。"王七这小子不会认不得吧。"手又揉在衣服里，那把尖刀还在腰上撇着呢。"只要你不遇上我，好，他妈的。"这才松一口气，向家里走去。

每天都是这样的，游神似的徜徉在街上。

"这么久，王七不会走了吗？"青祖对他说。

"你知道甚么？"叱开了青祖以后，自己也忍不住笑了，"他还不走么？当然走了哪，没有那么傻的人。"

心里头的愤恨渐渐散在漫长的日子里。

"干，干。"星义这几天人是软软的没有精神，一天到晚也不想找个时间来练练功夫。他忽然想到再这么下去是不行的，对于自己对于家。还不如招一两个徒弟来教教，一来可以混混时间，二来也可以弄几个钱，想到这里他就大声的喊着青祖。

"把笔砚找出来。"

青祖到处都找遍了，只找出一枝坚硬的破笔，那半爿砚台不知道放在哪里去了。

"找着没有？快，快。"星义的心里像火烧着似的。

最后还是自己想起，去年冬天没有了炕门，自己把他放在炕下做炕门了。他微笑着，把它搬到桌上，"找着啦。"

吴星义把笔在嘴里咬软了，很吃力的在一张红纸上写着字。

"家庭国术招生地在皇城根十一号报金不居吴星义启吉月吉日"

太阳偏西，立刻将要没有了的金光射在巷口古庙的红墙上；那上边贴满花花绿绿的招布和广告，现在在上面又新增加了一张。

从那里过的人只看得见大的美人广告和大减价的招贴，谁也不注意到吴星义的小红纸条。

居然来了一个学生，吴星义非常高兴，自己盘着腿坐在炕上向他问了些句闲话。

星义对于这孩子的回答很满意，而且他那么高，正好练通臂。可惜背有些驼，眼睛老朝地下看。"把衣服脱了，我看看腰，练得了练不了？"

孩子的腰很好，星义对他的希望很大。"先得踢腿和下腰，早上早早的起来，像这样做二十次。"说着就教他踢腿和用手尖触地。

"你叫什么名字。"

"存惠。"

"你干得了，过两三天就行了。你看，这叫骑马式。"两手伸直做了一个骑马的样子。

存惠觉得全身的筋骨都在痛了，"有些痛呢。"

星义一方面安慰他，一方面叫他千万别把背驼起。"你眼睛不大好，每天睡觉之前用手去轻轻打，眼可别闭上，一只打一百下，保你换个样子。"

存惠很肯听话，功夫进步得很快。星义对他也肯特别下功夫。

时间跑得很快，这已经是冬天了。

吴星义刚吃完饭，青祖正搬白炉进来。

"小宝呢？"

"娘在喂他的烩饼呢。"

"你得早晚自己下功夫才行，老得我来看你，我那有那么多的功夫。你瞧瞧存惠，人家都在练金钟罩。"

青祖脸上发热，放下炉子就回到厨房。自己坐在小凳子上想：存惠的确进步了不少，自己不特没有往下练反把功夫荒废了。从早到晚简直就没有功夫，家里的杂事通通得自己去作，那能像存惠那样把甚么都放弃了；去干这个。从前爸爸常说，穷文富武，没有钱那儿行。自己真有些想哭，但是娘又在旁边，他怕伤了她的心，只好忍住了。突然有门环响着的声音。

"青祖开门去，谁来啦？"娘正同小弟弟梳头发。

来的人是存惠，他喘着气："师傅在家么？"

星义听见是存惠的声音就连忙的喊："进来，进来。"

存惠站在师傅面前，一肚子都装的是话，可是挑不出头绪来，也不知道从那里讲起好。脸上飞起两片红霞，他嚅嗫着说出："我要走了，回通州去。"

星义不懂他说的甚么，愣着眼望着他。"别着急，慢慢说，青祖，给他找点水喝喝。"

存惠停了一会，才说出理由来："我们要回通州去，铺子关门了。"

"怎么？"

"早就要回通州的，因为我要跟您练功夫所以没有走。现在铺子实在支持不住了，只好顶让给人家。我们今天下午四点十分的车走。我也不能一个人留在北平，我回家还得种田去。"

"老老实实作生意都蚀了本？"吴星义不解的问。

"您不知道，近几年豆子贵极啦，豆腐又不能涨价，一个子一块，还能往上涨吗？买主又全是熟人，您说怎么办？把几十年的铺子只好顶给了别人。八百块钱连房子一块。"

星义嘘了一口长气，仰着头望屋顶，不说话。

"爸爸说师傅教了我这么久，教我送五十块钱过来。"

"我绝不能收，我绝不能收。"他抓住那一双大手，"你听我说，我虽然穷，我不在乎这个。现在你们正得用钱，你带回去。要走了，我也没有甚么说的，你见天还是练练功夫，一早一晚下点功夫。我有一本药方，是武当的珍宝，我送给你作一件礼物，你要救救病了的伤了的人。"

两个人又默然了好久。

"师傅，我走了。"他磕了三个头，有几滴眼泪洒在地上。他拔脚就走出去。

"我下午来送你。"星义追到门首。

他并没有听见，很快的就走不见了。

五

星义的下眼泡已经有些浮肿了。头上是花白的发。

他自己也不肯相信两年来自己变成了这么一个老样，拿过一面自己太太早年陪嫁的镜子来，镜中的自己底脸上，有着那么多横横竖竖的皱纹。

吴太太原是胖胖的，现在也消瘦了许多，但是一张白胖的脸依旧像往年，不过；眉尖与眼角都是向两面下垂着，夜间常常哭，眼睛也不如从前明亮了。她自己觉得近来眼前常会发花，一片黑，人也好像要倒下似的。

一家人的眼睛都常向星义一人的脸上注视，他们怕他。不敢说甚么，可是那大小六只眼，依然是说话的。

"没有甚么了罢？"好像是自言自语的。

吴太太不敢放过这个说话的机会。"煤球没有啦，米也快完啦。"

"叫去。"他淡然的回头望着墙上的相片。

"……"母子都被这句话弄得互相望着，小宝似乎也有些奇怪，愣着眼望着娘。

"再赊一回不行吗?"星义依然是背着身子。

"恐怕不行罢,"青祖低声的说,"中秋就欠了七十好几了,煤店也上了四十。"

"上次人家已经说话了。"吴太太望着小宝说。

吴星义脑子里旋转了一下,立刻断然的说:"把我的皮大氅取出来。"

吴太太走到当院,地下都有几个黄色的槐树夹了。天色暗沉得很,可是没有黑云,大概还不致下雨。盆里的石榴又红又大,墙上的葫芦早就熟了;可是没有人摘它。她眼前渐渐浮出一片白,而且耳边啸吼起猛烈的北风。"冬天哪。"冬天立刻追来了,皮大氅出门是必定要的。

"皮大氅快拿来。"星义在催她了。

还有甚么想的呢,她吃力地搬下一口口的皮箱,从十四号皮箱里取出那件狐皮大氅来。她想到当初自己嫁到吴家来,那时候不是这样情境的,像这样长此下去,怎么办呢?可是他又是个粗人,性情是极端暴躁,从前因为劝他,几乎把拳脚招到身上来。想到这里只好慢慢的找一张包袱,仔细包上。

星义接过包袱,一句话也不说低着头出去了。

她们静静地目送着星义走远了,才嘘了一口气。

"我到你们家里二十年了,还从来也没有当过东西。"太太对大儿子说,一面又望着在地下玩落叶的小宝。

"爸爸这几月来少说话了,这样对于自己的身体也很有影响。"

没有甚么言语,只是静静地互相望着。小宝也不说话,他正在看那些树上的石榴。

"娘,甚么时候才吃呢?"

"等你爸爸说那天吃,就那天吃。"过了一会吴太太才对小宝说。

天上的云霾更加深了，一大片紫蓝色的云遮没了西边的天壁。天上起了微微的风，刮得又掉下几片树叶来，人也感到冷意。

"小宝，进去加衣服。"吴太太走去关上街门。

"我不冷。"举起小手就一捺鼻上的清鼻涕，随着打了个喷嚏。

"瞧，着凉了。"吴太太伸手去拖他，外面叩门的声音起了。

"谁?"青祖一边向门走去一边问。

"我。"

"爸爸回来了。"青祖把门开了，走进来的果然就是星义。

"这里有五十，收起来。"把一小叠钞票和一张当票递给吴太太，"我叫了两斤酒，一袋面，一会就送来。"说着就往屋里走。"青祖，怎么还不点上灯?"

青祖不敢说话，只把母亲望了一眼。吴太太沉吟了一下才说："没有洋油了。"

"去打点回来使罢，"他又想起甚么似的说，"明儿把你的金东西全拿去卖吧。"

吴太太默默不语，从炕上拿起小棉袄给小宝穿上。

屋子里比外面还暗些，这时候只隐约的望得见人影。吴太太的喉咙里似乎响着："冬天快来了。"

天冷极了。

吴星义一家人都在炕上，他自己一个人喝着酒，吃点儿自家腌的咸鸭蛋。小宝睁大了眼睛望着他，有时候星义也用筷子挑一点蛋黄给他吃。

"这房子我想卖掉了算了吧。"

平常吴太太是不多嘴的，可是一听丈夫要卖去祖业，心里也惊恐起来。"不要卖吧，外边再想想法。"

星义不等她说完就打断她的话："这么久了，还有甚么法? 一点眉目也没有，而且这么多的账，未必我吴星义还好拖欠人家的账吗？"

吴太太背着灯擦眼泪，墙壁上的星义底影子也正木然的端着酒杯。

灯光是淡黄的，青祖忧愁地望着发着青光的白炉。

"开门啦！"有人打门。

"咦，这么晚，谁还来？"星义自己问自己。

"问清楚是谁再开。"吴太太嘱咐去开门的青祖说。

"谁呀？"青祖问。这时门隙里已有灯光透进来。

"是青祖吗？我们回来啦。"张五已经听出应门的是青祖，就高声的问，"你爸爸在家吗？"

青祖应着在，就向屋子里叫："爸爸，张五叔他们回来啦。"说着才拔了门闩教他们进来。

一共是两个人，前面是亮着电筒的张五，后面跟着滑嘴屈。

"青祖你好？"滑嘴屈笑着问。

"现在您又爱笑啦？"说着青祖就让他们进北屋里去。

星义正迎了出来；笑嘻嘻的："好，这么晚打那儿来呀？"

"前门外来，今天刚到哩。"张五还没说完，滑嘴屈就紧接着说：

"您瞅我们长胖了吗？"

"可不是，胖多啦，事情还好罢？"星义回答着。

吴太太忙着泡茶倒水。小宝已经倒在炕角睡了。

张五觉得星义老多了，青祖和吴太太也消瘦了许多。壁头上的那些相片也淡黄了许多。

"这张相片都坏了，"张五说着就用手拂去片上的灰尘，"还是顶精神的，您瞧，这神龙探海的式子，可就真难。"

"老了，老了，就是我现在也不行啦。"星义用手揉着眼睛，又问他们冷不冷。

"青祖该学了不少了罢?"张五依然在一张张仔细看那些相片,一面不经心的问。

"没有练甚么。"青祖有些腼腆。

"没有功夫,一天老帮着做这样做那样的,前个月才练完一趟斜步七星剑。"

"不错啦,这是咱们这门里头顶难的啦?"张五对姓屈的伸着大拇指。

"可不是不错,咱们老弟还有错的吗!"屈笑起来。

"吃过饭没有?煮点'拨鱼'来吃怎么样?"吴太太关心的问。

"得,别客气,咱们偏过了。"

他们互相的谈着近况,反正都是不适意的。

"吴太太,您给我们烧点开水罢。"张五把她支使出去,这才低声的向星义说,"听说护院的事吹了?"

"哎,给他妈的孙子害了,王七那小子,不碰上我就算运气,碰上,他妈的好,您瞧。"他愤愤地指着箱顶上的一把短刀。

滑嘴屈拿起刀来看了一会:"顶好的刀,可惜锈了。"

星义心里一个不快就接过那刀来,刀上生了黄的绣。"好久没有用它了,人老了,刀也老了呢。"他的苦笑声使旁边三个人诧异起来。

"四爷,我想跟您说句话。"张五望了滑嘴屈一眼。

"自家人,随便说罢。"星义也知道这不会是一句普通话,可是却装作不觉得似的。

"咱们都在李庄落草,四爷也去好吗?"两个人望着他,等待回答。

星义呆坐在炕上不说一句话。张五又把话继续讲下去。

"这也是没有法,既然没有事干,没有钱花,没有饭吃,咱们不干这个往那里走？而且四爷也同我们一样，没有甚么别的办法呀？"

"四爷，落草并不算坏，听说书的说英雄，那个英雄没落过草。他们是没有办法才上山，我们也是没有办法。而且，我们没有别的路。"滑嘴屈低声的讲，讲得非常诚恳，一点也不带他平常的样子。而且那些话每一句都打动着星义的心，但是为了一个自认不光明的名目，在一番思虑之后，他终于左右的摇摆着头。

"哎，四爷，您得想开点。"滑嘴屈又诚恳的继续说下去，"这年头干买卖的也不只咱们几个，浙江金耗子，山东的青额老虎都走上这条道儿啦。而且那儿不是偷，那儿不是盗？有甚么分别；只不过大盗小偷的分别。四爷，您还是听咱们哥儿俩的对，总比老待在家的好。"

星义的心里旋转着无数头绪，他自己也决定不了，他们的话却有他们的道理，而且近些年来自己所见到的，所听到的，还有自身所遭遇的，件件都是不满，心里是充满了愤恨，可是没有别的人来引动；所以也没有爆发出来。今夜，一只长针扎进心里去了，一股恨火直冲上脑顶来，可是为了几代的家，终于压迫愤恨回到原处去。

张五正望着屈做一个满意的笑脸，因为刚才星义的眉毛在青色的脸上直立了起来，那一双拳头也捏紧了搁在炕几上，几条青筋暴起在手背上。可是现在星义又回复到原样，拳头也松弛了，张五和滑嘴屈脸上的笑脸自然也不见了，重用希望的眸子去逼视着星义的一张脸。

"四爷，""四爷，"两个人都这样有希望的叫着。

"不要再说了，不要再说了。反正我决定不去。"星义坚决地说，"你们弟兄的盛情我是很感激的，不过我吴星义还没到这种地步。将来也许……以后再说吧。"

张屈二人觉得很无趣，就站起来告辞。

"您还没喝点水啦。"星义也不强留。

"不渴。"滑嘴屈的言语又不大流利了。

"你们甚么时候回去呢?"青祖背着两手岔进话来。

"明天清早。"张五说着就亮了电筒走出去。

"爸爸，我送他们出街口去好不好?"青祖低声的说。

"我就不送啦，有工夫来京城请来坐坐。青祖送你们出口，天太黑，道不好走。"淡淡的说着就自己关上街门。他呆呆的把背靠在门板上站着。

"客人走了么?"吴太太在北屋里问。

"走……了。"星义慢慢的走进房去。

"青祖呢?"她正在茶壶里倒满了开水。

"送他们去了。"星义伸手就拉开了被窝，连衣倒在炕上。

灯里头的油都燃完了，青祖始终没有回来。吴太太抱着小宝，把下身用棉被盖着。两只眼睛从揭起的窗帘里望着出去，天已经灰白了。看看丈夫，正睡得好呢。她的心里被甚么刺着似的，眼里掉下泪来，她又怕泪水冰着孩子，伸手来拭干了。

一阵鸦噪，天也渐渐亮起来。门外有打门的声响。吴太太披上一件棉衣跑去开门，"青祖么?"

"这儿是住的姓吴的吗?"

一个穿蓝布长衫的人，手上拿着一封信。"有一个吴少爷已经跟张先生他们走了，这是张先生留给吴先生的信。"说着就递过来。

她推醒星义，把那人说的话告诉他。

星义镇静的读完那封信向吴太太说:"人是越老越疲，年轻人老是好刚强，我看他以后怎么办?"

"青祖上那儿去了?"她提心吊胆地。

"同他们一块作生意去了。"无疑地他扯了一个谎。

六

"外边什么人来了？无论怎样你总不要卖掉这房子。"吴太太张开无光的眼睛，声音很低，而且喘得厉害。

"不会，不会，你看这么大的雪，"说着星义就揭开窗帘来，"三尺来深的雪，四十几年没见过啦。"

吴太太紧抱着醒了的小宝，又闭上眼睛。

"再盖上一床被吧，太冷呢。"星义把自己的被加在她身上。望望太太，她确是无力地睡着，于是轻轻地走到箱子前，开了锁，又取出一只小箱，从里头拿出一张房契来，然后又把那些还了原。

"星义，你在干什么？"她的声音低而且发战。

"我找围脖。"星义不敢回头看他。

"在最上一个箱子里，中秋那天我就把它找出来了。"

"我知道，你不用管。"他偷偷地走出内房门。

"四爷。"那几个人看见他出来就喊了一声。

"请低声些，别惊醒我内人，她不让卖去这房子。"他声音很低，可是却说得很吃力。

"我们知道。"说着他们就忙着办完手续。

"四爷，您甚么时候搬出去呢？"买主说。

"迟几天吧，我求您。她病得……"他几乎掉下泪来。

"这没甚么，总求四爷快点，这儿有一千块，除去二百中人的和印契，实剩八百五十七元三分。请您点点数。"

"是，是。"他说不出别的话。

刚送走那几个人，吴太太就在里头问：

"青祖到底上哪儿去哪？"

"快回来啦。"他不敢把眼望到太太身上去。

"刚才是甚么人来了，说甚么钱？"

星义也不忍再瞒着太太，他把九叠钞票摆在炕边。

"那来的这么多的钱？"

星义只望着她，脸红起来，泪也滴下来了。

"是卖了房子么？"

星义点点头，伸手抚摩着小宝的脸。

吴太太的喉里吼着痰，脸色更苍白下来，一只手紧搂着四岁的小宝，一只手握着星义的手。"你……好好……待小宝……还有……青祖……"她的话说不下去了，只有痰响，她的眼睛直望着星义，渐渐地合上了。

星义眼里的泪直往外涌，心里好像被热的辣椒油煎着似的，左手仍然被那只冷手握着。

时日在忧愁里遇着。

星义像一个母亲般的抚养着小宝。小宝是没有甚么忧愁的，常常要爸爸带他出去玩，星义心里虽然不快活，可是也不愿意做苦脸给孩子看。所以当小宝要甚么的时候，他从来没有拒绝过。他想到从前自己这样大的时候，还是在母亲的怀抱里啦。小宝总是不幸，才四岁，四岁就失去了娘。

长此这样下去，怎么办？这一天星义决计带着孩子离开北平。

他开了画眉笼，放那鸟儿飞去了。

小宝问他："爸爸干吗放了它呢？""让它自由去吧。"往后就是一个长的静默。

"爸爸，这是甚么地方呀。"

"这是火车。"

"怎么动了呀？"

"火车在走。"

"走到那儿去那？"

"汉口。"

白天星义出去走走，他想找一个事情，但是汉口同北平一样；随处都是事，可是那里都不要用人。星义只带着孩子在路上逛，逛饿了，吃馆子，吃完了又去逛。

"我决定卖解了。"当茶房向他催索房费的时候，他毅然的说。

星义站在广场上，旁边站着小宝。

自己寻思着怎样才可以招揽观众？几次想叫："这儿看，卖艺的啦!"可是叫不出来。

"小宝，你叫人来看罢。"

小宝很听话，"你们来看罢，卖艺的。"

可是没有一个人站拢来。

结果还是星义想出一个办法来，他脱去长衫，动手练起来。一个两个，慢慢地成了一个人圈了，于是他停住了，一抱拳，红着脸说了一套江湖上的应酬话，这才再练起来。

人慢慢的散去了，铜子稀稀地有几十个。

"这拳真难看，不是出丑吗?"在散开的人群中，星义听见这么一句。立刻他想到，"耍花拳才行啦，我的东西都太老实了。"他又对小宝说，"看看有多少钱?"

小宝数了一阵，"一共有五十七个大铜子。"

"还不到两毛钱啦。"星义望着碧蓝的天空。

回到旅馆，又见到那几付死板的面孔，星义还不等他们开口就说："明天准给钱，把笔墨找来用一下。"

小宝看着爸爸写了一封信，爸爸的脸上没有笑容了。爸爸带着他走到一家大门前，把信从门缝里送进去。爸爸陡然对他说："小宝，我们今晚上山去了，找你哥哥去。"

"青祖哥哥吗?"小宝仰着头，笑着。

"还有张五叔和屈——"

"滑嘴屈吗？上次他还买糖给我吃的。"

夜晚爸爸又把小宝带到那门边，把剩下的一块二毛钱放在他袋子里。"要是一会不出来，你就赶快走，用这个钱把东西吃去。"

"爸爸你呢？"

"你不要管我，"星义想到自己的结实筋骨，和一身本领，一定还可以对付几个人，而且要借的才五十块钱，这人不致于不借的，"我一会就来，你等我一会。"

"爸爸，你快点。"

"你怕吗？小宝，来，"星义解下黑色的长衫，"我给你蒙上，你听见甚么也不要怕。别自己取掉它，等爸爸回来再给你取。"星义把长衫罩着小宝的头，叫他靠着门首左边的石狮子。

静静地在黑暗里过了一会的小宝，忽然听两声响，而且有一样东西从自己耳边嘶的一声飞过去，接着就有人的喧哗声，渐渐这声音又静下去了。"爸爸怎么还不来呢？"他等得不耐烦了，掀掉蒙着自己的长衫。

静静底夜。淡黄的沙灯下躺着三个人，一个是爸爸，他脸上浮着笑，也许是哭，反正爸爸的脸上浮着一个小宝从来没有在爸爸脸上看见过的白的笑。

选自 1935 年《文学季刊》第 1 期

团　圆

出了城门，马路就不平了，因此那实心轮子的人力车就特别显得震荡。坐在车上的女人也明知跑的不算慢了，可是仍然显出不耐烦的神色。她几次想出声催促车夫，但是一看那满头流汗的车夫，她又把自己几乎吐出来的声音忍回去了。每一次她这样忍耐底时候，总是从贴身的衣袋里取出一个土纸薄信封来，那里面是一封短短的电报。短短的一句话，在她昨晚看第一遍时已经全部背得了，然而直到这时她还不由自主的要常常取出它来看。她看得很仔细，很慢，从每一个号码后的潦草铅笔字迹上得到了安慰。而且每一次，她的嘴角上，眉梢上都扬起微笑来。这样，她的程途就又缩短了一段。

昨天夜里她睡得很熟，在那甜蜜的梦中见到丈夫回来了。于是她就尽情享受一阵温存。就在那时候，有一种外来的声音使她迷迷糊糊地醒过来。她用力把眼睛闭紧，她不想就那样醒过来，她要留住那个梦，或是再把那个梦找回来。可是那外来的声音更明朗地响着了。

那是一个人在大门外喊着："李玉珍！李玉珍！收电报！"

自从她结婚以来，差不多就失去了这个名字。

她非常疲乏，全身的骨头像被抽去了似的。她勉强披好衣服，扭亮电灯，向大门走去。

"那个？"她隔着门问。

"李玉珍收电报！"对答仍然是同刚才一样，只是声音中带着愤懑。

她知道那人等得太久，因此不高兴了。她急急地抽开一道门闩，可是她突然停住了已接触到二道门闩底手。她突然想到地方治安颇成问题，外面的人是不是真的送电人呢？刚才她又不曾叫醒同院子住的，这时是孤孤单单一个人，应该小心点。于是她就说：

"门上了锁，从门缝里递进来。"

"好吧。"随着那不耐烦的声音，从门缝里挤进一张电报回执。"盖个图章。"

她走回房里去，忙乱地找出图章来，可是连印了三次都不现，可是她又没有印色。

"快点！快点！"

这一催促，她更乱了手足。突然，她脑子里一亮。"对。这一定好。"她打开一个洋铁盒子，从梳篦底下找出一管口红来。这样，她就在回执上盖了一个清清楚楚的图章。她从门边换回来一封电报。

电文很简单，除了收电人的地址姓名而外，就只是："俭特快车到，帆。"

"啊，帆！"她冲动地喊了一声，可是她立刻失悔地忍住了。"俭，俭是那一天呀？"

她急快地开了门，（事实上是并没有上锁的。）把她所想的字句变成声音问那正要在路灯杆下转出巷口的送电人喊。

"俭，俭是哪一天呀？"

那人没有回头，可是宏亮的回答送到她耳朵里："俭就是明天！"

她原很疲乏，可是"俭特快车到"给了她新的、兴奋的精神，正像喝过很热很浓的咖啡一样。

"咖啡，"她苦笑了一下，"这是好几年前同帆一块喝过的了。"

李玉珍近三天来都没有去局子里，因为两个孩子都在发高热。她疑心那是疹子，不分日夜的伺候着，拿多量的开水灌下去。直到这天黄昏，有一个孩子的热度才退了。这样她的心才放下了，因为这证明了不是疹子。

这种兴奋的精神给她很大的苦恼，现在孩子们平平静静地睡着，可是她自己却像发热了，她不安地在房间里走来走去。

隔壁高家的钟敲了五下。她心里引出新的办法。她动手收拾屋子，移动几件小家具，又把散乱的东西都堆到床下去。

"帆回来，"她说，"要给他一个干干净净的家。"

在这工作中间，每过孩子们的床边，她就看他们一次，她看得很仔细，孩子们发过烧，虽是瘦了些，然而脸色很红润。眼耳口鼻，每一样都有来源。"不像帆，就像我。"她笑笑说，"人真是奇怪的高等动物！"

院子里已经有人起来了，她揩去了结婚照框上的灰尘就关了灯，曙光就偷进了屋子。

她不把消息告诉两个孩子，她把这消息当成一个秘密紧藏在心里，准备等帆一回来，乍一相见，大家可以得到最大的快乐。

她几天没有好好地休息，可是她的神色比近几年来那一天都好。她给孩子们讲故事，又吩咐佣人把床单子被盖拆来洗了。

虽然她这样地混着时间，可是总觉得时间长得很……

下午好容易来了。

她对孩子们说，几天不到局子，现在又要去一趟，又关照隔壁高太太说，晚上说不定回来得晚一点，希望代为关照关照。又把米量给佣人。

"多煮一个人的饭。"她说。

"有客人？"佣人问。

这句话提醒了她，于是她就走到高太太那边去。她腼腆地问她："你手头方便不？"

"好多？"

"请个小客。今晚上。"她的话都说得颠倒了。

"够么？"

"明后天就还。"她交钱给佣人，要她晚上烧一只鸡，"一定要先炸一次，然后再加水去炖。"佣人点着头。

"先砍成块块，然后炸。"

"知道，太太。"

出门的时候，她又叮嘱她："晚饭晚一点，你慢慢地炖。还有饭，不要煮得太软。"

她又念了几遍电报，就到了汽车站。她一直就走进询问处去。

"请问特别快车到过没有？"

"还早。"是站员给她的回答。

"这阵到了那里？"

"不晓得。"

"你们有没有接车子打来的电话？"

"几年都没得电话了。"

"车站没得长途电话？"

"断了。"站员坦白地说，"这阵还修得起断线？"

她走出站来，在不远的一家旅店外的茶馆坐下来。她泡了一碗茶，坐在阳光里等车到。

最初阳光是暖和的，渐渐地就移得远远的了。

有时她也看看那些来来往往的人，也看见有穿得花花绿绿的女人从茶馆里进出。她们只经过茶馆，并不在这里停留，她们的眼睛在有目的地望。她知道她们是作么的。在她刚结婚不久，樊帆在跳舞场里把这样的女人指给她看时，她曾经羞红过脸。虽然现在她不那样害羞了，可是她们的眼睛望向她脸上而又偶然地眼睛和眼睛互碰时，她就急快地望向地面去了。

车到了两部，天色已经黑下去了。

她又走到车站去问："还有车到么？"

"有。"一个闲着无事的站员，在幽暗的停车场上荡来荡去。

"哪时候到？"

"不晓得。"

"你怎么又知道有车到呢？"她反问他。

"刚才到了两部车，司机说还有一部在后头。"

"还有好远？"

"这个我就不晓得了。"

又回到刚才的茶馆，在一把竹椅上坐下来，另外沏了一碗茶。

"特别快车最晚几点钟到？"她向茶房打听。

"三更，四更都到过。"茶房见惯不惊的回答她。

车站外原是一段热闹的大路，这时已随着二更寂静下来了。茶房把门板关上，只留了两块不曾上好，给人出入，而且把空椅子都把来堆在空桌子上。

最后，他又使出催客离去的最后一着，他灭了几盏灯，只留了离李玉珍头上最近的一盏。

"你先生还有等哇？"茶房早就要说这句话的了，可是一直到这时候才说出来，"只怕今天不会到了。"

"还没打三更。"李玉珍回答他；又把他的说过的话来反责他："你不是说三更，四更都有车到么？"

"你先生开个房间等……"他的话还没有完，远远就响起隆隆的车声来。李玉珍扔下一张票子就往外走。高大的车站被昏黄的灯光笼罩着，几个员工像影子似的浮动着。他们缩头缩脑，好像害怕春寒一般。

"车要到了？"她还没有走近就大声问。

"该怕是了。"自她到车站以来，这个回答底声音是最温和的，她想，这也许是在寂寞寒冷中那人才感觉到的罢。

车声越来越近，灯光也可看见了。

"是特别快车吗？"她含着希望问。

"这总该是了。"站员没有把握地回答她。可是她知道，他们也同自己一样，希望这是那部特别快车，他们就可以离开车站了。

在剧烈的灯光下，路清楚地被照着。立刻那辆车子就进站了。

"到了！"

"到了！"

她没有像他们一样喊出来，一种舒适的感觉使她微微发抖。她走近车子，喊了一声"樊帆！"

人们忙乱着，可是她看起来那全是些不明确的影子，正像发了春水的山涧中底鱼似的游着。

她第二次提高了声音喊："樊帆！"

并没有回答，她失望了，她感到春寒了，无力地打算离开车站。可是一个清楚有力的声音喊着她的名字。

"樊帆！"她回身跑到车边，快乐地喊。

他没有说话，军大衣的领翻着，帽子戴得很低。可是她把他看得很清楚，一部份昨天晚上在孩子们身上看见的现在都在樊帆身上看见了。他的面貌仍同往时一样，只是比从前苍老些。"不，"她对自己说，"这是成长。"她伸出手去拉住他的双手，她以为他一定会紧紧地反握住自己的手，可是他没有那样作，只一任她紧紧地握着他粗糙的手，眼睛望着车顶上。

"你一向好？"她最先问。

"嗯。"他没有看她。

"是怎么的呀？"她问自己，同时她沉默着。

"我回来了。"过了一会他才说，一面挣脱她的手。

"好得很，帆，回来了。"她在这样说，可是她却觉得这完全不对，完全不像一句话，只是残断的声音。

"那口箱子！"他大声地吼，"那口黄箱子，先给老子拿下来！"

"是他说话？"李玉珍突然问自己说。他会用粗鄙的"老子"来代替了"我"？会对人这样没有礼貌？她靠近他，轻声地对他说："帆，好好的告诉他们好了。"

"你别管！"他向她大声喊着，就像他只会用这样的声音似的。"快！快！妈的！"

箱子到了手，车上的人就索小费。他又骂了："×！想钱，变纸印钞票去！"

他提着箱子走前面，李玉珍跟在他后面。她总想紧紧地靠着他走，可是他好像简直没想到他身边有个妻子或是有个人似的，只管迈开步子向站外去。

"妈的！车都没×一部！"他这样地咒骂着。

他的皮鞋在马路上发出沉重的声音来，一下一下正像踏在李玉珍的心上一样。

"没×车子，就在站上住一夜吧！"他看见那电灯通明的旅馆门口，正有人和行李从那窄窄的门板空处挤进去，其中有正挤出来看热闹的，下午李玉珍看见过的那几个女人。

"不。"她温柔地反对着。

"不？"他第一次望着她，不解地问。那声音和那眼尖都很冷峻。她从来没有看见，听见，也没有想到他会有这样的眼色和声音。

她有了理由，她说："回去看看孩子吧。"

她的话收到效果。他只停住脚略为一想，就往向北的马路上走了。

他们走了很长一段路，路上除了拖着尾巴的野狗而外，甚么都没有了。

"孩子都长大了。"走了一大段，她才说。

"……"最初，他似乎有些茫然，过了一会他才想起似的说，"都好吗？"

"发烧，两个都发烧。"她从他的话里第一次发觉他像个父亲。

"小病。"他两眼向前望，态度很安闲。

"不轻呢，"她奇怪，他为甚么这样冷漠，就解释着，"三天了。三十九度多。"

"不要紧，发烧。"他仍是冷淡地说。

李玉珍纳罕起来，在她身边的人，分明是自己的丈夫樊帆，可是性格和言语都不像是他的。

"回来了。"他舒适地吐了一口气，这三个字就好像从那舒适的气里吐出来。

她看见他高兴，也就高兴起来，把刚才的心事全丢开了。

樊帆想起甚么来，就用空着的右手把她搂到身边来。他说："你挽着我走。"

她早希望这样，可是她没有说，因为他好像忘记了很多……

"你提一下吧。"他把箱子放在地上。

那箱子不轻，可是她用力地提着它，因此她的肩头都顷斜了。

樊帆一只手搂着她的腰，一只手就放在她的胸膛上。

她接受他的爱抚，可是当他们走近一个站岗的警察时，李玉珍就说：

"有人。"

"怕个×！"紧接着她的话，他大声地说，"那个夫妻不这样！"

"帆，回去好不好？"

"你又不是老子的姘头，名正言顺的！"

她沉默了，一句话也没有说。她不愿和他分辩，她害怕那过高的声音。虽然现在街上只有他们两个人，可是她唯恐被两边房屋中的人听去他们的声音。

"我没有想到，老子又从这条路走回来。"他有一点感叹，"你记得么？我就是走这条路出省的。"

她望了他一眼："你还记得起么，帆，那时我送你，我正怀着阿珠。"

他点点头，缓慢地，像在思索甚么。"她该五岁了。"

"没有。"她红了脸，"我们结婚才五年啦。"

"对，对。大孩子才五岁啦。"他改正自己的话。

"你回来很好……"她这样地开头，接着就叙这几年的穷苦和困难，然而她仍在穷苦和困难之中把家庭支持住，孩子们虽然没到学校念书，可是身体都好。"要是身体差一点，这一回恐怕都完了。"

他默默地听她说着，一点反应也没有。

"你可以常住罢，帆？"

"你不说好不好？"他痛苦地喊了一声，"让我安安逸逸地过几天！"

两个人都不再说话，一直走到了家。

李玉珍喊了好一会的门，高太太才来给她开了。

"张嫂睡得像条死猪，喊都喊不醒。"高太太揉着眼睛说，"你请的客人也没有来——"她说到这里，才看见樊帆。"哟！樊先生回来了，我们先都不晓得。"

"才下车呢。"他说。

"樊太太早晨还不肯给我们说，安心要……"她笑了。

"小孩麻烦你了，高太太。"李玉珍说。

"好说，好说，多年的邻居还说这些么？"

樊帆也寒暄了几句，高太太才知趣地说："久别如新婚，明天再给樊先生洗尘吧。"

樊帆给她敬了一个礼。李玉珍羞红了脸，嘴里喃喃地在分辩，然而高太太已经蹓进自己的房间去了。

樊帆走到床边，李玉珍跟在他身后："帆，你还没看过阿珠呢？"

"明天看吧。"紧接着他就瞟了她一眼，"我要睡了。"

李玉珍的眉毛动了两动："就是睡，也洗个脚。我去给你拿盆。"

"不洗，累了。把他们抱开！"

"孩子没有床呀！"她抱歉地说。

"小家伙睡床，老子睡地上？"

"下回发了薪，我给他们买张床。"

"等×不得！"他把那个下流字说得很自然，他脸上笑着，可是李玉珍分辨不出那是善意的或是恶意的。

樊帆发现一沙罐鸡汤。"好极了，我来吃。"

"冷了。"

"不要紧的。"他正吃着的时候，把鼻子绉了两下。

"你闻甚么呀？"她在地上替孩子们弄好一个地铺。

"有酒。"

"没有。"

"不要瞎说。"他从屋角的瓶罐堆中取出一个瓶子来。

"是酒精。"她把床整理好，被子拉开来。因为提了一阵箱子，她的腰有些酸，她轻轻地捶着。"这是揩温度表用的。"

"温度表？"

"我给你说过了，他们在发高热。"

"我要喝。"他拔了木塞，酒精味就弥漫屋子里了。

"帆，酒精吃不得！"

"加一点冷水就行。"

"你不喝酒的呀，帆！"她走到他身边，想拉住他的手。

"那个说我不喝酒？"他像在同她赌气，一连喝了几大口酒精。

李玉珍不坚持自己的意见了："帆，你要喝，我出去给你买罢。"

"铺子都关了。"

"我去喊门。"

他抽起一枝烟："不要去了，酒精很猛，差不多够了。"

他抽烟抽得非常自然，这也是她没有看过的。

他发现她对自己望着，于是他就笑笑说："我给你说，人活着就不容易。本来烟酒都是坏东西，但是那都是不抽烟不喝酒的人说的。"他倒在床上，把脚一伸，"给老子把鞋子脱了！"

李玉珍蹲在地下，给他解了带子，脱了鞋，然后自己脱了衣服。可是她爬上床去时，他已呼呼地睡着了。

"帆！帆！"她喊他。

他的口鼻里急促地吐着一口一口的酒臭。

李玉珍叹了一口气，给他盖上一床棉被，然后把他的军大衣加在上面。她关了门，在一把椅子上坐下来。她低着头，慢慢地在回忆里去搜索那个曾是完美无缺的丈夫。

一九四八年。成都
选自 1949 年《幸福》第 24 期

无车之站

"地——地——地"这样的声音又在他身后叫起来。这些声音是从孩子们的嘴里发出来的。他们站在路边向他这样地叫，有那比较讨厌的还追在他身后叫着。

他非常厌恶这样的声音，他不知道孩子们为甚么迎着自己地——地——地地叫。

最初，他还没有搬到附城的车站来住时，从来没有人这样对他叫过，也从来没有听人家地——地——地地发着连串的声音。在他们乡下，有时呼唤鸭子，人便仿效着鸭子的声音地——地——地地叫，可是那地——地——地和他现在听见的不同。

他穿着两件单长衫，头上戴着布小帽，本来像这样阴沉的秋天，缓慢的走着正有无限舒适，但是当他一进城门，孩子们向他地——地——地地叫起来时，他全身就烦躁地发热了。

"今天总对了。"他自言自语地说，"我要把老表问个清清楚楚。"

他的老表很对得起他，把他的职位让给自己，不特每个月要拿一笔薪水而且还有不要钱的房子住。

房子有好几大间，又高大又空旷可是不大结实。细长的支柱已经歪斜了，蜘蛛在每一角上结了网，唯有后面的仓屋里是堆满了东西的。那是很多很多从地面直堆到顶的木炭筐子。屋子就在公路旁边，路边还有一块为风雨所蚀的白漆木牌，上面的文字已经看不完全了，××省公路局×山站。他自己是念得出全文的，因为他现在是这个站的站长。

公路是一条支线，原来就只是一身路基，现在因了行路的人少——当地的人都好走原来的老路，那白石板的羊肠路是要近好些的——所以全生满了青绿的野草。据他听别人说，自从五年前红石河的桥断了以后，汽车就不曾来过。

作车站站长的就是他的表哥。

他的表哥对他很好，两年以前特别割了四斤肥肉到乡下去看他。到了酒醉饭饱的时候，就拍着胸膛对他说：

"乡里头，壮丁讨厌呀！我想给你找个公家上的事。"

"那就对得很，老表。"他感激地说，醉得发光的眼睛直射在对方的红脸上。

"就是我这阵的事。"过了一会他才更有力地，更得意地吐出"站长"两个字来。

他欢喜，感激，短暂之间他说不出话来。

老表给他的好处不单是一个站长的空名——虽然这个名义已能使他免了兵役——而且每个月还要进一笔钱，又还有不化钱的房子住。（虽然把他自耕的杂种土租给了人家。）

"这些房子都归你管。"老表用手泛泛一指。

"我做啥子呢?"他问。

"你做站长。"

"我说，"他的声音不能顺利地吐出来，"我说，我天天做些啥子?"

"啊……啊……"老表搔着头，想了一会才说，"你呀……你一个月从我这里拿三千五百块钱。"

"啥子都不做?"

"还要盖一个图章。"他又想了一下才补充地说。

"当真的?"他简直不能相信世间有这样好的事情。

"孙子才哄你!"老表斩钉截铁地像发誓似的说。

老表的的确确没有骗他，每天他甚么也不做，每个月只在一张格纸上盖一个图章就领一笔钱。而且那笔钱还增加过，近几个月来老表托人付给他的是三万整了。而他盖的图章仍是一个。

这些快乐都不算大，最大的快乐是有一天他在床底下找出一根铁棍子，那正是文明棍的粗细，不过拿在手里嫌长了一点。他想了一下，就拿到铁匠铺去把它锯短了。

那些地——地——地的声音早就在那时候跟在他身后叫了。可是那时候他不以为那是在对他而叫。后来他弄清楚那些声音是对他在叫时，他有了对付的方法，就把文明棍当地向路上一拄，自己也就像文明棍似的站住了。

是一个有效的办法，可是这办法用的并不长久。孩子们散了，可是随又集合拢来向他地——地——地叫。

他早就要问问别人，地——地——地是甚么声音。但是他一想:"不对,我是站长呀!"因此他就不问了。

进城去就是为的会老表。前几天他找人带口信要他到三晶茶馆去会他。

一走进茶馆,堂官就高声喊了一声"站长!"

他笑嘻嘻地深深地点点头。"李站长来过哇!"

"走了。他喊你吃碗茶,等他一下。"

"对。"他坐下来,"我吃碗香片茶。"一面他就寻思起来:"我要问他,啥子是地——地——地?"

茶都变成白水时,老表才来了。他刚吃过丰盛的午饭,脸上涂了一层油汗又透着红光。

"久等啦。"他拖过一把竹椅,沉重地坐下来,"一回来就忙,东吃西吃的。"

他在老表面前从来不多说话,因为在他的眼睛里对方是有地位的极尊荣底人物。地——地——地在他耳朵边叫了好几次,可是他总不敢正式提出来。

老表从怀里掏出一叠纸来:"把图章拿来!"

往常老表总是把一张格纸甩给他,让他打图章,可是今天他却问他要图章了。

他自然是顺从地照办,掏出印盒来交给对方。对方打了几个图章就把章子还了他,把那叠纸再放入怀中。

"这回又调整了,你有五万块钱。"他取出一叠绿色的钞票,每一个角上都有两个圆圈。他给他五张。

那是全新的,一点脏,一点绉折也没有,他很喜欢这样的钞票,为了要看得仔细,他就越拿越近眼睛,一股淡淡的似香非香的气味流进他的鼻子。

老表明白了,这里的钞票他一定是第一次看见,于是就说:"这是关金五百的,一张作一万用。"

"好新啊！好爱人啊！"他连声的称赞着，"这怕是外国印的吧。"

"当然是外国，人家蜜斯特印的。"

"对的，硬要好些。"他附和着。他心里正对老表表示无限崇敬，因为他刚才所说的，显然是一句不普遍的，或者根本就不是中国的话，而这样的话他居然学会了，那就了不起，他不能不崇敬他这种了不起呀。

"我给你说正经事。"老表把手上的茶碗放下，"那些木炭，我要卖了。"

"对，对。"

"不准给人说。"

"那当然。"

"要是有人问，你就说我放到别处去了。"

"对，对。"他连声应着。

正在这时候，来了一个人。老表就请他坐下来。他两人很机密的谈话，有时候咬着耳朵，有时候说的话他也听得见，可是却听不懂，有时候，他们各把右手伸进对方的衣袖里去—这个动作他是懂得的，那是在用指头来讲数目的高低。

最后是老表说："算了！我吃亏，卖给你。"

他对这问话是完全明白的，那是说明生意已经作成了。

老表立刻指着他说："这是李五哥，木炭由他来搬。"

"敝姓李。"那人说，"我本人一路来取木炭。"

"对，对！"他连连地应着。

他踏着被秋雨打湿的路基走回站去，心里想起一件事来："地——地——地是啥子呢？我又忘记问他。"

"李站长！""李站长！"

他正在那空空的屋子里睡觉，被外面的喊声弄醒了。"是那个？"

"李站长在不在？"那声音继续在响。

"李站长走了。"

"出来个人呀，我有公事。"

他走出去，来人是一个穿大衣的，他的皮领翻起来，呢帽沿压得很低，因此几乎看不见他的脸。他说话的时候，口里喷出一股一股的白气。"你是站上的？"

"我，"他不大自然地说，"我就是站长。"

"你就是李站长？"

"我姓孙，我是站长。"

"我是总局来的。"他掏出一张名片给他，上面有密密麻麻的字。"站上有几个人呀？"

"就是我一个。"他刚刚醒过来，颇不高兴地回答着。

"站员没有哇？"

"我一个。"他大声地说。

"站夫几个？"

"就我一个。"他连连打着欠伸。

那人把两手从口袋里取出来，用力搓着。"好冷呀，下雪了哩。"

"是呀，下雪了。"

"烧个火盆烤吧。"

"是，是。"他答着，可是他想到木炭一筐也没有了。

那人看他没有动："就是这样一个站么？"

"是，是。"

"没有别的人么？"

"是，是。"

"也没有东西?"

"是,是。"他习惯地应着。

"我走了。"

"是,是。"他应着,一面就目送那人从迷漫的风雪中走远了。

第二天是赶集的日子,天又放晴了。于是他提起他的铁文明棍踏着积雪走向城里去。快进城的时候,他心里就想到那些讨厌的孩子们,他们一见到自己就要地——地——地地叫起来。

可是他,没有走到城门口时,就有一个人喊他:"站长!"

他深深地点了一下头。他并不认得那个人。

"听说要修桥了?"

"我不晓得。"他回答。

"真的,上头都派人来了,住在富春旅馆哩。"

"唔,唔。"他的脸上笑了。

"桥修起,汽车就通了。我们这里好几年没有汽车来过了。"

"是,是。"他深深地点了一下头,习惯地应着。

地——地——地——

地——地——地——

孩子们向他叫着。他低着头,不理他们,急急地走过去了。

"站长!"

又有人喊他。他又停下来了,深深地点点头。

"听说汽车要来了。"

"是,是。"

"还要好久呢?"

"……"他回答不出,可是他突然聪明起来,他知道这必定是与桥有关系的,他于是就回答,"桥修好,就对了。"

一路上问他这件事的很多,他都一一地回答了。

很快的就买好了东西,慢慢地回站去。

可是昨天那个人早就在站门外等着他了。在他身后还有几个别的人。

"站长！"

"唔，唔。"他连声应着。

"我们来了好久了。"

"是，是。"他开了大门上的锁，抽开铁条子，推门让大家进去。

"我们是奉命令来接收的。"

"是，是。"他深深地点着头，可是心里有些微微的不舒服了。

"这是总局的命令，你看一下。"

"是，是。"他接过那个大信封来。

"桥几天就要修好了，汽车就要来，今天就请你交代。"

"交代？"

"把房屋，东西都交给我。"那人解释着。

"我——"他的声音在喉咙里挣扎了很久，"我要找我老表来——"

"你是站长呀？"

"是老表喊我当的呀。"他毫不思索地回答。

"你先把东西交出来！"那人突然变威严了。

"你们要，我搬出去就是。"他低声地说，"横竖我只得一个铺盖卷。"

"还有酒精，机油，木炭呢？"

"你说啥子？"他不懂地问。

"酒精，机油，木炭。"

木炭他知道的，可是前两样东西他简直不知道，于是就说："我怎样来，我怎样去。木炭是我老表拿走了。"

"你的老表走那里去了？"这人笑着。

"做生意去了。"

"在那里?"

"我咋个晓得?"他反问着。

"你要交代啊!"另一个人给他说,"要不然你走不了的。"

"啥?我走不了?笑话,我又没有拿你们啥子?"他理直气壮地说,脸同脖子都红了。

"公事,公办,不是我给你为难呀,老哥。"那人说,"这是县政府来的监交的。看他咋个说?"

"看看清册吧。"那个监交的说。

于是那一群人就打开一个本子来看。

"酒精呢?"有人问。

"不晓得。"他回答。

"机油呢?"

"不晓得。"

"通条呢?"

"不晓得。"他气鼓鼓地回答说,一面用铁棍子往地上一拄,镗地响了一声。

"这就是通条呀!"有一个人喊着。

那人一把从他手上抢过去了:"不晓得,啥子都不晓得,这是啥子?青石板上想泼假水!"

"木炭呢?"

"又是不晓得。"有人替他回答了。

"木炭老表拿走了。"他大声地辩正说。

那些人沉默了一会。

那人最后说:"请你跟我们到县府去一趟吧。这是手续。"

他被这些人簇拥着走进城,走进县政府去了。

一路上孩子们追着他地——地——地地叫。那时他全身气得发热，简直没有听见这些声音……

三天后的早上他才从县政府大门出来两只手被人反拴在背上。他不好意思的低着头，气不再生了。

地——地——地——

地——地——地——

……

这些声音一直在耳边响着。

他被人带着走，不知走了多远，因为他是低着头的。这三天来大家要他交出老表来，可是他不知道他在哪里。后来他们对他说，如果找不到老表就要把他送到总局去。他既不知道老表在那里，也不知道总局在那里？因此他就被反拴着带走。

他不知道这是为了甚么？也不知将来有些甚么？

地——地——地的声音在他耳边响起来。

可是这一次的地——地——地好像不同些，宏亮些。他略微地抬了抬头，现在已在他自己的车站前了。好多人正挤在一个像小房子一样的他从来没有见过的大车子上。地——地——地就是那黑色的车子在叫。他明白了，他懂得了，地——地——地，"这该是汽车的声音吧？"他自己向着自己说。

转载八月三日上海《大公报》

选自 1947 年《现代文摘》第 1 卷第 11 期

杨花篇

明朝最末一个皇帝崇祯只坐了十六年的江山，公元一六四三年的一个春天，（旧历是崇祯十六年三月十九日），他就同着一个心腹的太监王承恩走到宫后的景山，在寿皇亭旁一棵大树上吊死了。

他的死，在他本人的意思是谢祖先谢社稷的意思，以为这样就可以对过往，对将来均可以卸却责任，可是他的死顶多是结束了朱家或是明朝的祚运，而于当时的时艰是并无补益的。然而那总也是一个家庭的悲剧，直到现在我们还是对那本心并不坏而心胸略嫌偏狭底帝王寄与最大的怜悯与同情。

从西北来的那一股兵马，照一般的看法主将是闯王李自成，然而他能够号召那么许许多多的人恐怕不单只为了自己的勇猛。自然，在李自成同他的队伍初起时也不过只想要求一个最低限度底生活，并没想到居然能把那九五之尊的君王逼死。因此闯王不免就自负起来，自己当初被人认为是叛贼，后一点是反王，而现在却真正雄据了京城的皇宫。

正因了他这么一得意，一自负，于是就怒恼了一位镇守边关的守将吴三桂将军。那一位十足流氓气的少年将军喜欢的是美人与赌博，偏偏有一位爱姬落到了闯王军中，于是为了个人的利益就藉口为了爱妃报仇不惜从关外借来清兵，剿灭李闯。

在江南，凤阳督抚马士英趁势主张国不可一日无君，就逼迫漕抚史可法和他的贴心人阮大铖拥立了福王。于是金陵城内也就有了个小小的朝廷。

马士英阮大铖原是见风转舵识时务的俊杰，他们当初是附庸风雅的东林党，后来逆阉魏忠贤当权，他们又归附太监，残害东林，天启朝终，太监失势，他们又想重回东林的复社，而一般深知他们的正人君子却早看出他们十足的投机取巧来加以毫不容情的拒绝。

正当他们不得志的时候，明朝就完结了。在他们的本意做明朝的高官固好，做顺治的奴才也无关系，即使与闯王合作也未为不可，然而江南半壁江山一时尚无主人，想自立为王，扬州又有个忠正不阿的史可法，于是阮大铖献计拥立福王以完人心。

那妙龄君王沐猴而冠的日子也就是马阮等人得志，任所欲为的时候。

当时有公认为天下持大义的四公子，这四个人都曾反对过马阮的，其中除了冒辟疆一人而外，那三人都为马士英阮大铖所不容。

"我要给他们点利害！"大铖成天都这样想着："吴次尾，陈定生虽在南京，可是立名太大，侯朝宗和我仇恨最深——但是他又在史可法那里，奈何他不得！"

"我要给他们点利害！"阮大铖自从再度热心功名以来，早就不在文章上下功夫了，把自己绝顶聪明和盖世才华都丢在纱帽的后边。偏狭的心胸无时无刻不想到报仇！

有一天阮大铖在雨花台设下筵席，请福王观赏自己的燕子笺，当他的四人人轿经过三山街时，就吩咐停下轿子，自己从这儿步行到城门口，心想把书店看上一番。他先去刊行燕子笺的汇文堂，里头冷冷清清的坐着几个人，一见他进去，就都站起来，大铖一看那些招呼自己的原都是书店的小伙计，心下纳闷，就问："今天有过主顾没有？"

回答是"还没开市哩"。

"前昨两天如何？"

"里头拿去了一百部，说是大内里要排哩。"

大铖心里冷了半截。"我的文章就是复社也推重的，可为甚么人家不肯买呢？"想到这里他就恨恨的骂起来，不但说东林余孽作崇，而且连读者也拉到一起来咒骂了。

可是那二酉堂书坊的情形又是不同，他在门口张了一张，真是生意兴隆，大门里充满了各式各样的人物。他看见一个六岁的小孩子抱了一部《五才子》边看边走，他心里更冒出了一朵火，咬牙切齿的喊了一声："上轿！"

他的轿子在车轿如流的大街上走着，而他的心思也有如大街那么纷乱。自己的汇文堂也刊得有《水浒传》，可是那孩子为甚么偏偏去找二酉堂呢？汇文堂出的旧书定价都比一般便宜一半呀！"作祟！作祟！"

这二酉堂书坊是蔡益所开的，起先经营这家书坊的不善作生意，刊刻了许多木板，但是结果是支持不下去了。这蔡益所却天生的机伶，化费少许银钱就把那书坊顶打过来。四书五经他都仅用旧板刊刻，即是有了模糊，他就缺一二部不印。他知道得很清楚，这些旧书是家家皆要买，可是也家家都有卖的，不一定非从他这里购取不可。因此他就单单下功夫结纳复社文人，刊印他们的诗文。那些复社朋友也落得与他交往，得上三五部自己的文集，诗集。而前些年复社的名气大的了不得，因而蔡益所也就把自己越吃越胖，把书房越开越大了。他常常对人大言不惭的说："天下书籍之富无过俺金陵，这金陵书铺之多无过俺三山街，这三山街书场之大无过俺二酉堂，书究之多无过俺蔡益所。"这人虽是自负自夸，可却也有他的生意经在，比方一部《五才子水浒传》，他可以把名字给他加长叫《绣像五才子忠义梁山水浒传》，而且必定把侯朝宗先生精校或是次尾，陈定生新叙这些字样加上去。像四公子那样的伟大作家，他又常常施以小惠，让他们住在坊中，或是常常请几席酒宴，因此他也结识了许多的当代贤豪，大有别于三山街那些卖《三字经》，《百家姓》的。当初《燕子笺》新刊的时候，他也刊售过，可是后来大铖失势，他就不再印行，可是对外却说是连板子也劈柴烧了。可是福王登基以后，他也去看过一次阮大铖，并且请他亲题了《燕子笺》的书面，准备发刻。阮大铖也就答应了他的请求。一方面他仍觉这小朝廷不会长久，仍同复社的人来来往往。

这一天阮大铖从他们前走过，他正同陈定生在说话，所以不便立刻招呼，等定生回到楼上去时，他又忙匆匆地去追大铖的轿子，直到城门边才赶上。

"阮光禄，阮光禄!"他拉住轿子，"怎么不到小店子里坐坐。"

"今天圣上要驾到雨花台，所以不能久留。"

"《燕子笺》正在赶到，十天内大约可以出来。印刷纸张都定比别家的好!"

"多承费心了。"阮大铖拱拱手就叫轿子往前去了，心里仍常常想到蔡益所的会作生意，如果能让他来主持汇文堂就好了。

福王是一个年青人，喜欢的是热闹，他并不能全部了解《燕子笺》，可是他却喜欢那些笙歌，那些女伎。他轻轻地对阮大铖说："卿家，你的戏编得好极了! 要是全用女人来演怕还要好哩!"

"等臣来设法，这也不是难事。"

福王高兴了，就吩咐太监取过一件红袍来给阮大铖："这是我赐给你的!"

"谢谢陛下。"阮大铖身上流过一阵舒适的感觉。

阮大铖那天下午就当了文学侍从，戴上乌纱帽，穿上绿色乌靴，身上是御赐的红袍和玉带，显得红光满面，精神勃勃了。

他立刻想到对付反对他的人们底方法了，就向福王讨下一个训练粉头来排演《燕子笺》底口谕。（福王是一个做梦也不曾想到过真会当皇帝的人，他从朱家的门里生长起来，对朱门外的事物从未见过，他既不知中国的历史，也不知中国的地理，至于那时候中国的形势如何，他是完完全全的不知道。他就这样的作了皇帝，他除了吃更多的，更好的山珍海味而外，他更要求怎么样生活得更舒适一点。因此阮大铖向他讨这个口谕时，他心花怒放地答应了。）随即去到了礼部，同那尚书和侍郎把口谕的意思变成白纸上的黑字，这样他就满意的出来。

迷漫在秦淮河上的原来是笙歌，是脂粉，是女人肌肉的香息，而这道上谕下来以后，秦淮河上笙歌被人放下了，原来涂着脂粉的女人们不特不再涂抹脂粉，早也就无心唱歌。兵丁们全武装地在贡院前，在朱雀桥上，在河街上走来走去，一方面他们藉口防止烟花妓女的逃走，一方面可以任意地走到每一个旧院里去敲一点钱或是在肉体上享乐一次，最初他们的目的还不大容易达到，可是经过他们的长官推波助势地虐打了几个鸨子和粉头以后，他们就顺利地在秦淮河上胡行起来。

杨龙友亲笔出了一个不许骚扰的告示贴在李贞丽底门口上，于是寇白门，郑安娘都来到媚香楼里避难了。

附近的不安常常使她们晚上惊起，可是那门上的告示却也有效，那些兵丁居然不敢进来。

自然杨龙友是去过阮大铖那里的，他给阮大铖说起李香底事，要他特别帮忙，不加挑选。阮大铖含笑不说甚么。

"这怎么了？"他纳闷着，"他不答应我的要求吗？"接着他就想起传流很广的一首诗来：

> 青楼侠气触公卿
> 珠翠全抛当祸成
> 门外乌啼鸟拍树
> 桃花扇底送侯生

"李香曾开罪过大铖，也许大铖恨她还在恨侯朝宗之上！"于是他就又说，"中丞，大人不见小人过，你就别同李香为难罢。"

"我没有意见……"阮大铖永远是笑着的。

龙友知道这件事不好办了，就转回贞丽家来。众人见龙友脸上不是往回那样情形，就知道事情不好了。

"杨老爷，今日情形怎么？"卞玉京头一个问，她每天都是提心吊胆的。

"难说……"

众人的声音都被恐怖冻凝结了似的说不出来。

唯有卞玉京，她结结巴巴的："杨老爷，我实在受不了……你设法让我逃出去……"

"众人都没有走，你往那里走呢?"李香问。

"只要出城，就是跑到栖霞山当和尚也好。"

"和尚?"白门笑着问，大家都跟着她为这"和尚"两字笑了。

"我说错了，我宁肯当尼姑也不住在这里。"

"要走也得想法，这个世道，就是皇帝也作不了主!"

"我们大家都要走!"李香说，"我要到扬州去!"

"到扬州去?"龙友脸上笑了笑，"要走得了的话，还是以去扬州为上策。"

"可是，杨老爷，你得设法呀!"

"恐怕难罢，"龙友这样的回答，可是那几个女人总不放开他，他只好说，"我试试去。"

杨龙友找不到阮大铖，就想到一个去处，于是他就向三山街去，以为在汇文堂一定可以把他找到。

他刚刚走到三山街口，一阵人潮涌过来，险些把他打倒了。他连忙避到旁边，等那些人过去了，才转进街里去。

街上的兵丁是弓上弦，刀出鞘的三步一岗，五步一防。他心里怪纳闷："这又是怎么一回事?"

杨龙友并不怕这些，怀着紧张的心情一步一步往前走去，可是越走，那形势就越严重了。

"站住!"

龙友听完那小武官的话就站住了。"甚么事呀!我是有公事的。"

那武官打量打量他，知道了他确确实实是一个官，就抱歉的说："前边在捉人，恐怕你受了惊，所以请你留一下步。"

"捉甚么人？"

"我们都不知道哩，命令是才下来的。"

"三山街上全是些殷实商家，古董铺，皮货店，书店……那儿会这么严重呢？"龙友正想到这里就看到那边簇拥来了三个人，他们是陈定生，吴次尾和开书铺的蔡益所，他们都是用铁链套着的。龙友不愿他们看见自己，就转过了身子。

街上的人渐渐散了，龙友就向汇文堂去，街上的书店都闭上了门，只有汇文堂是开起作买卖的。

阮大铖并不在那里，也打听不出他现在甚么地方。

"他忙呀，一天要见皇帝，要办这样，又要办那样。"是书店掌柜底回答。

"《燕子笺》的销场好呀？"

"内场人，不乱讲，还是只大内拿去了一百部。"掌柜的备下了酒，一定拉着他不放。

龙友不好固拒，也就跟着主人走上楼去，从那儿正可望见主顾们走进门来。

饮了一会酒，他就问起刚才抓人的情形来。掌柜的就把原委告诉他。

陈定生吴次尾听说崇祯殉国以后就逃回原籍去了，后来听说南都拥立福王才又打算回来，可是还没有使自己平安的把握就写了一封信着人送往扬州，一直等到侯方域的回信来了，说史可法都是赞成立新君的，他们才放大了胆子回到蔡益所的二酉堂。蔡益所看见他们来了，当然高兴，一面请他们住下好酒好肉的招待，一面就在门口贴起"复社正宗陈吴两公子新著不日发刻"底广告来。两个人到金陵来不过才是三天前的事，可是今早上就被阮大铖知道了，叫人把三山街两头把住，查拿陈定生吴次尾两人，至于那个蔡老板，无非是个连带遭殃的，根本不会有甚么大罪过。

他听到这里心里就是一急："阮大铖完完全全是一个记旧仇的人！"接着他就放弃了再找他帮忙的心思，"不找了，找也是枉然！"

龙友走出汇文堂以后，对阮大铖的印象就变了，在从前，阮大铖在他心目中是一个极能干的文人，如果能够入朝问政必定是一员良吏，可是从他经营的汇文堂单卖自己的书和翻板古书这一偏窄的作风看起来，他的书店找不到雇主也是有原因的了，他今天的放不过陈定生，吴次尾也不是偶然的了。

他正走之间忽然有一个人拍他的肩膀，原来那人是苏崐生。

"好久不见了！"

"好久不见了！"龙友也这样说。

"一块到李香那儿去吧。"

"不，我不去了，她们托了我一件事，我办不了，我也没脸看她们去。"

苏崐生自然不这样就放走了他，追问出原因以后就安慰他说："不要紧的，情势没有这么严重。"

"你还不知道哩，金陵城这几天……"

"你真不放心么？龙老？"

"难说呢？"

"一点也不怎么，万一情势不好，我老苏也不回来了。"

龙友想起来："是呀，苏崐生不见了许久了。"于是就问，"这一回打那儿来呀？"

"从扬州来。"

"好呀，你们都在扬州！"他惊诧扬州那地名，怎么人都往扬州去呢？"侯公子可好？"

"公子问候你呢，三两天他还到这里来。"

他看看那有趣的胖人，他并没有变，脸上含着笑，把一切事都看得并不严重，好像很顺利的全可以解决一样。想到这里，他又想到常同他一道上上下下的那个麻子来，就问："敬亭呢？他也在扬州么？"

"是的，他这回同我一块来了。"

"怎么不见他？"

"他刚到，可是现在又赶回扬州去了。"

"来去好匆忙呀！"

"不得已而为之。他是去送信的。"

"送信？"

"送二酉堂被抄的信，找史大人来打救陈先生吴先生。"崐生的话停了一下，"我真没有想到，阮胡子是这样一个人！"接着他又说："我就怕阮大铖把他们立刻弄死，不然一定有救的。"

龙友的心事散开了："不会，这两个人不会这么就给弄死的，他们的文名太大了！"

崐生立刻放下心来，同龙友一同走回水榭。那时姐儿们都等待着他的回来，好逃出这随时都有祸祟降临底可能的金陵去。可是龙友把消息告诉了她们，她们却不肯信，直到同来的崐生说明由扬州赶来，并且言及不几天侯朝宗也要来时，姐儿们不曾施抹脂粉苍白或是憔黄的脸上却泛出了比胭脂更自然底红色。

李香对这消息的传来感到不能抑止的欢快，她的语音都有些发抖，好像禁不住快乐的寒冷一样。

卞玉京却同她正相反，她害怕的心思并没有减去一分一毫，她们是要求龙友设法让她出京去；纵是到栖霞山当尼姑也好。

她的言语本来是出诸本心的哀告，而媚香楼上的人正是兴高采烈的时候，只把她拿来打趣。

寇白门说："当尼姑，可舍得繁华？"

"那有甚么舍不得呀？"她爽爽快快地说。

"舍得，舍得，样样舍得！就是舍不得男人！"

除了卞玉京一个人，这些人全部高兴，然而另一边，阮大铖却进行着他的奸计。

第三天早朝时，他对那五更临朝还不曾十分睡醒的福王说：城内有人谋反，并交出了一篇名单，而且把名单的来源说得很神秘，说是从一个尼姑的身下搜出，原件藏在一颗脑丸里。

那名单分成两部，第一部十八名，叫十八罗汉，第二部的人名多出一半，其中就有当今的四公子在内。

他请福王传一道谕旨，把已拿获的砍头，在逃的一律严缉归案。那年青的皇帝就准了他的本章。

锦衣卫仪正张薇，年高有德，生性忠正。北京城破之后就逃到金陵，官任原职。他虽然奉了上命审问十八罗汉一案，可是对陈吴两人的情形是早就晓得的。明明知道那是阮大铖挟仇报冤，可是也无法相救。而且那时他早有国事不可为了的心思，只想早一天摆脱这职责告老还乡，因此他把这案子搁下来暂时不办。

柳敬亭刚刚到了金陵就听见二酉堂书坊被抄，陈吴被逮的消息，他立刻就别了苏崐生跑回扬州把消息告诉了侯朝宗。

"混账！"朝宗把桌子上的砚台碰到地上，变成好几块，"立新君，立新君是这么一回事！"

"看情形，又是要学魏忠贤哩。"

"老柳，我们找史大人商量商量去，万不得已时，只有请他去一趟。"

天下的事有时候是很巧的，就在这时候史可法带着一身雪花走进朝宗的小屋子里来了。敬亭连忙给他取下披风，朝宗斟过热茶，可是史老头子却站着不肯坐。朝宗和敬亭都感觉得有些奇怪，今天显得非常的不平常。老头子一定有甚么要紧事。柳麻子是一个很聪明的人，他就试探着问：

"京里有甚么好消息吗?"

他摇摇头。

麻子知道，史可法还不晓得二酉堂的事，很想对他说出来，但是他又怕史可法有更重要的事要商量，因此就暂时不出声。

史可法从袖子里摸出一个精致的大信封来，那是一个仿古制成的黄绫袋。

"朝宗，"他的声音从牙缝里透出来，沉重得像大铁锚似的往水底去，"你看看。"

敬亭接过那封套，偷眼一看，背面有多尔衮百叩谨封几个字。他心里一惊，可是却装成没有甚么的样子，把信还递给朝宗。

朝宗知道那是一封不平常的信，就望了望史可法。

"看。"

朝宗郑重地把那封信看完，又望了望史可法："阁部的意思呢?"

"文章是好文章，可是他把史可法认错了!"

"文章是好文章，可是这不是多尔衮的手笔，这是李雯写的。"

"李雯是一个汉人吗?"史可法问。

"可惜，走了阮大铖那样出卖祖宗的路。"

"朝宗，你太孩子气了。"可法的语气有点教训的意味，"现在应该大家好好的干。"

柳麻子知道说话的机会到了，就把二酉堂事件从头到尾说了一遍。

可法端起那杯已冷的浓茶来，慢慢地呷着，直等到杯里滴水均无了才说："不要紧的，你先替我回了这封信，金陵的事，我找柳敬亭再去走一趟。"

侯方域忙忙地写了一封回复多尔衮的信，把底稿给史可法看了，史可法一个字也不曾改动，就命人抄正。他不转眼地望着朝宗，这样过了一会，两人的鼻子都酸酸的了。

"朝宗，你真是一个文人！"

晚上他在史可法衙署里吃晚饭，那老头子拉住他讲了许许多多的话，而他的心已飞到媚香楼去了。

他回到寓所已是三更后，他写了一封信给史可法，说自己要到金陵去一趟，几天就可回来。把这封信交给用人，要明天清晨送给阁部。然后自己选了两骑马，带了一个从人向江南而去。

金陵城里闹得乌烟瘴气，福王不像皇帝也不像白痴孩子，马士英不像官也不像流氓，阮大铖以文人而作土匪状……他掠夺二酉堂的书籍，他掠夺陈定生，吴次尾蔡益所的自由，他掠夺水榭许多姑娘到大内去排《燕子笺》。

为着香姐，杨龙友同阮大铖弄翻了脸，龙友的意思是让香姐一人走开就是，而大铖藉口福王非要李香入宫不可，自然主要的原因是为了旧仇，但是那旧仇本来经过他的斡旋已经可以算了的，而史可法又逼着张薇用一封信把陈定生吴次尾保走了。他知道这是香姐的丈夫侯朝宗主使的。而在陈吴得势的夜间，张薇就挂冠走了。

那一天兵丁们来捉香姐时，龙友正在媚香楼上，他解释了许久，可是毫无用处，眼见兵丁们把她反绑上了。

香姐很镇静，她清清楚楚地对龙友说："我同朝宗定情的扇子在第三个箱子里，请你交给他。"

她出门的时候，那走廊上的小铜钩正刺伤了她的太阳穴，血一滴滴地跟着她的脚步流，可是兵丁们把她架走了。

龙友取出扇子来，那上边是朝宗亲题的诗，这是一个多热闹的夜晚，而那写扇的地方，正是现在凄凄惨惨底媚香楼呀。他从地板上用手指沾起几滴还不曾凝冻的血点在扇子上，又用墨加上了枝子，画成一枝桃花。

就在这时候风雪里跑来了从扬州赶来的侯朝宗。他是想到媚香楼上过一刻浓郁的时间的，而等待着他的却是一个愁容满面的朋友，一座凄凄惨惨底阁楼和一把痛心的血染底扇子。他的鼻子酸痛得厉害，据龙友说他只来迟了一刹那。

选自 1947 年《文艺春秋》第 4 卷第 4 期